사임당 빛의 일기

下

사임당 빛의 일기 下

1판 1쇄 인쇄 2017년 4월 28일　**1판 1쇄 발행** 2017년 5월 11일

원작 박은령 [박은경기녀쇼]
각색 손현경
펴낸이 김강유
편집 이승희　**디자인** 윤석진
발행처 김영사
주소 경기도 파주시 문발로 197(문발동) 우편번호10881
등록 1979년 5월 17일(제406-2003-036호)
구입 문의 전화 031)955-3200　**팩스** 031)955-3111
편집부 전화 02)3668-3292　**팩스** 02)745-4827　**전자우편** literature@gimmyoung.com

비채 카페 cafe.naver.com/vichebooks　**인스타그램** @drviche　**카카오톡** @비채책
트위터 @vichebook　**페이스북** facebook.com/vichebook
ISBN 978-89-349-7756-8 04810 ㅣ 978-89-349-7757-5 (세트)
책값은 뒤표지에 있습니다.

비채는 김영사의 문학 브랜드입니다.

사임당
빛의 일기

드라마 원작소설
박은령 원작 。 손현경 각색

下

비채

[조선시대]

── 신사임당 申師任堂, 1504~1551

진보적 이상주의자인 아버지 신명화申命和 덕분에 여자인 것이 걸림돌이 되지 않는 어린 시절을 보냈다. 꼭 한번 가보고 싶던 금강산을 그린 안견의 〈금강산도〉가 있다는 소문을 듣고 이웃 현원장의 담을 넘어 들어갔다가 운명처럼 이겸을 만났다. 그와 함께 그림을 그리고 음률을 이야기하며 애틋한 마음을 키워가지만, 그림을 그리러 올라간 운평사에서 참혹한 광경을 목격한 후 모든 것이 바뀌어버린다.

── 이겸 李岭, ?~?

역적으로 몰렸으며 훗날 복원된 구성군의 손자. 냉혹한 군주 중종에게 직언하는 유일한 말벗으로, 또 예술가로 불꽃 같은 삶을 살았다. 소년 시절, 사임당과 예술로 공명하며 그녀를 향한 순애보를 키워가지만, 어쩐 일인지 첫사랑은 참담한 실패로 끝났다.

── 휘음당 최씨 석순

주막집 딸로 태어나 남몰래 이겸을 짝사랑하지만 사임당의 그늘에 가려진 어린 시절을 보냈다. 그리고 이십 년 후, 무서운 속도로 출세가도를 달리는 민치형의 정실부인이 되어 다시 나타난 그녀는 옛날을 잊은 듯 화려한 모습이다.

── 민치형

과거 평창의 현령에 불과했으나 20년 후 출세의 중심에 선 인물. 한양에서 민치형과 조우한 신사임당은 그를 보자마자 얼음처럼 굳어버린다. 20년 전 그들에게는 무슨 일이 있었던 것일까.

── 중종 中宗, 재위 1506~1544

조선 제11대 왕. 연산을 폐위시킨 공신들에 의해 왕위에 올랐다(중종반정). 개혁의 꿈을 꾸면서도, 연산의 최후를 보았기에 자신도 언젠가 그처럼 되지 않을까 하는 두려움에 떨며 산다.

—— 서지윤

한국미술사를 전공한 연구원이자 대학교의 강사이다. 또한 여덟 살 아들 '은수'의 엄마이자 펀드매니저인 민석의 아내로 워킹우먼의 삶을 산다. 교수 임용 문턱에서 여러 차례 고배를 마신 그녀에게 드디어 기회가 찾아온다. 바로 안견 선생의 〈금강산도〉 논문을 쓰는 것. 그러나 그녀의 눈에 벅찬 기대 끝에 만난 〈금강산도〉는 어딘가 이상하기만 하다. 학회에 참석하기 위해 이탈리아로 날아간 지윤은 우연히 사임당 신씨의 일기로 추정되는 고서를 발견한다.

—— 한상현

어린 시절부터 천재 소리를 익숙하게 듣고 자랐다. 한국대학교에서 강사로 일하다 해고된 후 민정학 교수의 〈금강산도〉 연구에 반기를 들며 선배인 지윤까지 위기에 빠뜨린다. 그 후 지윤이 발견한, 사임당 신씨가 남긴 것으로 추정되는 일기를 해독하면서 거대한 운명에 휘말린다.

—— 민정학

지윤의 지도교수이자 문화계의 떠오르는 '실세 중의 실세'이다. 제자인 지윤과 옛 제자인 상현이 그의 연구에 반기를 들면서 처음으로 추락을 경험한다.

—— 정민석

지윤의 남편이자 억대 연봉을 자랑하는 펀드매니저이다. 무슨 일에든 돈을 최우선에 두고 냉혹한 승부사로 자신만만하게 살아왔다. 그러나 투자회사를 운영하던 중, 뜻하지 않은 사고로 도망자 신세가 된다.

—— 고혜정

지윤의 절친한 친구이자 박물관에서 근무하는 고미술 복원전문가이다. 지윤의 일에 지윤보다 기뻐하고 슬퍼하며 울분을 터뜨린다. 지윤이 사임당 신씨의 일기를 해독하는 데에 결정적 도움을 준다.

차
례

第四部

비밀

한밤중이다. 이겸은 고삐를 당겨 말을 세운다. 말에서 풀쩍 뛰어내린 그가 선 곳은 오죽헌 대문 앞이다. 어둠에 둘러싸인 오죽헌은 이십 년 전 모습 그대로다. 사임당을 만나기 위해 오가던 시간들이 어제 일처럼 생생하다. 눈에 보이는 모습은 그대로이건만 그와 그녀가 처한 상황만이 달라졌다. 초겨울 밤의 차가운 바람이 얼굴을 때리고, 도포 자락은 그의 마음처럼 펄럭인다.

"이리 오너라! 게 누구 없느냐! 이리 오너라!"

이겸은 핏발 선 눈으로 어둠을 노려보며 대문을 두드린다. 안에서는 아무런 기척이 없다. 해시亥時가 넘은 시각, 모두가 잠든 모양이다. 하지만 이대로 물러설 수는 없다. 이겸은 대문을 부술 듯 다시 두드린다.

"뉘시오, 이 시간에?"

늙은 아범이 자다 깬 얼굴로 대문을 열고 내다본다. 얼굴에 성가신 티가 역력하다.

"헌원장에서 왔다!"

이겸의 대답은 거침없다.

"아이구, 나으리! 이 시간에 무슨 일로?"

"의성군이 왔다 여쭈어라. 긴히 마님을 뵙고자 한다고! 어서! 아니다! 내가 직접 여쭤야겠다!"

"예에?"

"급한 일이다! 일 묘도 쉬지 않고 한양에서부터 달려왔다!"

이겸은 아범을 밀치고 대문 안으로 성큼성큼 들어선다. 그의 결연한 태도에 아범은 고개를 숙인 채 안채로 부리나케 달려가 담이에게 소식을 전한다. 잠결에 놀란 담이는 흐트러진 머리를 만질 새도 없이 용인 이씨의 방으로 뛰어간다.

불면에 시달리느라 뒤척이던 이씨는 문밖에서 들려오는 기척에 부스스 일어나 앉는다. 무슨 일이냐고 묻자, 담이가 문을 열고 들어와 의성군이 찾아왔다는 소식을 알린다. 의성군이라는 말에 용인 이씨의 눈 밑 그늘이 짙어진다.

"혹시, 사임당 아기씨 일을…… 알고 오신 게 아닐까요?"

"어허!"

이씨가 주책없이 넘겨짚는 담이를 엄하게 꾸짖는다. 그러나 그녀 자신도 이겸이 결례를 무릅쓰고 오밤중에 찾아온 까닭이 거기

에 있음을 직감한다. 뼈에 사무치게 아픈 딸 사임당이 그토록 연
모했던 사내. 생사를 가르는 결단 앞에 억지로 끊어낸 딸의 옛 연
인이 찬 서리를 맞으며 이십 년 만에 찾아왔다. 이십 년이면 정이
깊고 의리가 중한 사람이라도 기억 속에서 지워버릴 만한 세월이
다. 한데, 이겸은 지금까지도 비탄에 빠져 사임당을 못 잊고 있다.
혹시 사임당도 같은 마음인가. 그 절절한 미련을 떨치지 못하고
여태 피눈물을 흘리고 있는가. 거기까지 생각이 미치자, 이씨의
마음이 서늘해진다. 있을 수 없는 일이다. 그토록 불행한 일이 어
디 있단 말인가. 결코 있어서는 안 되는 일이다.

"여쭐 게 있어 왔습니다!"

문밖에서 이겸의 목소리가 들려온다.

"아이구머니!"

담이가 기겁하며 이씨의 눈치를 살핀다.

"아……."

이씨는 땅이 꺼질 듯 한숨을 내쉰다.

"어떡할까요?"

담이가 조심스레 묻는다.

"몸이 아파 나갈 수 없으니 돌아가시라 전해라."

"예."

담이가 마당으로 나가 대나무처럼 꼿꼿하게 서 있는 이겸에게
이씨의 말을 전한다.

"다시 여쭙게! 잠시만 얼굴을 보여주시라고! 만나주실 때까지 여기서 기다릴 것이네."

이겸은 추위에 붉어진 얼굴로 얼음장처럼 차갑게 대답한다.

"그만 돌아가세요⋯⋯."

담이는 살살 달래듯 말한다.

"나오실 때까지 기다리겠습니다."

이겸은 한 치도 물러서지 않겠다는 듯 땅바닥에 무릎 꿇고 앉아 안채를 향해 크게 외친다.

"이를 어째!"

"아이구, 대감마님!"

담이와 아범은 이러지도 저러지도 못하고 발만 동동 굴렀다. 그러다 담이가 아범의 옆구리를 쿡 찌르며 당장 헌원장에 기별하라 눈치를 주자 아범은 고개를 끄덕이며 황급히 달려간다.

한참 뒤, 헌원장을 지키던 늙은 아범이 오죽헌 마당으로 들어섰다. 그는 땅바닥에 무릎을 꿇고 앉은 이겸을 보고 헐레벌떡 뛰어왔다. 집으로 돌아가자고, 이러시면 안 된다고 설득해보지만 이겸은 오죽헌 마당에 뿌리라도 내린 듯 미동도 없다.

"신 진사 어른께서 돌아가시기 직전, 대고모님께 서찰을 보내셨습니다."

헌원장 아범은 꼬깃꼬깃 구겨져 있던 기억의 쪼가리를 이겸 앞에 펼쳐놓는다.

"무슨 소린가?"

이겸이 그제야 아범을 본다.

"제가 직접 전해드렸습죠. 가세요. 다 말씀해주실 겁니다."

헌원장은 대낮처럼 훤하다. 이겸이 온다는 소식에 자고 있던 식솔들이 모두 일어나 마당 곳곳에 불을 밝힌다. 아닌 밤중에 이 무슨 일인가 싶다. 어린 종들은 눈곱도 떼지 못한 채 뚱한 표정으로 눈치만 살피고 있다. 대문이 활짝 열리고, 이겸이 도포 자락을 휘날리며 마당으로 들어선다. 그는 허리를 굽혀 인사하는 식솔들을 지나쳐 대고모의 처소로 달려간다.

"말씀해주십시오! 고모님께서 받은 서찰이 무슨 내용이었습니까?"

이겸은 말끔한 낯으로 그를 바라보는 대고모를 향해 벼락처럼 소리친다.

"버르장머리 없는 놈! 남들 다 자는 한밤중에, 이 무슨 행패인가!"

대고모는 주름진 얼굴을 잔뜩 구기며 호통한다.

"진실을 얘기해달란 말입니다!"

"이제 와서 그게 뭐 그리 중요해! 이제는 다른 집안과 혼인해 아들딸 줄줄이 낳고 잘 살고 있는 여인이다."

"잘 살고 있다고요? 천재 소릴 듣던 소녀 화가였습니다! 별 볼일 없는 사내의 아낙이 되어 밥 짓고 빨래하고 농사 일에…… 종이 만드는 막일까지 하고 있어요! 저잣거리에 좌판을 펼쳤다고요! 저렇게 살 사람이 아닙니다! 얼마나 찬란했고, 얼마나 영롱했던 여인인지…… 아십니까?"

"어리석은 놈! 네놈의 경거망동이 또다시 그 아낙을 사지로 내몰 수 있음을 어찌 헤아리지 못하는 게야! 지난 일을 파헤치면 너도, 그 아낙도 위험해진다! 그러니 아무것도 알려 들지 마라!"

"이 모든 일들의 배후에 전하께서 내리셨다는 그 시가 있습니까? 그렇습니까?"

이겸의 말에 대고모의 안색이 급격히 어두워진다.

"전하께선 정녕 그런 분이십니까? 자기가 내린 시를 도로 거두고자 죄 없는 사람들을……."

"어허!"

대고모가 서안을 내리치며 단호하게 소리친다.

"직접 여쭤보겠습니다. 고모님께서 말씀 안 해주시면!"

이겸은 그 자리에서 벌떡 일어선다.

"그 시를 봤을 거다, 사임당도!"

대고모의 말이 이겸의 발목을 잡는다.

"그 시를 본 사람 중, 유일하게 살아남은 이가 그 아낙이란 소리다!"

"무슨 뜻입니까?"

이겸은 대고모 앞에 다시 앉는다.

"만약 네가 그날 사임당과 초례청에 섰다면, 너 또한 무사치 못했을 게야! 권력은 그렇게 잔혹한 것이다!"

"전하께서!"

이겸은 혼란스럽다 못해 두렵다. 지금 대고모가 말하는 권력이 누구의 것인가. 이겸의 머릿속에 중종의 인자한 얼굴이 안개처럼 나타났다 사라진다.

"그 아낙과 신 진사가 너를 구하고자 그나마 분별 있는 선택을 한 게야."

대고모는 진실 앞에서 비통해하는 이겸이 안쓰럽기 이를 데 없다.

"다 알고 계셨으면서…… 어떻게 단 한마디도……."

이겸의 목소리에 울음기가 가득 배어 있다.

"모든 사정을 알았다면, 네가 가만히 있었겠느냐? 혈기방장한 네놈이 궐에까지 달려가 난동을 부렸을 테지! 그랬다면 지금 네가 온전한 목숨일 성싶으냐? 명심해라! 절대로 전하의 눈 밖에 나서는 아니 된다! 그것이 네가 아끼는 그 아낙을 보호하는 유일한 길이다!"

대고모는 냉정을 잃지 않는다. 이겸의 눈에 눈물이 차오르더니 기어코 주르륵 떨어진다.

"차라리 예전의 너처럼 살아라. 지나간 일들 다 흘려보내고, 구름을 벗 삼아 떠돌며 살란 말이다."

이겸은 대고모의 마지막 말을 듣고 자리에서 일어나 휘적휘적 밖으로 나가버린다. 그 뒷모습을 아프게 바라보던 대고모의 눈시울 또한 붉어진다.

강릉 앞바다에 태양이 떠오른다. 절망적인 정열情熱이다. 이겸은 그 절망 속으로 미친 듯이 말을 달린다. 고통을 떨쳐버리려는 듯 세차게 달린다. 심장이 터질 것만 같다. 다친 심장을 움켜쥐듯 고삐를 틀어쥐는 순간, 파도가 하얀 포말을 일으키며 거칠게 몰아친다. 놀란 말이 갑자기 날뛰는 통에 모래밭에 굴러떨어진 이겸은 파도 앞에 엎드려 울부짖는다.

"사임당! 사임당! 어찌 살아냈단 말이오, 어찌! 혼자서 어떻게!"

모래밭을 주먹으로 푹푹 내리치며 대성통곡하는 이겸의 몸에 파도가 부딪혀 잘게 부서진다.

'미안하오! 미안하오! 당신의 희생으로 내가 살아왔소! 이제부턴 내가 당신을 위해 살 차례요. 조선에서 제일 힘 센 사내가 될 것이오. 당신을 위해…… 아무 걱정 없이 오롯이 화가 사임당으로만 살아갈 수 있도록!'

이겸은 이를 악물고 일어나 핏발 선 눈으로 세상을 붉게 물들이는 태양을 노려본다.

겨울은 잔혹한 계절이다. 천지에 가진 것 없는 백성은 죽지 않기 위해 더욱더 웅크리고, 살아남기 위해 신음하며 포효한다. 하지만 사임당의 맹지에 꾸려진 작업장의 유민들은 그 어느 때보다 따스하고 경이로운 겨울을 보내고 있다. 땀 흘려 일했고 합당한 대가를 받은 것이다. 삶에 대한 환희는 어디에서 오는가. 한 사람으로서 인정받고, 스스로 결정하며, 인간으로 존중받을 때 살아 있다는 긍지가 생기는 법이다. 지금 화롯불 앞에 둥글게 모여 앉아 왁자지껄 신바람 난 유민들의 가슴속은 뜨거운 긍지로 가득 차 있다.

유민들이 잔치를 벌이는 동안, 사임당은 종이공방이 내려다보이는 바위에 올라 정갈하고 소박한 제사상을 차린다. 소반에 정화수와 북어, 감과 사과를 곱게 담았다. 가짓수는 얼마 되지 않지만 온 정성을 기울인다. 그때 어딘가에서 마른 낙엽 밟는 소리가 들려온다. 돌아보지만 아무도 없다. 사임당은 고개를 돌려 하던 일을 계속한다.

"여기서 뭐하는 거요?"

불퉁한 목소리가 들려온다. 사임당이 돌아보니 어느새 곁으로 다가온 대장이 소반 위로 의아한 눈길을 던지고 있다.

"제사를 지낼 겁니다."

사임당이 차분한 목소리로 대답한다.

"제사?"

대장이 되묻지만 사임당은 묵묵부답이다.

"왜 다시 돌아온 거요? 무섭지 않았소? 색지도 죄다 날리고 땡전 한 닢 없이 돌아오면 무슨 일을 당할지 모르는데……. 왜 돌아왔느냔 말이오."

대장의 목소리에는 의혹이 가득 차 있다. 그동안 겪어온 양반들과는 전혀 다른 사임당의 행동이 이해되지 않기 때문이다.

"갚아야 할 빚이 너무 컸거든요."

사임당의 말투는 자못 쓸쓸하다.

"빚?"

"아주 오래전…… 수많은 이들이 저세상 사람이 되었어요. 나때문에……. 그들도…… 유민이었습니다. 당신들처럼……. 제 고향 마을 뒷산의 운평사 절마당엔 고관대작들이 흥청대고, 그 뒤편엔 헐벗고 굶주린 유민들이 숨어 살고 있었습니다. 너무도 다른 두 개의 세상에 놀라, 그림을 그렸고 글귀 하나를 써넣었죠. 그게 그들을…… 죽음으로 몰고 갔습니다."

사임당의 목소리에는 절망이 깊게 배어 있다.

"이것은……?"

대장이 소반을 가리키며 묻는다.

"오늘이…… 꼭 스무 해가 되는 날입니다."

사임당이 쓸쓸한 어조로 대답한다.

"이십 년이나…… 제사를 지내온 거요? 혼자?"

"평생…… 그 빚을 갚으며 살 겁니다. 세돌이를 만나고 당신들을 만났을 때, 그때 알았어요. 그 빚을 갚으라고 하늘에서 내게 보내주신 귀한 사람들이라는 것을요."

"귀한…… 사람들?"

대장의 눈동자가 커진다. 그는 생전 처음 들어보는 말이라는 듯 사임당의 말을 조용히 따라해본다. 사임당은 자리에 앉아 초에 불을 붙이려 부싯돌을 부딪친다. 사위가 죽은 듯 고요한데 부싯돌 부딪치는 소리만 울린다. 불씨가 일어날 때마다 바람이 획획 불어댄다. 보다 못한 대장이 사임당에게 손을 내민다.

"이리 주시오."

부싯돌을 받아든 대장이 능숙하게 촛불을 켠다. 사임당이 다소 곳이 고개를 숙인다. 이상한 여자다. 희한한 양반이다. 대장은 바람에 일렁이는 촛불을 한참 동안 바라보다가 말없이 돌아선다. 홀로 남은 사임당은 제사상을 앞에 두고 백팔배를 시작한다. 운평사 대웅전 앞에서 참혹하게 죽어간 유민들이 눈앞에 떠올랐다가 사라지기를 반복한다. 겨울바람에 꺼질 듯 꺼지지 않는 촛불처럼 그녀의 기억 속 고통도 쉬이 꺼지지 않는다.

"부디 좋은 곳으로…… 편안히 가시어요. 이렇게 저는 살아남아…… 평생을 죄인으로……."

절을 마친 사임당이 두 손을 가지런히 모아 합장하며 읊조린다.

"아씨 잘못이 아닙니다!"

어디서 들려오는 소리인가. 사임당은 놀란 눈으로 고개를 돌려 어둠을 응시한다. 누군가 마른 나뭇가지들을 헤치고 휘청거리며 걸어 나온다. 세돌의 할아버지 팔봉이다. 팔봉은 주문이라도 외듯 아씨 잘못이 아니라는 말을 반복하며 넘어질 듯 넘어질 듯 다가온다. 밤새 어디를 헤매고 다녔는지 맨발이 온통 피투성이이다. 엉망진창이 된 몰골로 사임당 앞에 선 팔봉이 털썩 무릎을 꿇는다.

"운평사 유민들이 몰살당한 건…… 아씨 잘못이 아닙니다!"

팔봉은 터져 나오는 오열을 꾸역꾸역 삼키며 토로한다. 사임당은 아무 말도 못하고 망연히 서서 팔봉을 내려다본다.

"아씨 탓이 아니란 말입니다! 제가…… 돈 몇 푼에 수많은 목숨을 팔아넘겼습니다!"

급기야 팔봉이 꺼이꺼이 흐느껴 울기 시작한다.

"그게, 그게 무슨 소리요?"

사임당이 떨리는 목소리로 묻는다.

"운평사에서 이어오던 고려지 비법을…… 그놈들한테 넘겨줬는데…… 놈들은 애초부터 비법만 챙기면 죄다 쓸어버릴 심산이었습니다! 아씨가 뭘 그렸건, 상관이 없었단 말입니다!"

"그게…… 무슨?"

"놈들은 고려지 비법을 손에 넣는 순간 기술을 아는 모든 이들과 그 가족들까지 전부 죽일 작정이었습니다! 그것도 모르고 비법을 넘긴 제가 죄인이고 죽일 놈입지요! 아씬 아무 잘못이 없습니다! 제가 죽일 놈입니다!"

"그럴 리가…… 그럴 리가!"

"아씨 잘못이 아닙니다……. 제 잘못입니다. 어떻게든 큰스님께만 알렸더라면……. 흑흑…… 제가 죽일 놈입니다!"

알알이 맺혀 있던 통한이 한꺼번에 박살 난다. 죄책감과 울분이 숨통을 조이던 이십 년 세월이 펼쳐진다. 사임당은 무릎에 힘이 풀려 그 자리에 풀썩 쓰러질 것만 같아 간신히 버틴다.

그녀는 허공으로 손을 뻗어 어둠을 부여잡고 비틀거리며 발을 내디딘다. 뭐에 홀린 듯 정신없이 걷는다. 등 뒤로 팔봉의 울음소리가 바람에 섞여 들려온다. 얼마나 걸었을까. 몸과 마음이 지칠 대로 지친 사임당은 걸음을 멈춘다.

이곳은 어디인가. 사위가 어둠에 잠겨 앞뒤를 분간할 수 없다. 얼음장 같은 바람이 불어와 그녀의 뺨을 훅 치고 달아난다. 그 서슬에 놀라 한 발을 앞으로 내딛는 순간, 발밑의 자갈이 후드득 떨어진다. 사임당은 본능적으로 손을 뻗어 나뭇가지를 움켜잡은 채주저앉는다. 한발 앞은 허공이다. 그녀의 발에 채인 모래알이 절벽 아래로 떨어지는 소리가 아득하게 들려온다. 하마터면 흙더미와 함께 낭떠러지로 떨어질 뻔했구나. 간신히 목숨줄을 붙들었구나. 식은땀이 등을 타고 흘러내린다. 그 순간, 참고 참아왔던 울음이 터져 나온다.

"아아아아아아아아악!"

끝도 없이 흘러내리는 눈물로 저고리 앞섶이 흥건하다. 이십 년간 억눌러온 감정들이 쏟아져 나온다. 공포와 죄책감이, 꿈과 사랑을 포기해야 했던 지난 세월에 대한 회한이 눈물이 되어 흘러내린다.

사임당은 울음을 그친 후에도 한동안 움직이지 않고 그대로 앉아 있다. 찬바람에 땀과 눈물이 식어 소름이 돋았지만, 아무것도 느끼지 못하는 사람처럼 초연하다.

먹물을 끼얹은 듯 까맣기만 하던 세상에 실낱같은 빛이 드리운다. 동이 터오고 있는 것이다. 겨울잠을 자느라 앙상해진 숲이 시나브로 제 모습을 드러낸다. 어떤 염료로도 표현될 수 없는 신비한 빛이 한양을 끼고 도는 한강 위로 넘실거린다. 사임당은 무연한 눈길로 절벽 너머 한양을 바라본다. 저곳에 삶이 있다. 고비마다 쓰러지고 일어나기를 반복하며 살아내는 그런 삶, 울고 웃으며 주어진 한 생을 꾸역꾸역 버티어내는 삶, 사랑하고 미워하면서 아등바등 살아내는 그런 삶이 저곳에 있다. 그리고 지금, 한 줄기 빛이 삶을 깨우고 있다. 사임당은 흙먼지를 툭툭 털어내고 일어나 빛이 드리운 삶 속으로 천천히 걸어간다.

겨울 햇빛이 마루 끝으로 떨어졌다. 새로 다듬이질한 옷으로 갈아입은 사임당은 방문을 열고 나와 마루에 선다. 쨍한 볕에 사르르 녹는 눈꽃처럼 맑은 모습이다. 입술을 열어 크게 숨을 쉬어본다. 하아. 하얀 입김이 허공으로 흩어진다. 신기하다. 난생처음 숨을 쉬어본 사람처럼 속이 뻥 뚫리는 느낌이다. 밤새 잠 못 자고 추위에 떨었지만 피곤치 않다. 달라진 것은 없다. 처참한 기억은 여전하고, 잃었던 것을 되찾은 것도 아니다. 그저 가슴을 물어뜯던 죄책감에서 놓여났을 뿐이다. 그런데 그것만으로도 마음이 가뿐하다. 허울을 벗어던진 나비 한 마리가 그녀의 마음 자락에 날아든 것만 같다. 유민들과 함께 종이를 만들리라, 하얀 종이 위에 그들의 꿈과 그녀가 미처 이루지 못했던 꿈을 가득 채우리라. 나비가 날갯짓하듯 어떤 정열이 팔락거린다. 사임당은 들뜬 마음으로 집을 나선다.

맹지에 도착할 무렵, 어디선가 사람들의 비명이 들려온다. 사임당은 쓰개치마를 벗어 손에 들고 황급히 종이공방으로 뛰어간다. 작업장 마당은 아수라장이다. 한 무리의 포졸들이 유민들을 향해 몽둥이질을 해대고 있다. 불시에 공격받은 이들은 겁에 질려 우왕좌왕한다. 어린아이들은 포승줄에 묶여 끌려가는 어른들을 보며 울어댄다. 힘깨나 쓰는 유민들 몇몇이 포졸들에게 반항해보지만, 방망이질 한 방에 제압당하고 만다.

"이게 무슨 일입니까!"

사임당은 유민들을 끌고 가는 포교들을 막아서며 소리친다.

"가자."

포교는 매서운 눈길로 사임당을 쓱 훑어보더니 포졸들에게 명령한다.

"예!"

포승줄에 묶인 유민들이 줄줄이 끌려간다. 이마가 깨지고 코피를 흘리는 이들이 애절한 눈길로 사임당을 바라본다. 어떤 이의 눈빛에는 원망도 서려 있다.

"이 사람들을 어디로 데려가는 것이오?"

사임당은 담대한 몸짓으로 포교 앞을 가로막는다.

"나랏법을 어기고 무리지어 떠도는 이들을 수포해 포청으로 압송하는 길이오."

"법을 어기다뇨! 이들이 대체 무슨 법을 어겼단 말입니까? 한때 유민으로 정처 없이 떠돌았지만 이제 자릴 잡고 사람답게 살아보려는 선량한 백성들입니다."

"선량한 백성? 어디서 무슨 짓을 저지르고 도성으로 숨어들었는지 알게 뭐요. 떠돌던 놈들 치고 깨끗한 놈을 못 봤소."

"그저 살기 위해 떠돌았을 뿐입니다. 살기 위해 이곳에 터를 잡은 것이고요. 그것이 어찌 죄가 된단 말입니까!"

"어허, 따지려면 관아에 가서 따지시고!"

포교는 말 섞기도 귀찮다는 듯 사임당을 비켜 가버린다.

"멈추시오! 이것은 명백한 무법이오!"

사임당은 다시 한 번 뛰어가 포교 앞을 가로막는다.

"댁이 신씨 부인이구먼? 유민들을 선동해 이득을 취한다는?"

포교가 이죽거린다.

"내가 신씨인 것은 맞으나, 유민들을 선동하여 이득을 취한 적은 없소!"

사임당의 태도는 더없이 단호하다.

"비켜요! 같이 끌려가고 싶지 않으면!"

포교는 더 지체할 수 없다는 듯 사임당을 툭 밀쳐버린다. 사임당은 힘없이 풀썩 쓰러진다.

"에구머니! 아씨!"

향이가 얼른 사임당을 부축한다. 사임당은 끌려가는 유민들의 모습을 애처로운 눈길로 본다. 저들은 죄가 없다. 선량한 백성들일 뿐, 도적 떼도 거지 떼도 아니다. 한번 살아보겠다고 마음을 고쳐먹은 사람들이다. 더구나 나라에서 필요로 하는 제지 기술을 익히는 사람들이 아닌가. 구해야 한다. 어떻게 해서든 저들을 구해내야 한다. 사임당은 주먹을 불끈 쥐고 분연히 일어선다.

영문도 모른 채 끌려간 유민들은 우포청 옥사에 갇혔다. 사임당은 동분서주한 끝에 포청 행정을 담당하는 서원을 만나, 유민들이 어마어마하게 밀린 조세 때문에 구속되었다는 사실을 알아낸다. 구백 섬이 넘는 미곡米穀에 이백 필이 넘는 면포, 거기다 밀린 이자까지 합치면 한양 중심가의 기와집 서너 채에 해당하는 액수였다.

"유민들을 풀어오려면…… 속전贖錢이 필요합니다. 맹지와 이 집을 담보로 잡아야겠습니다!"

몇 날 며칠 고민한 끝에, 사임당은 남편 이원수에게 자신의 결심을 알린다.

"뭐, 뭐? 맹지와 집을 담보로? 아니, 부인! 내 명의로 되어 있는 땅을 그렇게!"

이원수는 세상에서 가장 황당한 말을 듣고 있다는 듯 눈을 휘둥 그렇게 뜬다.

"이런 말씀 드리긴 송구하나, 서방님이 사기 당해 날렸던 수진 방 기와집…… 친정 제사를 받는 조건으로 북평촌 어머니께서 분 재해주신 것입니다."

사임당이 침착한 어조로 남편을 설득한다.

"뭐…… 그렇긴 하오만."

"맹지는 그 기와집을 담보로 받으신 거고요."

"그렇다 한들, 어찌 근본도 모르는 유민들을 위해 전 재산을 갖 다바친단 말이오?"

"우리 가족이 그나마 끼니 걱정 없이 지내는 것도, 현룡이가 학 당에 다니게 된 것도…… 그들이 저와 함께 종이공방을 끌어나갔기 때문입니다. 지금의 우리를 있게 한 건 그들입니다! 이번엔 우리가 그들을 구해내야 합니다!"

"아무리 그래도……."

이원수는 이치에 맞는 아내의 말에 반박할 말을 찾지 못하고 말끝을 흐린다.

그날로, 사임당은 유민들의 신분을 밝혀줄 호패와 땅문서를 들고 포도청을 찾아갔다.

"이것이 무슨?"

서원은 어리둥절한 표정으로 문서를 들여다보며 묻는다.

"땅문서와 집문서요. 이것을 담보로 하여, 저기 있는 저 사람들을 우선 풀어주시오."

사임당이 어둠침침한 옥사를 가리키며 말한다.

"이보시오, 부인. 저들이 갚아야 할 빚이 얼마인 줄 알기나 아시오? 미곡이 구백 섬이 넘고 면포가 이백 필이 넘어요. 또 상당 기간 밀렸으니 이자까지 계산하면 이런 문서 두 장으로는 턱도 없고."

"어떻게든 변통해서 나머지 금액도 구해오겠습니다. 일단 말미를 주고 저 사람들을 풀어주세요! 사람이 있어야 종이를 만들고 빚도 갚을 게 아닙니까?"

"거 참, 부인을 이해할 수가 없소이다. 무엇 하러 저런 자들의 보증을 선다는 겐지……. 이 상황에서 저들 중 하나라도 도망치면, 그땐 부인이 큰 곤욕을 치르게 될 거요, 아시겠소?"

"절대, 그럴 사람들이 아닙니다. 그러니까 제가 이리 부탁드리는 것 아닙니까!"

"속전으로 해결하는 건 능사가 아니오! 이런 이들이 하나둘 모여 자칫 도적이 되고 폭도가 된단 말이오. 흉악한 무리가 아님을 어찌 보증하겠소?"

"제가 저들의 신원을 보증하겠습니다. 여기 있는 이들 중 하나라도 문제를 일으킨다면 대신 저를 잡아가십시오!"

사임당은 어떻게 해서든 달포 안에 나머지 빚을 갚겠다고 호언한다.

"달포 안에 저들의 변제금을 갚지 못하면…… 여기 이 땅문서 집문서를 몰수하는 것은 물론, 저 사람들과 부인까지 관을 능멸한 죗값을 치르게 될 거요!"

서원은 엄포를 놓듯 말한다. 사임당이 고개를 크게 끄덕인다.

"역시, 우리 아씨야."

"아씨는 분명, 하늘이 내려주신 선녀임이 분명하네!"

"아씨…… 전 재산을 저희 같은 것들에게 어찌……."

대화를 듣고 있던 몇몇 유민들이 옥살을 잡고 눈물을 흘린다. 상처받은 짐승처럼 구석에 조용히 웅크리고 있던 대장이 고개를 들어 옥살 밖으로 보이는 사임당을 본다. 정말이지 알면 알수록 이상한 여인이다. 부서질 듯 여리고 작은 모습 어디에 대장부보다 더 큰 배포가 숨어 있는 것인가. 대장은 알 수 없다는 듯 고개를 절레절레 흔들며 자리에서 일어선다. 옥살 가까이 다가선 사임당과 눈이 마주친다. 사임당은 대장을 바라보며 희미하게 웃는다. 살짝 당황한 대장은 잠시 머뭇거리다가 사임당 앞으로 저벅저벅 다가간다.

"고맙습니다……. 정말 고맙습니다."

대장은 처음으로 사임당에게 예를 갖춰 공손히 고개를 숙인다. 우르르 몰려 있던 이들도 꾸벅꾸벅 반절을 한다. 그 모습을 바라보던 사임당의 눈에 눈물이 차오른다. 그녀는 따스한 미소로 유민들의 인사에 화답한다.

감격의 순간은 잠깐이다. 옥사에서 풀려나 맹지로 돌아온 유민들은 걱정이 태산이다. 달포 안에 빚을 갚지 못하면 다시 옥살이를 해야 한다니 마음이 천근만근이다. 공물이니 노역이니, 밑 빠진 독 채우듯 바쳐대다가 죽을 듯싶어 고향까지 버리고 도망친 것인데, 그것을 피할 수 없다니 눈앞이 캄캄하다.

"도망치는 게 답이라니까!"

유민들 중 한 명이 가래침을 뱉으며 짜증스레 외친다. 몇몇 이들이 그 말에 동조하며 당장 떠나자고 아우성친다. 말보다 행동이 앞선 이는 봇짐을 챙기기 위해 토굴로 냅다 뛰어간다. 전 재산을 탈탈 털어 자신들을 구해준 사임당에 대한 고마움은 씻은 듯 잊어버리고 만 것일까.

"어딜 가려는 게요? 여기서 나가면 어찌 살려고?"

본의 아니게 유민들의 불평을 듣게 된 사임당은 어두워진 얼굴로 힘없이 묻는다. 그래도 양심은 남아 있는지라, 그녀의 모습을 본 유민들은 급하게 입을 다물고 먼 곳으로 시선을 돌려버린다. 인간이란 얼마나 나약한가. 하지만 그렇다 해서 저들을 원망할 수는 없다. 사임당은 실망을 감추고 그 자리를 피해 공방 뒤꼍으로 향한다.

나무 둥치에 기대 앉아 납덩이라도 올려놓은 듯 무거워진 마음을 추스르는데, 누군가의 발소리가 들려온다. 고개를 돌리니 팔봉이 다리를 절뚝거리며 걸어오고 있다.

"방법이 있습니다."

사임당 곁으로 다가온 팔봉이 바지춤에 달린 주머니에서 뭔가를 꺼낸다. 천으로 꽁꽁 싸인 종이 뭉치다.

"그동안 숨겨왔던 것입니다. 운평사에서 만들어낸 고려지 비법입니다."

팔봉이 종이 뭉치를 사임당에게 공손히 건넨다.

"운평사 고려지! 이것이 그 비법이란 말이오?"

사임당은 황급히 종이 뭉치를 펼치며 묻는다.

"예, 아씨. 운평사에서 만들던 고려지만 만들 수 있다면, 승산이

있습니다. 지금도 명나라에선 고려지를 금령지金齡紙라 하여 으뜸
으로 쳐주니까요."

"금령지. 황금같이 변하지 않고 오래가는 종이…… 고려지!"

사임당의 눈망울에 기대감이 차오른다. 그래, 고려지만 만들 수
있다면, 달포 안에 모든 빚을 갚을 수 있다. 뿐만 아니라 이 엄동
설한에 유민들을 도망자로 만들지 않아도 된다. 사임당은 자리에
서 벌떡 일어나 유민들이 있는 곳으로 달려간다.

"여러분, 고려지를 만들면 됩니다. 운평사 고려지를 재현해내는
겁니다! 그리만 할 수 있다면 여러분 빚도 다 갚을 수 있습니다!"

사임당의 뜬금없는 선포에 도망칠 준비를 하던 유민들이 어리
둥절한 얼굴로 눈치를 살핀다. 사임당은 팔봉에게 받은 종이를 펼
치며, 고려지의 값어치에 대해 알기 쉽게 설명한다.

"그러니까…… 우리 다시 돈 벌 수 있는겨?"

"전보다 더 많이 벌 수 있다는데?"

"아씨가 언제 허언한 적 있소?"

"아무렴! 아씨가 하자는 대로 하면 자다가도 떡이 생기는겨!"

"까짓것, 또 합시다!"

"옳소!"

유민들은 들고 있던 봇짐을 바닥에 팽개치며 팔을 걷어붙인다.
사임당은 흡족한 표정으로 그들을 바라보며 살며시 미소 짓는다.

한편, 민치형은 맹지 일각에 있는 산마루에서 이 모든 모습을

지켜보고 있다. 그 뒤로 포도청 대장이 안절부절못하며 그의 눈치를 살피고 있다.

"모두가 양민인지라, 밀린 세금만 갚는다면야 잡아둘 명분이 없었소이다."

포도대장은 기어드는 목소리로 변명한다. 모여 앉아 웃음꽃을 피우는 사임당과 유민들의 모습을 지켜보던 민치형은 찬바람을 일으키며 돌아선다.

"땅문서에 집문서까지 내놓고 유민들 보증을 선다는데……. 대신, 달포 안에 밀린 세금을 갚지 못하면 저 유민들을 모조리 잡아들일 수 있소, 신씨 부인까지 말이오!"

포도대장은 냉랭한 얼굴로 앞서가는 민치형을 뒤쫓으며 주절거린다. 그 순간 민치형이 우뚝 걸음을 멈추고 어딘가를 뚫어지게 바라본다. 그러더니 윗입술을 비틀며 호방하게 웃는다.

"가늠이 됐소! 여우잡이에 쓸 미끼인지, 호랑이 사냥에 쓸 미끼인지……."

민치형은 비릿한 미소를 지으며 혼잣말처럼 중얼거린다. 포도대장은 영문을 모르겠다는 얼굴로 고개를 갸웃거리며 민치형의 시선이 닿는 곳을 바라본다. 그곳에 한 남자가 있다. 관옥 같은 얼굴에 맵시가 빼어나고 애써 사치를 부리지 않아도 귀해 보이는 남자이다. 남자는 잘생긴 얼굴을 잔뜩 구긴 채 부리부리한 눈으로 이쪽을 노려보고 있다. 사임당의 맹지를 가운데 두고 마주 선 민치형과 남자는 서로를 죽일 듯 맹렬히 쏘아본다.

비익당으로 돌아온 이겸은 곧장 사랑채로 달려가 벽에 걸려 있
던 환도環刀를 꺼내든다. 번쩍번쩍하는 날카로운 칼날을 매섭게
훑어본다. 화가 나서 미칠 것만 같다. 민치형을 향한 분노로 심장
이 터질 지경이다.

며칠 전, 북평촌에서 끔찍한 진실을 대면하고 돌아온 이겸은 사
임당을 만나기 위해 맹지로 찾아갔다. 멀리서 얼굴이라도 보고 싶
었건만 도무지 그녀를 찾을 수 없었다. 그는 곧 사임당이 옥사에
갇힌 유민들을 구하기 위해 동분서주하고 있다는 사실을 알게 되
었다. 조용히 그녀를 도울 방법을 간구하던 중, 사임당은 전 재산
을 털어 유민들을 구해냈다. 이겸은 안타까운 마음으로 발만 동동
구를 뿐 할 수 있는 일이 없었다. 그러던 차에 그 모든 일의 배후
에 민치형이 있다는 사실을 알게 되었다. 게다가 방금 전, 민치형
과 포도대장이 산기슭에 숨어 사임당을 염탐하는 모습을 목격한
것이다.

이겸은 들고 있던 칼을 칼집에 거칠게 집어넣고 비익당 대문을
나선다. 이제 더 참을 수 없다. 기필코 사달을 내고 말리라. 그는
무서운 기세로 말에 올라 민치형의 집으로 쳐들어간다.

민치형은 서안 앞에 앉아 서책을 읽고 있다. 책장을 넘길 때마

다 촛불이 일렁이고, 그의 눈빛 또한 이글이글 타오른다. 드디어 이겸의 약점을 찾아냈다. 사임당, 바로 그 여자인 것이다.

사임당이 누구인가. 이십 년 전 중종이 은밀하게 내린 시를 퍼트려 대참사를 일으킨 댕기의 주인이 아니던가. 이겸과 중종을 한 번에 잡을 수 있는 미끼라니!

민치형이 사임당의 이용가치를 생각하며 교활한 미소를 짓던 순간, 사랑채 문이 벌컥 열린다. 이겸이 눈을 번뜩이며 방 안으로 성큼성큼 들어선다.

"어인 일이십니까, 의성군께서…… 누추한 집까지."

민치형의 예리한 시선이 이겸이 차고 있는 환도에 멎는다. 그는 재빨리 벽에 걸린 자신의 환도까지의 거리를 가늠하며 짐짓 태연한 얼굴로 자리에서 일어선다. 그때, 이겸이 칼을 뽑아 민치형의 목덜미를 겨눈다.

"무슨 짓이오?"

민치형은 불시의 공격에 흠칫 놀랐으나 이내 냉정한 목소리로 묻는다.

"그 옛날 조자룡이 즐겨 썼다는 대국의 청공검靑釭劍이오. 칼을 꽤 쓰신다지요? 책상물림에 환쟁이인 나야 알 수가 있어야지요. 이 검이 이름값을 하는 명검인지 아닌지!"

이겸이 싸늘한 어조로 이죽거린다.

"검품을 해달라?"

민치형이 눈썹을 추켜올리며 묻는다.

"한번 봐주시구려!"

말과 동시에 이겸은 민치형을 치려는 듯 칼을 휘두른다. 민치형은 몸을 휙 돌려 벽에 걸린 자신의 환도를 날쌔게 뽑아든다. 이겸의 칼은 민치형을 아슬아슬 비켜 뒤에 있는 벽장식을 내리친다.

"그러다가 다치는 수가 있습니다!"

민치형이 칼을 뽑아 이겸을 겨누며 으르렁거린다.

"누가 다칠지는!"

이겸은 성난 맹수처럼 몸을 날려 칼을 휘두른다.

"겨뤄봐야 알겠지요!"

민치형은 잽싸게 몸을 피해 칼을 휘두르며 뒷걸음치듯 마당으로 나간다. 챙챙. 칼날 부딪치는 소리에 놀란 종복들이 벌벌 떨며 마당 한구석으로 비켜선다. 이겸과 민치형의 칼이 날카로운 바람처럼 허공을 가르고, 서로 엉키며 격렬하게 부딪친다. 두 사람은 한 치의 양보도 없이 서로를 향해 죽일 듯 덤벼든다.

"붓이나 놀리던 선비의 솜씨치곤…… 제법이오."

민치형이 밭은 숨을 내쉬며 비아냥거린다.

"검이 좋은 모양이지요! 청공검이라지 않습니까."

이겸은 오른발을 내디디며 민치형의 왼쪽 얼굴을 향해 거침없이 칼을 휘두른다. 그 순간, 민치형의 수염 일부가 베인다. 그 기세에 놀란 민치형은 그만 칼을 떨어뜨리고 바닥에 고꾸라진다.

"이런! 아무래도 진검은 아닌 듯하오!"

이겸은 민치형을 싸늘하게 내려다본다. 민치형은 분노로 부들부들 떨며 저만치 떨어진 칼을 쥐려 몸을 돌린다. 그 순간, 이겸의 칼날이 민치형의 턱 밑으로 쓱 들어온다.

"진검이었다면 그 목이 날아갔어야 하는 건데 말이오."

이겸은 자신을 죽일 듯 노려보는 민치형을 조롱하듯 바라본 후, 칼을 거두어 칼집에 척 꽂는다.

"나으리!"

종복들과 함께 마당 구석에 비켜 서 있던 휘음당이 달려와 민치형을 부축한다.

"의성군! 의성군! 의성군!"

민치형은 제 성질에 못 이겨 부들부들 떨며 고함을 질러댄다.

"천박한 것!"

이겸은 쓴물을 뱉어내듯 중얼거리며 휘음당 곁을 스쳐 지나간다. 민치형을 부축해 일으켜 세우던 휘음당은 오물이라도 뒤집어쓴 얼굴로 이겸의 뒷모습을 본다.

이 모든 것은 틀림없이 사임당 탓이다. 휘음당은 촛불이 일렁이는 방 안에 앉아 이글거리는 눈빛으로 뚫어질 듯 벽을 응시하고 있다. 천박하다니! 그래, 진짜 천박한 것이 무엇인지 지금부터 보여주겠다. 더 가혹하게, 더 잔인하게, 더욱더 철저하게 밟아줄 것이다. 이제 이겸은 휘음당에게 있어 정념의 대상이 아니다. 그는 미움이자 고통이며, 복수의 대상일 뿐이다. 이 울분을 어떻게 앙갚음할 것인가. 방법은 하나다. 그가 평생을 두고 사랑한 사임당을 무참하게 망가뜨리는 것! 그것만이 이겸을 고통의 나락으로 떨어뜨리는 길이다. 그 뒷일은 민치형의 몫이다. 이겸을 죽이든 살리든, 휘음당은 지켜볼 것이다. 민치형의 손에 갈가리 찢기는 그의 마지막을 마음껏 비웃어줄 것이다. 살려달라고 비굴하게 매달리는 꼴을 기필코 보고야 말 것이다.

18

고려지를 만드는 일은 쉽지 않았다. 사임당은 작업대 앞에 앉아 손바닥만 한 빈 종이를 들여다보며 고민에 빠져 있다. 운평사 고려지 견본이다. 견본이 필요하다는 팔봉의 말에 중종의 시를 옮겨 쓴 아버지의 유품이 떠올라 여백 부분을 작게 오려온 것이다. 시중에서 몇 곱절은 비싸게 거래되는 지금의 고려지와는 하늘과 땅 차이다. 이 비법으로 운평사 고려지만 재현해낼 수 있다면 유민들의 빚 청산은 물론이거니와 나라에도 큰 보탬이 될 것이다. 하지만 문제는 아무리 노력해도 운평사 고려지와는 질이 다르다는 것이다. 고민 끝에 운평사에서 사용했다는 닥나무까지 공수해왔건만 별 진전이 없다. 팔봉과 대장의 지휘 아래 제법 활기차게 돌아가던 작업장도 며칠 사이 부쩍 맥이 빠진 듯했다. 거듭 실패를 반복하자 빚 청산의 꿈에 부풀었던 유민들의 사기가 뚝 떨어져버린 것이다.

"아…… 그놈의 고려지! 뭐 이리 어려워!"

정물처럼 앉아 있던 사임당의 귓가에도 유민들의 불평이 들려온다.

"말 조심해! 그놈의 고려지라니!"

대장이 도끼질하듯 한마디 툭 뱉어낸다.

"그래. 우릴 살릴 종이라는데!"

"내 보기엔 그 종이가 그 종이구먼!"

"될 듯 안 될 듯 애를 먹이니 짜증이 나 그러지! 누군 뭐 싫어서 그러나!"

사임당은 한숨을 푹 쉬며 자리에서 일어나 문을 열고 마당으로 나간다.

"그만들 하셔요! 괜찮습니다. 실망할 것 없어요. 어찌 됐든 종이 질은 점점 더 좋아지고 있잖습니까?"

사임당은 차분하고도 침착하게 유민들의 사기를 북돋운다.

"팔봉 할배가 시킨 대로 토씨 하나 안 틀리게 하는데도 왜 이리 다른 종이가 나오는 겁니까?"

꾸부정하게 앉아 있던 이가 벌떡 일어나 따지듯 묻는다.

"계속 연구하다 보면 좋은 결과가 있을 것이네."

사임당이 얕은 한숨을 내쉬며 대답한다. 그때, 와장창 뭔가가 부서지는 소리가 들려온다. 사임당과 유민들이 동시에 소리 나는

쪽으로 고개를 돌린다. 잿물을 끓이는 솥과 닥피를 옮겨 담는 그
릇들이 땅바닥에 떨어지더니 별안간 우락부락하게 생긴 사내가
툭 튀어나온다.

"에구머니! 저게 누구래!"

사내를 제일 먼저 알아본 향이가 고함을 꽥 지른다.

"나요."

마당 구석에 쌓여 있는 솥단지와 그릇 더미 뒤에 숨어 있던 사
내가 민망한 듯 머리를 긁적이며 다가온다. 조지서 지장 출신으로
한때 사임당과 함께 종이를 만들던 만득이다. 몇 날 며칠 밤새워
만든 종이를 날름 가지고 야반도주했던 만득을 보자마자 향이가
살코양이처럼 발톱을 드러내며 으르렁거린다.

"흥! 그 잘난 지장나리! 내가 포도청에 가서 꼭 잡아달라고 단
단히 이르고 왔는데, 어떻게 제 발로 돌아오셨대?"

"미안하네…… 그땐 내가 눈에 뭐가 씌었는지 그만……."

만득이 사임당의 눈치를 살피며 고개를 주억거린다. 사임당은
무심한 표정으로 지켜볼 뿐, 별말이 없다.

"다시 받아주면 내 다시는 그런 짓 않고 착실히 일하리다!"

만득은 사임당의 치맛자락이라도 붙잡겠다는 듯 간절하게 사정
한다. 향이는 절대로 허락하면 안 된다며 사임당 옆에 달라붙어
조잘거린다. 만득은 당장이라도 향이 머리채를 잡고 흔들고 싶
지만 애써 참는다. 사임당의 공방에 꼭 들어와야 하는 이유가 있는

것이다. 제 버릇 개 못 준다고 투전판을 전전하다가 빚을 지고, 그 빚을 갚지 못해 무뢰배에게 호되게 두드려 맞다가 휘음당에 의해 구사일생으로 살아난 만득은 사임당의 공방에 잠입해 일거수일투족을 보고하기로 약조한 것이다.

"내가 그날 이후 하루도 발 뻗고 잘 수가 없었어! 여기서 계속 종이를 만든다기에 내 망설이고 또 망설이다…… 염치란 게 있는데! 어지간하면 여길 다시 들어올 생각을 했겠소? 내가 갖고 튄종이 값, 내가 일해서 갚게 해주쇼! 그래야 나도 발 뻗고 잘 게 아니오?"

대장은 입을 꾹 다문 사임당을 불안한 눈빛으로 살피며 중얼거린다.

"지장인지 된장인지, 그게 뭐기에 아씨한테 말버릇이 고따위냐. 제대로 존대하지 못해!"

그때까지 가만히 듣고만 있던 대장이 버럭 성질을 낸다.

"그러니까…… 믿어주십시오."

대장의 서슬에 놀란 만득이 한발 물러선다.

"한 손이 아쉬운 시기이니, 조지서 지장이었던 이의 손을 보태면 좋겠지요."

드디어 사임당이 굳게 닫혀 있던 입을 열며 허락한다. 만득은 고개 숙여 인사하는 척하며 피식거린다. 대장은 떨떠름한 표정으로 만득을 본다. 딱히 뭐라 꼬집어 말할 수는 없지만, 만득에게서 좋지 않은 낌새가 느껴진다. 그러나 사임당의 결정이므로 우선은 믿어보는 수밖에 없다.

　　　　　　　•

　여수 돌산도 향일암, 이겸은 집채만 한 바위에 앉아 멀리 섬들을 내려다본다. 눈에 보이는 것은 희끄무레한 안개뿐. 자욱한 안개는 바다와 하늘의 경계를 지워버렸다. 세상 전부가 바다에 잠긴 듯싶기도 하고, 구름 위에 둥실 떠 있는 것 같기도 하다.

　해를 향한 암자라는 뜻을 가진 향일암에 머문 지 벌써 여러 날, 이겸은 단 한 번도 해를 보지 못했다. 어쩌면 앞으로 영영 볼 수 없을지 모른다는 예감에 서글퍼진다.

　세상을 밝게 비추지 못한다면 그것은 태양이 아니다. 왕이 제 안위만을 걱정해 백성들을 보살피지 못하고 오히려 고통스럽게 한다면 그는 왕이 아니다. 이것은 역심이 아니다. 현실에 대한 통한이며, 형제이자 벗이었던 중종을 향한 인간적인 안타까움이다. 이제 어떤 얼굴로 중종을 만날 것인가. 이겸은 중종과 자기 사이에 놓여 있던 마음의 다리가 무너져버렸음을 느끼며 가슴을 쥐어뜯는다.

　어디선가 차고 매서운 바람이 불어온다. 철썩철썩, 안개 속에 숨어 있던 바다가 일어나 바위를 사정없이 내리친다. 하염없이 먼 곳을 바라보던 이겸의 눈빛이 조금씩 되살아난다. 언제까지 한탄

하고 원망만 하면서 숨어 있을 순 없다. 이제 일어나야 한다. 지킬 것이 있지 않은가. 홀로 났다 홀로 떠나는 허무한 인생일지라도, 살아 숨 쉬는 마지막 날까지, 사임당을 위해 살자고 다짐하지 않았는가. 이겸은 자리를 털고 분연히 일어난다.

며칠 후, 한양에 돌아온 이겸은 중종을 알현하기 위해 입궐한다.

"전하."

이겸은 중종 앞에 예를 갖춰 절을 하고 앉는다. 양옆으로 도열해 있던 민치형과 삼정승은 불편한 얼굴로 이겸을 주시하고 있다.

"송구하옵니다."

이겸이 고개를 조아리며 아뢴다.

"다짜고짜 무엇이 송구하다는 것이냐."

중종이 삐딱한 시선으로 이겸을 본다.

"비익당에 다녀가셨다 들었습니다. 전하 곁을 떠나지 말고 보필하라 명하셨는데, 거취도 밝히지 않은 채 사라졌으니 명을 어긴 게 아니옵니까."

"바람을 잡으려 한들 손에 잡히겠나. 의성군을 잡으려 한 과인의 생각이 짧았던 게지."

중종이 비아냥거린다. 연산 형님처럼 폐위당할지도 모른다는 공포를 평생 안고 살아온 중종이야말로 누구보다 의심 많은 사람이다. 한번 생긴 의심은 결코 지워지지 않고, 곰팡이처럼 그 자리를 점점 넓혀가기 마련이다.

"파락호로 떠돈 세월이 스무 해입니다. 어찌 단번에 바뀔 수 있겠습니까. 방랑벽이 도져 심장에 바람을 좀 넣고 오느라 시간이 걸렸습니다. 오는 길에 북평촌 고모님도 뵙고 왔고요."

"심장에 바람을 넣고 왔다. 그래, 대고모님께선 안녕하시던가?"

중종이 떠보듯 묻는다.

"안부를 물으셨습니다. 오랜만에 고향엘 갔더니 예전 일들이 새록새록 떠올랐습니다. 전하를 모시고 격구도 하고, 사냥도 함께 나갔던 기억들이요. 그 기억이 떠올라 잠도 잊은 채 그려보았습니다."

이겸은 황금보다 귀하다는 경면주사*를 섞어 칠한 주칠나전선을 바친다. 중종은 상선을 통해 올려진 부채를 촤르륵 펼친다. 기분이 좋은지 나쁜지 도무지 가늠할 수 없는 표정이다.

"오는 길에 눈에 담아온, 단풍 물든 풍악산 절경이옵니다. 격무에 시달리시는 전하께 그 절경을 보여드리고픈 마음에 밤새 그려보았습니다. 변죽엔 용 문양 나전을, 선추에는 옥으로 만든 용패를 달았습니다. 용은 이 나라 조선의 중심, 만백성의 근원이신 전하를 상징하는 것 아니옵니까."

이겸은 중종을 똑바로 응시하며 부채에 대해 설명한다.

"그렇구나."

---

* 鏡面朱砂, 붉은색을 띠는 광석으로 좋은 기(氣)를 내뿜는다고 믿어 부적 등에 쓰인다.

중종이 시큰둥하게 대답한다.

"곧 꿩이 많이 나타날 시기입니다. 오랜만에 매사냥이라도 함께 나가심이 어떨는지요?"

"매사냥?"

중종의 눈썹이 꿈틀거린다. 난데없이 매사냥이라니! 매사냥은 폐주 연산이 즐기던 놀이였다. 이에 고려조부터 있었던 사냥매 관리부서인 응방까지 폐쇄하지 않았던가. 그런데, 그런 그에게 이겸이 매사냥을 가자고 말하는 것이다. 무슨 꿍꿍이가 있는 것인가. 중종은 이겸의 속내를 꿰뚫듯 지그시 바라보고 이겸 또한 흔들림 없는 눈빛으로 왕의 시선을 마주한다.

"그러시지요. 오랜만에 두 분이서 함께 바람도 쐬실 겸!"

묘한 기류를 느낀 민치형이 불쑥 끼어든다.

"전하를 위해 특별한 선물도 준비하겠습니다."

이겸은 날카로운 눈빛으로 민치형을 일별한 후 말한다.

"기대해도 되겠느냐?"

의미심장한 표정으로 부채를 만지작거리던 중종이 묻는다.

"예!"

"대답 한번 시원스럽구나. 어디, 경들도 이참에 함께 나가 머리라도 식히는 것이?"

중종이 대신들을 향해 묻는다.

"성은이 망극하옵니다, 전하."

민치형과 삼정승을 포함한 대신들이 한목소리로 아뢰며 고개를 숙인다.

✦

그날 밤, 사임당은 작은 호롱불을 든 향이를 앞세운 채 컴컴한 숲길을 걷고 있다. 집에 있는 아이들에게 저녁을 해먹이고 다시 맹지로 돌아오는 길이다. 사방이 적막하고 어두운 것이 어디서 산짐승이라도 나올 듯 으스스하다.

"낮이고 밤이고……. 이게 어디 사람이 할 일입니까? 말이 좋아 하루 삼천 장이지."

향이가 투덜거린다.

"그나마 우리는 집에라도 다녀오지만 저들은 며칠째 한숨도 못 잤느니라. 투덜거릴 시간에 서둘러 걷는 게 낫겠구나!"

사임당이 향이를 꾸짖는다.

"어?"

입술을 삐죽거리며 모퉁이를 돌던 향이가 뭔가를 발견한 듯 우뚝 멈춰 선다. 무슨 일인가 싶어 서둘러 달려간 사임당도 믿을 수 없는 광경에 멈칫한다. 그녀는 자신의 눈을 의심하며 주위를 둘러본다. 달과 별만이 빛을 발하던 겨울 숲길 양옆으로 환한 지등이 꽃처럼 피어 있다. 뿐만 아니라, 지등이 밝혀진 길고 긴 길에는 매끈하고 하얀 조약돌이 고르게 깔려 있다. 꿈을 꾸는 것인가. 이 깊은 산중에 누가! 순간, 이겸의 얼굴이 반짝 하고 뇌리를 스친다.

"어머나! 세상에! 이게 무슨 일이래요!"

아이처럼 좋아하며 오색찬란한 지등 길을 팔짝팔짝 뛰어가던 향이 앞에 웬 남자가 불쑥 나타난다. 이후이다. 후의 얼굴을 알아본 향이가 고개를 숙여 인사하자 후는 할 말이 있다며 향이를 데리고 지등 길 밖으로 나간다.

혼자 남은 사임당은 황홀하게 켜진 지등을 바라보며 슬픈 미소를 짓는다. 왜 아름다운 것은 이토록 슬픈 것인가. 이 꿈결처럼 어여쁜 마음을 언제까지 모르는 척 외면해야 하는가.

"그리 웃으시오. 그대는 그리 웃는 게 어울리오."

사임당이 찬연한 빛 속으로 한발을 내디디려는데 이겸의 목소리가 들려온다. 이 환한 빛이 이겸의 애틋한 마음임을 이미 짐작했기에 사임당은 놀라지 않는다. 그녀는 슬프고 아련한 눈빛으로 이겸을 마주본다. 그들은 거리를 두고 서서 애달픈 시선으로 한참 동안 서로를 바라본다.

"북평촌에 다녀왔소."

고요를 깨뜨린 이겸의 말에 사임당의 심장이 쿵 하고 떨어진다. 그녀는 아무런 대꾸도 못하고 그 자리에 얼어붙은 채 서 있다.

"미안하오…… 미안하오."

이겸의 목소리에 울음이 묻어 있다. 사임당은 그의 눈가에 맺힌 눈물을 바라본다. 묵은 상처를 불로 지지는 듯 가슴이 아프다.

"어디까지 알고 계신 것입니까?"

사임당은 설움을 애써 억누르며 묻는다.

"이십 년 전 일어난 모든 일들…… 하룻밤 새 나를 등지고 도둑 혼사를 치러야만 했던 이유…… 당신에게 유민들이 어떤 의미인지, 왜 그들과 고려지를 만들어내야만 하는지까지…… 전부 다!"

"……."

"다 이해하오!"

"공의 인생을 살아가시면 됩니다. 저는 제 삶을 살아가면 되는 것이고요."

사임당은 처연하게 돌아서 어둠을 응시하며 말한다.

"이제는 그리 못하오!"

이겸이 손을 뻗어 사임당의 어깨를 잡아 돌려 세운다. 사임당이 쓰러질 듯 휘청거린다. 이겸이 그녀를 부축하며 끌어안는다. 그 뜨거운 손을 느낀 사임당이 몸을 빼내려 버둥거렸지만 그럴수록 이겸은 그녀를 더욱더 끌어당겨 으스러질 듯 안는다.

"놓으세요!"

사임당이 두 손으로 힘껏 이겸을 밀치고 품에서 빠져나온다. 그리고 타오르는 듯한 이겸의 눈동자를 뚫어지게 바라본다. 이미 돌이킬 수 없다. 지나간 세월을 무슨 수로 붙잡는단 말인가. 더군다나 이제 와 그 앞길에 걸림돌이 될 수는 없다.

"더는 신경쓰지 마십시오. 공의 길을 가십시오!"

"전부 알아버렸는데, 어찌 모른 척 살라 하는 것이오! 그게 가능하리라 생각하오?"

"그래야만 하십니다!"

"내가 당신이고, 당신이 나였다면! 서로의 상황이 바뀌었으면! 당신은 모른 척 살 수 있었겠소?"

"예."

"거짓말! 거짓말! 거짓말!"

쩌렁쩌렁 울리는 이겸의 목소리에 놀란 새들이 푸드득 날아간다. 사임당은 비집고 나오려는 눈물을 꾹 참으며 그를 외면한다. 그런 그녀를 바라보는 이겸의 시선이 먹먹하다.

"그대는 그리 사시오, 지금처럼…… 유민들을 위해, 또 가족들을 위해. 그게 당신 길이라면 그 길을 뚜벅뚜벅 가시오. 하나, 나는 언제나, 당신이 보이는 곳에 서 있을 거요!"

"그러시면…… 아니 됩니다."

"남의 아내라도 상관없고, 돌아보지 않는다 해도 상관없소!"

"참으로 무모하십니다! 지아비가 있는 몸, 절 돌볼 사람은 그쪽이 아니라, 우리 가족과 제 자신입니다!"

"설사 우리 가는 길이 영원히 만나지 않는 평행선이라 해도, 당신보다 앞서 달려가 자갈돌 치워주고 파인 곳 메워주며 그렇게 평생을 나란히 가겠단 말이오!"

"못 들은 걸로 하겠습니다!"

사임당은 마음을 다잡듯 단호하게 외치며 매섭게 돌아선다.

"사임당!"

그녀를 부르는 이겸의 목소리가 오래도록 메아리친다.

◦

폭설이 내리는 어느 오후, 중부학당에 한바탕 난리가 난다. 지균과 현룡이 몸싸움을 벌인 것이다. 현룡에게 대통 자리를 빼앗긴 지균이 분에 못 이겨 현룡을 '거지새끼'라고 놀렸고, 거기에 화가 난 현룡이 지균을 공격하며 싸움이 시작됐다. 두 아이는 정강이까지 푹푹 빠지는 눈밭을 구르며 피투성이가 되도록 싸웠다. 소식은 금세 지물전 업무를 보고 있던 휘음당에게 닿았다.

"대체 학동들 관리를 어떻게 하고 계십니까! 훈도관은 다 뭐하는 분들이에요!"

만사를 제치고 달려온 휘음당이 백인걸과 훈도관을 세워놓고 노발대발한다. 지균은 명주로 코피를 틀어막은 채 씩씩거리고 있다.

"지균 어머니, 좀 진정하십시오!"

백인걸이 달래듯 말한다.

"진정하게 생겼습니까? 지균이 얼굴 좀 보세요!"

휘음당이 옆에 서 있던 지균을 보며 고함을 지른다. 당장 현룡을 데리고 오라며 몸을 부르르 떤다. 백인걸은 난색을 표하며 어쩔 줄 모른다. 그때 훈도관이 상처투성이인 현룡을 데리고 교수관으로 들어선다.

"뭐해? 사과드리지 않고!"

훈도관이 휘음당의 눈치를 살피며 현룡의 등을 떠민다.

"싫습니다! 전 잘못한 게 없습니다!"

현룡은 대나무처럼 뻣뻣하게 서서 눈에 힘을 준다. 그 순간 휘음당의 손이 현룡의 뺨으로 날아든다. 현룡의 몸이 한쪽으로 쓰러질 듯 기우뚱하지만 휘음당은 뺨을 또 한번 후려갈긴다. 순식간에 현룡의 볼이 빨갛게 부풀어 오른다. 현룡은 터지는 울음을 꾹 누르며 씩씩거린다.

"이번 일은 그냥 넘어가지 않겠습니다!"

휘음당은 독기 어린 눈빛으로 눈물 한 방울 흘리지 않는 현룡을 노려보다가 백인걸을 향해 소리를 지르더니 지균을 데리고 신경질적으로 나가버린다. 입을 앙다물고 있던 현룡은 휘음당이 사라지자마자 참았던 눈물을 후드득 떨군다.

중부학당을 나온 현룡은 차마 집으로 들어갈 수가 없어서 주변을 배회하다가 뒷담에 숨어 앉아 눈이 퉁퉁 붓도록 흐느껴 운다. 입안이 터져 침을 삼킬 때마다 피 맛이 돈다. 코를 훌쩍일 때마다 콧등이 쓰라리다. 하지만 더 많이 다친 곳은 마음이다. 억울해서 살 수가 없다. 현룡의 울음소리가 담을 넘어 눈 쌓인 마당을 산책하던 폐비 신씨의 귓가에 들린다. 아이의 울음소리치고 너무나 서럽다. 필시 무슨 곡절이 있다고 여긴 폐비 신씨는 담장 너머로 고개를 내밀고 현룡에게 말을 건다. 다정한 목소리에 위로받은 현룡은 학당에서 일어난 일들을 처음부터 끝까지 얘기한다. 자기 변명이 섞이지 않은 담백한 진술이다. 현룡의 얘기를 찬찬히 들은 신씨는 상궁에게 곶감을 가져오게 하여 현룡의 손에 쥐여주고 집으로 돌려보낸다. 담장 너머로 현룡이 집으로 들어가는 것을 확인한 신씨는 지금 당장 가서 사임당을 모셔오라고 상궁에게 명한다.

맹지에서 작업을 하고 있던 사임당은 신씨의 부름을 받자마자 무슨 일인가 싶어 헐레벌떡 달려온다.

"어인 연유로 저를 부르셨는지요?"

사임당은 폐비 신씨를 향해 예를 취한 후, 단정히 앉아 묻는다.

"이 늙은이가 급작스레 호출하였다 하니, 놀라셨나 봅니다. 다름 아니라……."

폐비 신씨는 자애로운 미소를 지으며 말하면서 준비해두었던 보자기를 내민다.

"무엇입니까?"

사임당이 의아한 눈빛으로 보자기를 바라본다.

"열어보세요."

조심스럽게 끄른 보자기 속에는 곱디고운 소색素色 저고리*에 자색 치마 한 벌이 곱게 개어져 있다. 한눈에 보아도 값비싸고 귀

---

* 실의 모양을 바꾸거나 염료를 섞지 않은 북방 계통의 민저고리.

한 옷가지이다.

"모본단* 치마저고리입니다."

"어찌 이것을 제게?"

"듣자 하니…… 현룡이가 중부학당에 다닌다면서요."

"그렇긴 하옵니다만……"

"현룡이는 낭중지추囊中之錐, 참으로 보기 드문 영민한 아이이더 군요. 하나, 아이는 아이입니다. 중부학당이란 곳이 원체 세도가 자제들이 다니는 곳이라, 평범한 집안 학동은 버텨내기가 힘들 겁니다. 어릴 적, 우리 오라버니와 동생들 모두 그곳 출신이었기에 그곳 분위기가 어떠한지 어렴풋이 압니다. 여느 학당들과는 수준이 달라 문제가 되는 곳으로도 유명하지요. 동무들의 고급 지필묵하며, 구하기 어려운 서책에, 비복들이 때맞춰 바치는 산해진미까지, 아마도 그 모든 상황들이 현룡의 마음을 꽤나 어지럽혔을 겁니다."

"현룡이가, 그런 말을 마마님 앞에서 했습니까?"

"오늘 학당에서 작은 소란이 있었던 모양입니다. 어머니를 모셔오라 한 것 같은데 차마 말은 못하고 담장 아래에 주저앉아 흐느끼고 있었습니다."

"몰랐습니다. 참으로 송구합니다."

* 模本緞, 직물이 얇고 부드러우며 윤기가 나는 비단.

"이 옷을 입고 가십시오."

"폐를 끼치고 싶지 않습니다."

"아이를 안 키워봐서 잘은 모르지만, 풀 죽어 있을 아이 입장도 생각해야죠. 벗된 이의 마음이라 생각해주세요."

폐비 신씨는 난감해하는 사임당의 마음을 다독이듯 따뜻한 미소를 지어 보인다.

옷 보자기를 가지고 집으로 돌아온 사임당은 고개를 푹 숙이고 시무룩하게 앉아 있는 현룡을 안쓰럽게 바라본다.

"현룡아……."

사임당은 옷 보자기를 내려놓고 현룡 앞으로 바싹 다가가 앉는다. 현룡은 마지못해 고개를 들어 어머니를 바라본다. 얼마나 울었는지 눈이 퉁퉁 붓고, 한쪽 볼은 퍼렇게 멍들었으며 입술과 코에는 피딱지가 굳어 있다. 아들의 처참한 모습에 사임당의 심장이 턱 막혀온다.

"죄송합니다…… 어머니."

현룡은 울음이 잔뜩 섞인 목소리로 힘없이 중얼거린다.

"네가 잘못한 일이 맞느냐?"

사임당이 차분한 음성으로 묻는다. 현룡은 그렇다고도 아니라고도 말하지 못한다.

"어미는 너를 믿는다……."

사임당은 아무런 변명도 하지 못하고 눈물만 주르륵 흘리는 아들의 머리를 쓰다듬는다. 어머니의 따뜻한 손길에 현룡은 어깨를 들썩이며 서럽게 오열한다. 사임당은 아들을 품 안에 꼭 끌어안고 아주 오랫동안 등을 토닥여준다.

다음 날, 휘음당은 자모회 부인들을 소집한다.

비상대책회의를 하자는 휘음당의 전갈을 받은 자모회 부인들은 비단 치마를 갖춰 입고 중부학당 마당으로 들어선다. 쌓인 눈을 쓸고 있던 훈도관들은 갑작스레 부인들이 들이닥치자 빗자루를 던지듯 내려놓고 도망치듯 사라진다.

서씨 부인을 필두로 자모회 부인들은 치맛바람을 일으키며 휘음당의 기분을 맞추기 위해 갖은 아양을 떤다.

"시각이 다 돼가는 듯한데 다들 모였는가?"

휘음당은 고개를 꼿꼿이 세운 채 도도하게 묻는다.

"잠시만요. 근데 신입들이 안 보이네?"

서씨 부인은 줄지어 따라오는 부인들의 머릿수를 헤아리며 고개를 갸웃거린다. 그때 태룡의 어머니인 공씨 부인이 엉덩이를 흔들며 헐레벌떡 뛰어온다.

"신입이 이리 늦으시면 어떡합니까!"

서씨 부인이 못마땅하게 혀를 끌끌 찬다.

"죄…… 송합니다. 가마꾼이 부실하여……."

공씨 부인이 숨을 헉헉거리며 변명한다.

"댁이 과한 게 아니고요?"

서씨 부인이 조롱 섞인 눈빛으로 펑퍼짐한 공씨 부인의 몸을 훑는다. 이 말을 들은 부인들이 배꼽을 부여잡고 깔깔거린다. 비웃음을 당한 공씨 부인은 욱하고 화가 치밀지만 꾹 눌러 참고 구석에 가서 앉는다. 그러거나 말거나 상석에 앉은 휘음당은 덫을 놓은 사냥꾼처럼 굶주린 눈빛으로 문을 주시하고 있다. 사임당을 기다리는 것이다. 이때, 문이 열리고 사임당이 늦어서 죄송하다며 공손히 절하며 들어선다. 자모회장에 앉아 있던 부인들의 시선이 한순간에 사임당을 향한다. 소색 저고리에 자색 치마를 입은 사임당의 모습은 한겨울에 핀 눈꽃이요, 봄날을 여는 매화요, 여름을 밝히는 봉선화요, 가을에 흐드러진 국화다. 그 아름다움에 압도된 부인들은 쩍 벌어진 입을 다물 줄 모른다.

"옷이 날개라더니…… 저 부인, 시화전에서 봤을 때랑은 영판 달라 보이네."

"그러게나 말입니다."

"조용, 조용! 현룡 어머닌 저기 구석에 앉으시면 됩니다."

서씨 부인이 목소리를 높인다. 사임당은 우아한 몸짓으로 걸어가 자리에 앉는다. 휘음당은 이빨을 숨긴 호랑이처럼 단단히 벼른 표정으로 사임당을 주시한다. 사임당은 그 어느 때보다 단단한 눈빛으로 휘음당의 시선을 받는다.

"휘음당 형님, 다들 모인 것 같으니 시작하십시오."

서씨 부인이 휘음당 옆자리에 착 달라붙어 깍듯하게 말한다.

"사안이 급하여 비상대책자모회를 소집한 점 양해 부탁드립니다. 학당 자모회 정관을 살피던 중, 우리 중부학당에 자격이 없는 학동이 다니고 있음을 알게 됐습니다."

휘음당이 좌중을 둘러보며 기세 좋게 말한 후 서씨 부인을 향해 눈짓을 보낸다. 서씨 부인이 품에서 정관 책을 꺼내 펼쳐들고 낭독한다.

"열두 번째 조항, 학당의 품위를 손상시키거나 해를 끼친 집안의 학동은 자모들 과반이 찬성할 시 퇴교시킬 수 있다!"

서씨 부인의 말이 끝나자, 부인들이 도대체 그런 집안의 아이가 누구냐고 물으며 웅성거린다.

"바로 이현룡 학동 집안이에요!"

서씨 부인이 기다렸다는 듯 사임당을 향해 손가락질한다. 순간적으로 사임당의 눈빛이 흔들린다.

"품위를 손상시키다니, 무슨 뜻입니까?"

사임당은 당황스럽지만 침착함을 잃지 않고 단정한 목소리로 묻는다.

"중부학당 학동의 부친 중에 관직에 오르지 않은 이가 없어요. 그런데 이현룡 부친께선 이십여 년째 낙방을 거듭하며 놀고 계시다 들었습니다. 그런 부친 아래서 과연 학동이 무얼 배웠으며, 어떤 의지를 다질 수 있겠습니까?"

휘음당의 목소리에는 비웃음이 깔려 있다.

"부친이 관원이 아닌 것이 아이의 배움과 상관이 있습니까?"

사임당은 이에 굴하지 않고 당당히 묻는다.

"중부학당이 보통 학동들이 드나드는 곳인 줄 아십니까?"

"돈 많고 명예 있는 아비만 좋은 아비인 것은 아니지 않습니까?
아이들을 있는 그대로 봐주고 항상 웃게 해주는…… 더할 나위 없
이 선량하고 따뜻한 아비입니다. 제 남편은!"

"그런 식으로 둘러댄다 한들, 결국엔 관직 없는 백수란 소리인
게지요!"

휘음당이 사임당의 말을 툭 잘라버린다.

"관직이 있고 없고가 그리 중요합니까? 전국시대 사상가이며
병법가인 묵자墨子도 평생 관직에 오르지 않았으나 약자에 대한
한없는 동정으로 많은 이들의 모범이 되었고, 대시인 도연명陶淵明
또한 평생을 주유周遊하여 훌륭한 시와 글로써 후세에까지 이름을
떨치고 있습니다."

"그래서 뭡니까? 현룡이 아버지가 묵자입니까, 도연명입니까?
내 알기론 이십여 년째 낙방을 거듭하고 있는 낙방거사라 들은 것
같은데……."

휘음당의 말에 부인들이 낄낄거린다.

"동의할 수도 없고 이해할 수도 없는 규약입니다. 대체 그런 학

칙을 누가 정했다는 말입니까?"

사임당은 달아오른 마음을 애써 진정시키며 냉정하게 따진다.

"중부학당 자모들이죠! 이게 대대로 내려온 자모회 규약집이라고요!"

서씨 부인이 들고 있던 서책을 흔들며 으름장을 놓듯 말을 잇는다.

"말 나온 김에 어디 끝까지 해볼까요? 아무리 형편이 궁색해도 그렇지, 명색이 양반집 부녀가 땀내 나는 무명옷 차림으로 상민들과 뒤섞여 거친 일을 하다니! 이거야말로 중부학당의 명예를 더럽히는 것이 아니고 무엇이겠습니까!"

휘음당이 배고픈 승냥이처럼 으르렁거리며 사임당을 궁지로 몰아넣는다.

"종이를 만드는 일입니다. 종이는 아이들 공부에 꼭 필요한 없어서는 안 될 중요한 문구이고요. 그것을 만드는 일이 어찌 부끄럽단 말입니까? 여러분이 좔좔 외우라 독려해대는 《사서삼경》도, 종이가 없다면 어찌 읽을 수 있겠는지요? 춘추전국시대로 돌아가 대나무에 글씨를 새긴 죽간竹簡이라도 들고 다니라는 겁니까?"

"양반 상놈 구분 안 되는 행색으로 유민들과 뒤섞여 막일 따위를 하면서, 중부학당의 품위를 손상시키고 있음을 얘기하는 겁니다! 무엇이 그리 당당하단 말입니까?"

"행색은 겉치레에 불과합니다! 지난 시화전엔 무명옷 차림이었고, 오늘은 비단옷을 입었습니다. 하나, 저라는 사람의 본질은 변함이 없지요! 박꽃은 그 행색은 초라하나 한 덩이의 박으로 많은 식구들을 먹이기에 충분하고, 연꽃은 비록 화려하나, 그 열매는 대추나 밤만 못한 법입니다!"

"뭣이…… 그러니까 뭐야, 우린 화려한데 별 볼 일 없는 연밥이란 거야 뭐야!"

서씨 부인이 파르르 떨며 끼어든다.

"누군가는 종이를 만들어야 하고, 저는 그 일을 하고 있습니다. 어찌 그것이 품위를 손상시키는 행동이란 말입니까?"

"언변 학당이라도 다녔나! 뭐 저리 청산유수야?"

서씨 부인은 사임당의 유려한 말솜씨에 말문이 막히고 기가 막힌다.

"내 이 말까지는 안 하고 덮어두려 했으나! 듣자 하니 현룡이 외가가 기묘사화에 연루됐었다지요? 외조부께선 그 일로 옥고를 치르고 낙향하셨고!"

휘음당이 도전장을 던지듯 내뱉는다.

"기묘사화…… 그럼…… 역모?"

부인들이 웅성거린다. 사임당은 아버지 이야기에 동요하기 시작한다.

"그리고 지금 사는 옆집에는 역적 신수근의 여식인 폐비 신씨가 살고 있고요! 아니 그렇습니까, 현룡 어머니?"

휘음당은 살벌하게 몰아붙인다. 크게 당황한 사임당은 아무런 대꾸도 못하고 휘음당을 본다.

"또한 지금 입고 있는 그 자색 치마! 여염집에선 구하기가 어려운 모본단입니다. 그래서 왕비의 색이라고도 부르지요!"

휘음당의 채찍질은 멈추지 않는다.

"지균 어머니가 지금 입고 계신 그 연지색 치마! 그 또한, 아무나 만들어낼 수 있는 색은 아니지요!"

순간 냉정을 되찾은 사임당이 차갑게 되받는다. 휘음당은 묘하게 입꼬리를 살짝 올리며 사임당을 비웃을 뿐 아무런 대꾸도 하지 않는다. 그 대신 기묘사화와 폐비 신씨라는 말에 열중해 있는 부인들을 향해 엄포를 놓는다.

"중부학당이! 어떤 곳입니까? 유서 깊은 관원 집안 자제들만 다니는 곳입니다! 여기서 맺은 학맥이 성균관으로 이어지고, 또 관원으로 이어지며 평생을 가는 것이지요!"

"그렇지요!"

"역모에 연루된 집안 학동이 우리 학당에 다니는 건 품위를 떨어뜨리는 정도가 아닙니다!"

"아이들 앞길을 막을 수도 있는데!"

부인들은 마치 전염병 환자라도 보듯 사임당을 본다.

"신, 명자, 화자 쓰시는 저희 선친께서는!"

새파랗게 질린 사임당이 목소리를 높인다. 한 사람만 쥐 잡듯 잡는 분위기에 휩쓸리지 못하고 안절부절 앉아 있던 공씨 부인이 신명화라는 말에 놀라 눈을 크게 뜨고 사임당을 바라본다. 어린 시절 오죽헌 학당에서 신명화에게 가르침을 받았던 공씨 부인이 이제야 사임당을 알아본 것이다. 하지만 이 분위기에 아는 척을 할 수도 없는 노릇이라 발만 동동 구른다.

"기묘사화 끝자락에 잠시 조사를 받으신 건 사실이나 풀려나셨습니다! 따라서 아무런 죄가 없습니다! 설령 아비가 죄가 있다 한들 아비의 죄를 아들이 고발하지 않는 것이 정직이며, 그것이 곧 인정이라고 《효경》에도 쓰여 있습니다! 이러한데 어찌 아비의 죄를 그 자식에게 물어 연좌할 수 있겠습니까?"

사임당의 말에는 호소력이 있다.

"진나라 재상 상앙商鞅은! 엄중한 형벌과 연좌제를 시행하면 불필요한 소송과 싸움을 멈출 수 있다고도 하였지요! 긴말할 게 뭐 있겠습니까? 여기 자모님들 과반이 찬동하면 깔끔하게 학당을 나가는 것으로 하시지요!"

휘음당이 사임당을 싸늘하게 노려본다. 부인들은 그렇게 하는 것이 좋겠다며 당장 투표하자고 아우성친다.

잠시 후 현룡의 퇴학 여부를 놓고 투표가 시작된다. 사임당은 온몸으로 모멸감을 견디며 앉아 있다. 휘음당은 의기양양한 표정으로 그런 사임당을 본다.

하지만 개표 결과는 예상 밖이다.

"에구머니! 동점입니다요……."

"이 무슨……!"

서씨 부인은 당황한 기색으로 휘음당의 눈치를 살핀다. 휘음당의 낯빛이 달라진다.

"다시 합시다! 동점이니 재투표를 해야지요!"

서씨 부인이 휘음당을 힐끔힐끔 곁눈질하며 서둘러 말한다.

"일단! 차부터 한 잔씩 드시지요. 자모들께서도 목이 마르실 듯 싶어서요. 마침 명나라에서 들어온 귀한 차가 있습니다. 한 잔씩 드시고…… 투표니 뭐니 번거롭게 할 거 뭐 있습니까? 거수로 하시지요."

휘음당이 싸늘한 눈빛으로 부인들을 하나하나 쏘아보며 협박하듯 말하고 자리를 뜬다. 그 기세에 잔뜩 위축되어 있던 부인들이 서로 옆구리를 찌르며 속닥거린다. 사임당에게 딱히 반감이 없는 부인들조차 이번에는 빼도 박도 못하게 손을 들어야 하는 형국이라 좌불안석이다.

"휘음당 형님한테 찍히면 국물도 없어! 현룡이 들어오기 전까진 지균이가 대통 도맡아 했는데……. 아까 봤잖아. 현룡이 개 보통 아냐! 휘음당 형님한테 대들다 따귀까지 맞았다니까. 그것도 두 대씩이나."

"지금 뭐라 하셨습니까? 방금 우리 현룡이가 맞았다 하셨습니까?"

사임당의 얼굴이 급격히 어두워진다. 방금 전까지 있는 말 없는 말 떠들어대던 부인들이 입을 딱 닫아걸고 딴청을 부린다. 사임당은 파랗게 멍들어 있던 현룡의 볼을 떠올린다. 화가 나고 기가 차서 손발이 후들후들 떨린다. 인간이 어찌 그리 잔인무도할 수 있는가. 지금 눈앞에서 벌어지고 있는 이 모든 일들도 자신과 현룡을 들어내기 위한 계략이 아닌가. 그때, 휘음당이 문턱을 넘어 자모회장으로 들어선다. 사임당은 분에 가득 찬 눈빛으로 휘음당을 노려본다. 휘음당은 재미있다는 듯 피식 웃으며 사임당을 일별하고 자리에 앉는다.

잠시 후 여종이 들어와 부인들에게 찻물을 돌리기 시작한다. 서씨 부인이 일어나 여종의 옆구리를 찌르며 귀에 대고 뭐라고 속닥거린다. 여종이 알겠다는 듯 고개를 끄덕이며 찻물을 들고 사임당 쪽으로 조심성 없이 걸어온다.

"아이고, 다리야!"

갑자기 공씨 부인이 다리를 뻗으며 엄살을 피운다. 그와 동시에 어떤 부인이 비명을 지르며 자리에서 벌떡 일어선다. 공씨 부인의 발에 걸려 넘어진 여종이 다른 부인의 치마에 찻물을 쏟아버린 것이다. 사임당이 당해야 하는 봉변을 대신 당한 부인은 지저분하게 얼룩진 치마를 잡고 발을 동동 구른다. 옆집 대감댁에서 빌려온 값비싼 치마라며 펄쩍펄쩍 뛴다. 수작을 부리려다 실패한 서씨 부인은 괜스레 여종을 호되게 야단쳐 쫓아내버린다. 너무나 유치한 부인들의 행동에 사임당은 맥이 빠지고 만다. 화낼 가치도 없다 느낀 것이다. 그녀는 고개를 절레절레 흔들며 한숨을 푹 내쉰다.

"붓을 가져오시오!"

사임당은 호들갑을 떨고 있는 부인들을 향해 큰소리로 외친다. 부인들의 시선이 일제히 사임당을 향한다.

"붓과 먹을 달란 말입니다. 어서요!"

사임당이 단호하게 외친다.

문제의 치마가 커다란 종이처럼 바닥에 펼쳐진다. 사임당은 치마 앞에 단정히 앉아 가만히 얼룩을 들여다본다. 부인들은 숨죽인 채 사임당의 일거수일투족을 지켜본다.

사임당은 차분하고도 단호한 자세로 천천히 붓을 집는다. 붓을 든 손이 파르르 떨린다. 그녀는 심기일전하듯 잠시 눈을 감았다가 뜨고는 작게 심호흡을 내쉰다. 이내 붓이 춤을 추듯 움직인다. 부인들의 눈동자가 붓을 따라 이리저리 움직인다. 절대몰입의 순간, 사임당은 주위 상황은 안중에도 없다는 듯 몰아의 경지에 빠져든다. 붓이 지나간 자리마다 포도송이가 생겨난다. 양옆으로 길게 퍼져 나간 얼룩은 포도 넝쿨로 변한다. 붓을 든 사임당의 손은 나비의 날갯짓처럼 치마 위를 나풀나풀 날아다닌다. 거침없는 붓질에 여기저기서 탄성이 쏟아진다. 성글게 열린 포도송이 하나하나가 먹음직스럽다. 포도송이가 완성될 때마다 사임당의 얼굴에 희열이 차오른다.

그림이 완성될수록 휘음당의 얼굴은 일그러진다. 처음엔 대수롭지 않았다. 시화전을 통해, 사임당이 더는 그림을 그릴 수 없음을 알고 방심했던 까닭이었다. 그러나 상황이 달라졌다. 사임당의 화재가 다시 살아난 것이다. 휘음당은 불안과 초조로 잔뜩 긴장한 채 두 눈을 부릅뜨고 사임당을 지켜본다.

드디어 묵포도도墨葡萄圖가 완성됐다. 사임당은 호흡을 고르며 붓을 놓고 만족스런 표정으로 자신의 그림을 내려다보다가 치마의 주인을 바라본다.

"흉함과 아름다움 사이엔 경계가 없다 생각합니다. 이 치마를 가져가시면 곤경을 모면하실 겁니다."

"어머나 세상에!"

치마를 받아든 부인은 사임당에게 존경의 눈빛을 보낸다. 어떤 부인은 얼룩이 포도가 되었다며, 이거야말로 전화위복이 아니겠느냐며 호들갑을 떤다. 훈도관과 백인걸까지 와서 묵포도도를 구경하느라 정신이 없다.

"여러 자모님들께 드릴 말씀이 있습니다."

사임당이 천천히 일어나 주변을 둘러보며 말한다. 정신없이 묵포도도를 구경하던 사람들의 시선이 사임당을 향해 멎는다.

"오늘부로 현룡이를 자진 출재시키겠습니다."

사임당이 단호하게 말한다. 그림에 정신이 팔려 현룡의 퇴출 문제를 까맣게 잊고 있던 부인들이 놀란 눈으로 사임당을 본다. 사임당의 손에는 어느새 쓰개치마까지 들려 있다. 이미 떠나기로 작심한 것이다.

"그래도 자진 출재라니요?"

누구보다 현룡을 아끼던 백인걸은 안타까운 마음을 감추지 않는다.

"자모들끼리 만들었다는 규약 때문이 아닙니다. 아이보단 그 아비의 권세와 재물을 더 중시하고, 나라의 근간이 되는 백성들마저 우습게 여기면서까지, 오로지 과거공부만을 강요하는 이곳에선 더는 배울 것이 없을 듯합니다."

솔직담백한 사임당의 말에 백인걸은 말문이 막힌다.

"그간 고마웠습니다. 다시 찾아뵙고 인사 여쭙겠습니다."

사임당은 백인걸에게 공손히 인사한다. 백인걸은 무거운 한숨을 내뱉으며 마주 목례한다. 이 모든 사태를 지켜보고 있는 휘음당의 눈에 핏발이 선다. 사임당은 무연한 얼굴로 휘음당을 무시하듯 지나쳐버린다. 이때, 휘음당의 이성은 처참하게 무너져버린다.

"네가 그만두는 게 아냐! 내가 쫓아내는 거야! 똑똑히 알아둬!"

"오래전 운평사에서 내 목숨을 구해줬었지요. 한 번쯤 꼭 고맙다는 말을 하고 싶었습니다. 늦었지만…… 고맙습니다. 어찌하여 양반가의 정실부인 자리까지 올랐는지는 모르나, 그 마음만은 예전만 못한 듯싶습니다."

"뭐라!"

"겉은 화려한 나비일지 모르나 속은 여전히 애벌레인 것이지요."

"이런⋯⋯."

"중부학당 자모회 수장 자리가 다른 이를 짓밟으면서까지 그토록 지켜내야 하는 것이라면, 댁은 계속 그리 사시오."

휘음당은 뺨을 얻어맞은 듯한 얼굴로 사임당의 뒷모습을 본다. 화가 머리끝까지 솟구쳐 온몸이 타들어갈 것만 같다.

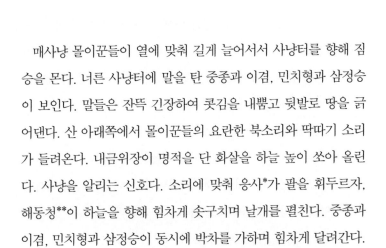

19

매사냥 몰이꾼들이 열에 맞춰 길게 늘어서서 사냥터를 향해 짐승을 몬다. 너른 사냥터에 말을 탄 중종과 이겸, 민치형과 삼정승이 보인다. 말들은 잔뜩 긴장하여 콧김을 내뿜고 뒷발로 땅을 긁어댄다. 산 아래쪽에서 몰이꾼들의 요란한 북소리와 딱따기 소리가 들려온다. 내금위장이 명적을 단 화살을 하늘 높이 쏘아 올린다. 사냥을 알리는 신호다. 소리에 맞춰 응사*가 팔을 휘두르자, 해동청**이 하늘을 향해 힘차게 솟구치며 날개를 펼친다. 중종과 이겸, 민치형과 삼정승이 동시에 박차를 가하며 힘차게 달려간다. 매가 날아가는 방향을 향해 일제히 질주하는 그 모습이 가히 장관이다. 말갈기가 바람을 가르고, 발굽 소리에 지축이 울린다. 돌이

* 鷹師, 조선시대에 응방에 소속되어 매를 관리하며 꿩 잡는 일을 맡았던 벼슬 직위.
** 海東靑, 매의 다른 이름.

튀고 흙먼지가 일어난다. 지위 고하를 막론하고 오롯이 사냥의 본능에만 충실한 수컷들의 전투다. 그들 중 단연 선두를 치고 나선 이는 이겸이다. 이겸의 뒤를 바싹 쫓던 민치형이 박차를 가한다. 그들은 용호상박의 기세로 자리를 다툰다.

산기슭에 이른 이겸은 말고삐를 늦추며 숲속을 살핀다. 수풀에서 푸드득 새의 날갯짓 소리가 들려온다. 인기척에 놀란 꿩이 깃을 치며 도망치고 있다. 이겸은 재빨리 화살을 꺼내 살을 메기고 도망치는 꿩을 겨눈다. 이때, 일각에 있던 민치형도 재빨리 활을 당긴다. 이겸이 날린 화살은 꿩을 향해 날아가고, 민치형이 쏜 화살은 이겸을 향해 있다. 화살촉이 이겸의 볼을 아슬아슬하게 스치는가 싶더니 산짐승이 비명을 지르며 쓰러진다. 집채만 한 멧돼지가 민치형의 화살에 맞아 절명한 것이다.

"큰일 날 뻔했소이다. 의성군."

민치형이 비릿한 미소를 지으며 이겸을 향해 다가온다.

"절명시키고 싶었던 게 저 멧돼지입니까, 아니면 이 몸입니까?"

이겸이 민치형을 도발적으로 바라보며 묻는다.

"명색이 생명의 은인인데, 말씀이 지나치십니다."

민치형은 남들 들으라는 듯 호탕하게 웃더니, 이겸을 향해 싸늘한 눈웃음을 날리고 돌아선다. 이겸은 날선 눈으로 민치형의 뒷모습을 노려본다.

너른 들판에 천막이 쳐져 있고, 그 옆으로 매 한 마리가 홰에 앉아 벌건 고기를 쪼고 있다. 한바탕 사냥을 끝낸 왕과 신하들이 호쾌하게 웃으며 천막에 들어가 앉는다. 산해진미가 한상 가득 차려져 있다.

"인정하리다. 내 화살보다 영상의 화살이 빨랐소."

중종이 호탕하게 웃으며 영의정의 술잔을 채운다.

"고작 작은 토끼 한 마리일 뿐입니다. 다음번엔 전하의 화살이 필시 고라니나 멧돼지를 잡을 것이옵니다."

영의정이 짐짓 겸양을 떨며 하사받은 술잔을 시원하게 비운다.

"영상 대감의 사냥감은…… 꿩 대신 닭이 아니라, 꿩 대신 토끼라 해야겠습니다."

우의정이 너스레를 떨며 끼어든다.

"오랜만에 말을 타고 산야를 달리니 대장부의 호연지기가 절로 느껴집니다, 전하. 이게 다 의성군 덕분이 아니겠습니까!"

영의정은 중종의 비위를 맞추려는 듯 한쪽 구석에 말없이 앉아 있는 이겸을 걸고넘어진다. 이겸은 음식 한 점 입에 대지 않고 화구를 펼쳐놓고 앉아 그림을 그리고 있다.

"어허…… 매사냥을 나오자 부추겨놓고, 너는 어찌 그림만 그리고 있는 것이냐?"

중종이 못마땅하다는 듯 이겸을 나무란다.

"거침없이 창공을 가르는 매를 보니, 저도 모르게 그만……"

이겸이 만면에 웃음을 띠면서 대답한다. 중종은 이겸의 볼에 난 상처를 말없이 보다가 곧 그림에 시선을 던진다. 매 한 마리가 홰에 고독하게 앉아 있는 그림, 가응도*이다. 그림 속 매는 마치 주인의 명령을 기다리는 듯도 하고, 잃어버린 주인을 그리워하는 듯도 하다.

"참으로 정교한 운필입니다. 윤기 나는 깃털하며, 날카로운 발톱과 매섭게 쪼아댈 듯한 부리……."

"오! 당장이라도 날갯짓해 화폭을 뚫고 날아갈 듯합니다!"

"천하일품이란 말이 바로 이런 그림을 두고 하는 말이로구먼!"

이겸의 그림을 바라보던 삼정승이 경쟁하듯 감탄을 늘어놓는다.

"까마귀는 먹을 감아도 까맣다더니, 의성군은 어쩔 수 없는 환쟁이로구나."

중종은 고개를 끄덕이며 말한다.

한참 동안 그림에 열중해 있던 이겸이 어떤 결심이 섰다는 듯 붓을 내려놓는다.

"전하께 드리는 저의 정성이오니 받아주시지요."

이겸이 그림을 두 손으로 받들어 중종에게 올린다.

"과인에게? 허허허, 천하일품을 마다할 리 있겠느냐?"

중종이 그림을 받아들며 호탕하게 웃는다.

"예로부터 매에는 벽사辟邪의 의미가 있다고 하였습니다. 송나

---

* 架鷹圖, 사냥용 매가 홰에 앉아 있는 그림으로, 조선 초기 매를 사육하고 감상했던 것이 그림의 소재가 되었다.

라 때, 무창武昌의 장씨 집안 며느리가 여우에 홀렸는데, 휘종 황제의 매 그림을 보고 몸속의 여우가 혼비백산하여 달아났다 합니다. 그 후로, 액막이 그림에 매가 사용됐다 하는데…… 이 그림을 가까이 두신다면, 전하 주변에 숨어 있던 미물이 본색을 드러낼지 모를 일 아닙니까?"

"그래? 허허, 그럴지도 모를 일이군. 그런데 어찌하여 매의 눈을 그리지 않았느냐?"

"전하를 위해 비워놓았사옵니다."

"과인을 위해?"

"전하께서 완성하여 주십시오."

이겸이 의미심장한 말을 내뱉은 후 고개를 숙인다. 민치형이 날카로운 눈빛으로 그런 이겸을 주시한다.

"매의 눈으로 백성을 굽어살피라는 의미인가요? 허허. 전하, 어서 매의 눈을 그려 넣으시어 화룡점정畫龍點睛을 이루소서."

영의정이 손으로 수염을 쓸어내리며 왕에게 아뢴다.

"허허. 그럴까요?"

중종은 의중을 알 수 없는 묘한 표정을 지으며 텅 빈 매의 눈동자를 한참 동안 바라보다가 이내 붓을 가져오라 이른다. 곧 상선이 화구를 올린다.

중종이 붓을 든다. 예리한 붓끝을 매의 흰 눈자위에 가져다 댄다. 이겸과 민치형, 삼정승은 숨소리조차 죽이고 왕의 붓끝만 바라본다. 중종은 모두의 기대를 한몸에 받으며 붓을 움직인다. 그러나 종이가 먹을 흡수하지 못해 색이 흐려지고 갈라진다. 왕이 화룡점정에 실패하자 모두가 난처한 표정으로 시선을 피하며 헛기침을 한다. 보다 못한 영의정이 나서며 그림에 대한 첨시를 내려달라 간청한다. 민망한 얼굴로 앉아 있던 중종은 잠시 생각하다가 그림 여백에 시를 써넣는다. 하지만 이번에도 먹빛이 흐리다.

"오늘 과인이 사냥에 너무 열중했던가 봅니다."

무안해진 중종이 얼굴을 붉히며 붓을 내려놓는다.

"그렇지 않습니다, 전하. 운필運筆이 나쁜 것이 아니라 종이가 예전 같지 않아서 그런 듯하옵니다."

영의정이 우의정의 옆구리를 찌르며 말한다.

"신 또한 그리 생각하옵니다. 전하."

우의정이 영의정의 말을 얼른 받아친다.

"그러하오?"

중종이 이겸을 보며 묻는다.

"이 그림을 그릴 때 아교를 섞어 색을 여러 번 덧칠하느라 애를 먹었습니다. 예전 같으면 일필휘지로 그려질 획이 여러 번 덧칠해야 그나마 완성이 됩니다. 이 매를 보십시오. 세필로 깃털을 세밀하게 그리지 못하고 이리 색만 덮고 말았습니다. 세상의 기술은 나날이 진보하고 있는데, 종이만은 그렇지가 못한 듯합니다!"

이겸이 때를 기다렸다는 듯 민치형을 노려본다. 이겸의 저의를 파악한 민치형의 얼굴이 붉으락푸르락하다.

"어허…… 사실이 그렇다면 큰 문제가 아니더냐?"

이겸과 민치형 사이의 마찰을 짐작한 중종은 부러 놀란 척 눈을 치뜨며 묻는다. 중종이 이겸에게 바라는 것은 한 가지다. 자신의 잇속을 챙기며 왕권을 약화시키는 민치형과 삼정승의 관계를 와해하는 것, 바로 그것이다.

이때, 기다렸다는 듯 누군가 천막 안으로 들어선다. 천막 안에 있던 모든 사람들의 시선이 그를 향한다. 시선을 받으며 등장한 이는 어린 나이에 과거 급제하여 형조, 호조를 거쳐 이조판서 우찬성까지 역임한 바 있는 소세양이다. 불혹의 나이로, 이겸보다는 몇 살 위이지만 기질이 같고 사고가 통해 벗으로 지내고 있다. 잘생긴 외모에 성격도 호탕하여 신분 여하, 남녀노소를 막론하고 모두 그를 좋아했다. 중종 또한 소세양을 각별하게 생각하여 곁에 두고 싶어 했으나, 여러 공신들의 반발에 명나라 사신으로 보냈다.

"전하, 그간 강녕하셨사옵니까?"

소세양이 중종을 향해 깍듯하게 절하고 앉는다.

"소세양이 아니더냐? 명국에 있어야 할 네가 어인 일이냐?"

"전하, 명의 사신이 곧 당도할 것입니다. 속히 환궁하셔야 하옵니다."

"며, 명의 사신이? 아니 예정에 없던 사신이라니, 무슨 일이란 말이냐?"

"황제의 칙서를 전하러 온 칙사들이옵니다."

"치, 칙서? 갑자기 칙서라니!"

"신이 들은 바에 의하면 고려지 문제라 하옵니다."

"고려지? 고려지가 왜?"

"그간 조선에서 진상한 고려지에 문제가 생긴 듯합니다."

"고려지에 문제가? 이 무슨 해괴한 소리인가!"

"조선의 고려지로 만든 책이 이십 년도 되지 않아 색이 바래고 있다 하여, 명의 황제께서 크게 노여워하신다 합니다."

"그, 그런 일이!"

"송구하옵니다, 전하. 실은 전부터 아뢰고자 하였으나……."

영의정이 이때다 싶었는지 끼어든다.

"그럼 영상은 이 일을 알고 있었단 말이오?"

중종이 노발대발한다.

"전날에 온 명의 차사差使로부터 그런 얘기를 들은 바 있으나, 이조참의가 해결하겠다고 호언한 터라 잘 무마된 줄로 알았사옵니다."

영의정이 노회한 눈빛으로 민치형을 힐끔거린다. 민치형의 얼굴은 이미 새파랗게 질려 있다.

"해결이라니? 허, 이런 해괴한 일이 있나! 그걸 왜 나한테 알리지 않았단 말이오? 그렇잖아도 야차夜叉 같은 명국 사신에게, 큰

빌미까지 주었으니, 그들의 횡포와 오만방자함을 어찌 감당한단 말이오! 종이 문제를 빌미 삼아 또다시 폐주의 일을 문제 삼는다면 어찌한단 말이오?"

중종은 분기탱천해서 민치형을 노려본다.

"전하, 무언가 오해가 있는 듯합니다. 장원지물전에서 납품한 고려지는 조선에서 가장 질 좋은 종이로, 명국에서 문제 삼을 일이 전혀 없사옵니다."

민치형이 고개를 조아리며 말한다.

"멀쩡한 종이라면, 어찌하여 명국 사신이 그 먼 길을 마다 않고 들이닥쳤단 말이오?"

"오해가 아니라면, 이는 필시 모함일 것입니다. 전부터 조지서 납품권과 시전 자리를 탐내온 자들이 적지 않았습니다."

"그야, 명의 사신이 당도하면 명확해질 터! 만일 그 일이 사실이면 내 결코 그냥 넘어가지 않을 것이오! 어서 말을 대령하라! 궁으로 돌아가겠다!"

중종은 더 들을 가치가 없다는 듯 자리를 박차고 일어나 명한다. 그때까지도 가만히 입을 다물고 있던 이겸은 회심의 미소를 지으며 소세양과 시선을 교환한다.

소세양을 불러들인 것은 이겸이었다. 그는 칼을 가는 심정으로 소세양에게 연통을 넣어 도움을 청했다. 평소 이겸의 성품을 누구보다 잘 알고 있는 소세양은 한 치의 망설임 없이 모든 인맥을 동원해 황제의 칙서를 받았다. 때마침 조선에서 들여오는 고려지에 불만을 품고 있던 황제 또한 두말하지 않고 칙서를 내려 사신들을 보낸 것이다.

며칠 후, 저자에 방이 붙었다. 고려지를 만들어낼 수 있는 전국의 지방이나 지소라면 누구나 이달 보름까지 견본지를 출품하라는 내용이다. 최고 품질의 고려지를 가져온 자에게는 시전 자리는 물론 조지서 납품권까지 준다는 소식을 들은 휘음당은 날벼락이라도 맞은 듯 아연실색한다. 입안에 있던 곶감을 다른 아이에게 빼앗긴 기분이다. 더구나 사임당의 종이공방에 밀정으로 보내놓은 만득을 통해, 사임당이 고려지를 재현하고 있다는 소식을 들어 더욱 불쾌한 것이다.

반면 같은 소식을 들은 사임당의 반응은 전혀 다르다. 그녀는 필시 하늘이 준 절체절명의 기회인 듯싶어 기쁜 기색을 감추지 못한다. 거기다가 중부학당 자모회장에서 그린 묵포도도가 장안의 화제가 되어 여러 예인들의 입에 오르내린다는 소식까지 전해 들은 터였다.

이른 아침, 사임당은 가벼운 발걸음으로 종이공방에 도착한다. 작업장 마당에는 그림을 사고파는 상인들이 우르르 몰려와 진을 치고 있다. 이참에 묵포도도 화가의 그림을 확보하고자 모여든 것이다.

"그쪽이 장안의 화제를 일으킨 묵포도도의 주인공이오? 그림 솜씨가 대단하다 하던데 혹, 또 다른 작품이 있소?"

"그림 좀 봅시다. 댁의 그림 보려고 아주 멀리에서 왔소."

"나와 계약을 맺고 부인은 그림만 그리시오! 계약금도 미리 주겠소!"

"나는 저자가 부르는 값의 세 배를 치르겠소! 전용 화실까지 따로 마련해주리다!"

화상들은 사임당을 향해 달려들 듯 다가가 너도나도 그림을 사겠다며 야단법석이다. 생각지도 못한 상황에 당황한 사임당은 잠시 멍한 눈으로 주변을 둘러본다. 그러자 당혹해 하는 유민들의 모습이 보인다. 혹여 자신들이 버려질까 두려워하는 표정이다.

"그림은…… 없습니다! 여기는 종이공방입니다. 종이를 보러 오셨다면 환영입니다만…… 그 외의 분들은 돌아가주세요. 일하는 데 방해됩니다."

사임당이 단호히 말한다.

"사간원司諫院 옆 명운화방이오. 생각이 바뀌면 연통을 주십시오."

"반송방盤松坊 노산화방에서 온 화상이오. 필요하다면 선금을 드릴 용의도 있소이다."

"다른 곳보다 그림 값을 훨씬 후하게 쳐줄 테니, 우리 쪽에 먼저 보여주시오!"

화상들은 사임당의 거절에도 미련을 버리지 못한다. 그들은 자신들의 화방 주소가 적힌 쪽지를 사임당에게 건네며 사정한다. 유민들은 사임당이 생각했던 것보다 훨씬 대단한 사람일지 모른다는 생각에 어쩐지 주눅이 든다.

"미곡 구백 섬과 면포 이백 필, 그리고 그에 대한 이자를 열흘 안에 내주실 수 있는지요?"

쪽지를 억지로 받아든 사임당이 한숨을 푹 내쉬며 묻는다.

"그것은?"

화상들의 얼굴에 당황한 기색이 역력하다.

"여기 있는 이 사람들이 전부 제 식솔입니다. 이 사람들을 다 거둘 만큼 값을 쳐주실 수 있습니까? 아니라면 그만 돌아가십시오."

사임당은 화상들에게 당차게 말한 후, 유민들을 향해 고개를 돌린다.

"지난번에 밟다 만 곤죽은 다 치대었는가? 햇볕에 말려둔 종이는 다 거둬들였소?"

평소와 다름없는 사임당의 태도에 굳었던 유민들의 얼굴이 사르르 풀어진다.

"곤죽은 한 백 번만 더 치대면 됩니다요."

"말려둔 종이는 햇살에 뽀송뽀송 잘 말랐습죠."

유민들은 소매를 걷어붙이고 다시 일을 시작한다. 예상 밖의 결과에 실망한 화상들이 못내 아쉬워하며 작업장 밖으로 나간다.

닥나무를 지어 나르고, 닥 껍질을 벗겨 솥에 삶고, 물에 불린 닥나무의 티를 고르고, 그것을 방망이로 두드리는 와중에도 유민들은 불안한지 사임당의 얼굴을 살핀다. 사임당은 다소 서먹해진 작업장 분위기를 바꾸기 위해 저잣거리에 내걸린 고려지 경연에 대한 이야기를 꺼낸다.

"그게 다 무슨 소립니까?"

닥 껍질을 벗기던 이가 고개를 갸우뚱하며 묻는다.

"제대로 된 고려지만 만들 수 있다면, 살길이 열릴 거란 뜻일세!"

사임당이 활짝 웃으며 대답한다.

"빚도 갚고요?"

닥피를 삶던 이가 들고 있던 주걱을 번쩍 들며 묻는다.

"빚뿐인가? 평생 배 곯을 걱정 없이 살게 될걸세!"

"평생 배불리!"

유민들은 벌써 배가 부르다는 듯 손으로 배를 두드리며 함박 웃는다.

"지극한 정성은 하늘도 움직입니다. 누구의 열망이 우리보다 크겠습니까?"

"우리가 제일이지!"

사임당의 독려에 유민들이 한목소리로 외친다.

"하늘이 도와 경합까지 열립니다!"

"지화자 좋을시고!"

"우승해서 유민 생활 청산해보자고요!"

"해봅시다! 해보자고!"

기합이 잔뜩 들어간 유민들은 한목소리로 노래를 부르며 일을 재개한다. 사임당은 따뜻한 시선으로 신바람 나게 일하는 유민들을 바라보며 앞치마를 둘러맨다. 그때, 향이가 살금살금 다가와 이겸이 지등 길에서 기다리고 있다는 말을 전한다. 사임당의 심장이 쿵쾅쿵쾅 방망이질을 시작한다. 또 어찌하여 대낮에 예까지 찾아왔단 말인가. 그러나 생각과는 다르게 두 손은 흐트러진 머리를 매만지고, 옷매무새를 가다듬는다.

이겸은 늠름한 소나무처럼 기개 있는 모습으로 사임당을 기다리고 있다. 그의 시선은 오로지 한 걸음씩 다가오는 사임당을 향한다. 바람에 흔들리는 나뭇가지도, 곳곳에 쌓인 하얀 눈도, 팔짝팔짝 뛰어가는 산토끼도 그의 시선을 분산시키지 못한다. 집요하고도 뜨거운 그의 시선에 사임당은 얼굴이 홧홧하게 달아오른다.

"어인 일이십니까?"

사임당은 눈길을 땅에 떨구며 부러 차갑게 묻는다.

"묵포도도를 보았소."

"그것을…… 어찌?"

사임당의 얼굴이 붉어진다.

"설레고······ 참으로 행복했소!"

이겸은 자신이 묵포도도를 보기 위해 화상 주인에게 얼마나 사정사정했는지는 말하지 않는다. 전 재산을 털어서라도 묵포도도를 사고 싶었지만, 이미 다른 이에게 팔려 그럴 수 없었다는 말도 삼키고 만다. 그리고 담담히 말한다. 이십 년간 녹슬지 않은, 깊이 농익은 그녀의 그림을 보며 참으로 설레고 참으로 행복했다고.

"난처한 부인을 도와주기 위해 붓을 들었을 뿐 특별한 의미는 없습니다."

사임당은 이겸의 시선을 외면한다.

"그럼 앞으로도, 난처한 부인네들을 줄줄이 데려오면 되겠구려!"

이겸이 농을 건넨다.

"네?"

사임당이 눈을 동그랗게 뜨고 이겸을 본다. 이겸은 어여쁜 꽃을 내려다보듯 사임당을 바라보며 허허롭게 웃는다. 그러다 문득 생각났다는 듯 소매춤에서 둘둘 말은 두루마리를 꺼내 사임당에게 건넨다.

"무엇입니까?"

두루마리를 받아든 사임당이 의아해 묻는다.

"고려 충렬왕 때 조공품으로 건너간 고려지. 족히 이삼백 년 이상 묵은 종이요. 명국에 사람을 보내 어렵게 구해왔소."

"어찌 이리 귀한 것을!"

"명나라 황실에선 이 종이의 질감을 제일로 친다 하오. 시간이 없소! 유민들과 함께 이 고려지를 재현하는 데 쓰란 말이오! 거절은 내가 사양하겠소!"

"하지만……."

"저잣거리에 고려지 경합에 대한 방이 붙었잖소. 팔도 각지에 소식이 전해질 것이오! 이번에는 기필코 제대로 된 고려지를 만들어야 하오!"

"……."

"운평사 고려지를 꼭 재현하시오. 그리하여 이 종이에 그대의 그림을 그리시오! 나는 조정에서 더 큰 그림을 그릴 것이오. 썩은 환부를 도려내고, 열심히 일한 백성이 수고를 인정받고, 굶주리지 않으며 살 수 있는, 바른 세상을 만들 것이오. 그러자면 그대가 꼭 성공해야 하오. 제대로 된 고려지를 만들어, 내가 그려갈 그림의 토대를 만들어주시오!"

바위처럼 단단하고, 횃불처럼 뜨거운 말에 사임당의 가슴이 일렁인다. 얼마나 아름다운 사내인가. 가질 수 없고 만질 수 없는 연인, 피를 토하는 심정으로 끝끝내 외면해야 했던 님이지만, 괜찮다. 가질 수 없어도, 만질 수 없어도, 끝끝내 그리워하며 산다 한들, 괜찮다. 사임당은 결코 뱉어낼 수 없는 말들을 속으로 삭이며 가만히 고개를 끄덕인다.

노을이 사위며 산자락이 수묵화처럼 흐려진다. 사임당과 헤어진 이겸은 땅거미가 내려앉은 숲길을 미끄러지듯 걸어 비익당으로 향한다.

비익당 마당 곳곳에 호롱이 걸린다. 처마에 낭창낭창 매달려 있던 고드름이 빛을 받아 반짝인다. 예인들은 저마다 마음에 드는 곳에 자리를 잡고 앉아 시를 쓰고, 노래를 부르고, 그림을 그리며 추위를 잊는다.

비익당에 도착한 이겸은 예인들이 자리한 이곳저곳을 돌아다니며 찬찬한 눈길로 작품을 평하고 첨삭을 한 후 서가로 들어간다.

서가에 들어서자 반가운 얼굴이 반짝 하고 눈에 들어온다. 현룡이다. 현룡은 사람이 들어오거나 말거나 독서삼매경에 빠져 있다.

"너는 이 시간에 왜 여기에 있는 게냐? 집에서 또 사라졌다고 난리 나면 어쩌려고."

이겸은 현룡 옆에 털썩 주저앉아, 현룡이 보고 있는 책을 확인하며 묻는다.

"저, 학당에서 자진 출재하였습니다!"

현룡은 잔뜩 골이 난 목소리로 동문서답한다. 이건 또 무슨 소린가. 이겸은 놀란 눈으로 현룡을 본다. 그러자 현룡은 답답하다는 듯 책을 탁 소리나게 덮더니 이겸을 향해 앉는다.

"자진 출재라 함은 자진하여 학당을 나오는 게 아닙니까?"

"그렇지!"

"제 뜻과는 상관없이 자진 출재를 당했단 말입니다!"

"아니 어째서?"

"어머니 때문입니다! 어머니 맘대로 저를 자진 출재시키셨어요. 오늘은 심지어! 맹지에서 온종일 장작을 옮기라 하시지 뭡니까?"

현룡은 생각할수록 억울해 죽겠다는 듯 씩씩거린다.

"저런…… 그런 일이 있었음이야!"

"처음엔 어머니 마음대로 하시기에 화가 났지만, 내심 저도 중부학당에 실망했던 참이었습니다. 거긴 장안의 수재들만 다니는 줄 알았거든요."

"한데, 아니더냐?"

이겸이 호기심 어린 얼굴로 현룡의 대답을 기다린다.

"공자의 말씀과 맹자의 말씀을 익히고 또 익혀 마음에 새기는 것이 군자의 진정한 도리이건만, 그 가르침을 심신으로 체득하려는 학동들은 단 한 명도 없습니다. 게다가!"

"게다가?"

"자모회 부인들께서 어머니를 앞에 두고 아버지와 외조부님을 욕보였습니다. 그런 어미를 둔 아이들과는 동문수학하고 싶지 않습니다!"

"그럼! 그런 아이들과는 상종도 하지 말아라! 근묵자흑近墨者黑

이라 하지 않느냐. 그런 아이들과 섞여 지내면 현룡이 너도 망한다!"

"그래도…… 이렇게 갑자기 자진 출재할 줄은…… 꿈에도 몰랐습니다. 제 인생은 이제 끝났습니다. 장원급제도 하고 당상관도 되어야 하는데, 학당을 박차고 나왔으니…… 맹지에서 일만 하다가 죽게 될 겁니다!"

현룡은 시무룩한 얼굴로 한숨을 푹 내쉰다. 과거에 번번이 낙방하여 부인에게 의지하는 아버지처럼 살기도 싫고, 매일같이 허드렛일을 하는 어머니처럼도 살기 싫다. 그러자면 공부를 해야 할 터인데, 어머니는 학당도 못 다니게 하고 유민들을 도와 종이를 만들라는 것이다. 세상의 이치를 알기 위해 그리해야 한다는 말은 도무지 이해할 수가 없다.

"참으로 속이 상합니다. 아버지 때문에…… 너무 속이 상해요. 요즘 들어 아버지가 참으로 작게 느껴집니다. 원망스럽기도 하고, 불쌍하기도 하고…… 마음이 심란합니다. 그래서 이곳에 온 것입니다. 여기서 책을 읽고 있으면, 분한 마음이 조금 가라앉거든요……."

현룡이 혼잣말처럼 슬프게 중얼거린다. 이겸은 사임당을 꼭 닮은 현룡을 안쓰럽게 바라본다. 너무도 똑똑하고 사랑스런 아이다. 이십 년 전 아무 일 없이 사임당과 혼인했다면, 이렇듯 어여쁜 아이의 아비가 될 수도 있었을 것이다. 이겸은 부질없는 생각에 고개를 흔들며 촛농 속에서 타오르는 촛불을 물끄러미 바라본다. 무엇이든 해주고 싶다. 온몸을 녹여서라도, 사임당과 그녀가 사랑하는 이들이 촛불처럼 환하게 웃는 세상을 만들고 싶다.

한편 민치형은 명의 칙사 때문에 골머리를 앓고 있다. 소세양과 각별한 듯한 칙사는 그동안 조선을 다녀간 사신들과는 성격도 행동도 판이하다. 도성에 으리으리하게 지어놓은 태평관과 모화관은 들르지도 않고, 도성 밖 파주 골짜기에 위치한 동파관에 들어앉아 두문분출이다. 금은보화를 궤짝으로 싸들고 가서 사정해도 콧방귀도 뀌지 않는다. 이유 또한 같잖기 그지없다. 여독이 풀리지 않았다는 것이다. 돈이면 뭐든 되는 세상 아니던가? 관직에 오른 자치고 재물을 마다하는 이가 있다던가? 민치형은 실로 당황스럽다. 고려지 문제를 해결하기 위해서는 어떻게든 칙사를 자기편으로 끌어들여야 하는데, 얼굴조차 볼 수 없으니 열통이 터질 노릇이다.

"벌써 사흘쨉니다. 여긴 제가 지킬 터이니 잠시 역참에서 눈이라도 붙이심이……."

엄동설한에 대문 밖에서 벌벌 떨고 있는 민치형을 지켜보던 집사가 슬쩍 아뢴다.

"지금 내가! 그리 한가해 보이는가!"

민치형이 빽, 고함을 지른다. 또각또각 말발굽 소리가 가까워진다. 민치형과 집사는 동시에 뒤돌아본다. 소세양과 이겸을 태운 말이 민치형 앞에 멈춰 선다.

"민 참의가 여기까지 웬일이오? 지금은 입궐해야 할 시각 아닌가?"

소세양이 말에서 내리며 민치형에게 묻는다.

"이러다 정들겠습니다, 우리……. 너무 자주 마주치는 것 같소이다?"

이겸이 말에서 내리며 너스레를 떤다.

"나야, 한직에다 사신 접대가 주 임무인데, 의성군은 어인 일로?"

"하하. 저야 종친에다 소문난 파락호 아닙니까……. 이리 자유롭게 놀아도 되지만, 공사다망하신 민 참의는?"

"대궐을 지켜야지, 예서 이러고 있으면 안 되지!"

소세양과 이겸은 뼈가 있는 농을 잘도 주고받는다.

"송구하옵니다. 새로 부임하신 칙사께 그저 인사를 여쭙고자 했을 뿐입니다."

민치형은 부글부글 끓어오르는 화를 누르며 점잖게 말한다.

"어서 오십시오. 칙사께서 목 빠지게 기다리고 계십니다. 기침하시자마자 소 대인은 아직이더냐 물으셨습니다. 아, 이분이……."

마치 기다렸다는 듯 대문을 열고 나온 역관이 소세양을 보며 납죽거린다.

"일전에 말했던 의성군이네."

소세양이 역관에게 이겸을 소개하자, 역관은 깍듯이 인사를 올리고 대문 옆으로 비켜선다. 이겸과 소세양은 역관의 안내를 받으며 의기양양한 눈빛으로 민치형을 일별한 후 동파관 안으로 들어간다. 민치형은 주먹을 쥐고 부들부들 떨며 그 뒷모습을 노려본다. 도대체 저들끼리 모여 앉아 어떤 쑥덕공론을 펼칠 것인가. 시간이 지날수록 초조해서 미칠 것만 같다. 이대로는 안 되겠다 싶은 민치형이 집사를 시켜 어떻게든 역관을 꼬여내라고 엄명한다.

민치형은 역관이 나오기만을 애타게 기다린다. 어찌나 초조하고 불안한지 온몸에 식은땀이 흐를 지경이다. 한 식경쯤 지났을 무렵, 이겸과 소세양의 안내를 맡았던 역관이 집사와 함께 민치형 앞에 나타난다.

"그자들은 지금 뭘 하고 있는가?"

민치형이 다짜고짜 묻는다.

"객방에서 시종일관 웃음소리가 들린다고 합니다. 의성군과는 호형호제하면서 몇 시진째 환담을 나누고 있답니다."

집사가 먼저 대답한다.

"이 민치형은 삼일 밤낮을 꼬박 기다리게 해놓고…… 의성군과는 만나자마자 호형호제를 맺었다?"

민치형이 서탁을 내리치며 버럭 소리친다.

"공 칙사께서 그림을 무척 좋아한다 합니다. 직접 그리는 것도 좋아하고, 유명 화원이 그린 그림을 사들이는 취미도 있지만, 무엇보다 특히…… 이야기가 깃든 그림을 좋아한다 합니다!"

역관이 썩 내키지 않은 표정으로 말한다.

"이야기가 깃든 그림?"

"예. 오늘 의성군이 호방한 그림을 바쳤다 합니다. 칙사께서 크게 기뻐하시며 아끼던 서책을 내리셨고요."

"의성군 이놈, 서푼짜리 그림 솜씨에 혀까지 놀리고 있군!"

민치형의 입술이 경련하듯 파르르 떨린다. 역관은 더는 할 말이 없다는 듯 입을 꾹 다문다. 이에 집사가 돌아가도 좋다는 듯 눈치를 주자, 역관은 한시름 놓았다는 듯 서둘러 자리를 뜬다.

"이제야 아귀가 맞아떨어지는구나! 부채를 만들어 바치고 느닷없이 매사냥을 제의해 가응도를 그려가면서 고려지가 어쩌고저쩌고! 소세양을 동원해 명의 황실을 움직인 것이다! 나를 찍어내려 처음부터 짜놓은 판이란 말이다!"

민치형은 자리에서 벌떡 일어나 미친 황소처럼 방 안을 정신없이 오가며 소리를 바락바락 질러댄다. 집사는 혹시나 불똥이 튀지 않을까 노심초사하며 구석 자리로 몸을 숨긴다.

"너는 속히 돌아가 조지서 장부부터 모조리 치워라! 그리고 신 씨 부인, 그 여인네를 잡아 가둬라! 호랑이 사냥에 쓸 먹이이니라!"

돌연 정신을 차린 민치형이 겁에 질린 집사를 매섭게 바라보며
명한다.

⦁

다음 날, 이겸은 입궐하여 전날 소세양과 함께 명의 칙사를 만
난 일을 중종에게 소상히 아뢴다. 중종은 명과의 외교 문제에 가
장 예민했다. 명에서는 신하들의 반정으로 왕위에 오른 중종을 왕
으로 인정하지 않았고, 폐주 연산의 문제로 꼬투리를 잡아 그를
괴롭혀온 것이다.

"그러니까, 고려지 때문이란 말이지? 다른 문제는 정녕 없는 것
이지?"

이겸의 이야기를 다 듣고도, 중종은 불안함을 떨치지 못하고 재
차 확인한다.

"그렇습니다. 고려지만 만들어 진헌進獻하면 끝나는 문제입니
다."

"그래! 그렇다면 얼른 고려지를 만들어 건네도록 하라! 그러면
돌아갈 것이 아니냐."

"명국 칙사가 말하기를 지금껏 진헌받은 고려지 중 고려조 충렬
왕 때의 것이 제일 좋았다고 합니다. 그리 만들면 될 것이라 귀띔
해주었습니다."

이겸은 왕의 불안정한 성정을 의식하며 확신에 찬 목소리로 말한다.

"의성군이 칙사와 마음이 맞아 서로 호형호제하는 사이가 되었습니다."

옆에 있던 소세양이 불쑥 끼어든다.

"오호, 그래?"

중종이 의외라는 듯 이겸에게 묻는다.

"예! 호방한 그림을 바쳤더니, 명 칙사 또한 이에 대한 답례로 귀한 서책을 내렸습니다."

소세양은 마치 자기 일처럼 자랑스럽게 말한다.

"그런 일이 있었음이야!"

"조선의 상황을 설명하고 설득하여 보름의 말미를 얻었습니다."

쑥스러워진 이겸이 슬쩍 화제를 돌린다.

"대국의 칙사가 너에게 호형호제를 허락하였다는 말이냐? 하하…… 그렇다면 나 또한 칙사와 형제가 되는 것이 아니냐."

중종은 유쾌한 웃음을 터트린다.

"배포가 통하는 사내들끼리의 호기였을 따름입니다, 전하."

이겸이 겸손하게 아뢴다.

"그렇다면, 의성군 너의 배포가 대국 사내들을 움직였음이 아니더냐! 허허."

"하나, 보름 안에 내막을 조사하고 진짜 고려지를 만들어낸다는 것은 어려운 일입니다, 전하."

이겸을 향한 주목에 위화감을 느낀 영의정이 수염을 쓰다듬으며 말한다.

"듣기 싫소! 경들은 들으라. 지금부터 고려지에 관한 비리 조사와 고려지 제조의 전권을 의성군에게 위임할 것이다! 조지서 납품에 얽힌 비리를 철저하게 조사하라. 필요하다면 국문을 해도 좋다!"

중종이 강하고도 단호한 어조로 하명한다.

"전하! 왕실 종친은 나라의 중직을 맡을 수 없다는, 누대에 걸쳐 지켜온 규칙을 깨뜨리는 일이옵니다. 재고하여 주십시오!"

영의정을 위시한 대신들이 고개를 깊이 숙이며 하명을 거두어 달라 청한다.

"나는 이십 년 동안 그대들의 말을 따라왔소. 한데 그 결과가 지금 이것이란 말이오? 나의 결정은 나와 뜻을 같이하는 황제의 결정이기도 하니, 지금부터 과인의 말에 왈가왈부하는 자들은 그 죄를 묵과하지 않을 것이오!"

대신들을 향했던 중종의 시선이 이겸을 향한다.

"조선 팔도를 뒤져서라도 최고급 고려지를 만들 수 있는 자들을 찾아내라. 보름 안에 반드시 이 일을 완수해야 한다!"

"어명 받자와 그 소임에 충실히 임하겠습니다!"

이겸이 왕을 향해 머리를 조아리며 힘차게 답한다.

第五部

추락

〈금강산도〉 위작 논란이 뭇 사람들의 입에까지 오르내리면서 민 교수는 궁지에 몰렸다. 대항해를 앞둔 민 교수의 배가 깃발조차 꽂지 못한 채 침몰할 위기에 놓인 것이다. 그에게 '빨대'를 꽂으려던 문화계 인사들은 천연덕스럽게 안면을 바꿨고, 선 갤러리 관장도 민 교수에게 책임을 돌리며 그를 몰아세웠다. 선진그룹 회장은 사면초가 신세인 그를 호출했다. 행여나 마지막 동아줄일까 싶은 마음에 민 교수는 만사를 제치고 달려갔다.

회장 비서의 안내를 받아 묵직한 문을 열고 들어선 순간, 골프공이 날아들었다. 피할 새도 없이 골프공을 맞은 민 교수가 배를 감싸쥐고 앓는 소리를 냈다.

"너 이 새끼, 가짜 〈금강산도〉로 얼마나 해먹었어?"

회장은 골프채를 휘두르며 다짜고짜 민 교수를 위협했다.

"무슨 말씀이신지? 말로 하시지요. 뭔가 오해가 있으신 모양인데……."

민 교수가 배를 움켜쥐며 움찔 뒤로 물러섰다.

"너, 줄 잘 서라! 앉어!"

회장은 민 교수를 한참 동안 노려보다가 골프채를 거칠게 던지며 소파에 앉았다. 민 교수는 주인에게 걷어차인 강아지처럼 꼬랑지를 내리고 눈치를 살피며 소파 끄트머리에 엉덩이를 붙였다.

"너, 허구한 날 갤러리 기웃거려봐야 남는 거 없어! 그 여편네가 총장 자리 준다고 했지? 웃기고 있네! 누구 맘대로? 누구 덕에 여왕 노릇하고 사는 건데?"

회장은 테이블 위에 놓인 물을 벌컥벌컥 마시더니 분한 듯 씩씩거렸다.

"저를 호출하신 이유, 여쭤봐도 되겠습니까?"

민 교수가 용기를 내어 물었다.

"나 장사치야! 손해 보는 거랜, 절대 안 한단 뜻이지! 가짜 〈금강산도〉로 네가 중간에서 얼마를 해먹었든, 앞으로 그 이상을 토해내면 돼!"

"감정의뢰서 써드렸고 대출도 수백 억 받으셨잖습니까? 나쁘지 않은 거래였다고 생각합니다."

"이걸 확! 거 뭐야, 안견 말고도 화가들 많잖아! 김홍도, 정선, 또 누구냐 장승업! 뭐…… 그림 팔아서 대출받는 것도 나름 블

루오션일 수 있고 한 번이 어렵지, 두세 번은 별거 아니야, 안 그래?"

회장이 기름진 눈빛으로 느물거렸다. 민 교수는 뭐 이런 양아치가 다 있나 싶고 치욕스러웠지만 발을 빼기에는 너무 멀리 와버렸다. 민 교수는 똥물을 뒤집어쓴 얼굴로 회장실을 빠져나왔다.

주차장에서 차를 빼려는데, 휴대전화가 울렸다. 선 갤러리 관장이었다. 민 교수는 백미러를 보고 후진을 하면서 통화 버튼을 눌렀다.

"우리 남편 만났다면서! 당신이 그동안 저지른 비리들, 투서 들어온 것만도 책 한 권이야! 회장한테 붙는다고 얻어먹을 게 더 있을 것 같아?"

선 갤러리 관장의 앙칼진 목소리가 그의 자동차 안에 쩌렁쩌렁 울렸다.

"관장님, 그게 아니라요……."

민 교수는 브레이크를 꾹 밟으며 기어드는 목소리로 말했다.

"지금 상해 출국하는 길이니까, 갔다 와서 얘기합시다!"

관장은 날선 어조로 제 할 말만 하고 전화를 끊어버렸다.

'이런 망할 여편네 같으니! 이혼을 하네 마네 하더니 하는 짓은 부부가 똑같군.'

민 교수는 들고 있던 휴대전화를 던져버리려고 손을 획 올렸지만 휴대전화가 울리는 통에 손을 내렸다. 이번엔 그의 조교였다.

"왜?"

"보고드릴 게 있어서요. 지금, 홍대 앞 클럽인데, 서지윤 선배랑 고혜정 선배…… 한상현까지 여기 모여 있습니다! 그리고 서지윤 선밴, 집에서 나올 때 무슨 화구통 같은 걸 매고 있었고요."

"화구통? 다른 건?"

"지금 클럽 안에 숨어 있어서 자세한 파악은 힘듭니다. 아참, 좀 전에 한상현 선배가 엿기름도 하나 샀습니다."

"지금 엿기름이라고 했어?"

"네. 엿기름요."

화구통과 엿기름, 수학공식처럼 앞뒤가 딱 맞지 않은가. 엿기름은 접착된 종이들을 분리할 때 사용하는 것이고, 화구통 안에는 분리해야 할 무엇인가가 들어 있다. 뭔지는 모르지만, 〈금강산도〉에 관한 것임이 분명했다.

"지금 당장 갈 테니까 잘 감시하고 있어."

민 교수는 서둘러 전화를 끊고 지윤이 있다는 홍대 클럽을 향해 차를 몰았다.

●

적외선 카메라와 디지털 영상 현미경, 건조대 등 클럽과는 전혀 상관없는 첨단 장비들이 클럽 창고 안에 빼곡히 들어차 있었다. 어느새 이곳은 사임당의 《수진방 일기》 전문 복원실이자 지윤과 상현, 혜정의 비밀아지트가 되었다. 그들은 금요일이나 토요일같이 클럽이 붐빌 때를 피해 평일 낮이나 오전에 주로 만나 사임당의 일기를 복원하고 판독하는 작업을 해왔다. 그러니까 오늘처럼 금요일 저녁에 모인 것은 아주 이례적인 일이었다. 미인도 때문이었다. 민 교수가 언제 다시 들이닥칠지 모르는 상황에 미인도를 장롱에 마냥 보관할 수 없다 판단한 지윤이 상현과 혜정에게 연락을 취했던 것이다.

"뭐예요, 이 그림? 족히 몇백 년은 된 것 같아요! 어디서 난 건데요? 누가 그린 거죠? 묘하게 지윤 선배랑 닮은 건 또 뭐고?"

상현은 미인도를 보자마자 믿을 수 없다는 듯 입을 쩍 벌렸다.

"《수진방 일기》랑 같이 발견했어. 이탈리아 고성의 숨은 방 안에서."

지윤이 간단하게 대답했다.

"혹시 이 미인도 속 여자가 사임당? 만약 사임당이라면! 그것만으로도 국보 중의 국보인데! 서양화 인물에서 보여지는 필선과, 시선처리…… 게다가 재료는 동양화에서 쓰이는 석채와 비단. 동양과 서양의 오묘한 조화예요. 이거 발표되면 세계가 주목할 거예요!"

잔뜩 흥분한 상현이 속사포처럼 말을 쏟아냈다.

"흥분 가라앉혀. 그보다 더 중요한 게 있어. 여길 좀 봐! 이 부분이 갑자기 벌어졌는데 아무래도 안에 뭔가가 있는 것 같아!"

지윤이 조심스럽게 그림을 들어 올렸다.

"어쩐지 처음 볼 때부터 표구가 좀 두껍다 싶긴 했어!"

혜정은 미인도에 적외선 카메라를 가져다 대고 그림을 유심히 살폈다. 지윤과 상현이 잔뜩 긴장한 채 그 모습을 지켜보았다. 잠시 정적이 감돌았다.

"어어! 있네 있어!"

혜정이 정적을 깨트리며 소리쳤다.

"……금강산도!"

"네?"

"뭐?"

지윤의 말에 상현과 혜정이 동시에 입을 열었다.

"금강산도…… 안견의 〈금강산도〉가 들어 있을 거야……!"

지윤은 강렬한 무언가에 사로잡힌 듯 확신에 찬 어조로 말했다. 스스로도 믿을 수 없는 말이었다.

"얼른 떼봐요!"

상현이 호기심 가득한 아이처럼 눈을 밝혔다.

"엿기름, 엿기름 좀 구해와. 배접이란 건 원래 작품보호 목적으로 덧붙이는 거라 떼기가 쉽거든. 그런데 이건 굉장히 단단하게 붙여놨어. 물에 담가서 해결될 일이 아냐! 접착력을 분해하려면 당분이 필요해."

혜정의 말에 상현이 엿기름을 사오겠다며 잠바를 걸치고 쏜살

같이 나갔다. 반 시간 정도 지나 돌아온 상현은 엿기름을 내려놓으며 클럽 밖에서 민 교수의 조교들을 봤다고 했다. 아무래도 미행당한 것 같다고도 했다. 민 교수가 들이닥치는 것은 시간 문제였기에 다급해진 그들은 분리 작업을 더더욱 서둘러야 했다.

가습기에서 하얀 수증기가 모락모락 피어나 미인도에 스며들었다. 수증기에 휩싸인 미인도 속 사임당은 마치 구름 위에 서 있는 듯 신비로웠다. 혜정은 미간을 잔뜩 좁힌 채 분리 작업에 온 신경을 기울였고, 상현은 안절부절못하며 좁은 창고 안을 서성거렸다. 지윤은 기도하는 심정으로 두 손을 모으고 수증기에 휩싸인 미인도를 뚫어질 듯 바라보았다.

혜정은 핀셋으로 배접된 종이를 천천히 떼어냈다. 정교한 기술이 필요한 작업이었다. 한 장, 두 장, 세 장…… 배접된 종이가 떨어질 때마다 피가 마르는 심정이었다.

"도대체 몇 겹을 배접한 거예요?"

상현이 침을 꿀꺽 삼키며 답답한 듯 물었다.

"이제 마지막 한 장이다!"

혜정이 노련하게 마지막 종이를 떼어냈다.

"이게……!"

지윤이 비명을 질렀다.

"말도 안 돼!"

혜정은 핀셋을 떨어뜨렸다.

"마…… 맞죠? 이거!"

상현은 사고가 마비된 듯한 표정으로 눈앞에 펼쳐진 그림을 보았다. '지곡가도작池谷可度作'이라는 안견의 인장이 선명한 〈금강산도〉였다. 한 귀퉁이가 불에 그을었지만, 〈금강산도〉 진작이 확실했다. 환호성은 터지지 않았다. 진짜를 발견한 세 사람은 충격에 휩싸여 약속이나 한 듯 입을 다물었다. 진작, 진실, 경이로움, 완전한 아름다움. 세 사람은 믿을 수 없는 광경에 두려움이 앞서고 누구도 흉내 낼 수 없는 진작 〈금강산도〉의 위세에 압도당했다.

"여기 있었어! 어떻게 이런 데다!"

얼마나 시간이 지났을까. 지윤이 침묵을 깼다.

"세상에…… 꽁꽁도 숨겨놓으셨네. 누구 솜씨야 대체!"

혜정은 아직도 얼떨떨한 표정이었다.

"이제 어떡하죠, 우리?"

상현이 사뭇 진지한 어조로 물었다.

"이게 정말 진작이라면 지금 국보 추진 중인 〈금강산도〉는 당연히 가짜인 거지!

지윤의 말이었다.

"《수진방 일기》가 사임당이 쓴 거라는 사실도 증명해야지! 이 〈금강산도〉가 진작이란 걸 증명해줄 유일한 근거니까!"

혜정이 바닥에 떨어진 핀셋을 주우며 말했다.

"긴급 기자회견 열어 한꺼번에 발표해버릴까요? 민 교수 빼도

박도 못하게! 〈금강산도〉, 그리고 근거가 되는 《수진방 일기》까지 세트로!"

상현이 설레발을 쳤다.

"글쎄……《수진방 일기》는 아직 뒷부분 복원이 남은 상태라 좀 조심스러운데."

혜정이 고개를 흔들었다.

"그러니까 근거 부분만 발췌해서……"

"그건 혜정이 말이 옳아. 지금부터가 중요해! 섣불리 행동해선 안 돼."

지윤이 상현의 말을 자르며 말했다.

"보관 방법도 한계가 있고, 이런 건 시간 끌수록 안 좋아요. 과감한 결단이 필요하다니까요!"

상현이 답답한 듯 목소리를 높였다.

"우선 작업부터 마무리하자. 잘못 건드리면 수백 년 된 종이라 바로 바스라진다고. 당장 새로운 배접으로 그림부터 보존하는 게 우선이야."

지윤이 단정적으로 말했다.

"그래, 최고의 그림을 찾았는데, 최선을 다해야지! 그런데 그림이 꽤 많이 탔네. 무슨 일이 있었기에……."

그림을 살펴보던 혜정의 말이었다.

"어? 여기 봐요. 여기 첨시가 있어요……. 차문강조여해수借問

江潮與海水 하사군정여첩심何似君情與妾心. 강물과 바닷물에 잠시 묻노니, 어쩌면 님의 마음과 제 마음이 이리도 같을까요. 이거……《수진방 일기》에 언급된 거잖아요?"

상현이 눈을 동그랗게 뜨고 지윤을 보았다.

"맞아. 그리고 이 인장…… 미인도에도 찍혀 있었어."

지윤이 비익조 인장을 보며 고개를 끄덕였다.

"첨시와 인장…… 그러니까 그 모든 게 이 〈금강산도〉가 진품임을 증명하는 증거잖아!"

혜정이 환하게 웃으며 확신에 차 말했다.

"지금 우리…… 한국미술사에 길이 남을 엄청난 발견을 한 거 맞죠?"

상현의 말이 끝나기 무섭게 누군가 문고리를 잡고 흔들었다.

"서지윤이, 너 여기 있는 거 다 알아! 당장 나와! 문 열어!"

민 교수의 목소리였다. 민 교수는 문이 안 열리자, 손으로 문을 두드리기 시작했다. 창고 안에 있던 세 사람은 사색이 된 채 그대로 얼어붙었다. 민 교수와 조교들의 행패는 계속되었다. 그들은 문을 부술 듯 난리를 쳤다. 지윤과 상현, 혜정은 숨조차 크게 쉬지 못했다. 이 난국에서 벗어날 방법이 떠오르지 않았다. 민 교수와 조교들이 제풀에 지쳐 떠날 때까지 기다리는 수밖에 없었다. 그때였다. 갑자기 민 교수의 발길질이 뚝 멎었다. 갑작스레 찾아온 정적이었다. 상현은 손가락을 입에 댄 채, 살금살금 문 쪽으로 걸어갔다. 그는 귀를 문에 바짝 대고 섰다. 민 교수와 조교들이 사라지는 듯했다. 창고 안에 아무도 없다고 판단한 모양이었다. 상현이 지윤과 혜정을 향해 손으로 오케이 사인을 보냈다. 그제야 지윤과 혜정이 한숨을 크게 내쉬었다.

"이러다 심장마비라도 걸리겠네. 들키면 죽 쒀서 개 주는 거야."

혜정이 지긋지긋하다는 듯 몸을 떨며 말했다.

"민 교수가 이걸 보면 무슨 짓을 꾸밀지 몰라. 빨리 빠져나가야 해."

지윤도 치가 떨리긴 마찬가지였다.

"배접 보강 작업은 시작도 못했는데…… 이대로는 밖으로 못 나가."

"서두를 수 있겠어?"

"임시로 보존처리한다 해도, 한 시간은 걸릴 거야. 최대한 서둘러볼게."

"지윤 선배. 혜정 선배가 작업하는 동안, 우리가 나가서 민 교수를 따돌려야 해요."

상현은 지윤에게 클럽에 놀러온 것처럼 가장해서 민 교수의 시선을 끌자고 했다. 지윤과 상현이 시간을 끄는 사이, 보존처리 작업을 끝낸 혜정이 〈금강산도〉를 들고 뒷문으로 빠져나가기만 하면 된다.

"그럼 나가볼까?"

지윤은 결연한 표정으로 자리에서 일어나 상현과 함께 창고 밖으로 나갔다.

창고 밖 클럽 스테이지는 말 그대로 요지경 세상이었다. 일렉트로닉 음악이 건물 전체를 쾅쾅 울려대고, 휘황찬란한 조명이 눈과 마음을 교란시켰다. 지윤은 먼 나라에 온 듯 모든 것이 낯설고 생소했다. 그녀는 스테이지에서 멀찍이 떨어진 곳에 혼자 서 있었다. 상현은 어느새 디제이 부스 앞으로 가서 몇몇 사람들과 인사를 주고받으며 익숙한 동작으로 디제잉을 했다. 그런 상현의 모습 또한 지윤에게는 몹시 생경했다.

"뭐하는 거야, 지금?"

민 교수였다. 지윤은 마치 칼에 찔린 사람처럼 놀란 얼굴로 그를 보았다. 욕심과 아집, 독선이 그득그득 붙은 민 교수의 일그러진 얼굴이 오늘따라 더 괴기스럽게 느껴졌다.

"서지윤이 너 무슨 꿍꿍이……!"

"교수님, 오랜만이시네요. 〈금강산도〉 국보 추진은 잘 진행되세요? 기사는 잘 보고 있습니다."

디제잉하던 상현이 불쑥 나타나 민 교수의 어깨에 척하니 팔을 둘렀다. 민 교수는 팔을 거칠게 뿌리치며 상현을 노려보았다. 상현은 오랜만에 뵈었으니 한잔 대접하겠다며 넉살 좋게 민 교수를 VIP룸으로 이끌었다.

VIP룸 테이블에는 각종 술과 탄산수, 에너지 드링크까지 구비되어 있었다. 민 교수는 썩 내키지 않은 표정으로 미간을 구기며 상석에 앉았다.

"상현이 너, 국보 추진 반대 투서로 모자라서 이젠 라드까지 끌어들여? 아주 뵈는 게 없구만? 그러고도 한국대 캠퍼스를 다시 밟을 생각이야? 내가 학장으로 있는 한 너네가 교수되는 일은 절대 없을 거야."

민 교수가 지윤과 상현을 쏘아보며 말을 이었다.

"아까 슈퍼에서 엿기름 샀다며? 클럽에 놀러온 사람이 배접분리에 필요한 엿기름을 왜 산 거지?"

"보드카에 엿을 타면 맛이 엿 같다기에 한번 마셔볼까 했죠. 지금 제 인생이 딱 그렇거든요."

지윤이 민 교수 잔에 보드카를 가득 따르며 이죽거렸다.

"엿 같은 소리 말고! 화구통 들고 왔다며, 화구통은 어딨어?"

민 교수는 고삐를 놓지 않았다.

"우리 교수님, FBI 뺨치시네. 그건 또 어떻게 아셨대?"

상현이 비아냥거리며 술잔을 비웠다.

"화구통에 뭐가 들어 있냐고! 분명 그림일 테고, 엿기름이 필요한 걸 보니 고화인데!"

"괜히 교수님은 아니시네요."

지윤이 여유 있게 받아쳤다.

"고혜정 이 뚱땡인 또 어디 갔어! 똑바로 말 안 해?"

민 교수가 언성을 높였다. 그때였다. 민 교수의 조교들이 문을 벌컥 열고 들어와 혜정이 차를 타고 가버렸다는 말을 전했다. 또 클럽 안팎을 샅샅이 뒤졌지만 아무것도 발견하지 못했다고 했다. 지윤과 상현이 안도의 눈빛을 교환했다.

"불금의 끝이 아름답지만은 않네요. 그럼 잘 마시고 갑니다."

지윤이 자리에서 일어나 고개를 가볍게 까딱인 후 나가버렸다. 상현도 슬그머니 엉덩이를 떼고 일어나 묵례하고 사라졌다. 민 교수는 붉으락푸르락해진 얼굴로 애꿎은 조교들만 죽일 듯 노려보았다. 의혹만 남고 증거 한 조각 찾지 못한 것이 분하고 짜증스러웠다. 그는 조교들에게 내일이라도 당장 지윤의 집에 쳐들어가 〈금강산도〉에 관한 모든 것을 가져오라고 명령했다. 조교들은 썩은 물에서 노는 썩은 물고기에 지나지 않았으나, 그래도 일말의 양심은 남아 있었던지 도둑질까지 하라는 말에 저항감이 들었다. 하지만 저항도 해본 놈이 하는 법이다. 그들은 무력하고 무능력했으며, 무엇보다 무치無恥했다. 부끄러움을 모르는 것, 그들이 부조리한 권력에 굴복할 수 있는 이유였다.

●

보존처리를 마친 〈금강산도〉와 미인도는 당분간 은행금고에 보관하기로 했다.

"이제 어떡해야 할까?"

혜정이 은행을 나서면서 지윤에게 물었다.

"발표를 해야죠. 민 교수와 갤러리 선, 상대가 훼방놓기 전에 기습으로."

잠을 못 이뤘는지 상현이 늘어지게 하품을 하며 말했다.

"가능하겠냐? 민 교수랑 갤러리 선, 실세 중의 실세야. 계산 없이 나섰다가는 진본이 가짜로 몰릴 수 있어."

혜정의 말에도 일리가 있었다. 그들은 진짜가 나타나지 못하도록 철벽 방어할 것이 분명했다. 진짜 〈금강산도〉가 나오면 들고 있던 가짜 패를 버려야 하니까 말이다. 하지만 만약 잃는 것보다 얻을 것이 더 많다면 어떨까? 아마도 들고 있던 패를 가차 없이 버리고, 진짜를 향해 고개를 돌릴 터였다.

"계획이 있어!"

지윤이 또렷하고 명료한 목소리로 말했다.

"계획?"

"무슨 계획인데요?"

혜정과 상현이 지윤 옆으로 바싹 붙어 걸으며 물었다.

"우리 그림이 진짜라는 걸 진실로 만들어줄 사람에게 찾아가야지."

지윤은 걸음을 멈추고 혜정과 상현을 향해 말을 이었다.

"상현이 네가 말했지. 정면돌파. 너희는 우선 라드에 대해 알아봐줘. 민 교수가 핏대 높여 말할 정도라면 분명 라드가 〈금강산도〉를 주시하고 있을 거야. 그사이, 나는 갤러리 선 관장을 만날게."

지윤의 말에 상현과 혜정의 눈이 동그래졌다. 설마, 진짜를 진실로 만들어줄 사람이 선 갤러리 관장이라는 것인가? 지윤은 상현과 혜정의 의아한 시선에 고개를 끄덕이며 눈을 찡긋했다.

오후가 되자 굵은 눈송이가 난분분 흩날렸다. 선 갤러리 건물 앞에 도착한 지윤은 코트에 묻은 눈을 탁탁 털어내고 안으로 들어갔다. 얼어 있던 지윤의 볼에 훈기가 밀려들었다. 지윤은 두 볼을 톡톡 두드리며 심호흡을 크게 한 후 관장실로 걸어갔다.

관장과 지윤은 하얀 김이 모락모락 올라오는 찻잔을 가운데 놓고 마주 앉았다. 관장은 말이 없었다. 그저 또렷하고 날카로운 눈빛으로 지윤을 주시했다. 지윤 역시 팽팽하게 당긴 활처럼 관장을 응시했다. 묵직한 긴장이 두 사람 사이를 가득 메웠다.

"배짱이 있는 건가? 아님, 무모한 건가? 서지윤 씨가 직접 오기엔 어려운 자리였을 텐데?"

관장이 먼저 포문을 열었다.

"바쁘신 분이니 돌려 말하지 않겠습니다. 갤러리 선에 전시된 〈금강산도〉는, 가짜입니다!"

지윤이 침착하게 대꾸했다.

"좋아요. 그랬다 치고…… 근거는? 호랑이 굴에 들어왔을 땐 빈손으로 왔을 리 없을 테고…… 살아 나갈 방법쯤은 챙겨왔을 텐데?"

"그 살아 나갈 방법이 하나라는 거! 잘 아실 텐데요!"

"살아 나갈 방법이 하나라…… 듣던 대로 패기가 있군요. 하나, 나처럼 나이가 들면 패기만으론 살 수 없다는 걸 알게 되죠."

"패기가 아닙니다!"

"그럼…… 뭐지?"

지윤은 기다렸다는 듯 가방에서 미니 빔 프로젝터를 꺼냈다. 그러고는 관장실 벽면을 흰 스크린 삼아 준비한 이미지 데이터를 투영했다. 지곡가도작이라는 인장이 선명하게 찍힌 〈금강산도〉와 《수진방 일기》 몇 구절이 찍힌 사진이 스크린에 떠올랐다. 사진을 확인한 관장의 눈빛이 흔들렸다. 그녀는 놀란 얼굴로 지윤을 돌아보았다.

"〈금강산도〉…… 진작입니다!"

지윤은 〈금강산도〉 진작의 근거가 되는 《수진방 일기》의 내용을 가리키며 말을 이었다.

"이건 진작 〈금강산도〉가 언급되어 있는 미발표 고서의 부분 발췌입니다."

"미발표 고서?"

관장은 반신반의하는 얼굴로 지윤을 보았다.

"더는 말할 수 없습니다. 아직 관장님은, 제 편이 아니시거든요. 확실히 말씀드릴 수 있는 건 진짜 〈금강산도〉와 그 증거가 되어줄

고서까지 제가 확보하고 있다는 사실입니다."

"왜 이걸, 나한테 가져온 거지?"

"진작 〈금강산도〉를 갤러리 선에서 발표하시라고요."

"뭐하자는 거야?"

"수십 억 손해를 감수하더라도 겸허하게 실수를 인정, 가짜 〈금강산도〉를 처분하는 퍼포먼스와 함께 진본 〈금강산도〉를 공개하세요. 잠깐의 소란이야 있겠지만 진실을 위한 과감한 결단이었다, 칭송받게 될 겁니다. 안견 진품을 소장한 미술관으로서, 갤러리 선의 위상도 더없이 높아질 거고요. 결코 손해 보는 게임은 아닐 겁니다."

"손해 보는 게임이 아니다…… 서지윤 씨 말을 굉장히 묘하게 하네? 마치 갤러리 선을 위해 그런 것처럼. 갤러리 선에서 〈금강산도〉 진본을 발표하려는 진짜 목적은 따로 있을 텐데 말이야. 우리, 말은 똑바로 하자고. 지금 서지윤 씨 명예회복에 필요한 방패막이가 필요한 거잖아. 민 교수를 경질할 수 있는 든든한 방패막이. 어차피 서지윤 씨 같은 사람이 단독으로 〈금강산도〉 진본을 발표해봐야, 내가 민 교수랑 뒤에서 힘쓰면, 가짜 만드는 거 쉽다는 거 누구보다 잘 알고 있으니까. 고작 복직 때문에 이런 위험한 쇼를 벌이는 건가?"

"아닙니다. 제가 원하는 건 그 이상입니다. 선진그룹이 R택을 상대로 벌인 비리들! 주가 조작과 비자금 리스트가 들어 있는 이중장부! 그걸 제게 넘겨주세요!"

"R텍이라……."

"제 남편 회사와 그 투자자들도, R텍 주가 조작 사건의 피해자입니다."

"내가 그 제안, 받아들일 거라 생각하나?"

"예."

"왜지?"

"언젠가는…… 이혼을 생각하고 계시니까요. 잘은 모릅니다만, 재판으로 끝내는 이혼이란 게, 결국 잘잘못의 크기를 겨루는 진흙탕 싸움이라 하더군요. 때론 공격이 최선의 방어일 수 있으니까요. 어차피 치러야 할 전쟁이라면 더더욱!"

"선진그룹 잘못되면 우리 갤러리 또한 자유롭지 못한데…… 내가 위험부담까지 감수할 거라 생각하나?"

"갤러리 선. 최고의 미술관으로 키우고 싶으신 거, 아닌가요? 상하이와 베이징 진출도 계획하고 계시고요. 중국을 중심으로 세계 미술시장이 요동치고 있는 시점입니다. 예술을 모르는 회장님 밑에서는, 날개를 펼칠 수 없을 겁니다. 제2갤러리 공사도 모 기업 지시로 중단된 걸로 알고 있고요. 〈몽유도원도〉 이래 최초로 나타난 진작 〈금강산도〉야말로 마지막 기회입니다! 아마 교과서에도 수록되겠죠. 대한민국 사람이라면 누구나 선 갤러리를 기억할 거고요. 손으로 햇빛을 가린들 태양이 사라지진 않죠. 관장님께서 이 제안을 거절하시면……"

"이 제안, 또 누가 받았죠?"

관장이 지윤의 말을 자르며 다급히 물었다.

"아직까지는…… 관장님뿐입니다."

"왜 나한테 먼저?"

"결자해지結者解之. 엉킨 실타래를 풀 때, 맨 처음 꼬인 자리부터
푸는 법이니까요."

"물론, 나한테도 생각할 시간을 줘야겠지?"

"오래는 못 드립니다."

지윤은 단호한 어조로 말하고 일어나 가볍게 묵례한 후 관장실
을 나왔다. 서서히 닫히는 문 사이로 관장의 흐려진 낯빛이 보였
다. 지윤은 첩첩이 가로막혀 있던 요새의 첫 관문을 돌파한 듯한
기분으로 갤러리를 빠져나왔다. 눈은 더 내리지 않았다.

민 교수에게 연락이 온 것은 지윤이 지하철역에 막 도착했을 때
였다. 어디서 들었는지 민 교수는 그녀가 관장을 만났다는 사실을
알고 있었다. 민 교수는 지윤에게 만나서 대화하자고 누그러진 말
투로 간청했다. 그들은 한국대학교 근처 카페에서 만나기로 했다.

방학이라 그런지 카페는 한산했다. 민 교수는 먼저 와서 지윤을
기다리고 있었다.

"고생이 많네."

민 교수는 의자에 가방을 내려놓고 자리에 앉는 지윤을 이리저

리 훑어보며 입을 열었다. 느긋한 표정을 짓고 있지만, 머릿속으로는 오만 가지 계산을 하고 있을 것이다.

"본론부터 말씀하시죠."

지윤이 메마른 목소리로 말했다.

"자네 내 밑에서…… 얼마나 공부했지?"

"조교로 삼 년, 석박사 칠 년……. 교수님 밑에서만 꼬박 십 년! 십 년을…… 허송세월했네요."

"그 시간! 내가 책임져주지!"

"또 무슨 장난을 하시게요?"

"왜 그렇게 사람이 뾰족해?"

"경험치죠……. 교수님 밑에서 배운 게 너무 많거든요."

"그래그래, 일정 부분…… 나도 통감해. 누가 아니겠어? 그동안 자네가 참 많은 일을 겪었으니 나도 느끼는 바가 커. 재능 있는 사람을 너무 매도해버린 건 아닌지. 그래서 말인데…… 평생교육원에 자리 하나 마련해놨는데, 어때?"

지윤은 잠시 입을 다물고 민 교수를 응시했다. 그때 테이블에 가려진 의자 위, 민 교수의 휴대전화에서 파란 불빛이 반짝였다. 지윤은 피식 웃으며 입을 열었다.

"평생교육원에 자릴 마련했다는 이야기가 녹음이 필요한 얘기인가요? 저한테 무슨 말이 듣고 싶으세요? 우리 같이 녹음하죠."

지윤은 자신의 휴대전화를 꺼내 녹음 설정을 한 후 보란 듯이 테이블 위에 올려놓았다. 움찔한 민 교수가 의자에 있던 휴대전화를 들어 녹음을 정지시키며 말했다.

"봤지? 너도 당장 꺼."

"마음에도 없는 말은 그만하고 본론만 얘기하세요."

지윤이 녹음 기능을 끄고 단호하게 말했다.

"좋아, 우리 인간 대 인간으로 얘기해보자! 너, 갤러리 선 관장실에 왜 갔어? 내 〈금강산도〉 가짜로 만들려고 뒤에서 무슨 일을 꾸미는 거냐고!"

"관장님께 직접 물어보세요."

"인간들은 말이야…… 각자 자기 패를 쥐고 인생이라는 도박판을 살아가는 거야. 머리 나쁜 인간은 둘 데 안 둘 데 분간 못 하다가 개털된 다음에야 정신을 차리지. 그런데 어쩌나…… 다 털리고 나면 되돌릴 수 없을걸?"

"글쎄요. 누구 패가 더 좋을진 끝을 봐야 알겠죠?"

"서지윤! 네 패가 뭔진 몰라도!"

"세상에서 제일 무서운 사람이…… 누군지 아세요?"

"……."

"더 잃을 게 없는 사람! 지금 제가 그렇거든요!"

"후회, 안 할 텐가?"

"절대!"

"좋아. 마지막에 누가 웃는지 보자고."

민 교수가 지윤을 한참 동안 노려본 후 벌떡 일어나 나가버렸다. 지윤은 민 교수의 모습이 완전히 사라질 때까지 흔들림 없이 결연하게 앉아 있었다.

●

다음 날 아침, 민 교수는 선 갤러리 직원으로부터 〈금강산도〉 전시를 내렸다는 소식을 전해 들었다. 청천벽력 같은 소식이었다. 스트레스로 뒷목이 뻐근해지고 열이 올라 얼굴이 화끈거렸다. 성질 같아서는 당장 쳐들어가 관장의 멱살을 잡고 싶었으나, 그나마 남아 있는 이성이 그의 발목을 붙들었다.

민 교수는 오전 내내 연구실에 틀어박혔다. 결국 이렇게 되려고 그 많은 돈을 써가며 접대하고, 비위를 맞추고, 지문이 닳도록 손바닥을 비벼댔던가. 〈금강산도〉를 국보로 만들기 위해 없는 자료를 만들어가면서 허비한 시간들이 아까워 미칠 것만 같았다. 방법을 찾아야 했다. 무슨 수를 쓰든 이 난관에서 벗어나야겠다고 결심한 순간, 노크 소리가 들려왔다.

"뭐얏!"

민 교수가 버럭 소리를 지르자, 조교들이 들어와 침침한 낯짝을 들이밀었다.

"서지윤 선배 집에서 찾은 겁니다! 옷장엔 아무것도 없었고요. 보셔야 할 것 같아서……."

문 조교가 바지 뒷주머니에서 꼬깃꼬깃 접힌 종이를 꺼내 민 교수에게 건넸다. 민 교수는 이마에 깊은 주름을 만들며 종이를 낚아챘다. 쓰레기통에서 찾았을 법한 파지였다. 이런 것도 증거라고 찾아왔단 말인가. 그는 눈앞에 있는 조교들의 면상을 파지처럼 구겨버리고 싶었다. 그런데 그때, 파지에 적힌 〈금강산도〉라는 단어가 그의 눈을 사로잡았다.

"헌원장에 안견의 〈금강산도〉가 들어왔다는 소문을 듣고 호기심을 이기지 못해 담을 넘어가 한번 보고자 했다."

민 교수는 안경을 쓰고 파지에 쓰인 문장을 소리 내어 읽었다.

"서지윤이 집에서 이게 나왔다고? 서지윤이가 고서 번역을 부탁하고 다녔다 했지?"

눈앞의 안개가 걷히는 기분이었다. 민 교수의 눈이 반짝거렸다.

"예, 그거랑 연관 있는 게 아닐까요?"

민 교수의 낯빛이 환해지자, 남 조교가 넌지시 되물었다. 그때였다. 선 갤러리에 심어둔 직원으로부터 문자 한 통이 왔다. 관장이 지윤에게 무진동차를 보내기로 했다는 내용이었다. 무진동차를 이용할 정도로 중요한 것, 조심히 다뤄야 할 것이라면 한 가지밖에 없다.

"진본이……〈금강산도〉 진본이 있었어!"

민 교수는 휴대전화를 손에 꽉 쥐고 부들부들 떨면서 조교들에게 당장 차를 준비시키라고 명령했다. 조교들이 후다닥 뛰어나갔다. 민 교수는 책상 위로 보이는 파지를 우그러트리며 자리에서 일어났다. 주사위는 이미 던져졌다. 어차피 불리한 판이면, 엎어 버리면 그만이다. 그는 표독스런 얼굴로 연구실 문을 박차고 성큼 성큼 걸어나갔다.

선진그룹 회장실 앞을 지키던 비서는 회장이 자리에 없다고 했다. 거짓말이었다. 민 교수는 문을 막아서는 비서의 어깨를 떠밀고는 날선 표정으로 회장실로 들어갔다. 회장은 느긋한 자세로 소파에 앉아 차를 마시고 있었다.

"어이쿠, 우리 민 교수가 어쩐 일이신가?"

그는 비웃음이 가득한 얼굴로 민 교수를 흘겨보며 물었다.

"진본 〈금강산도〉가 나타났습니다. 지금 은행 비밀금고에 보관 중이랍니다."

민 교수가 자리에 앉기도 전에 입을 열었다.

"그놈의 〈금강산도〉는 몇 개씩 튀어나오고 지랄이야, 걸리적거리게!"

회장이 거칠게 찻잔을 내려놓으며 신경질적으로 말했다.

"선 관장님이 그쪽으로 무진동차를 보낸답니다!"

"뭔 개소리야?"

"관장님께선 진본 〈금강산도〉를 챙기고 회장님의 〈금강산도〉는 버리려는 계획인 것 같습니다. 이미 갤러리에서 〈금강산도〉 전시도 내렸답니다."

"그걸 왜 내려? 망할 여편네! 알아듣게 말했건만! 〈금강산도〉에 걸려 있는 돈이 500억이라고! 500억! 그걸 담보로 대출해준 DH 은행은 가만히 있겠느냐고! 이게 다 너 때문이야! 애초에 진짜를 가져왔으면 이런 일이 왜 생겨!"

"감정서 써달라고 하실 땐 언제고, 갑자기 화살을 저한테 돌리십니까? 앞으로 남아 있는 거래도 많으니까 서로 감정 상할 얘기는 꺼내지 마시죠."

민 교수가 이글이글 타오르는 눈빛으로 회장을 쏘아보았다.

"지금 나한테 개기는 거야? 너 총장 만들겠다고 내가 얼마나!"

"〈금강산도〉 진본부터 빼내야 합니다!"

"진본부터 빼내자?"

"진짜를 없애야, 가짜가 진짜라고 우길 것 아닙니까?"

민 교수의 말에 회장의 낯빛이 달라졌다. 머릿속으로 계산기를 두드리기 시작한 것이다.

　사임당 집 앞마당에 눈이 소복하게 쌓였다. 선과 매창, 우와 현
룡은 커다란 눈덩이를 굴려 눈사람을 만드느라 여념이 없다. 아이
들이 내뿜는 하얀 입김이 싱그럽다. 와아, 형들과 누나가 만드는
눈사람을 보면서 우가 환호성을 지른다. 박수치는 손이 빨갛게 얼
어 있다. 사립문이 끼익 소리를 내면서 열리고 바랑을 맨 이원수
가 아이들을 부르며 들어선다.

　"짜잔! 이게 바로 사령장이다! 이 애비가 드디어, 나라의 녹봉
을 받게 되었단 말이다!"

　원수는 우르르 몰려와 안기는 아이들에게 사령장을 척하니 들
이밀며 자랑스럽게 말한다. 아이들은 사령장과 아버지의 얼굴을
번갈아 보면서도 믿기지 않는 듯 눈을 끔벅거린다. 장본인인 이원
수 역시 자신이 사역원 7품 관원에 임명되었음이 믿기지 않는다.

하늘에서 뚝 떨어진 행운인지, 사령장을 전해준 사령 말마따나 자신에게 든든한 뒷배가 생긴 것인지 알 수 없다. 아무럼 어떤가. 이제 지긋지긋한 과시 준비도 할 필요가 없고, 어엿한 가장 노릇도 할 수 있으니 잘된 일이 아닌가.

"조금만 빨리 임용되셨으면 중부학당 놈들 콧대를 납작하게 해주는 건데!"

현룡이 안타깝다는 듯 주먹을 불끈 쥔다. 원수는 아들의 이마를 손으로 쓱쓱 쓰다듬으며 방 안으로 들어간다. 먼지 하나 없이 깔끔히 정돈된 방은 어떤 일에도 흔들리지 않는 사임당을 닮았다. 아내를 떠올리자 그의 몸과 마음이 후끈 달아오른다. 눈보다 더 하얀 아내의 살결도 눈앞에 아른거린다. 원수는 따끈한 아랫목에 앉아 침을 꼴딱꼴딱 삼키며 사임당이 오기만을 애타게 기다린다.

"그간 공부 뒷바라지하느라 고생 많았소! 내 이제 당당하게, 내 집 안방에서 발 뻗고 잘 수 있소. 얼른 잡시다."

맹지 종이공방에서 느지막이 돌아온 사임당에게 사령장을 보여준 원수가 그녀의 섬섬옥수 같은 손을 주무르며 가까이 끌어당긴다. 사임당은 거칠지 않게 손을 빼며 사령장을 뚫어지게 노려본다. 사령장에 적힌 글자들을 몽땅 외워버릴 것처럼 읽고 또 읽는다. 좋다 싫다 한마디 대꾸가 없다.

"왜 그러시오? 너무 기뻐 말문이 막혔소?"

남편의 출사出仕 길이 열렸는데 왜 기쁘지 않겠는가. 원수는 사임당의 침묵을 긍정적으로 받아들이며, 그녀의 허벅지에 뜨거운 손을 올린다.

"새벽에 강릉으로 떠나야 합니다."

사임당이 남편의 손을 밀어내며 옆으로 비켜 앉는다.

"왜? 장모님이 편찮으신가?"

"아닙니다. 종이공방 일로 긴히 다녀와야 합니다."

"여태 공부하다 내려왔는데…… 오자마자 강릉을 간다니?"

원수의 안색이 어두워진다.

"중요한 일입니다. 꼭 다녀와야 해요. 해서, 가기 전에 단속해야 할 집안일이 많으니, 서방님 먼저 주무십시오."

사임당은 입을 삐죽이 내밀고 있는 남편을 뒤로하고 자리에서 일어나 밖으로 나간다. 원수는 닭 쫓던 개 지붕 쳐다보듯 멍한 얼굴로 아내가 떠난 자리를 본다. 허탈하고 고독해서 온몸에 힘이 쭉 빠진다.

마루에 선 사임당의 얼굴에도 불편한 기색이 역력하다. 남편에 대한 미안함과 이겸을 생각하는 마음에 대한 죄책감이 뒤섞여 혼란스럽다. 그녀는 안다. 그녀 주변에서 일어나는 모든 일들이 우연이 아니라는 것을. 유민들의 조세 납부기한이 고려지 경합 이후로 연기된 것도, 의금부 나졸들이 맹지 종이공방 주변에서 밤새 경비를 서는 것도, 갑작스런 남편의 출사도 모두 이겸이 손쓴 일임을 안다. 확인한 바 없지만, 스스로도 납득할 수 없는 강한 확신이 든다.

긴 밤이 될 것이다. 사임당은 소매를 걷고 부엌으로 건너간다. 아궁이 불을 확인하고 가마솥에 물을 가득 채운다. 물이 끓자 된장을 풀고 말린 배춧잎을 넣는다. 남편이 좋아하는 시래깃국이다. 무말랭이를 무치고, 동치미를 송송 썰어 그릇에 담는다. 그녀가 없는 사이 남편과 아이들이 먹을 음식들을 정성으로 챙긴다. 운평사 가는 길에 팔봉과 함께 먹을 주먹밥까지 만든 후, 그녀는 골방에 들어가 남편이 가져온 관복을 수선해둔다. 그러는 사이 복잡한 심사가 단순해지고 어느새 아침이 밝아온다.

이른 아침, 의금부는 경비가 삼엄하다. 군사들이 경계를 늦추지 않고 오가는 이들을 살피고 있다. 이겸은 위풍당당한 모습으로 관군들을 헤치고 취조실로 들어선다. 관군들이 오라에 묶인 민치형을 끌고 와 이겸 앞에 앉힌다. 봉두난발이 된 민치형이 이겸을 잡아먹을 듯 노려본다.

"그래, 나의 죄목이 무엇이오?"

민치형이 냉소하듯 윗입술을 비틀며 묻는다.

"명 칙사에게 뇌물을 바쳐 사사로이 이득을 취하고, 전하와 조선의 명예를 실추시킨 죄!"

이겸은 불꽃이 이는 눈빛으로 민치형을 본다.

"받지 않은 뇌물도 뇌물로 치던가?"

민치형이 코웃음을 친다. 믿는 구석이 있는 것이다. 그는 이겸이 조지서 납품 장부를 결코 찾아낼 수 없음을 확신한다. 휘음당을 시켜 일찌감치 장부를 숨겨두었기 때문이다.

"명국 사신을 취조한 명국의 기록이오. 민 참의 그대에게 막대한 금품을 받았다 자백한 바 있소."

이겸이 탁자 위에 놓인 서책을 무섭게 내리치며 언성을 높인다.

"하하하. 겨우 그것인가! 나라를 위해 사재를 내는 것이 어찌 죄가 되겠소! 오로지 전하와 조선을 위한 충심으로 한 일이었거늘!"

"지난 이십 년간 조지서를 쥐락펴락했던 장원지물전이 민참의 소유라는 것과 지물전 대행수가 그대의 안사람이라는 사실을 모를 줄 아시오?"

"금시초문이오. 그 말이 사실이라면 증좌를 가져오시오! 막연한 추측만을 가지고 설마 진실이라 우길 작정이오?"

"큰소리칠 시간도 얼마 남지 않았소. 잠시만 기다리시오. 그 증좌들을 산더미같이 쌓아놓을 테니! 바로 이 서탁 위에!"

이겸이 결벽하고 진노한 눈빛으로 민치형을 노려보다가 도포 자락을 휘날리며 돌아선다. 민치형은 티끌의 죄도 없는 양 꼿꼿하다. 이 판은 결국 힘겨루기다. 그러니 더 오래 버티는 자가 이길 것이다. 삼정승은 물론이고 조정에 있는 관료치고 민치형이 안긴 뇌물을 받아먹지 않은 이가 없다. 대들보가 무너지면 지붕도 무너지는 법. 그들도 그것을 알 것이고, 제 목숨을 살리자면 반드시 민치형을 구면코자 할 것이다. 이검 혼자서는 결코 감당할 수 없다. 왕이 뒷배라고는 하나, 어차피 광대 노릇이나 하는 허수아비 임금이 아니던가. 껄껄껄. 민치형의 교활한 웃음소리가 의금부 취조실 안에 음산하게 울려 퍼진다.

하지만 판은 민치형의 생각과 다르게 움직인다. 꼬리 자르기가 시작된 것이다.

"전하. 고려지 문제는 가벼이 넘길 사안이 아닙니다. 명국에서는 이 문제와 관련된 사신을 참형에 처했다 하니, 우리도 조지서를 처벌하는 일로 해결할 상황은 아닌 듯싶습니다."

편전에 든 영의정이 비장하게 아뢴다.

"하니, 어찌하면 좋겠소?"

용상에 앉은 중종이 영의정을 바라본다.

"고려지를 만들어 진헌하는 일과는 별개로, 이 문제에 대해서는 단호한 의지를 보여줘야 할 것입니다. 무엇보다 일이 이리 된 연유를 따져 그 책임자를 엄벌하셔야 합니다. 이 모든 분란의 중심에는 민치형 그자가 있습니다. 그에게 대죄를 물어 참형에 처하심이 마땅하옵니다."

영의정은 평소 못난 아들을 볼모 삼아 갖은 모욕을 준 민치형에게 복수할 기회를 놓치지 않는다. 영의정의 말에 대소 신료들이 동의를 표하며 고개를 숙인다.

"민 참의를 참형에?"

중종이 눈썹을 꿈틀거리며 되묻는다.

"그렇지 않고서는 명국의 신뢰를 회복하기 어려울 것입니다."

영의정과 뜻을 모은 우의정이 목소리까지 덜덜 떨며 간곡히 아뢴다.

"그렇습니다, 전하! 썩은 꼬리는 일찌감치 잘라내심이 옳은 줄 아뢰옵니다."

영의정이 신료들의 힘을 받아 더욱 강경하게 말한다. 민치형에게 뇌물을 받은 관료들을 낱낱이 밝혀내야 한다는 상소가 전국에서 빗발치고 있다. 민심을 잠재우고 증거를 인멸하기 위해서는 반드시 민치형을 죽여야 한다. 참형을 당한 자의 말을 누가 믿겠는가. 민치형의 죽음으로 모든 의혹이 덮힐 것이다. 영의정은 우의정과 좌의정을 바라보며 교활한 미소를 짓는다.

중종은 잠시 말이 없다. 조지서 납품의 비리를 명분 삼아 왕권을 약화시키는 관료들을 모조리 숙청하고 싶다. 시일이 얼마나 걸리든 민치형을 족치면 가능할 것이다. 민치형은 물귀신마냥 관료들의 비리를 탈탈 털어낼 것이 분명하다. 하지만 시기가 좋지 않다. 최상품 고려지를 만들지 않으면 명나라에서 어떤 응징을 할지 모른다. 지금은 조정 신료들이 머리를 모아 고려지 문제를 해결해야 할 때인 것이다. 중종은 심사숙고한 끝에 영의정의 꼬리 자르기에 힘을 싣겠노라 결심한다.

민치형이 갇혀 있는 의금부 옥사에 금부도사가 들어선다. 어명을 전하러 온 것이다.

"그래, 주상 전하께서 이제야 하교를 내리셨소? 이 몸을 방면하라고?"

민치형이 금부도사를 보며 설레발을 친다.

"죄인 민치형은 어명을 받들라!"

금부도사의 우렁찬 목소리에 옥살이 흔들리는 듯하다.

"이조참의 민치형은 그 관직이 당상에 이르고, 주상의 신뢰와 사랑하심이 마치 지친至親 같았거늘, 죄인은 그 직위와 권세를 악용, 지물의 유통과 매매를 독점하여 시전의 질서를 무너뜨리고 사사로이 만금의 재물을 치부하였다. 또한 그간 명국에 진헌해온 고려지도 그 품질이 불량하여 양국 간의 오랜 신뢰와 우호를 크게 훼손하였기에 그 죄가 역도의 그것에 비해 결코 가볍다 할 수 없다. 이에 죄인 민치형을 형률에 따라 참형에 처해 모든 관인들의 경계로 삼을 것이다!"

"차, 참형? 그럴 리 없다! 전하께서 그런 영令을 내리실 리가!"

민치형은 경악한다.

"형의 집행일자는 추후 명이 내려질 것이오!"

금부도사는 할 일을 마쳤다는 듯 무덤덤한 표정으로 몸을 돌려 옥사 밖으로 나간다.

"이보게, 뭔가 잘못되었소! 전하께서 그럴 리 없소! 이보시오, 이보시오!"

민치형이 두 손으로 옥살을 부여잡고 발악한다. 분을 못 이겨 옷고름을 쥐어뜯고 머리를 쥐어뜯는다. 이럴 수는 없다. 이대로 끝낼 수는 없다. 나 혼자 죽을 성싶으냐! 반미치광이가 된 민치형은 눈알을 희번덕거리며 고함을 질러댄다.

한양에서 출발해 사흘이 지나고서야 사임당과 팔봉은 운평사에 도착한다. 그들이 한겨울 추위를 무릅쓰고 운평사까지 온 이유는 〈수월관음도〉를 찾기 위해서다. 아무리 애를 써도 운평사 고려지를 재현할 수 없어 고민하던 어느 날, 팔봉은 관세음보살님 안에 답이 있다던 스님의 말을 기억해냈다. 사임당은 그의 기억을 근거로 혹시 운평사 고려지에 관한 중요한 단서가 관음도에 남아 있지 않을까 생각했고, 팔봉도 그 생각에 동의했다.

운평사 빈터에 하얀 눈이 소복이 쌓여 있다. 발자국 하나 찍히지 않은 모습이 마치 백지 같다. 사임당은 새하얀 적요寂寥를 바라본다. 기억을 먹물 삼아 그림을 그려본다. 백지 위에 운평사 관음전이 펼쳐지고 꽃처럼 아름답던 관음전 창살로 따스한 햇살이 든다. 대웅전 마당에는 환한 미소를 띤 스님들이 지나고, 우물에는 맑은 샘물이 가득하다. 환영 속으로 어린 사임당이 달려온다. 어린 사임당은 목이 마른 듯 바가지로 우물물을 한가득 떠 마시고, 스님들을 향해 활짝 웃으며 달려가 합장한다. 관음전으로 달려가 햇살을 받으며 눈부신 풍경을 화첩에 담아낸다. 어린 사임당이 문득 고개를 들어 이쪽을 바라본다. 바르고 다정한 눈빛으로 사임당을 바라보며 손을 흔든다. 누가 누구의 환영을 바라보는 것인가.

"어디가 길이었는지 원…… 세월이 참 무상합니다."

팔봉의 목소리에 사임당은 퍼뜩 정신을 차린다. 눈앞에 그려진 모든 그림들이 빛에 녹아 사르르 사라진다. 팔봉은 힘겨운 발걸음으로 눈길을 헤쳐 관음전이 있던 자리로 걸어간다. 사임당이 그 뒤를 따른다. 기억에 따르면 〈수월관음도〉는 관음전 마룻장 아래에 숨겨져 있었다. 사임당과 팔봉은 기억을 더듬어가며 관음전 터 이곳저곳을 파헤친다.

"있어요! 여기 뭔가가 있어요!"

사임당이 오래된 항아리를 발견하고 소리친다. 지근거리에 있던 팔봉이 달려온다. 그들은 기대에 들뜬 마음으로 항아리 뚜껑을 연다. 텅 비어 있다.

"이제 어떡합니까, 아씨?"

팔봉이 낙담한 얼굴로 사임당을 본다.

"기왕 이리 된 거, 견본지라도 만들어 보고 올라가야지요. 운평사 물로 만들면 좀 다를 수도 있지 않겠습니까?"

사임당이 허탈한 마음을 추스르며 손에 묻은 흙을 털어낸다.

"그래야겠지요. 대웅전 앞마당에 정화수가 있었지요."

팔봉이 파헤쳐진 자리를 정리하고 앞장선다. 오랜 시간, 사람의 발길이 닿지 않아 수풀이 무성하고, 게다가 눈까지 쌓여 있어 대웅전 터를 찾기가 쉽지 않다. 날까지 저물어간다. 어렵사리 길을 만들어가는 팔봉과 사임당 주위로 어두운 그림자가 휙 지나간다. 들짐승인지 사람인지 알 길이 없다. 사임당은 불안한 예감에 소리나는 쪽으로 고개를 돌린다. 그 순간, 마른 나뭇등걸 뒤에서 손 하나가 쓱 나와 사임당과 팔봉의 어깨를 순식간에 잡아챈다. 기겁한 팔봉이 땅바닥에 납작 엎드리고, 사임당의 입에서는 비명이 새어 나온다.

"쉿!"

볼이 움푹 팬 늙은 심마니이다. 심마니는 마른 나뭇가지 같은 팔을 뻗어 어딘가를 가리킨다. 사임당과 팔봉은 그 손길을 따라 시선을 돌린다. 어둑해진 산길을 헤치며 검은 그림자들이 누군가를 찾아 헤매고 있다. 휘음당과 그 수하들이다.

"저들이 어떻게!"

휘음당을 알아본 사임당이 자신의 입을 틀어막고 비명을 삼킨다.

"누굽니까?"

팔봉이 사임당의 표정을 살피며 걱정스레 묻는다.

"장원지물전 사람들입니다."

"저들이 계속 뒤를 밟고 있었습니다. 이리 오시지요."

심마니는 휘음당과 수하들의 눈을 피해 샛길로 이동한다. 팔봉과 사임당은 심마니를 따라 최대한 몸을 낮춰 걷는다.

산속 외진 곳에 위치한 심마니의 움막집이다. 심마니는 호랑이가 나오는 깊은 산이라 밤에는 아무도 찾아오지 못할 거라며 사임당과 팔봉을 안심시킨다.

"인사가 늦었습니다. 이리 도움을 주셔서 고맙습니다."

사임당은 움막에서 한숨을 돌리며 고개 숙여 인사한다. 심마니가 묵례로 답하고, 팔봉을 바라본다. 사연이 많은 눈빛이다.

"자네…… 맞지?"

심마니가 팔봉의 목덜미에 난 상처를 보며 눈물을 글썽인다.

"예…… 접니다."

심마니를 알아본 팔봉의 눈에도 눈물이 그렁그렁 매달린다. 과거 운평사 학살이 벌어진 날 크게 다친 팔봉을 구해준 그 심마니이다.

"아이구, 이 사람아! 살아 있으니 이리 만나지는구먼!"

심마니가 팔봉의 손을 덥석 잡으며 말한다.

"면목이 없습니다……. 고맙다는 인사 한마디 못하고……."

팔봉의 눈물이 심마니의 마른 손등 위로 뚝뚝 떨어진다.

세 사람은 밤이 이슥하도록 화톳불을 가운데 두고 둘러앉아 지나간 사연을 나눈다.

"아씨 마님께서도 그때 운평사에 계셨단 말입니까?"

심마니가 눈을 크게 뜨고 사임당을 본다.

"그렇습니다."

사임당이 만감이 교차하는 표정으로 고개를 끄덕인다.

"아무래도 큰스님이 맡기신 물건의 임자는…… 아씨 마님이신 듯싶습니다."

"물건……이라뇨?"

심마니는 대답 대신 일어나 움막 구석으로 가서 벽장 한쪽을 뜯어낸다. 그 속에 숨겨두었던, 누더기가 다 된 두루마리를 사임당과 팔봉 앞에 조심스럽게 내려놓는다.

"무엇입니까, 이것은?"

사임당이 의아한 눈으로 두루마리와 심마니를 번갈아 본다.

"혹시, 이것을 찾으러 오신 게 아닙니까?"

심마니는 두루마리를 사임당에게 내밀며 펼쳐보라고 말한다. 사임당은 떨리는 손길로 누더기를 펼친다. 뜻이 있으면 길이 열린다고 했던가. 누더기를 벗겨내자 족자가 모습을 드러낸다. 세월을 견뎌낸 자애로운 관음보살이 신비한 미소를 지으며 사임당과 팔봉 앞에 나타난 것이다.

"이게 어찌!"

"이 그림이 어떻게 여기?"

사임당과 팔봉이 크게 놀란다. 심마니는 착잡한 표정으로 한숨을 푹 쉬더니, 긴 이야기를 시작한다. 운평사 학살이 있기 전날 밤, 대웅전 앞마당에서는 밤새 잔치가 벌어졌다. 양반들과 기생들이 술에 취해 문란한 행태를 일삼던 그 시각, 큰스님은 초조한 얼굴로 심마니를 찾아와 그림을 단단히 숨겨달라 부탁하고 돌아갔다. 그리고 그날 새벽, 운평사에 있던 유민들과 스님들이 떼죽음을 당했다. 그날 이후, 심마니는 벽장 뒤에 그림을 감춰두고 쥐죽은 듯 살아왔다. 십 년, 이십 년, 세월이 뭉텅뭉텅 잘려나가는 동안, 그림의 주인이 나타나기만을 기다려왔다. 말을 마친 심마니가 물 한 사발을 쭉 들이켠다.

사임당이 쓸쓸한 눈빛으로 관음도를 바라본다. 버들가지를 손에 쥐고 자애로운 미소를 짓는 관음보살을 보자 눈물이 울컥 솟는다. 크고 작은 일에 이리 휩쓸리고 저리 휩쓸리며 살아온 세월이 주마등처럼 스친다. 사임당은 쏟아지려는 눈물을 애써 누르며 그림 족자를 돌돌 말아 쥔다. 그때 그림 뒷면에 쓰인 흐릿한 글자들이 눈에 띈다.

暮空二螢火
明月下流水
晩秋林未疎
人以卽萬金
來日歸白土

"모공이형화 명월하유수 만추림미소 인이즉만금 내일귀백토."

사임당은 글자 하나하나를 손으로 훑어가며 읽는다. 가만히 듣고 있던 팔봉이 그 뜻을 묻는다.

"저문 허공엔 반딧불이 두 개. 밝은 달 아래 흐르는 물. 늦가을 숲은 성글지 않도다. 사람이 곧 만금의 값이나 내일은 하얀 흙으로 돌아가리니."

사임당이 시를 풀어준다.

"하얀 흙이라 하셨습니까?"

가만히 듣고만 있던 팔봉이 깜짝 놀라 되묻는다.

"백토…… 하얀 흙요."

"있습니다! 하얀 흙! 운평사에서 남서 방향으로 올라가면 정상 근처에 샘터가 하나 있는데, 거기 주변 흙이 분처럼 아주 희고 곱지요."

"정말입니까?"

"그렇습니다. 맞습니다!"

"백토라는 두 글자로만 확신할 수는 없습니다만, 그 샘물과 필시 연관이 있는 듯싶습니다!"

"날 밝는 대로 올라가 보시지요. 밑져야 본전 아니겠습니까?"

"그러시지요!"

말은 그렇게 했으나, 사임당은 혹시나 휘음당과 마주칠까 걱정이 앞선다. 고려지 비법의 마지막 단서일지도 모를 관음도를 찾은 기쁨과 휘음당에 대한 불안감으로 마음이 심란하다.

다음 날 새벽, 눈꽃이 만발한 박명薄明의 숲길을 사임당과 팔봉이 부지런히 걷는다. 빽빽한 나무들로 햇빛조차 들지 않는 깊은 숲에 이를 때쯤 해가 제 모습을 온전히 드러낸다.

"여기가…… 맞습니까?"

사임당이 이마에 맺힌 땀을 닦아내며 주위를 둘러본다.

"눈에 익은 곳입니다! 이 근처가 분명합니다!"

팔봉이 고개를 끄덕인다.

"잠시만요…… 저것은?"

"석등입니다."

팔봉은 나뭇가지와 무성한 잡초에 에워싸인 곳을 헤쳐, 세월의 풍상에 깎인 낡은 석등을 보여준다.

"모공이형화暮空二螢火. 저문 허공엔 반딧불이 두 개라…… 반딧불이 두 개! 분명 석등이 하나 더 있을 것입니다!"

사임당의 말에 팔봉이 여기저기를 헤친다. 과연 석등이 하나 더 있다.

"여기 있습니다!"

"이 근처에 백토가 있다 하셨지요?"

"예, 샘 근처에 유난히 흰 흙이 있었는데…… 찾아보겠습니다!"

팔봉이 바삐 움직이며 이곳저곳을 훑어본다. 사임당 역시 눈에 불을 켠다.

"여, 여깁니다! 아씨."

팔봉의 목소리가 우거진 나뭇가지 사이로 들려온다. 사임당이 나뭇가지를 헤치며 급하게 뛰어간다. 조그마한 바위들로 이뤄진 샘터다.

"물이 말라버렸어요."

사임당이 물기조차 없이 메말라 있는 샘터를 실망한 표정으로 바라본다.

"백토라면 분명 여기일 텐데……."

팔봉이 머리를 긁적인다.

"반딧불이 두 개…… 두 개의 석등도 여기인데……."

"혹시 모르니, 근처에 다른 샘이 있는지 더 찾아보겠습니다."

"예……."

팔봉이 샘을 찾으러 간 사이, 사임당은 관음도를 펼쳐 다시 한 번 시를 꼼꼼히 되짚어 읽는다. 시에 새겨진 의미가 무엇인지, 알 듯 말 듯 답답하기만 하다.

"아씨!"

공포에 질린 팔봉의 비명이 사임당의 귓전에 울린다. 산울림이 되어 골짜기마다 울려 퍼진다. 사임당은 관음도를 말아 들고 황급히 일어난다. 아무리 사내라고는 하나, 노인이 아닌가. 홀로 보내는 것이 아니었다. 사임당은 나뭇가지와 수풀을 헤치며 필사적으로 달려 팔봉을 찾는다. 발을 뗄 때마다 거친 숨소리가 흘러나온다. 두려움과 불안함에 심장이 쿵쾅거린다. 어지러운 발소리들이 뒤를 바싹 쫓아온다. 한두 사람이 아니다. 어제 보았던 휘음당과 그녀의 수하들이 분명하다. 사임당은 하얀 입김을 뿜으며 쉴 새 없이 달린다. 치맛자락에 발이 걸려 넘어지고, 울퉁불퉁 솟아나온 나무뿌리에 걸려 신이 벗겨진다.

길이 끝났다. 발에 채인 돌멩이들이 절벽 아래로 와르르 굴러떨어진다. 사임당은 그림을 감싸 안은 채 벼랑 끝에 선다. 발아래 부서지는 모래알을 망연자실 내려다본다. 천길 아래로는 까마득한 낭떠러지다. 더는 갈 곳이 없다.

"막다른 길일세!"

휘음당의 서슬 퍼런 목소리가 사임당의 귓가에 꽂힌다. 사임당이 천천히 고개를 들어 차가운 시선으로 휘음당을 본다. 휘음당의 등 뒤로 수하들에게 붙잡혀 질질 끌려오는 팔봉이 보인다. 얼마나 맞았는지 온통 피투성이이다.

"놔주시오! 그 노인은 아무 잘못이 없소!"

사면초가에 빠진 사임당이 떨리는 목소리로 간청한다.

"손에 든 그 그림부터 넘기면, 생각해보지!"

휘음당은 사임당이 손에 꼭 쥐고 있는 그림을 눈짓하며 야멸차게 말한다. 관음도에 운평사 고려지의 비법이 담겨 있다는 사실을 만득에게 전해 들은 것이다. 무슨 수를 쓰든 관음도를 손에 넣어야 한다. 손에 피를 묻히더라도 최상급 고려지를 만들어낼 비법을 알아내야 한다. 그것만이 살길이다. 사실 사면초가에 몰린 것은 휘음당 자신이다. 남편인 민치형이 조지서 납품 비리로 참형에 처해질 위기에 놓인 후로 휘음당은 제정신이 아니다. 휘음당은 팔봉을 붙잡고 있는 사내에게 무언의 눈짓을 보낸다. 사내가 팔봉의 목덜미에 칼날을 바짝 가져다 댄다.

"이것을 줄 테니…… 그 사람을 놔주시오!"

사임당이 비명을 지르듯 소리친다.

"안 됩니다. 아씨!"

팔봉이 절망스럽게 외친다.

"놔주시오!"

사람 목숨보다 더 귀한 게 무엇이랴. 사임당은 절박하다.

"그림부터 내놓으면 생각해보지!"

휘음당이 표독스럽게 일갈한다. 사임당이 바들바들 떨면서 휘음당 쪽으로 한발 다가간다. 팔봉을 구하기 위해 그림을 내어줄 생각인 것이다. 그 순간, 팔봉이 자신의 목에 겨누어진 사내의 칼을 잡아채더니 스스로 칼을 목에 찌르고는 벼랑 아래로 몸을 던진다.

"안 돼!"

사임당의 비명이 허공에 부서진다. 예상치 못한 전개에 휘음당과 수하들도 잠시 놀라 뒤로 주춤한다. 사임당이 핏기 잃은 얼굴로 휘음당을 죽일 듯 노려본다. 휘음당이 그 시선을 고스란히 받으며, 사임당을 향해 한 걸음씩 위협적으로 다가간다. 휘음당과 수하들에게 에워싸인 사임당은 천천히 뒷걸음질친다. 팔봉의 목숨과 바꾼 그림을 어찌 내어주겠는가. 그녀는 족자를 품에 꼭 끌어안는다.

"내놓으시지!"

휘음당이 벼랑 끝에 몰린 사임당을 바라보며 조소한다.

"싫소! 아니 되오!"

"저 늙은이처럼 죽고 싶은 것인가?"

"그림을 내놓든 안 내놓든 어차피 죽일 작정 아니오!"

"살려달라 무릎 꿇고 빌면 자비를 베풀까도 했는데…… 스스로 무덤을 파는군. 그리도 죽는 게 소원이라면 깔끔하게 죽여주지! 잘 가시게!"

휘음당의 말이 끝나기 무섭게 수하들이 칼을 빼들고 사임당을 향해 달려든다. 사임당은 모든 것을 내려놓은 얼굴로 눈을 꼭 감는다. 그때 또 하나의 날쌘 검이 비호처럼 날아들어 수하들의 칼을 막는다. 허공을 가르는 검의 주인은 이겸이다. 전광석화 같은 이겸의 검술에 수하들이 낙엽처럼 쓰러진다. 허공을 가르며 맞부딪치는 날카로운 쇳소리에 놀란 사임당이 눈을 뜬다. 날렵한 몸짓으로 수하들을 물리치는 이겸을 보자 안도감에 눈물이 왈칵 솟는다. 그 순간 그녀의 목덜미에 칼날이 닿는다.

"멈춰!"

사임당의 목덜미에 칼을 겨눈 휘음당이 이겸을 향해 벽력같이
소리친다.

"당장 그 검을 치워라! 어서!"

이겸이 노기등등한 눈빛으로 휘음당을 노려보며 으르렁거린다.
당장이라도 달려들고 싶지만, 사임당 목에 닿은 칼날을 보자 섣불
리 움직일 수가 없다. 더군다나 한발 앞은 가파른 절벽이 아닌가.

"왜? 성난 호랑이처럼 달려들어보시지!"

"이 요망한 것!"

이겸이 이글이글 타오르는 눈빛으로 휘음당을 노려본다. 살의
가 느껴진다. 휘음당은 사임당의 목에 칼을 더욱더 가까이 댄다.
하얗게 질린 사임당이 이겸을 애처롭게 본다.

"두려운가? 내가 이 여잘 죽이기라도 할까봐? 이 여자가 대체
무엇이기에!"

휘음당이 눈에 핏발을 세우고 발악한다.

"그 칼을 거두고 지금이라도 돌아서면 살려줄 것이다! 아니
면……!"

"아니면! 잘난 당신 눈앞에서 두 여자가 같이 떨어져 죽는 꼴을
보게 되겠지!"

"이……!"

"뭐 그리 잘났는데? 왜, 이 여자는 되고 나는 안 되는 건데! 왜?
왜!"

위태위태한 사임당과 패악을 부리는 휘음당을 보는 이겸은 애가 타서 죽을 것 같다.

"처음부터 웃어주질 말지 그랬어! 어려운 형편에도 글 읽는 게 장하다며 당신 이름 써 있는 붓도 줬잖아! 피투성이 된 나는 산중에 버려놓고, 이 여자만 데리고 뛰었어! 주막집 딸년은 산짐승 밥이 되도 상관없단 말인가! 그런 것인가!"

광기에 휩싸인 휘음당은 일그러진 기억들을 토해내며 울부짖는다. 하지만 그녀에게 겁박당한 채 벌벌 떨고 있는 사임당도, 사임당을 구하기 위해 눈이 시뻘건 이겸의 귀에도, 휘음당의 말은 들어오지 않는다.

"내가 너희를 지옥으로 처넣었다! 내 손으로 너희 운명을 희롱하고 싶었어! 산중에 흘린 화첩과 댕기! 내가 던져놨다고!"

휘음당의 비통한 목소리가 산등성이마다 쩌렁쩌렁 울린다. 화인火印처럼 되살아난 고통스런 기억 속에서 혼자 몸부림치던 휘음당이 휘청거린다. 잔돌들과 함께 미끄러진다.

"안 돼!"

바위도 쪼갤 듯한 이겸의 비명과 함께 두 여자가 낭떠러지로 떨어진다. 이겸은 새파랗게 질린 얼굴로 깎아지른 절벽을 내려다본다. 다행히 절벽 틈에 삐죽 솟아난 나뭇가지를 잡고 있는 사임당이 보인다. 휘음당은 사임당 발치의 돌뿌리를 잡고 매달려 있다.

"내 손을 잡으시오!"

이겸이 있는 힘껏 손을 뻗는다. 사임당은 두려움에 덜덜 떨며 안간힘을 다해 이겸의 손을 잡는다. 바위틈에 발을 올려 디디려는 찰나, 돌멩이들이 후드득 매섭게 굴러떨어진다. 휘음당이 얼굴로 떨어지는 돌멩이를 피하려다 비명을 지르며 미끄러진다. 사임당이 그런 휘음당의 손을 재빠르게 잡는다. 그야말로 일촉즉발의 상황이다. 아래로는 칼날 같은 기암괴석들이 입을 벌리고 있고, 손아귀 힘은 자꾸만 풀려간다.

"사임당! 그 손을 놓으시오!"

이겸이 안간힘을 쓰며 말한다.

"안 돼!"

휘음당이 공포에 질려 소리친다.

"안 됩니다!"

사임당 또한 완강하다.

"사임당! 이러다 다 죽는다고!"

이겸이 절박한 목소리로 고함을 지른다. 사임당은 이를 악문다. 핏줄이 터질 만큼 힘들지만 휘음당을 붙잡은 손을 놓지 않는다. 결코 놓을 생각이 없다. 점점 힘이 풀리고, 이대로 죽는구나 싶은 순간, 이겸이 마지막 혼신을 다해 사임당을 잡아끈다. 사임당 역시 안간힘을 다해 휘음당을 잡아당긴다. 살리겠다는, 기필코 살리고야 말겠다는 마음이 한데 모여 기적처럼 힘을 발휘한다.

"괜찮소?"

이겸이 거친 숨을 몰아쉬며 사임당의 어깨를 감싸 안는다. 사임당은 넋이 나간 표정으로 고개를 끄덕인다. 이겸은 바닥에 털썩 주저앉아 거친 숨을 토해내는 휘음당을 죽일 듯 노려본다. 휘음당 역시 독기 어린 눈빛으로 이겸을 쏘아본다. 사임당이 그런 이겸의 팔을 꼭 붙든다.

"이보게……."

사임당이 처연한 목소리로 휘음당을 부른다.

"이제 나는…… 자네에게 빚이 없네."

사임당의 말에, 휘음당의 핏발 선 눈에 핏물 같은 눈물이 고인다.

"허어…… 허허허허……."

휘음당이 웃음을 터트린다. 눈물을 흘리면서도 웃기 시작한다. 이겸은 실성한 듯한 휘음당을 혐오스러운 시선으로 보다가 사임당의 어깨를 감싸 안고 돌아선다. 그렇게 서로를 부축한 채 비탈길로 사라지는 사임당과 이겸의 뒷모습이 휘음당의 가슴에 칼처럼 박힌다.

22

중종은 손을 더듬어 머리맡의 자리끼를 찾는다. 물 한 대접을 단숨에 들이켜고야 살았다는 듯 긴 숨을 내쉰다. 희붐한 빛이 새어 들어오는 새벽이다. 중종은 명나라에서 고려지를 문제 삼은 후부터 불면에 시달리고 있다. 하루빨리 명 칙사를 보내버려야 숨통이 트일 것 같다. 그자가 동파관에 똬리를 틀고 있다고 생각하면 숨을 쉴 수도, 밥알을 넘길 수도 없다. 어심이 흐트러지고 판단력이 흐려진다.

민치형을 참수하라 명했으나, 그것이 과연 옳은 판단이었는지도 확신이 들지 않는다. 그러니저러니 해도 여태껏 명에 고려지를 납품하던 자가 아니던가. 고려지 제조의 전권을 맡은 이겸이 온다간다 말도 없이 사라진 마당에 민치형조차 없으면 고려지는 대체 누가 만들까 싶기도 하다. 뿐만 아니라 이겸에게 지나치게 힘을 실어준 것은 아닌가 싶어 불안한 마음도 든다.

군왕이 권력을 다지는 일은 성벽을 쌓는 일과도 같다. 성벽을 쌓을 때 큰 돌만 쓰이는 것은 아니다. 큰 돌과 작은 돌이 적재적소에 어우러질 때 비로소 튼튼한 성벽이 완성된다. 조정을 충신으로만 채운다 하여 군왕의 권좌가 튼튼해질까? 충신과 간신, 청백리와 탐관오리를 적절히 안배해 경쟁시켜야 용상이 견고해지는 것은 아닐까?

한번 길을 잃은 생각은 똬리를 틀고 들어앉아 몸을 부풀리기 시작한다. 중종은 퀭한 눈으로 고요가 들어찬 침전 구석을 뚫어질 듯 바라보며 고심한다.

"도승지를 들라 하라! 이조참의 민치형에 대한 명을 거둘 것이다!"

하루아침에 왕명이 번복되고야 만다. 중종의 갑작스런 변덕에 민치형을 사지로 몰았던 삼정승과 여러 대신들의 얼굴이 한순간에 일그러진다. 민치형의 보복이 두려운 것이다.

의금부에서 풀려난 민치형은 자신을 죽음 직전까지 내몬 이겸을 향한 복수심을 불태운다. 휘음당이 운평사에서 고려지 비법이 담긴 그림을 입수하려는 찰나 이겸의 습격으로 실패했다는 소식을 전해 듣자마자 화가 솟구쳐 사병을 일으킨다.

민치형을 태운 말이 무서운 속도로 질주한다. 검은 복면을 쓴 사내들 열댓 명이 그 뒤를 쫓아간다. 한양 초입에 이른 그들은 이겸과 사임당의 용모파기*를 들고 뿔뿔이 흩어져 오가는 이들을 이 잡듯 수색한다. 무거운 봇짐을 나르는 보부상들은 살기등등한 눈빛의 민치형 일당을 두려운 낯빛으로 바라본다.

"아니, 민치형 저자가 어떻게!"

마침 사임당과 함께 말을 타고 도성 입구에 다다른 이겸은 납득할 수 없는 얼굴로 민치형과 그의 일당을 본다. 분명 참형을 선고받은 자가 아니던가. 설마 중종이 생각을 바꾼 것인가. 눈앞에 벌어진 상황을 도저히 이해할 수 없다.

"어찌하면 좋겠습니까?"

사임당이 관음도를 꼭 안으며 불안한 얼굴로 민치형 쪽을 바라본다. 이겸은 날쌔게 말에서 내려 사임당을 내려준다. 그리고 빈 말을 도성 입구로 보낸 후 사임당을 이끌고 숲으로 달려간다.

도성 입구로 잘생긴 말 한 필이 터덜터덜 들어온다. 왕가붙이만 쓸 수 있는 값비싼 말안장을 본 민치형의 눈이 가늘어진다.

"저 말의 주인을 찾아라! 멀리 가지는 못했을 것이다. 샅샅이 뒤져라!"

명이 떨어지자, 수하들이 말에 올라 먼지를 일으키며 달려간다.

---

* 容貌疤記, 사람을 잡기 위하여 그의 용모와 특징을 기록한 것.

백악산 동쪽 고갯마루 숲에 몸을 숨긴 이겸과 사임당은 민치형과 그 수하들의 말발굽 소리를 듣는다. 땅을 짓밟고 내달리는 말발굽 소리에 놀란 새들이 파드득 날아오른다. 이겸은 사임당의 손을 잡고 숲길을 달린다. 숨이 턱까지 차오른다. 강릉에서 한양까지 말 한 필에 의지해 몇 날 며칠 고생하며 온 두 사람이다. 기운이 달리고 다리에 힘이 풀려 그 자리에 쓰러질 것만 같다.

"힘을 내시오!"

이겸이 밭은 숨을 내쉬는 사임당의 허리를 끌어안듯 부축한다. 사임당은 이마에 흐르는 땀을 닦아내며 고개를 끄덕인다. 그 순간, 바람을 가르는 소리와 함께 민치형의 칼이 앞을 가로막는다.

"옛 정인끼리…… 손을 맞잡고 야반도주라도 하던 참인가?"

민치형의 비웃음에 사임당의 몸이 결박이라도 당한 듯 뻣뻣해진다. 이겸이 사임당을 등 뒤에 숨기며 민치형을 향해 칼을 뽑아 든다. 복면한 수하들이 검을 치켜들고 이겸과 사임당을 에워싼다.

"네놈이 어찌 풀려나 활보하고 있는 것이냐?"

이겸이 벽력처럼 소리친다.

"자네 덕분에 저승 문턱까지 갔다 간신히 돌아왔지! 호랑이 사냥을 할 땐 명줄까지 끊었어야지, 상처만 내놓으면 어찌하는가?"

민치형의 칼이 이겸의 목덜미를 향해 달려든다.

"호랑이는 무슨! 승냥이 주제에!"

이겸의 칼이 바람 가르는 소리를 내며 민치형의 칼을 막아선다.

두 사람의 칼이 허공에서 맞부딪친다. 태산처럼 무겁다가 번개처럼 휘몰아친다. 사방에서 불꽃이 튄다. 공포에 질린 사임당이 비명조차 지르지 못하고 얼어붙어 벌벌 떤다. 복면한 수하들은 사임당을 향해 칼을 세워 겁박한다. 민치형과 이겸의 치열한 검투는 멈출 줄 모른다. 두 개의 검이 전광석화처럼 서로 찌르고 막는다. 이겸의 검이 민치형의 빈 공간을 빠르게 파고든다. 그러나 민치형의 검이 이겸의 검을 가볍게 밀어낸다. 한발 뒤로 물러서던 이겸이 주춤 무너지는 듯싶더니, 강한 기합과 함께 민치형을 향해 돌진한다. 민치형의 칼이 나동그라진다. 동시에 무릎이 푹 꺾여 넘어지는 민치형의 목에 이겸의 시퍼런 칼날이 닿는다. 상황이 어려워지자, 복면한 수하의 칼이 사임당을 향해 날아든다. 핏물이 터지는 동시에 앞으로 고꾸라지는 사람, 수하다. 이겸이 던진 칼이 수하의 등에 꽂혀 있다. 사임당의 비명이 숲을 울린다. 혈투는 계속된다. 복면한 수하들이 일제히 이겸에게 달려든다. 이겸은 발차기로 날아드는 칼을 막고, 수하들을 쓰러트린다. 쓰러진 수하의 손에서 재빨리 칼을 낚아챈 이겸이 사력을 다해 칼을 휘두른다. 격렬하고 날카로운 칼부림에 수하들이 속수무책으로 쓰러진다. 이겸이 뒤를 돌아보는 순간, 민치형의 검이 이겸을 향해 달려든다. 어깨를 찔린 이겸이 피를 흘리며 넘어진다. 하얗게 질린 사임당이 비명을 지르며 이겸에게 달려간다. 순간 그녀의 품에서 관음도가 떨어진다. 그 틈에 민치형이 땅에 떨어진 관음도를 주워들

며 비릿한 미소를 흘린다. 민치형이 그림에 한눈을 판 사이, 사임
당은 부상당한 이겸을 부축해 달아난다.

"쫓아라! 반드시 잡아라!"

민치형의 목소리가 숲을 가른다.

어둠이 짙게 깔린 산속에서 맹렬한 추격전이 벌어진다. 민치형
의 수하들이 몰아치듯 이겸과 사임당을 찾는다. 그 뒤로 난데없이
창과 활로 무장한 관군들이 나타나 그들을 뒤쫓는다. 민치형이 사
병을 이끌고 이겸을 쫓는다는 소식을 전해 들은 소세양이 관군을
이끌고 이겸을 구하러 나선 것이다. 관군은 숲길을 겹겹이 차단한
다. 수세에 몰린 민치형의 수하들이 말 등에 납작 엎드린다. 파죽
지세로 달려드는 소세양의 관군을 본 민치형은 관음도를 움켜쥐
고 부들부들 떨며 말 머리를 돌린다.

산속 바위 밑에 뚫려 있는 동굴 안, 이겸이 식은땀을 흘리며 누
워 있다. 민치형의 칼에 맞은 어깨 부상이 생각보다 심각하다. 사
임당은 이겸의 웃옷을 벗기고 돌에 짓이긴 약초를 발라준다.

"지혈에 좋은 약초입니다."

사임당은 치맛단을 찢어 이겸의 어깨에 둘러맨다. 이겸은 오한
이 이는지 몸을 덜덜 떨고 있다. 창백해진 얼굴로 혼미해지는 정
신을 간신히 붙들며 자신을 간호하는 사임당을 애타게 바라본다.

아파도 좋다. 그녀와 함께할 수 있다면 영원한 고통에 시달려도 좋다. 그 절절한 시선에 사임당의 눈에 눈물이 그렁그렁 맺힌다. 그녀는 울지 않으려 아랫입술을 꾹 깨물고 이겸의 옷을 입혀준다.

"꿈을 꾼다오. 가끔…… 그대와 내가 벌판을 누비며 색을 만들고 그림을 그리던 이십 년 전 꿈을…… 어제의 일처럼 생생하오."

이겸이 메마른 입술을 열어 떠듬떠듬 말을 잇는다.

"당신이 그려낸 묵포도도를 보면서…… 참으로 행복했소! 함께 말을 달려 오면서 또다시 꿈을 꾸는 것만 같았소. 지금 시간이 멈춰서, 영원히 지속되면 좋겠소."

"피를 너무 많이 흘렸습니다……. 기력을 아끼십시오. 말씀은 그만."

사임당은 눈물이 쏟아질까 싶어 이겸의 눈을 차마 마주하지 못한다. 그녀는 쓰개치마를 벗어 이겸의 몸에 덮어주며 눈길을 피한다.

"〈금강산도〉를 보겠다며 담을 넘어 들어왔던 당찬 소녀…… 당신이 그려내는 그림들을 다시 볼 수만 있다면…… 나는 무슨 짓이든 할 것이오."

그 말을 끝으로 이겸은 까무룩 잠이 든다. 사임당은 그제야 참았던 눈물을 주르륵 흘린다. 가슴이 저릿하다. 자신의 전부를 내걸고 달려오는 이 남자를 어쩌면 좋단 말인가. 갚을 길 없고, 마주볼 수 없는 마음이 아닌가. 하늘이 제아무리 높고, 땅이 제아무리

넓다 한들, 목숨을 내건 사랑만큼 높고 넓을 것인가.

사임당은 고통스런 신음을 내뱉으며 잠들어 있는 이겸의 얼굴을 가슴 아프게 바라본다. 그녀는 차가운 손으로 이겸의 이마를 짚어본다. 불덩이처럼 뜨겁다. '저 때문에 아파하지 마십시오.' 차마 전할 수 없는 말 한마디에 목이 메인다. 사임당은 눈물에 젖은 꽃잎 같은 입술을 이겸의 뜨거운 이마로 떨어뜨린다. 후드득후드득, 어둠에 잠긴 숲속에 비가 내린다. 사임당은 밤새 빗소리를 들으며 이겸의 곁을 지킨다. 비가 그치고, 한줄기 빛이 동굴 안으로 스며들 무렵, 의성군을 찾는 소세양과 관군들의 외침이 들렸다. 그 소리에 눈을 뜬 이겸은 사임당을 애틋하게 바라본다.

팔봉의 비보를 들은 유민들의 마음이 들끓는다. 도대체 그깟 종이가 뭐라고 사람을 죽음으로 내몬단 말인가. 그들은 불붙은 종이를 하늘로 날리며 팔봉을 추모한다. 까맣게 타버린 종이가 멀고도 먼 하늘로 부스스 흩날린다. 종이를 위해 목숨을 던진 팔봉의 넋이 하늘하늘 날아간다. 이제 고려지를 만드는 것은 단순한 돈벌이를 넘어선 사명이 되었다. 유민들은 더욱더 결연한 자세로 종이를 만든다. 더 좋은 종이를 만들기 위해 혼신의 힘을 기울인다.

고려지 경합까지 사흘 남았다. 열의 가득한 유민들을 바라보는 사임당의 표정이 밝지 않다. 관음도에 적혀 있던 시의 비밀을 풀지 못한 까닭이다. 민치형에게 그림을 빼앗겼지만, 다행히 시는 기억하고 있다. 시를 종이에 옮겨 적어 고려지 비법의 마지막 단서를 찾으려 해보지만 쉽지 않다. 이대로 포기해야 하는가. 정녕 여기가 한계인가…… 시름에 빠져 있을 때, 작업장 마당에서 놀던 우가 사임당 품으로 달려온다.

"어머니! 제가 썼습니다! 이거 다 제가 썼어요!"

우는 사임당에게 종이 한 장을 흔들며 보여준다. 이제 막 글자를 배우기 시작한 우가 종이에 글씨 연습을 한 모양이다. 木, 林. 두 글자가 종이에 한가득 적혀 있다.

"그래, 그래. 잘 썼구나."

고려지 비법 찾기에 여념이 없는 사임당은 우가 보여준 종이를 눈여겨보지 못한다.

"어머니, 나무가 두 그루 같이 서 있으면 수풀이 된답니다!"

우는 제가 쓴 글자들을 작은 손가락으로 꼭꼭 짚으며 설명한다.

"그러하다. 나무 목자가 둘이면 수풀 림…… 나무가 두 그루!"

건성으로 대답하던 사임당의 뇌리에 번개처럼 나무 목자 두 개가 새겨진다. 그녀는 재빨리 시가 적힌 종이를 들여다본다. 시에 적힌 '林'자가 눈에 와서 박힌다. 수풀이 아니라 두 그루의 나무를 의미하는 것이었구나! 종이를 만드는 나무에는 두 종류가 있었구나!

"찾았다! 닥나무와 등나무가 답이다!"

사임당은 자리에서 벌떡 일어나 유민들을 향해 뛰어간다. 우는 영문을 모르겠다는 듯 고개를 갸웃하며 어머니를 쫄래쫄래 따라 간다.

"등나무입니다!"

사임당이 기쁨에 찬 목소리로 외친다.

"등나무?"

닥 껍질을 벗기던 대장이 무슨 말인지 모르겠다는 표정으로 사임당을 본다.

"고려지 말입니다! 등나무를 섞는 것이 비법이었습니다!"

사임당의 말에 유민들이 하던 일을 멈추고 우르르 몰려든다.

"닥나무와 등나무를 섞기만 하면 되는 것입니까?"

대장이 대표로 물어본다.

"선시*에 두 나무를 섞는 비율까지는 나와 있지 않았습니다. 가장 적합한 비율을 찾는 것이 진정한 고려지를 만드는 비법이 될 것입니다. 지금부터 우리는 그 비율을 찾아내야 합니다. 한지의 주재료는 닥나무이니, 등나무는 아마도 소금과 같은 역할을 할 것입니다. 그러니 국의 간을 맞추듯, 너무 많아서도 안 되고 너무 적어서도 안 될 것입니다."

사임당의 설명에 유민들이 고개를 끄덕이더니 빨리빨리 서두르

---

* 禪詩, 선적 사유를 담고 있는 불교시.

자며 소매를 걷어붙인다. 대장은 몇몇 유민들을 모아 등나무를 구하러 가고, 남은 이들은 물을 길어오고, 닥나무 손질을 시작한다. 그사이, 만득은 종이공방을 유유히 빠져나가 민치형의 집으로 달려간다.

"빨리도 왔구나!"

휘음당이 만득을 매섭게 쏘아본다.

"드, 등나무가 비법이란 소릴 듣자마자, 바로 달려왔습니다요."

만득은 문득 주변을 둘러본다. 민치형의 집 안마당에는 등나무가 수북하게 쌓여 있다. 한발 늦었구나! 만득이 눈을 찔끔 감는다. 그 순간, 만득의 목덜미에 날선 칼이 닿는다.

"사, 살려주십시오!"

만득이 까무러칠 듯 앞으로 고꾸라지며 이마를 땅에 대고 싹싹 빈다.

"신씨 부인은 절대…… 고려지를 제출할 수 없다!"

"예?"

"무슨 수를 쓰든, 신씨 쪽은 못 나오게 해야 한단 소리다!"

"그, 그러셔야지요……."

휘음당은 그제야 만득에게 겨눈 칼을 거둔다. 새파랗게 질린 만득이 바들바들 떨며 민치형의 집을 빠져나온다. 휘음당은 대문을 빠져나가는 만득의 뒷모습을 보며 이를 바득바득 간다. 사임당이 고려지의 비법을 알아냈다는 사실에 화가 치밀어 오른다. 이제 휘음당에게 남은 것은 악밖에 없다. 욕망과 분노로 이글거리던 어린 날의 휘음당이 되살아난 것이다. 천한 주막집 딸년이었을 땐 욕망과 분노를 분출할 수 없었지만 지금은 다르다. 이조참의의 아내, 정삼품 숙부인인 것이다. 수단과 방법을 가리지 않을 것이다. 벼랑 끝에 떨어져도 봤다. 더는 두려울 것이 없다. 게다가 민치형이 파죽지세로 힘을 보태주고 있지 않은가. 민치형은 휘음당만큼이나 이겸과 사임당을 향한 분노에 이글이글 타오르고 있다. 이십 년 만에 처음으로 부부가 일심동체가 된 것이다. 이번에는 결코 질 수 없다. 기필코 이겸과 사임당을 박살 내고 말리라. 휘음당은 손톱이 박힐 듯 주먹을 꽉 쥔다.

이튿날, 어연번듯한 해가 맑은 하늘에 솟아오른다. 사임당과 유민들은 밤샘작업 끝에 완성된 종이 앞에 둘러서서 침을 꿀꺽꿀꺽 삼키고 있다. 설렘과 떨림, 불안과 기대가 한데 섞인 눈빛이다. 긴장감이 흐르는 가운데, 사임당이 종이 한 장을 집어 든다. 쨍한 햇빛이 반사되어 종이에서 빛이 난다. 유민들은 한순간도 놓치지 않으려는 듯 눈을 크게 뜬다. 사임당은 이겸이 준 충렬왕 고려지와 운평사 고려지 조각을 꺼내 탁자 위에 올려놓고, 그 옆에 방금 만든 종이를 올려놓는다. 햇볕에 비춰보고, 찢어보고, 물에 적셔보면서 세 장의 종이를 꼼꼼하게 비교한다.

"됐습니다. 이 정도면 승산이 있습니다."

사임당의 말이 끝나자마자, 여기저기서 환호성이 터진다. 만세를 부르고 박수를 치고 서로를 부둥켜안으며 좋아하는 유민들을 보자, 사임당의 마음에 물기가 올라온다.

마당에 잔칫상이 차려진다. 보리밥과 산나물 정도이지만 유민들 입에는 임금님 수랏상보다 더 맛있고 달다. 북치고, 장구치고, 꽹과리 치며 들썩들썩 어깨춤을 춘다. 신명이 난다. 최선을 다했으니, 이제 모든 것은 하늘의 뜻에 달렸다.

그렇게 모두들 한바탕 흥겨운 시간을 보내는 가운데, 만득이 다른 이의 눈치를 살피며 마당을 슬쩍 빠져나간다. 살금살금 작업장으로 걸어가더니 어둑한 작업장 안으로 들어가, 경합 때 제출할 고려지 앞에 선다. 밖에서 웃고 떠드는 유민들의 얼굴이 번뜩 떠오르고, 칼로 위협하던 휘음당의 얼굴도 떠오른다. 죄책감보다 두려움이 눈앞을 가린다. 덜덜 떨리는 손으로 부싯돌을 움켜쥔다. 치직 하는 소리와 함께 나뭇가지에 불이 붙는다.

"시방 뭐하는겨?"

누군가의 목소리가 만득의 뒷덜미를 잡아챈다. 화들짝 놀란 만득이 뒤를 돌아본다. 대장과 유민들이 도끼와 낫을 들고 서서 살벌한 표정으로 만득을 보고 있다.

"저기…… 뭔가 오해여. 오해!"

만득은 불붙은 나뭇가지를 바닥에 내팽개치고 줄행랑을 친다.

대장과 유민들이 황급히 쫓아가 만득의 목덜미를 잡는다.

"살…… 살려주시오. 살려줘……."

거적때기에 돌돌 말린 만득이 몸부림치며 애원한다. 대장과 유민들에게 흠씬 두들겨 맞은 터라 몰골이 말이 아니다.

"두 손 두 발 다 잘라 죽여버린다 해서! 정말 그러고도 남을 사람들이었습니다요."

만득은 눈물 콧물이 뒤범벅된 얼굴로 변명을 한다.

"누구를 말하는 것이오."

잠자코 지켜보던 사임당이 무겁게 입을 연다.

"장원지물전 사람들입니다요. 죽을죄를 지었습니다. 저라고 맘이 편했겠습니까. 여기 사람들하고 정이 들어, 정말이지 괴로웠습니다."

"정 같은 소리 하고 있네! 콱!"

"말이나 못하면!"

만득의 말에 성난 유민들이 코웃음을 치며 당장 죽여야 한다고 외친다.

"그 사람들 몰라서 그래요! 불을 안 내면, 무뢰배를 풀어 몰살시켜버린다고 했어요! 지금도 지켜보고 있을 겁니다! 진짜 무서운 사람들이라니까요. 차라리 불이 나는 게 오히려……."

"어휴, 이 인간을!"

대장이 더는 참을 수 없다는 듯 만득의 옆구리를 발로 찬다.

"그만하세요."

사임당이 대장을 만류한다.

"아씨……."

"이자에게 한 번 더 기회를 줍시다."

"저런 박쥐 같은 놈에게, 왜요!"

"저자를 역첩자로 쓰면 되오."

사임당이 다부진 눈빛으로 대장을 본다.

"역첩자라면?"

대장은 사임당의 의도를 알 수 없어 고개를 갸웃거린다.

"살려만 주신다면 뭐든 하겠습니다! 개죽음을 당하는 일만 아니라면요!"

만득이 사임당의 치맛자락을 부여잡고 결사적으로 매달린다.

⁂

사임당은 유민들과 함께 경합에 쓰일 고려지를 모두 모아 은밀히 안전한 곳으로 옮기고, 맹지 종이공방 작업장에 불을 지른다. 먼 곳에서도 환히 보이도록 일부러 큰불을 일으킨다. 맹지 작업장이 보란 듯이 불길에 휩싸인다. '불이야! 불이야!' 하고 외치며 발을 동동 굴리는 유민들의 표정이 천연덕스럽다.

꽃샘바람이 불어오고, 눈 녹은 자리에 봄꽃이 피어난다. 산수유 만발한 궁궐 후원에 '조지서 입창 경합造紙署 入倉 競合'이라고 쓰인 깃발이 봄바람에 펄럭인다. 후원 마당 한가운데 기다란 탁자가 놓이고, 그 위에 종이의 질을 판별하기 위한 도구들이 진열된다. 관원들은 경합을 준비하기 위해 분주히 움직이고, 조선 팔도에서 달려온 지물전 대표들이 구름 떼처럼 모여든다. 그들 중 대부분은 일차 심사에서 떨어진 상태다. 그러나 최고의 고려지를 눈으로 직접 확인하기 위해 집으로 돌아가지 않고 기다리는 것이다.

부우웅! 취타수의 나각 소리가 들리자, 중종이 명 칙사와 함께 월대에 오른다. 중종은 잔뜩 긴장한 표정으로 칙사의 눈치를 보면서 이겸을 향해 고개를 끄덕인다. 심사장에 있던 이겸이 자리에서 일어나 월대를 향해 예를 갖춰 인사하고, 경합을 진행한다.

"지금 이 자리는 조선 최고의 종이, 최고의 고려지를 선발하는 경합의 자리입니다. 일차 서류 심사와 견본지 심사를 거쳐 최종적으로 통과한 지방업체들이 모두 열 곳이었으나, 한 곳은 기권하였고, 또 한 곳은 물량을 채우지 못하여 입찰을 포기하였습니다. 따라서 오늘 최종적으로 경합에 참가한 지방은 여기, 이곳에 모인 여덟 곳의 지방입니다. 자, 그럼 지금부터 경합을 시작하겠습니다!"

부우웅! 취타수의 나각 소리가 다시 한 번 좌중을 울린다.

"조지서에 납품할 종이는 실록 편찬의 용도로 쓰입니다. 천년만년 만대에 이어져야 함은 물론 세초*의 과정을 필히 거쳐야 하므로 종이의 질이 튼튼하고 질겨야 합니다."

탁자 위에 놓인 여덟 개의 대야에 물이 가득 채워지고, 여덟 곳의 지방에서 제출한 종이가 물속에 잠긴다. 관원들은 대야에 담긴 종이들을 기다란 막대기로 휘휘 젓는다. 첫 번째 대야에 있던 종이가 물속에서 흐물흐물 풀어진다. 마당 한쪽에서 안타까운 탄식 소리가 터진다.

"예인지방, 불통이오!"

이어 두 번째 대야에 있던 종이도 물속에서 스르르, 세 번째, 네 번째도 물속에 제 몸을 녹이며 사라진다. 물속에서 살아남은 종이는 총 네 장이다.

"두 번째 심사는 목판을 찍어, 종이의 질감과 내구성을 알아보는 과정입니다."

탁자 위로 글자가 새겨진 네 개의 판목이 나란히 놓인다. 심사위원들이 붓을 들고 판목에 먹칠을 한다. 첫 번째 심사에서 통과한 네 장의 종이가 먹칠된 판목 위에 펼쳐진다. 심사위원들이 종이를 조심스레 들어 올린다. 똑같은 글자가 새겨져 있으나 종이의 질에 따라 찍힌 모양과 색감이 사뭇 다르다. 먹물이 고루 배지 못

---

* 洗草, 실록을 편찬한 뒤 그 초고를 물에 씻어 종이를 제지 원료로 다시 사용한 일.

하고 글자가 흐릿하게 찍힌 두 장의 종이가 탈락한다.

목판 인쇄를 통과한 두 장의 종이를 놓고 최종 심사가 이어진다. 심사위원들이 각각 앞에 놓인 두 장의 종이 위에 먹물을 똑똑 떨어뜨린다. 일순간 방울져 있던 먹물이 종이에 고르게 퍼져 스며든다. 두 장 모두 스며드는 정도가 가로결 세로결 구분 없이 고르고 매끈하다. 먹 번짐이 과하지 않고 적당하며, 먹물이 적셔진 상태에서도 얇아지거나 두꺼워짐이 없다. 우열을 가리기 어려울 정도로 두 종이의 질이 좋다. 한 사람의 장인이 만들어낸 종이라 해도 믿을 정도다. 길고도 긴 논의가 이어진다. 심사하는 사람이나 심사받는 사람이나 모두가 긴장한 가운데, 이겸이 마당 한가운데로 뚜벅뚜벅 걸어 나온다.

"이제 예선을 모두 마쳤습니다. 논의 끝에 최종 경합에 오른 종이는 바로 장원지물전! 장원지물전 대표는 앞으로 나오시오."

휘음당이 득의양양한 표정으로 앞으로 나선다. 이겸이 그런 휘음당을 냉소 가득한 눈으로 바라보다가 더 큰 소리로 발표한다.

"또 한 군데, 양류지소 대표도 앞으로 나오시오!"

이겸의 말에, 휘음당의 미간이 구겨진다. 양류지소라니! 내로라하는 전국 각지의 지물전을 모두 섭렵하고 있지만 난생처음 듣는 이름이다. 심사장 구석에서 구경하던 지물전 대표들도 눈을 동그랗게 뜨고 웅성거린다.

"양류지소 대표는 누구인가?"

소세양이 참을성 없이 일어나 좌중을 향해 크게 묻는다. 소란하던 장내가 순식간에 조용해진다. 양류지소의 대표가 누구인지 이미 알고 있던 이겸은 회심의 미소를 지으며 구경꾼들이 서 있는 곳으로 시선을 던진다.

"양류지소 대표자는 앞으로 나오시오!"

이겸이 마치 신호를 보내듯 고개를 살짝 끄덕이며 말한다.

"접니다!"

구름 떼처럼 몰려 있던 사람들 속에서 한 여인의 목소리가 툭 튀어나온다. 사람들의 시선이 일제히 여인을 향한다. 여인의 얼굴을 가리던 쓰개치마가 스르르 벗겨진다. 백옥처럼 하얀 얼굴에 붓으로 그린 듯 아름다운 이목구비. 사임당이다.

"제가 바로, 양류지소 대표입니다."

사임당이 한 걸음씩 앞으로 나설 때마다 사람들이 몸을 비켜 길을 터준다. 휘음당은 마치 귀신이라도 본 듯 경악한 얼굴로 사임당을 본다.

"사임당 네가 어찌 이 자리에? 어떻게 나타난 것이야!"

"당황스러운가? 잿더미 속에 주저앉을 줄 알았겠지."

"……!"

"분명히 말했다. 더는 빚이 없다고! 이젠 당하고만 있지 않을 것이다!"

사임당이 휘음당을 똑바로 응시한다.

"장원지물전과 양류지소가 제출한 종이는 명쾌하게 어느 한쪽을 택하기 어려울 정도로 질이 훌륭합니다. 해서, 이번 경합에서는 두 장의 종이에 각각 그림을 그려 색이 입혀지는 정도와 흡착성을 살필 것입니다. 종이를 만들어낸 이들이야말로, 그 종이의 장점을 가장 잘 알고 있을 듯하여, 이번에는 두 대표가 직접 자신이 만든 종이에 그림을 그릴 것입니다."

말을 마친 이겸이 무연한 눈빛으로 사임당을 본다. 말로 전할 수 없는 마음들이 가득 녹아 있는 시선이다. 믿는다는 말, 힘내라는 말, 여기까지 와줘서 고맙다는 말.

후원 마당 한가운데 나란히 앉아 있는 사임당과 휘음당 앞으로 봄꽃처럼 알록달록한 가루 염료와 화구들이 놓인다. 그 와중에 휘음당이 날카로운 시선으로 화구를 대령하는 관원과 은밀한 눈짓을 주고받는다. 이겸은 휘음당과 관원이 내통하고 있음을 간파한다. 또 어떤 계략을 꾸민 것인가. 그는 걱정 어린 시선으로 사임당을 본다.

사임당은 말간 얼굴로 잠시 눈을 감았다 뜨며 호흡을 가다듬더니 연적의 물을 염료에 붓고 손가락으로 곱게 개어 붓에 적신다. 손가락에 끈적거리며 달라붙는 느낌이 이상하다. 뭔가 잘못되었다는 사실을 깨달은 사임당은 연적에 담긴 아교 물을 확인한다.

코끝을 할퀼 듯 시큼한 냄새가 난다. 백반이 과하게 섞여 있음이 틀림없다. 또 덫을 놓은 것인가! 미간을 좁힌 사임당이 의혹 가득한 눈길로 옆에 앉은 휘음당을 슬쩍 바라본다. 벌써 붓을 든 휘음당은 현란하고 화려한 색으로 초충도를 그려내고 있다. 붉은 꽃 주변으로 몰려드는 나비의 날갯짓. 생동감이 넘치는 화려한 색감에 눈이 부시다. 자극적이다 못해 요염하기까지 한 그림에 심사위원들은 탄성을 쏟아낸다.

반면 붓조차 들지 못한 사임당은 이마에 식은땀이 흐르고 손바닥은 땀으로 흥건하다. 그녀는 당황한 마음을 가라앉히려 눈을 감은 채 숨을 고른다. 어딘가에서 불어오는 바람에 귀밑머리가 흩날린다. 꽃향기를 머금은 싱그러운 바람이다.

"산수유! 산수유 향기다!"

나직이 중얼거리던 사임당이 눈을 뜨고 자리에서 벌떡 일어선다. 그녀는 꽃향기를 찾아가는 나비처럼 날아갈 듯 어딘가를 향해 걷는다. 사람들이 심사장을 이탈하는 사임당을 보며 웅성거린다. 모든 이의 시선을 한몸에 받은 사임당은 산수유나무 앞에서 걸음을 멈춘다. 그녀는 망설임 없이 폭죽처럼 피어난 꽃과 열매를 수북하게 따서 심사장으로 돌아온다.

사임당은 신속한 손길로 붓을 뒤집어 나무 방망이처럼 꽃과 열매를 짓이겨 색을 만든다. 새빨간 열매가 터지며 붉은 빛깔 염료가 만들어지자 침착하게 다시 먹을 간다. 백반 섞인 물이 묻지 않은 붓은 한 자루뿐. 그러나 지금부터 시작이다. 보아라, 휘음당! 사임당의 눈에 결기가 차오른다. 손에 쥔 붓이 망설임 없이 종이 위로 날아다닌다. 일필휘지다.

거침없이 솟아오른 먹빛 나뭇결 위로 사임당은 오염된 붓 대신 손가락에 직접 산수유 물을 묻혀 꽃잎을 표현한다. 붉은 매화 꽃 송이가 점점이 피어난다. 꽃잎이 바람에 날릴 듯하고, 그 향이 아스라이 퍼지는 듯싶다. 그림을 보는 모든 이들이 환시에 사로잡혀 매화 향을 맡으려 코를 벌름거린다.

'찬바람 강추위 속에 기나긴 길 올랐네. 깊은 골 거친 길에 고난도 많았으나, 그 끝에 매화 저마다 피어나네. 언 손 벗 삼아 이루는 봄이로구나. 많은 언 손들이 어루만져 봄을 이루었네.'

그림 여백에 첨시를 적는 사임당의 손길이 떨린다. 울기가 일던 마음 한구석에 포르릉, 꽃잎이 피어난다. 드디어 붓을 내려놓은 사임당은 참아왔던 한숨을 토해내며, 그림을 관원에게 제출한다.

휘음당은 자신이 놓은 덫에 걸려들지 않고 실력을 뽐낸 사임당을 질시 어린 눈으로 노려본다. 어깨가 들썩일 정도로 신경질이 난다. 월대 밑에 삼정승과 나란히 앉아 있던 민치형이 그런 휘음당을 잡아먹을 듯 노려본다.

"두 사람 모두 참으로 대단하구나. 공 칙사께서 평가해주시는 게 어떻겠습니까?"

중종이 그림을 담은 쟁반을 칙사에게 전하며 말한다. 명 칙사는 기다렸다는 듯 입맛을 다시며 두 여인의 그림을 유심히 바라보다가 먼저 휘음당의 그림을 손에 든다.

"다섯 가지 색을 골고루 사용한 화려한 색감의 그림이로군요. 이 종이는 다섯 가지 염료가 종이에 잘 스며들며 자유자재로 색을 뽐낼 수 있으니, 종이의 질이 매우 우수하고, 뛰어나다는 것을 잘 알겠습니다."

휘음당의 그림을 평한 명 칙사가 이번에는 사임당의 그림을 들어 올린다.

"적과 먹, 두 가지 색만을 이용해서 그렸군요. 담백하면서도 매화나무의 거친 결이 마치, 손에 잡힐 듯 생생한 그림입니다. 주위의 거친 풍상에도 아랑곳 않고, 한 떨기 매화가 홀로 고고하게 자태를 뽐내는 듯합니다. 한데, 군데군데 색이 덜 밴 것이 보이는군요. 종이만의 문제는 아닌 듯한데……."

명 칙사가 말끝을 흐리며 사임당과 휘음당을 잠시 바라본다. 잔뜩 긴장한 사임당과 휘음당이 침을 꿀꺽 삼키며 다음 말을 기다린다.

"저는, 이 종이를 최종 선택하겠습니다!"

칙사의 손에 들린 사임당의 그림이 드높게 펄럭인다. 휘음당이 와락 구겨진 표정으로 칙사를 본다. 사임당은 갓 피어난 매화처럼 환한 미소를 지으며 명 칙사를 향해 고개를 숙인다.

"의성군의 판단도 나와 같은 듯한데, 대신 평을 해주시겠소?"

명 칙사가 곁에 서 있는 이겸에게 두 장의 그림을 넘긴다. 이겸이 예를 갖춰 그림을 받고 청산유수로 그림을 평한다.

"부족한 화원은 무엇을 더 넣을까 골몰하고, 품격 있는 화원은 무엇을 뺄까를 생각하기 마련이지요. 홍매화를 그린 이 그림은 속기俗氣가 없이 담박하나 꽃과 나비를 그린 이 그림에는 속기가 가득합니다."

"피부가 고운 여인이 진한 화장을 할 필요가 없는 것과 같은 이치이겠지요. 홍매화가 그려진 이 종이는 그림과 완전히 어우러져 과함도 모자람도 없는, 아주 오래전 만져본 옛 고려지를 다시 만난 느낌입니다!"

명 칙사가 이겸의 의견에 크게 동조하며 만족스런 얼굴로 고개를 끄덕인다.

"한데, 다섯 가지 색을 활용해도 된다 했거늘, 왜 염료를 쓰지 않고 먹과 열매의 색만 쓴 것이오?"

명 칙사가 호기심 어린 눈길로 사임당을 바라보며 묻는다.

"제가 받은 염료에 약간의 문제가 있었습니다."

사임당이 담담한 목소리로 아뢴다.

"염료에 문제가 있었다니? 그게 무슨 말이더냐? 같은 염료와 같은 시간을 주지 않았더냐."

중종이 인상을 찌푸리며 사임당의 대답을 재촉한다.

"아뢰옵기 송구스러우나, 이제 와 재료를 탓하여 무엇하옵니까? 큰 문제는 아니었습니다. 다만 저는 매화의 고고함과 단아함을 표현하고자 화려한 색을 포기하고 산수유 꽃과 열매를 이용해 적색과 먹만으로 묵매화를 그렸사옵니다."

"여기 첨시에 '많은 언 손들이 어루만져 봄을 이루었네'라는 구절은 무슨 뜻이오?"

명 칙사의 질문이다.

"저희 양류지소에는 수많은 유민들이 속해 있습니다. 종이를 만드는 일은 참으로 고단한 노동인지라, 그들의 도움 없이는 불가능했음을 뜻하는 시구입니다."

"유민이라…… 그대의 이름이 무엇이오?"

"사임당이라 하옵니다."

"고맙소. 좋은 고려지를 만들어줘서. 덕분에 편한 마음으로 귀국할 수 있게 되었소."

명 칙사가 흐뭇한 미소로 사임당을 바라본다. 중종은 그제야 안도의 한숨을 내쉰다.

"칙사께서도 수고하셨습니다. 전하께서 주연을 마련하셨습니다. 함께 가시지요."

소세양의 말에, 공 칙사가 중종과 함께 자리에서 일어나 껄껄 웃으며 심사장을 떠난다. 이때 이겸은 민치형과 휘음당이 꼬리에 불붙은 생쥐처럼 재빠르게 후원을 빠져나가는 모습을 놓치지 않는다.

주연이 끝난 오후, 중종이 기분 좋은 얼굴로 편전에 든다. 먼저 입시해 있는 이겸과 삼정승, 대신들이 자리에서 일어나 허리를 숙여 왕을 맞이한다.

"의성군, 이번 고려지 문제를 원만하게 해결한 데는 너의 공이 컸다. 이제야 과인이 두 다리를 뻗고 편안히 잠을 이룰 수 있겠구나. 수고하였다."

용상에 앉은 중종이 흐뭇한 미소를 지으며 이겸을 바라본다.

"전하, 명국과의 고려지 문제는 해결되었지만 나라 안의 고려지 문제는 아직 끝난 것이 아닙니다."

찬물을 끼얹는 듯한 이겸의 발언에 왕의 심기가 불편해진다.

"끝난 게 아니라니, 그게 무슨 말이더냐?"

"전하께서 전날 이조참의 민치형을 방면하신 것은 그 처벌을 잠시 미룬 것일 뿐 사면은 아니라 하셨습니다."

"그랬지. 그러고 보니 이조참의는 왜 보이지 않는 겐가?"

중종이 의아한 얼굴로 도열해 앉아 있는 대신들을 둘러본다.

"이조참의의 죄상을 철저히 논죄하여야 하옵니다. 민치형은 이번 고려지 납품 문제뿐 아니라 수많은 악행을 저지른 자로 조선의 고질적인 병폐의 뿌리와도 같은 자입니다."

이겸의 거침없는 고변은 계속된다.

"어젯밤, 고려지 경합에서 최종 우승을 한 양류지소에 원인 모를 화재가 발생하였습니다."

"불이 났다?"

중종이 그제야 흥미를 보인다.

"예. 양류지소는 어젯밤 잿더미가 되고 말았습니다."

"한데, 어찌 고려지를 제출할 수 있었던 것이냐?"

"누군가 불을 지를 것이라는 정보를 미리 알게 되어, 불이 나기 직전, 완성된 고려지를 안전한 곳에 옮겨놓았습니다."

"경합에 나설 고려지를 태우려 하다니, 발칙한 범죄를 저지른 자가 대체 누구란 말이냐!"

중종은 생각할수록 괘씸한 듯 노기등등한 목소리로 소리친다.

"들게 하라!"

이겸이 기다렸다는 듯 문 쪽을 향해 목소리를 높인다. 문이 열리고, 의금부 관원들에게 한 사내가 끌려온다. 만득이다.

"죽을죄를 지었사옵니다. 전하!"

바닥에 엎드린 만득이 바들바들 떨며 그간 있었던 일들을 소상히 고한다. 휘음당을 처음 만나게 된 일부터 사임당의 종이공방에 불을 지르게 된 사연까지 하나도 빠짐없이 낱낱이 늘어놓는다.

"사사로운 다툼을 멈추고, 고려지 생산에 전념하라 그리 일렀건만! 이는 과인을 능멸한, 용서할 수 없는 반역행위다! 의성군은 드러나지 않은 민치형의 여죄가 있거든 남김없이 고하라!"

중종이 추상같이 명령한다.

"민치형은 또한 나랏법에서 금한 가병을 양성하였는데, 그 가병은 모두 살인을 일삼던 흉악범들입니다. 그 무리를 이끌고 곳곳을 누비며 고을 수령을 겁박하는 등 온갖 패악을 일삼았습니다. 그 죄상을 증언할 증인들을 대령하겠습니다."

다시 한 번 편전이 열리고, 영의정의 아들 윤필이 관군들에게 끌려나온다. 피폐하기가 이루 말할 수 없는 몰골이다. 음침한 얼굴로 앉아 있던 영의정이 화들짝 놀란 얼굴로 아들을 바라본다.

"이자는 누구인가?"

중종이 인상을 찌푸리며 묻는다.

"전하, 소신의 아들이옵니다."

영의정이 자리에서 일어나 아들 옆에 가서 납작 엎드린다.

"영상의 아들? 어찌 경의 아들이 증인인가?"

"신의 아들이 어릴 적부터 심신에 깊은 병이 들어 온전한 사람 구실을 못하고 있습니다. 그러던 중 민치형, 그자가 병 치료와 요양을 해준다며 소신의 아들과 연을 이어왔습니다."

"그래? 그러면 누구보다 민치형의 치부를 잘 알겠구나. 그래 어디 한번 말해보아라!"

중종이 그의 아들인 윤필을 향해 시선을 던진다.

"민 참의가…… 제가…… 아버지에게 잘 말해주면 울 아버지 뒷배로 자신도 출세하고, 나도 하고 싶은 거 다 할 수 있다고…… 민 참의가…… 아버지한테 뇌…… 뇌물도 많이 갖다바쳤고……"

좌상, 우상 대감한테도 금괴 은괴 갖다주는 걸 제가 봤습니다."

윤필이 더듬더듬 말하면서 죄인처럼 고개 숙인 아버지를 힐끔힐끔 본다. 영의정은 홍염이 짙어진 눈으로 아들을 바라보다가 울먹이는 목소리로 죄를 고한다.

"전하, 신을 벌하여주시옵소서. 신, 민치형의 검은 돈을 받아왔습니다. 받아서는 아니 되는 줄 알면서도 받았습니다."

"신도 받았습니다. 한시도 마음이 편한 적이 없었습니다. 신을 벌하여주십시오. 전하."

좌의정이 이마를 찧으며 통회한다.

"민치형에게 금전을 받은 후 오히려 약점이 잡혀 저자의 농간에 놀아날 수밖에 없었습니다. 신을 벌하여 주시옵소서."

우의정 역시 가만히 있을 수 없다는 듯 울기 가득한 목소리로 아뢴다.

"나라 꼴이 어찌 이 지경인가! 그동안 이 나라가 민치형의 손아귀에서 굴러갔단 말인가!"

중종이 통탄을 금치 못하고 붉으락푸르락해진 얼굴로 호통친다.

"전하, 신의 죄, 백번 죽어 마땅하오나 신들의 처벌에 앞서 재물을 앞세워 국정을 농단한 민치형을 극형으로 처벌하심이 옳은 줄 아뢰옵니다."

영의정이 읍소한다.

"민치형을 엄히 처벌하소서!"

좌상과 우상, 대신들이 목소리를 높인다. 중종은 어이가 없다는 듯 삼정승을 바라본다. 모두가 공범이면서 누가 누구를 벌하라는 말인가. 목구멍에서부터 터져 나오는 욕설을 간신히 삼키며 왕이 옥음을 낸다.

"죄인 민치형을 함경도 갑산으로 유배하고 위리안치*토록 하라!"

봄기운이 완연한 저잣거리에 남녀노소, 빈부귀천을 막론하고 많은 사람들이 우글우글 모여 있다. 유배를 떠나는 민치형을 구경하려는 인파이다. 소가 끄는 수레에 칼을 쓴 민치형이 앉아 있다. 문초를 당한 듯 봉두난발에 피범벅이지만 핏발 선 눈에 독기만은 여전하다. 손가락질하고 욕하고, 돌팔매질까지 하던 사람들도 민치형의 서늘한 눈빛에 기가 눌려 움찔 뒤로 물러선다. 여기저기 찢기고 터져 피딱지가 덕지덕지 묻은 얼굴로 갑자기 고개를 번쩍 치켜든다. 그러더니 어딘가를 향해 미친 듯이 괴성을 지른다. 참으로 괴기스런 광경이다.

이겸과 사임당은 거리 저편에 서서 그 광경을 지켜보고 있다.

"그러고 보니, 그간 한 번도 고맙다 말하지 못하였습니다."

* 圍籬安置, 유배된 죄인을 가시담장을 두른 집에 가두는 벌.

사임당이 쓰개치마를 벗어 함박꽃처럼 화사한 얼굴을 드러내며 말한다.

"감사의 인사를 듣고자 한 일이 아니오. 그런 인사, 필요 없소."

이겸은 쑥스러움을 감추려 괜스레 헛기침을 한다.

"공의 도움이 없었다면, 이 힘겨운 과정들, 견뎌내지 못했을 것입니다. 유민들의 운명 또한 가엾게 됐을 것이고요. 감사하다는 인사, 꼭 드리고 싶었습니다."

"그 인사를 받을 사람은, 내가 아니라 이십 년 전 여름날, 배롱나무 아래를 함께 걸었던 어느 소녀일 것이오. 그 소녀가 이 모든 일들을 가능하게 했소."

"그 소녀는 이제 세상 어디에도 없습니다. 지금 공 앞에 있는 저는 보잘것없는 아낙일 뿐입니다. 단 한 번뿐인 인생, 지나간 인연을 위해 공의 인생을 허비하는 것은 어리석은 일입니다."

"현명한 사랑이란 게 있소? 사랑은…… 어리석은 자들이 하는 것이오."

"……."

"그저…… 마음이 시키는 대로 할 수밖에."

"그동안 참으로 고마웠습니다."

사임당은 마지막 인사를 건네듯, 이제 두 번 다시 보지 못할 사람처럼 그렇게 인사한다. 가지 마오! 말보다 먼저 나온 손이 그녀의 손끝을 잡는다. 사임당은 손끝이 잡힌 채 천천히 돌아서 이겸을 마주 본다. 그녀가 슬프게 미소 짓는다. 그녀가 그린 홍매화보다 신비롭고, 이겸이 그린 함박꽃보다 탐스러운 미소가 너무도 예쁘고 슬퍼서 이겸의 짙은 속눈썹에 눈물이 맺힌다. 잡고 있던 손이 떨어진다. 툭, 그녀가 돌아선다. 영영 돌아보지 않을 사람처럼 등을 보이며 사라진다. 이겸의 눈에서 눈물 한 방울이 툭, 떨어진다.

그리고 이 광경을 보지 말았어야 할 한 사람이 보고 있었다. 군중 속에 섞여 까치발까지 하고 귀향가는 민치형을 구경하러 나온, 사임당의 남편 이원수였다.

23

인생이란 도박판에서 둘 데 안 둘 데 분간 못하는 이들은 허우
적거리다가 개털 된 다음에야 정신 차리게 마련이다. 그런데 왜
미련한 밥통 같은 서지윤은 아직도 정신을 못 차리는 것인가?

당장 그림을 내놓으라고 바락바락 대드는 지윤을 민 교수는 씹
어 삼킬 듯 노려보았다. 그가 진작 〈금강산도〉를 손에 넣은 것은
사흘 전의 일이다. 지윤이 선 관장에게 〈금강산도〉를 넘겨주기 직
전, 도심 한복판에서 추격전을 벌인 끝에 간신히 빼앗아 올 수 있
었다. 진짜를 없애야 가짜를 진짜라고 우길 수 있지 않겠느냐는
그의 말에 약삭빠른 회장이 넘어오지 않았더라면 불가능한 일이
었다.

"당신, 이거 중범죄야. 알아? 당장 내놔요. 〈금강산도〉!"

지윤이 앙칼지게 소리쳤다. 회장의 비서들이 재빨리 다가와 그

녀의 어깨를 사정없이 내리누르며 제지했다.

"어차피 타다 만 그림, 애초부터 세상에 나와서는 안 될 그림이
었어!"

민 교수는 들고 있던 〈금강산도〉 두루마리를 흔들며 이죽거리
더니 주머니에서 라이터를 꺼내 들었다. 지윤이 경악한 얼굴로 비
명을 질렀다. 곁에 있던 선 관장 또한 파랗게 질려서 파들파들 떨
었고, 상현은 조교들 손에 잡혀 옴짝달싹 못하면서도 온몸을 버둥
거리며 소리를 질러댔다. 상석에 앉아 있는 선진그룹 회장만이 팔
짱을 끼고 방관하고 있었다. 자, 그럼 지금부터 쇼타임! 민 교수가
악마처럼 눈을 희번덕거리며 라이터에 불을 켰다.

"세상에서 제일 무서운 사람이 물러날 데가 없는 사람이라며?
나도 그렇거든!"

민 교수는 지윤에게 시선을 고정한 채로 〈금강산도〉에 불을 붙
였다.

"안 돼!"

지윤이 비명을 지르며 불붙은 〈금강산도〉를 향해 달려들었다.
민 교수는 그녀의 손이 닿지 못하도록 〈금강산도〉를 힘차게 던져
버렸다. 불길에 사로잡힌 〈금강산도〉는 공중으로 솟구치며 새카
만 재로 변해갔다. 정신 나간 여자처럼 팔을 휘젓는 지윤을 보며
민 교수는 쾌감에 몸을 떨었다. 고장 났던 전립선이 되살아난 기
분이었다. 남편 앞에서 위신이 있는 대로 깎인 선 관장이 씨근덕

거리며 일어나 관장실 안에 있는 모든 사람들에게 당장 꺼져버리라고 소리를 질렀다. 지윤과 상현이 비서들과 조교들의 손에 끌려 나갔다. 회장은 한심하다는 표정으로 혀를 끌끌 차며 자리에서 일어났다.

"집안 망신 그만 시키고, 이제 슬슬 들어앉아 살림이나 해. 그만 밖으로 돌고!"

회장이 관장의 염장을 질러댔다. 관장은 치욕감에 부르르 떨면서 회장을 노려보다가 쌩, 하고 찬바람을 일으키며 밖으로 나가버렸다.

"오늘은 꽤 재밌었어. 민 교수, 이제 총장 준비해야지?"

회장은 민 교수의 어깨를 툭툭 치고는 관장실을 나갔다. 민 교수는 회장의 등을 향해 꾸벅 인사하는 척 고개를 숙이며 회심의 미소를 지었다. 진짜 재밌는 일은 지금부터지! 사실 그가 태워버린 〈금강산도〉는 또 다른 위작이었다. 비밀리에 섭외한 모사가를 통해 지윤에게서 빼앗은 진작 〈금강산도〉와 똑같은 그림을 만들어낸 것이다. 진짜처럼 보이게 하려고 일부러 반쯤 태우기까지 했다. 뭐가 진본인지 따위는 안중에도 없는 회장이야 그렇다 치고, 선 관장과 상현, 지윤조차 눈치채지 못했다는 사실에 전율이 일었다. 바로 코앞에 두고도 진작과 위작을 구분 못해 빽빽거리는 꼴이라니! 그런 인간들 때문에 그동안 안달복달 애를 태웠다니 억울할 정도였다. 가짜 〈금강산도〉를 이용해 대학 총장이 되고, 진짜

〈금강산도〉를 이용해 문화부 장관이 되는 것! 이것이 새롭게 설계된 그의 계획이었다. 어차피 승자는 이미 정해져 있다. 인생이란 게 원래 그렇게 생겨먹은 거라고, 민 교수는 생각했다. 그리고 그는 누가 뭐래도 승자의 대열에 속해 있었다.

집무실로 돌아온 회장은 커다란 책상 앞에 앉아 한숨을 푹 내쉬었다. 책상 위에 서류들이 산더미처럼 쌓여 있었다. 오늘 중으로 해결해야 하는 문제들이었다. 그는 미간에 주름을 만들며 서류 하나를 들쳐보았다. 서류에는 포스트잇 한 장이 붙어 있었다. '정민석, 이중장부와 R텍 주가 조작 증거 확보'라는 메모였다.

수십 명의 임직원들과 수백 명의 사원들, 하청 직원들까지 헤아릴 수 없이 많은 사람들의 밥줄을 움켜쥐고 있다는 것은 그만큼 골머리 썩을 일이 많다는 뜻이기도 했다. 뭘 모르는 인간들은 선진그룹 회장이라는 직함이 하늘에서 뚝 떨어졌다 생각하겠지만, 결코 그렇지 않았다. 회장은 일반 사원들과 달리 회사 곳곳 사각지대까지 움켜쥐듯 파악하고 있어야 하는 자리였다. 그래야 버려야 할 것과 취할 것을 선택할 수 있었다. 회장의 취사 선택 기준은 오직 한 가지였다. 돈이 되느냐 안 되느냐. 거기에 머저리들이나 하는 반성 따위는 있을 수 없었다. 정재계 인사들과 야합하거나, 주먹을 휘두르는 양아치들과 뒷거래를 하는 것도 모두 돈 때문이었다. 그렇게 돈을 따라가다 보면, 당연히 눈먼 돈도 생기는 법이다. 회장은 그 눈먼 돈을 선 갤러리를 통해 세탁해왔다. 그가 아내를 갤러리 관장으로 앉힌 이유도 돈 관리를 수월하게 하기 위해서였다. 그런데 지금, 그 마누라의 이중장부가 그를 골탕 먹이고 있었다.

회장은 손에 쥔 메모지를 힘껏 구겨버리고 비서를 불러들였다.

"앞으로 선 관장 동태 낱낱이 보고하고, 정민석인지 뭔지 하는 쥐새끼 당장 처리하고, 이중장부 내 앞으로 가져와!"

회장의 명령이 떨어지자 비서는 묵례한 뒤 밖으로 나갔다.

민석이 선진그룹 비자금 이중장부와 R텍 주가 조작의 증거자료를 발견한 곳은 '선 갤러리 2차 건축물' 공사장이었다. 그는 그동안 노숙자와 건물 청소부 노릇까지 하면서 선 갤러리와 선진그룹 주변을 탐색해왔다. 관장의 노트북까지 털었지만 원하던 증거는 나오지 않았다. 그러던 차에 선 관장의 비서가 선 갤러리 2차 건물 공사장에 자주 들락거린다는 사실을 알게 되었다. 공사는 몇 달 전부터 중단된 상태였다. 〈금강산도〉 위작 논란으로 투자 유치에 문제가 생긴 까닭이었다. 철근 콘크리트로 뼈대만 세워져 있는 공사장은 공포영화 세트장처럼 흉물스러웠다. 관장의 비서가 그런 곳에 왜? 이유는 하나였다. 그곳이야말로 무언가를 숨기기에 가장 적절한 장소였다. 비서를 미행한 민석은 공사장 잠입에 성공했고, 결국 이중장부와 주가 조작 증거를 손에 쥘 수 있었다. 하지만 그가 간과한 것이 있었다. 선진그룹 회장이 그의 일거수일투족을 지켜보고 있다는 사실이었다.

천신만고 끝에 증거를 확보한 민석은 알고 지내던 서울지검 소속 검사에게 연락을 취했다. 대충 운만 띄웠는데도 검사는 흔쾌히 만나자고 했다. 민석이 서울지검 앞으로 찾아간다고 하자, 검사는 이쪽에서 움직이는 게 낫겠다며 민석에게 위치를 알려달라고 했다. 민석은 잠시 망설이다가 현재 위치를 알려주었다. 선 갤러리 제2건물 공사장 인근에 있는 모텔이었다.

어둠이 짙게 깔린 밤, 민석은 모텔 앞 도로변에서 검사가 오기를 기다리고 있었다. 저만치 깜빡이를 켜고 서행하면서 다가오는 검은색 승용차가 보였다. 혹시 그 차인가 싶어, 민석은 도로 가까이에서 손을 흔들었다. 민석 앞에 차가 멈췄다. 문이 벌컥 열리고 두 남자가 차에서 내렸다. 일이 잘못됐다고 생각했을 때는 이미 납치되듯 차에 떠밀린 후였다. 좁은 차 안에서 발버둥치는 민석의 얼굴에 마취제가 묻은 수건이 덮였다. 그는 정신을 잃었다. 귀가 찢어질 듯한 굉음에 눈을 떴을 때, 민석은 운전석에 앉아 있었고, 차는 절벽 아래로 굴러떨어지고 있었다.

이중장부와 주가 조작 증거자료, 〈금강산도〉의 가짜 감정의뢰서 등 온갖 비리가 적힌 서류를 전달받은 회장은 비서에게 모든 서류를 말끔히 소각하라고 명령했다.

시신은 찾을 수 없다고 했다. 핸들에서 채취한 지문과 차에 남아 있는 민석의 개인 소지품들을 증거로 경찰은 민석이 죽었다는 결론을 내렸다. 지윤은 남편의 죽음을 받아들일 수 없었다. 정희 역시 아들의 시신을 확인하기 전까지는 절대로 장례를 치르지 않겠다며 짐을 싸들고 집을 나가버렸다. 지윤은 그런 시어머니를 말릴 힘도, 말리고 싶은 마음도 없어 그냥 멍하니 보고만 있었다.

지윤은 몇 날 며칠 집밖으로 나가지 않았다. 낮에는 시체처럼 잠을 자고, 밤에는 유령처럼 방 안을 서성거렸다. 밥도 먹지 않고, 물조차 마시지 않았다. 혜정과 상현이 수시로 찾아와 위로를 하고, 《수진방 일기》 복원에 대해 이러쿵저러쿵 얘기를 늘어놓았지만, 지윤은 단 한마디도 알아들을 수 없었다. 말들이 귓가에 머물렀다가 허공으로 흩어져버렸다. 은수는 혼자 일어나 학교에 가고, 혜정이 만든 밥과 반찬을 혼자 챙겨 먹었다. 밥을 먹을 때, 은수는 꼬박꼬박 엄마의 밥도 같이 차렸다.

"엄마…… 엄마 식사하세요. 아침도 점심도 안 드셨잖아요."

잠에 취한 지윤을 흔들어 깨우며, 은수는 늘 울었다. 엄마도 아빠처럼 죽어버릴까, 두 번 다시 볼 수 없는 세상으로 홀연 떠나버릴까 두려웠다.

"응……. 은수야. 엄마가 힘들어서 그러는데 좀 더 자도 될까?"

아이의 울음소리에 겨우 눈을 뜬 지윤은 개미 목소리로 중얼거리고는 다시 눈을 감았다.

눈을 감으면 언제나 꿈을 꾸었다. 사임당 꿈이었다. 그녀는 패랭이꽃 가득 핀 들판에 앉아 환하게 웃으며 그림을 그리기도 하고, 활활 타오르는 장작불에 그림들을 태우며 눈물을 흘리기도 했다. 삽화처럼 짧았고, 기억의 잔상처럼 조각조각 흩어진 꿈이었지만, 신기하게도 사임당이 느끼는 감정만큼은 고스란히 마음에 남았다. 왜 자꾸 나타나시나요? 저는 이제 힘이 없어요. 〈금강산도〉도 불에 타버렸고, 남편도 죽었어요. 시어머니는 떠났고, 하나밖에 없는 자식조차 버려뒀어요. 나는 이제 지쳤어요. 나와 당신 사이에 무슨 인연이 있기에 자꾸만 나타나시나요? 사임당에게 직접 묻고 싶었지만, 물을 수 없었다. 왜냐하면 꿈속에서 지윤은 언제나 시선으로만 존재했기 때문이었다.

그러던 어느 날, 집 안으로 밀려드는 햇빛을 암막 커튼으로 차단한 채 소파에서 죽은 듯 잠들어버린 지윤은 평소와는 다른 꿈을 꾸었다. 사임당을 직접 만난 것이다. 사방이 새하얗게 표백된, 시작도 끝도 없는 공간이었다. 지윤과 사임당은 허공에 붕 뜬 듯 마주 보고 서 있었다.

"당신은 누구십니까."

"아주 먼 미래에서 왔습니다."

사임당은 무척이나 혼란스러운 얼굴로 지윤을 바라보았다. 슬프고 초췌한 사임당의 모습은 마치 거울 속 지윤의 모습 같았다.

그녀에게 하고 싶었던 말이 분명 있었는데, 아무것도 떠오르지 않았다. 그런데 생각지도 않은 말이 입술을 뚫고 나왔다.

"살릴 수 있습니다. 꼭 살려야만 하고요."

누구를 살리라는 것인지, 지윤 자신도 알 수 없었다. 하지만 그 말을 들은 사임당의 눈빛은 분명 흔들렸다. 지윤은 사임당의 가는 손목에 패랭이꽃이 수놓인 팔찌를 채워주었다. 그리고 꿈에서 깨어났다. 한없이 고독하고 한없이 아득한 현실로 돌아온 지윤은 소파에 멍하니 앉아 어둠을 응시했다. 어둠 속에 잠들어 있던 사물들이 서서히 윤곽을 드러냈다. 중고 백화점에서 사온 낡은 텔레비전, 서랍장, 개키다 만 빨래들이 눈에 들어왔다. 오늘이 무슨 요일이더라? 지금이 몇 시지? 은수가 돌아올 시간 아닌가? 이런 생각들이 뒤죽박죽 섞여 지윤의 머리를 어지럽혔다. 그때, 삐리릭 소리와 함께 현관문이 열리고 은수가 들어왔다.

"다녀왔습니다……."

당연히 엄마가 잠들어 있을 줄 알았던 은수는 시무룩한 목소리로 중얼거리며 거실로 들어섰다.

"은수야……."

지윤이 아득한 목소리로 아들을 불렀다.

"엄마!"

은수가 금세 밝아진 얼굴로 엄마 품에 뛰어들었다.

"엄마, 밥은 먹었어요? 이제 아프지 않아요? 엄마, 나 오늘 학교에서……."

은수는 엄마 무릎에 앉아 쉴 새 없이 조잘거렸다. 많은 말들을 했지만, 뜻은 하나였다.

'엄마 나 외로웠어요. 무서웠어요.'

지윤은 아들을 꼭 끌어안았다. 미안하고 안쓰러워서 심장이 녹아내릴 것만 같았다.

"엄마 이거!"

은수가 주머니를 뒤적이더니 손바닥만 한 선물상자를 꺼냈다.

"응? 뭐야 이게."

"풀어보세요. 오늘 학교에서 자수 박물관 전시회에 견학갔는데, 거기서 샀어요. 엄마가 좋아하는 꽃이잖아요."

상자 안에는 놀랍게도 패랭이꽃이 수놓인 팔찌가 들어 있었다. 지윤이 꿈속 사임당의 손목에 직접 채워준 것과 똑같은 팔찌였다. 이곳은 현실인가 꿈인가. 지윤은 품속의 아들이 꿈처럼 사라질까 두려워 다시 한 번 꼭 끌어안았다.

●

'갤러리 선에서 전시 중인 안견의 〈금강산도〉는 위작입니다! 진작 〈금강산도〉를 저희가 확보했으나 민정학 교수가 탈취, 불에 태워버 렸습니다. 가짜 〈금강산도〉는 민 교수와 갤러리 선 주도하에 국보 추 진이 최종 단계에 돌입해 있다고 합니다. 안견의 진작으로 〈몽유도

원도〉만이 유일한 가운데, 〈금강산도〉가 그의 진작으로 인정받는다는 것은 학술적으로나, 문화적 측면에서나 여러모로 큰 의의를 가집니다. 그런데 지금 저들은 가짜 〈금강산도〉를, 그것도 매우 부조리한 방식으로 국보에 등재시키려 하고 있습니다. 이것만큼은 어떻게든 막아야 합니다. 도와주세요.'

타이핑을 마친 상현은 마우스로 스크롤바를 움직여 글을 몇 번이고 반복해서 읽으며 문장을 정리했다. 이 정도면 됐다. 설득력이 있어. 상현은 이메일 창을 열어 글을 첨부하고 라드의 주소로 메일을 보냈다. 서른두 번째 보내는 메일이었다. 기본적으로 상현은 스스로 쿨한 사람이라고 생각하는 편이었다. 한두 번 연락해보고 안 되면 뒤끝 없이 포기해버리곤 했다. 연애할 때도 그랬고, 누군가에게 부탁을 할 때도 그랬다. 그러니까 답장은커녕 수신 확인조차 하지 않는 메일을 서른두 번이나 보낸다는 것은 그에게는 상당히 이례적인 일이었다.

"이번에는 제발 읽어라! 라드야!"

상현이 주문을 외듯 중얼거리는데, 클럽 창고 문을 열고 혜정이 들어왔다. 양손에 커피와 빵이 들려 있었다.

"메일 보냈어? 계속 보내봐. 답장 올 때까지."

혜정이 커피와 빵을 상현에게 내밀었다.

"지윤 선배는 좀 어때요? 거기 다녀오는 길이죠?"

상현은 빵 포장지를 벗기면서 물었다.

"산송장이지 뭐. 그래도 오늘은 죽 몇 숟갈 뜨는 거 보고 왔어. 참, 민 교수 한국대 총장 취임한다고 기사 떴더라. 봤어?"

"말도 안 돼! 그런 인간이 총장씩이나 해먹으니 나라 꼴이 이 모양이지! 안 되겠어요. 우리도 기자회견해요! 《수진방 일기》 복원한 거 가지고 기자들 불러 모아서!"

"그리 간단한 문제가 아니야! 종이 전문가, 서체 전문가, 16세기 전문 고전문학자 등등 온갖 전문가들이 다 모여서 같이 감정해 줘야 해. 결정적으로 한국미술위원회 감정서를 받아내야 하고!"

혜정이 한숨을 푹 내쉬며 고개를 절레절레 흔들었다.

"한국미술위원회 진품 감정, 당장 받아내요! 가짜 〈금강산도〉에 대항하려면 그 방법밖에 없어요! 내일 당장 가요!"

"내일 당장 어떻게? 아직 복원도 덜 끝났는데."

"속도 좀 내봐요! 나는 조교 형들을 설득할게요. 마지막 양심에 호소하면……."

"그 따까리들이 퍽이나 설득 되겠다! 양심이 있었음 여태 그 밑에 붙어 있겠냐?"

"그래도 손 놓고 구경만 할 순 없잖아요. 선밴, 일기 복원 좀 빨리 부탁해요!"

상현은 뜨거운 커피를 물 마시듯 벌컥벌컥 마시고는 자리에서 벌떡 일어나 쏜살같이 달려 나갔다. 〈금강산도〉는 구할 수 없었지만, 민 교수의 총장 취임을 막을 방법은 아직 있었다. 민 교수의 악행을 누구보다 잘 아는 조교들이 증언한다면 승산이 있었다. 클럽을 나온 상현은 조교들을 만나기 위해 곧장 한국대학교로 갔다.

"뭐? 증언?"

삼십대 초반의 문 조교는 상현의 멱살을 잡을 듯 달려들었다. 혼자서 정의로운 척, 잘난 척 여기저기 들쑤시고 다니는 그가 눈꼴시고 재수 없었다. 처음 만났을 때부터 그랬다. 문 조교가 상현을 처음 만난 것은 대학원 석사과정 수업 때였다. 되지도 않는 질문을 해대며 수업을 방해하고 교수를 난처하게 만드는 상현을, 문 조교는 튀고 싶어 환장한 인간이라고 생각했다. 하지만 학생들 생각은 달랐다. 지적이고 의롭고 잘생긴 데다 스타일까지 좋은 상현을 좋아하지 않는 여자는 없는 것 같았다. 반면에 문 조교는 존재감이 없었다. 교수들조차 그를 알아보지 못했다. 문 조교는 좁은 자취방에 누워 이불을 뺑뺑 차대며, 상현만 없어진다면 여자들도 교수들도 모두 자기를 좋아하게 되리라 믿었다. 그렇기에 상현이 퇴출당하던 날, 문 조교는 마음속으로 쾌재를 불렀다. 상현이 없어진 뒤로, 민 교수는 그를 각별하게 대해주었고, 머지않은 미래에 틀림없이 강단에 서게 해주겠다고 약속했다. 문 조교는 그 약속을 찰떡같이 믿었다. 그래서 민 교수가 죽으라면 죽는 시늉까지 하며 지금까지 왔다. 지윤 선배를 미행하고, 집 안에 숨어들어 도둑질을 하고, 차를 습격하고, 〈금강산도〉를 탈취하는 등 갖은 범

죄를 저질렀다. 민 교수를 위한 일이 아니었다. 민 교수가 약속한 자신의 미래를 위한 일이었다. 그리고 그 미래가 코앞으로 다가왔다. 민 교수가 총장 자리에 앉는 날, 그는 강단에 서게 될 것이다.

"민 교수! 〈금강산도〉 진본까지 태워버린 인간이야! 형들도 그날 거기 있었잖아! 민 교수가 〈금강산도〉 태워버린 거, 봤으면서 왜 모르는 척해? 민 교수가 그렇게 무서워요?"

상현이 염장을 질렀다.

"그래! 무섭다! 무서워서 아주 죽어버리고 싶다! 너 내 인생 책임질 거 아니면 입 닫아."

"사실 형들은 민 교수가 시켜서 한 죄밖에 없잖아. 미행에, 스토킹에, 국보급 문화재 갈취까지…… 하고 싶어서 했겠어요? 그런 거 하려고 대학원 온 거 아니잖아요. 형들도 민 교수 갑질에 휘둘린 피해자야. 민 교수 쇠고랑 차면 형들한테도 아무 짓 못한다니까요!"

"이 바닥 생리 모르냐? 스승 등에 칼 꽂은 제자, 어느 교수가 다시 받아주겠어! 그러니까 꺼져, 인마!"

문 조교는 휙 돌아서 잔디밭을 성큼성큼 가로질러 대학원 건물로 사라져버렸다. 이 부조리한 세상을 뒤덮을 마지막 양심 따위는 진정 없는 것인가. 상현은 무거운 한숨을 푹 내쉬었다. 그때까지 방관자처럼 바위에 걸터앉아 있던 남 조교가 상현 앞으로 천천히 다가왔다.

"일단…… 돌아가라. 한상현."

남 조교는 상현의 어깨를 툭툭 치더니, 문 조교가 걸었던 그 길을 힘없이 걸어갔다. 상현은 신경질적으로 자신의 뒷머리를 헝클어뜨리며 남 조교를 바라보았다. 어쩐지 평생 바윗덩이를 밀어올리며 살아야 하는 시시포스의 뒷모습처럼 쓸쓸해 보였다.

'그래, 형들이라고 좋아서 했겠어…….'

상현은 착잡한 마음으로 등을 돌렸다.

●

'한국대학교 제19대 민정학 총장 취임식'이라는 플래카드가 걸렸다. 취임식장 안에는 대학 이사진과 문화계 인사들, 학생들과 기자들이 강당 가득 모여 있었다.

"친애하는 한국대학교 가족 여러분! 저, 민정학은 세계를 향해 도약하는 한국대학교의 총장으로서 오늘 그 역사적인 첫걸음을 내딛고자 합니다."

강당 연단에 서서 취임사를 발표하는 민 교수는 세계를 정복한 사람처럼 당당했다. VIP석에 앉아 있는 선 관장은 시종일관 차가운 표정으로 자리를 지켰고, 선진그룹 회장은 잘 길들인 강아지를 보듯 만족스럽게 웃으며 민 교수를 보았다.

"모두가 한마음 한뜻으로, 우리 한국대학교를, 대한민국을 넘어 세계로 뻗어나가는 초일류 대학으로 만들어갑시다! 감사합니다."

민 교수는 객석을 향해 인사한 후, 연단 옆에 세워진 한국대학교 깃발을 빼들고 힘차게 흔들었다. 박수갈채가 쏟아지고, 카메라 플래시가 폭죽처럼 터졌다.

취임식을 마친 민 교수는 축하객과 저녁 만찬을 들기 전 총장실에 들렀다. 아무도 없는 곳에서 마음껏 자축하고 싶었다. 총장실 문을 열자마자 축하 리본이 걸린 화분들이 그를 반겨주었다. 마누라가 좋아하겠군. 민 교수는 다소 연극적인 어투로 독백하듯 중얼거렸다. 이런 상황에서도 냉정을 유지할 수 있는 자신이 못 견디게 자랑스러웠다. 그는 아무도 없는 넓은 총장실을 쭉 둘러보다가 책상 앞으로 걸어갔다. '한국대학교 총장 민정학'이라고 새겨진 명패가 보였다. 이 명패 하나 얻자고 그간 얼마나 개고생을 했던가.

"총장 민정학! 그래, 일단은 됐어!"

민 교수는 볼을 실룩거리며 책상 뒤 의자에 풀썩 앉았다. 교수실 의자와는 쿠션부터가 달랐다. 앉은 그대로 의자를 빙글빙글 돌려보았다. 몸에 꼭 맞춘 듯 편안했다. 그래, 처음부터 이 자리는 내 자리였어. 필연이었던 거야. 그는 흐뭇하게 웃으며 책상 위에 놓인 우편물을 하나씩 확인했다. 대부분이 총장 취임 축전이었다. 그러다 어떤 우편물이 그의 눈을 사로잡았다. 겉봉에 영문 주소가 찍혀 있었다. 혹시 이탈리아에서 만났던 피터 교수인가.

〈금강산도〉가 가짜라는 결정적 증거가 한국에 있다. 스스로 인정할 시간을 주겠다. 그때까지 인정하지 않으면 모든 걸 밝히겠다.

– 라드

민 교수의 얼굴이 휴지처럼 구겨졌다.

"결정적 증거? 내 손으로 그 결정적 증거를 태워버렸는데! 무슨 되도 않은 소리야!"

말은 그렇게 했지만, 민 교수는 어쩐지 찜찜하고 짜증스러웠다. 그때 휴대전화가 울렸다. 한국미술위원회 협회장이었다. 보나마나 축하인사겠지. 민 교수는 목소리를 최대한 가라앉히고 부드럽게 전화를 받았다.

"한국대학교 총장 민정학입니다. 그렇지 않아도 협회장 선출되셨단 소식에 한번 찾아뵈려 했습니다."

"총장님이야말로 축하받으셔야죠. 다름이 아니라, 얼마 전에 한상현이라는 젊은 친구랑 고혜정이라는 여자가 와서 고문서 감정을 의뢰했습니다."

"고문서요?"

민 교수가 자세를 고치고 전화기를 귀에 바싹 붙이며 되물었다.

"예. 팩스 넣겠습니다. 팩스 보시면 아시겠지만, 안견 〈금강산도〉에 대한 언급이 나오더군요. 진본 〈금강산도〉엔 첨시가 있다는 내용인데, 제가 알기론, 지금 국보 추진 중인 〈금강산도〉엔 첨시가 없질 않습니까? 제가 보기에 이 고문서 내용이 꽤 흥미로워서."

"잘 알아들었습니다. 내용 확인하고 조만간 찾아뵙겠습니다."

민 교수는 신경질적으로 통화종료 버튼을 눌렀다.

"이것들이 아직도 정신을 못 차리고! 한상현, 고혜정, 서지윤, 라드!"

민 교수는 머리를 쥐어뜯고 절규하며 네 사람의 이름을 차례차례 부르짖었다. 삑 소리와 함께 팩스에 불이 켜지더니 짐승의 혓바닥 같은 종이가 나왔다. 민 교수는 종이를 보지도 않고 분쇄기에 집어넣었다. 내 앞길을 막는 것들, 다 갈아버리겠어. 버튼을 누르자 분쇄기가 우는 소리를 내며 종이를 잘게 조각냈다.

●

그 시각, 지윤은 베란다에 앉아 시들어버린 화분에 물을 주고 있었다. 이탈리아에서 사임당의 《수진방 일기》와 함께 가져온 패랭이꽃 씨앗을 심은 화분이었다. 얼마 전만 해도 보랏빛 꽃을 활짝 피워내던 화분은 언제 그랬냐는 듯 볼품없이 변해 있었다. 처음엔 그냥 버릴까 했다. 그러다 꿈에 나타난 사임당의 얼굴이 퍼뜩 떠올랐다. 이미 죽어버린, 혹은 죽어가는 패랭이꽃 화분에 사임당의 영혼이라도 깃든 것일까. 버리지 말아달라고, 잊지 말아달라고 이렇듯 생각나게 하는 것일까. 그렇다면 죽은 남편의 영혼도 어딘가 이름 모를 들꽃에 깃들어 있지는 않을까. 은수와 함께 찾아가면 환한 꽃 피워내며 웃어줄까. 이런저런 생각 끝에, 지윤은 화분을 버리는 대신 물을 주기로 했다. 살아나렴. 모질고 모진 이 땅에 굴하지 않는 너의 생명력을 거침없이 보여주렴, 하고 기도하듯 중얼거렸다. 물 묻은 손을 탈탈 털고 거실로 들어오는데, 초인종이 울렸다. 문을 열자 상현과 혜정이 양손 가득 장바구니를 들고 서 있었다.

"은수는? 아직 학교에서 안 왔어? 넌, 밥은 좀 챙겨 먹은 거야?"

혜정은 냉장고를 열어 장 봐온 음식들을 정리하면서 물었다.

"지윤 선배, 불면 날아갈 것 같아요. 다이어트 너무 열심히 하는 거 아냐?"

상현의 너스레에 지윤이 피식 웃었다.

"어, 웃었다. 혜정 선배. 지윤 선배 웃었어요."

"정말? 어디 보자. 내 친구 웃는 얼굴 좀 보자."

혜정이 지윤 앞으로 미끄러지듯 달려왔다.

"왜들 이래. 앉아. 정신없어."

머쓱해진 지윤은 손으로 머리를 쓸어 넘겼다. 세 사람이 잠시 마주 보며 웃었다.

"맞다. 나 아까 민정학 취임식 갔다 왔어요."

상현이 소파에 앉으며 말했다.

"가서 난동 피우고 온 거야?"

혜정이 과일을 가져와 깎으며 물었다.

"아뇨. 똥줄 좀 타게 만들어줬죠."

상현은 총장 취임식이 한창 진행되고 있을 때, 총장실에 몰래 들어가 우편물 하나를 책상에 올려두고 왔다고 했다. 혜정이 무슨 우편물이냐고 묻자, 라드의 이름을 빌려 쓴 경고 메시지라고 했다.

"뭐? 어쩌려고? 라드 사칭해서 좋을 게 뭐 있어!"

혜정이 펄쩍 뛰며 말했다.

"라드가 안 움직이니까 우리라도 움직여야죠. 어차피 목적은 같잖아요. 위작 논란의 진위를 밝히고 미술계의 정의를 바로 세우자!"

"그렇긴 한데. 그것도 엄연히 위조야!"

"이판사판이예요. 지금 우리한텐 라드밖에 답이 없어요."

"일기 복원은 어느 정도 됐어?"

그때까지 잠자코 있던 지윤이 혜정을 바라보며 물었다.

"드디어, 일할 기운이 생긴 거야? 그럴 줄 알고, 그동안 작업한 분량 싹 가져왔지."

혜정이 파일로 묶인 영인본을 지윤에게 건넸다. 상현의 손을 거쳤는지, 해석까지 첨부되어 있었다. 지윤은 묘한 설렘으로 《수진방 일기》를 읽기 시작했다.

24

1540년(중종 35년). 조선의 미래는 암담하다. 탐관오리의 횡포와 왜구의 등살에 시달리느라 고향을 등지고 떠나는 백성들이 늘어난다. 처녀가 한밤중에 보쌈당하는 일도 부지기수다. 민치형이 유배형에 처해진 지 삼 년, 남아 있는 조정의 관리들은 여전히 아전인수我田引水적 행태에서 벗어나지 못하고 있다.

"여전하구나, 조선이라는 나라는!"

지난 삼 년간 정화* 원정대의 자취를 훑고 이제 막 조선 땅에 발을 디딘 이겸의 첫마디다. 그는 고려지 경합이 끝난 후 소세양과 함께 명나라로 건너가, 큰 배를 타고 동남아시아와 인도를 거쳐, 중동과 아프리카까지 여행하고 돌아온 참이다. 명 칙사의 선조가

---

* 콜럼버스보다 한 세기 이상 앞선 시기(1405-1433년)에 명나라 영락제의 명을 받아 아프리카 등지의 해로를 개척한 원정 함대의 총사령관.

정화 원정대의 일원이었던 까닭이다.

"그간 강녕하셨는지요?"

의관을 정제하고 입궐한 이겸이 중종을 알현한다. 옥체가 부쩍
쇠약해진 중종은 눈 밑이 검고, 눈빛은 탁하다. 서리가 내린 흰머
리와 주름진 얼굴에는 세월의 흔적이 역력하다.

"몸이 늙어지니 옛 생각이 자주 나더구나. 의성군! 이번엔 삼
년이나 어디서 무엇을 한 것이냐?"

이겸을 바라보는 중종의 눈빛에 쓸쓸함이 가득하다.

"명국을 거쳐서 진랍국*, 방갈랄**까지 다녀왔습니다."

"허허허, 넌 여전히 호방하게 사는구나. 마음만 먹으면 언제든
훨훨 떠나 천지를 문지방 밟듯 넘나들며 살고 있으니…… 그야말
로 대장부의 삶이 아니더냐."

"송구하옵니다, 전하."

왕과 이겸 사이에 어색한 침묵이 흐른다.

"선위***를 할 생각이다."

중종의 돌연한 발언에 이겸은 아연실색한다.

"어찌 그런 말씀을 하십니까, 전하?"

"세자 나이 벌써 스물아홉…… 진작에 그리했어야 할 일이다."

---

* 眞臘國, 캄보디아.
** 榜葛剌, 방글라데시.
*** 禪位, 임금의 자리를 물려줌.

"하나 전하께선 아직 옥체 강건하시옵니다. 또한 성군으로 가기 위한 수련은 길수록 좋은 법입니다."

"내년이면 과인이 즉위한 지도 사십 년이 다 되어간다. 강산이 네 번 변할 세월이지. 그간 참으로 많은 일들을 겪지 않았느냐. 내리막길을 굴러가는 수레처럼 정신없이 내달려왔으니 이제는 과인도 안락한 시간을 보내고 싶구나."

얻기는 어려워도 잃기 쉬운 것이 세월이라 했던가. 중종에게 그 세월은 독이었던가 약이었던가. 이겸은 자신에게 같은 질문을 던져본다. 궤궤한 침묵이 거대한 세월처럼 이겸과 중종 사이에 솟아오른다.

"아바마마!"

문이 열리고 화려한 자수가 수놓인 비단치마를 입은 옹주가 강녕전으로 들어선다. 숙원 이씨의 소생으로 중종의 막내딸인 정순 옹주다. 얼마 전 형조판서의 아들과 혼인을 시켜 사가에 내보냈으나, 잊을 만하면 입궐하여 혼인을 물러달라고 떼를 쓰는 통에 중종의 애를 태우고 있다.

"의성 숙부님, 안녕하셨습니까?"

자리에 털썩 앉은 옹주가 이겸을 향해 인사를 건넨다.

"그 꼬맹이 옹주가 이리도 어여쁘게 장성하였단 말입니까?"

"그럼요, 철도 많이 들었답니다."

"철이 들었다? 이혼을 하겠다고 난리칠 땐 언제고! 너 때문에

203

하루도 마음 편한 날이 없느니라."

중종이 밉지 않다는 표정으로 철딱서니 없는 옹주를 바라본다. 퀭하던 눈빛에 생기가 돈다. 고슴도치 아비의 사랑이다.

"참, 아바마마. 그림 수련을 위해 독선생을 데려올 생각입니다."

어릴 때부터 재능은 없어도 하고 싶은 건 많던 옹주다.

"독선생?"

중종이 마뜩잖은 얼굴로 혀를 찬다.

"알아보니 양류지소의 사임당 신씨가 천재 화원이라면서요? 해서, 독선생을 청하려고요!"

"사임당 신씨?"

중종이 미묘한 눈빛으로 이겸을 본다. 사임당 얘기에 흠칫 놀라기는 이겸도 마찬가지이다. 사임당, 단 한순간도 잊을 수 없던 그리운 이름이다.

이겸은 조카 후로부터 사임당의 명성이 높아지고, 그녀가 운영하는 양류지소 또한 날로 번창하여 지금은 조선에서 제일가는 지물전으로 거듭났다는 소식을 전해 들었으나 그뿐, 만날 수는 없었다. 천리 길도 달려갈 만큼 보고 싶었으나, 어쩐지 발길이 떨어지지 않았다. 사임당 신씨 하면 이제 모르는 사람이 없었고, 가난하고 굶주린 사람들을 물심양면으로 돕는 그녀를 존경하는 이들도 많아진 지금, 혹여 잘못된 소문으로 그녀가 곤란에 처할까 우려한 까닭이다.

조선으로 돌아온 지 이레째 되는 날 밤, 이겸은 비익당 사랑채에 앉아 붓을 든다. 마당에서 들려오는 거문고 소리가 울울한 그의 심사를 더욱 짓누른다.

"잠이 영 안오세요?"

사랑채에 불이 켜진 걸 보고 들어온 후가 걱정스레 묻는다. 이겸은 말없이 그림만 그린다. 붓끝에서 청초한 연꽃이 피어난다.

"요즘 너무 조용하세요. 어쩐지 다른 사람이 된 듯, 서먹하고 어렵습니다."

"그러하냐."

"신씨 부인…… 보고 싶으세요?"

"……"

대답이 없다. 연잎에 채색彩色이 곱게 물들고, 연못가에 원앙 한 쌍이 즐거이 노닌다. 이겸은 줄기와 이파리에 생명을 불어넣듯 선을 긋고, 붓을 내려놓는다. 그리고 세필붓을 들어 먹을 적신 후 그림 한구석에 시를 적는다.

香遠益淸

"향원익청?"

오랜만에 보는 당숙의 그림에 푹 빠져 있던 후가 시를 읊조린다.

"향기는 멀리 갈수록 더 맑다 하였느니……."

이겸의 눈빛이 아득하게 깊어진다. 거문고 소리가 그치고, 마당을 밝히던 등불도 꺼졌는데, 그림 속 연꽃 향기만이 그리움처럼 짙어진다.

그리움은 충동이다. 사로잡힘이다. 뼈를 깎아내는 아픔이고, 심장을 쥐어뜯는 고통이다. 사임당은 아랫목에 가지런히 놓여 있는 이부자리와 두 개의 베개를 보면서 망부석처럼 앉아 있다. 지금 그녀는 누구를 그리워하느라 잠 못 들고 있는가. 머나먼 곳을 떠돌다 얼마 전에 조선으로 돌아온 이겸인가. 아니면, 주막집 여자를 품에 끼고 잠들어 있을 남편인가.

남편의 외도를 알게 된 것은 얼마 전이었다. 양류지소에서 퇴근하여 집으로 돌아오는 길, 찬거리를 사러 저자에 들렀다가 저만치 앞서 걸어가던 남편을 보았다. 처음부터 남편을 미행하려던 것은 아니었다. 그저 함께 가려고 뒤따랐을 뿐이다. 남편이 주막집으로 들어가는 걸 보고, 한잔하려는가 싶어 혼자서 돌아가려 했다. 아마도 여자의 한마디만 듣지 않았어도 그러했을 것이다. '자기야, 왜 이렇게 늦었어.' 여자는 분명 그리 말했다. 사임당은 사지가 묶인 듯 그대로 움직일 수 없었다. 한참을 지나 숨을 고르고 주막으로 들어섰다. 굳게 닫힌 문 앞에 나란히 놓인 두 켤레의 신발. 방 안에서 들려오는 남녀의 웃음 섞인 신음. 그런데 이상한 일이다. 그 순간에 왜 이겸이 떠올랐을까. 사임당이 충격을 받은 것은 그 때문이다. 남편이 다른 여자와 상간하는 상황에 처했는데, 어떻게 이겸을 떠올릴 수 있었을까. 이것은 배반이다. 육신의 배반은 남편이 했지만, 마음의 배반은 사임당이 먼저인 것인가. 죄다. 갑작스런 각성에 사임당의 얼굴이 파리하게 질린다. 그녀는 허깨비 같은 얼굴로 휘청휘청 주막집을 빠져나왔다.

온기 하나 없는 이부자리를 참담하게 바라보던 사임당은 화구를 꺼내 펼친다. 그림이 있어서 참으로 다행이다. 말로 할 수 없는 마음은 그림으로 그리면 된다. 그리우면 그리움을, 아프면 아픔을, 슬프면 슬픔을, 고독하면 고독을.

멀리서 닭이 홰치는 소리가 들려온다. 어느덧 새벽이다. 그림을 그리느라 또 밤을 지샌 것인가. 사임당은 뻐근한 어깨를 주무르며 붓을 내려놓고 완성된 그림을 내려다본다. 연꽃이다. 더러운 진흙 속에서도 한 점 티 없이 맑고 청초한 꽃을 피워내는 연꽃. 간밤에 어지럽고 혼돈하던 그녀의 마음이 피워낸 꽃이다.

아침 볕이 유난히 밝고 뜨겁다. 오늘은 양류지소에 수박이라도 한 덩이 가져가 유민들과 나눠 먹어야겠다고 생각하며, 사임당은 마당으로 나와 선다.

"어머니!"

이른 아침부터 마당 구석에서 뭔가를 뚝딱거리며 만들던 선이 사임당을 향해 달려온다.

"왜 그러느냐."

"어머니 이거……."

선이 쑥스럽다는 듯 얼굴을 붉히며 손에 있던 것을 쓱 내민다. 쇠로 만든 작은 집게다.

"사생* 나가실 때 이걸 꽂아두면 종이가 날리지 않을 듯합니다."

"참으로 기발하고 훌륭하구나."

집게를 받아든 사임당의 눈시울이 붉어진다. 선은 알까. 자기가 만들어준 집게가 종이가 아니라, 그녀의 마음이 날아가지 않도록 집어준 것을.

"고맙다. 잘 쓰도록 하마."

사임당은 선의 머리를 쓰다듬는다.

"어머니, 혹시 생원시**를 꼭 봐야 합니까?"

선이 말머리를 돌린다.

"공부 말고 더 재미있는 일을 찾은 것이냐?"

"저는 대장장이 일이 더 좋습니다."

선으로서는 큰맘을 먹고 고백하는 것임을 사임당은 알고 있다. 그녀는 잠시 말없이 아이의 다음 말을 기다린다.

---

* 寫生, 실물이나 경치를 있는 그대로 그리는 일.

** 생원진사시(生員進士試), 성균관에 입학할 자격을 부여하는 것을 본래의 목적으로 실시한 과거.

"현룡은 천재 소년으로 이름이 드높고, 매창은 어머니를 닮아 그림을 잘 그린다 하여, 소 사임당이라 불립니다. 어린 우마저 한 번 들은 음은 다 알아내는 음률 신동인데, 저는 내세울 것이 없질 않습니까. 혹여 제가 대장장이가 되면 어머니께 누가 되는 것입니까?"

"어찌 그런 말을 해……. 대장간 일이 얼마나 중한데. 대장장이가 없다면 농사에 필요한 괭이며 호미를 누가 만들어줄 것이냐? 이 세상에는 선비만 필요한 것이 아니다. 농민도 어부도 대장장이도 다 필요하다. 그들 모두가 어우러져야 제대로 세상이 굴러가는 것이다."

"그렇군요."

아들의 얼굴이 환해진다.

"누구도 완벽하지 않다. 이 어미도, 아비도, 상감마마도……. 모두 마찬가지이다. 제 앞에 놓인 일들을 하나하나 해결하다 보면, 그 작은 점들은 선이 되어 미래의 너와 이어질 거다. 그러니 매 순간, 네 앞에 놓인 삶을 스스로 선택하며, 지치지 말고 걸어가면 되는 것이다. 너 자신을 믿어라. 알겠느냐?"

"어머니……."

사임당이 선의 머리를 쓰다듬으며 자애로운 미소를 짓는다. 그때, 우물가에 다녀온 향이가 사립문을 열고 헐레벌떡 들어와 사임당을 부른다.

"아씨, 아씨! 옹주마마께서 찾아오셨습니다."

향이는 들고 있던 빨래 바구니를 던지듯 내려놓으며 말한다. 느닷없이 옹주마마라니. 사임당과 선은 눈을 휘둥그렇게 뜨고 채비를 서두른다.

"내 그림 독선생을 좀 해주시게."

방 안 아랫목에 앉아 호기심 어린 눈길로 이곳저곳을 살피던 정순옹주가 처음으로 꺼낸 말이다. 사임당은 생각지도 못한 제의에 당황한다. 그 표정을 잠시 살피던 정순옹주가 문 옆에 서 있는 나인에게 고갯짓하자, 나인이 두루마리를 하나 가져와 바닥에 펼친다. 정순옹주가 그린 그림인 모양이다.

"어떤가?"

선도 색도, 구도도 엉망인 그림들을 보이며, 정순옹주가 눈을 껌뻑거린다. 천재 화가로 이름난 사임당에게 칭찬을 듣고 싶은 눈치다.

"화법은 강희안의 것을 참고했다네. 수묵이 살아 있는 바위며, 흐르는 듯한 여백이, 비슷한가?"

"예에…… 마마……."

거짓을 고할 수는 없고, 진실을 말할 수도 없다. 옹주라서가 아니라, 그림을 그리고 싶은 그 천진한 마음에 상처를 줄까 싶어서다.

"내 자랑은 아닌데, 도화서 화원들은 내게 천부적인 재능이 있다 하더군. 조선, 아니 명국에서도 듣도 보도 못한 새로운 화풍이라나?"

"예……."

사임당의 귀엔 정순옹주의 말이 들어오지 않는다. 그저 독선생
제의를 어떻게 거절할까 싶어 말을 고르는 중이다.

"하지만, 여기서 만족할 순 없네! 예술이란 것이, 일정 수준
에 올라서고 나면 다음 단계로 도약하는 것이 참으로 어렵지 않
은가? 사실 기법이니 필법이니 그딴 틀에 박힌 거 말고, 좋은 곳
을 다니며 좋은 풍광을 가슴에 담아, 그걸 살려낼 수 있는 시간
과 환경이 필요하네. 해서, 내 특별히 자네에게 기회를 줄까 하는
데……."

"기회라 하시면?"

"당진으로 사생 유랑을 떠날걸세. 나랑 같이 가세! 내일 당장!"

"아……."

"우리처럼 예술하는 여인들에게 조선이란 나라는 참으로 답답
하기 이를 데 없지 않은가? 꽉 막힌 세상에 손발이 꽁꽁, 나와 함
께 막혀 있는 예술혼을 뺑! 뚫고 불태워보잔 말일세!"

"성은이 망극하옵니다만, 마마."

"지금 남도 경치가 장관이라는데, 꽃구경이나 하면서 한 달? 그
림에만 몰두하면 좋을 듯한데, 궁에서는 나 혼자서는 안 된다며
반대하질 않겠나. 내 그림 선생으로, 아니 예술을 논할 말벗으로,
특별히 자네한테 기회를 줌세."

"말씀은 감사하오나 마마. 당장은 어려울 듯하옵니다."

"왜?"

정순옹주가 눈살을 찌푸린다.

"지소 일을 하고 있사온데, 한창 바쁠 때라, 오래 비울 수가 없습니다."

"일을 자네가 하나? 어차피 일꾼들 시킬 거 아닌가! 아바마마께 부탁드릴까 내가? 관비들을 좀 보내달라고? 얼마나 필요한가? 한 백 명? 이백 명?"

정순옹주는 떼를 쓰기 시작한다.

"그것이…… 실록 편찬 용지를 급히 납품해야 해서, 제가 과정을 지켜봐야 하옵니다. 송구하옵니다. 옹주마마."

사임당이 달래듯 말한다.

"무슨 뜻인지, 아주 자알 알았네!"

정순옹주는 토라진 얼굴로 사임당을 한참 동안 노려보다가 자리에서 벌떡 일어나 나가버린다. 옹주와 나인을 사립문까지 배웅한 사임당은 고개를 설레설레 저으며 한숨을 내쉰다. 한편으로는 자식 키우는 입장에서 임금도 퍽 힘들겠구나 싶은 생각에 쓴웃음이 난다.

중종이 선위를 결심한 데에는 살아 있는 동안 세자에게 힘을 실어주기 위함도 있지만, 한편으로는 신하들의 충정을 시험하려는 계산도 있다. 이 같은 왕의 어심을 간파한 신료들은 혼신의 힘을 다해 선위를 만류한다.

"전하, 아니 되옵니다! 전하께서 아직 옥체 강령하신데 어인 말씀이십니까? 선위라니요? 분부 거두어주시옵소서. 전하, 통촉하여주시옵소서."

영의정이 눈물까지 흘리는 시늉을 하며 간한다.

"과인을 위하는 경들의 마음을 내 모르는 바 아니나, 그저 세자를 성군의 길로 이끌기 위한 준비과정이라 생각해주시오. 해서, 과인은 앞으로 세자에게 대리청정을 명할 것이오!"

중종은 자못 흡족한 미소를 지으며 자신의 뜻을 관철시킨다.

중종의 맏아들이자 세자인 이호는 키가 훤칠하고, 얼굴은 백자처럼 희고 둥글며 스물아홉의 나이에도 퍽 앳되어 보인다. 우아하고 점잖은, 선비의 풍모답게 책 읽기를 좋아해 학식도 풍부하다. 다만 그가 태어난 지 이레 만에 어머니를 산후증으로 여의고, 문정왕후의 눈치를 보면서 자란 탓에 심신이 병약하다. 타고난 성정이 어질어 누구를 원망할 줄도 모르고, 해할 줄도 모른다. 지나치게 깨끗하고 바른 탓일까. 거세개탁擧世皆濁한 궁궐에서 진심을 나눌 벗이 없어 늘 외롭다.

아버지의 뜻에 순종하여 대리청정을 시작하였으나, 벌써부터 혼탁하기 이를 데 없는 국정운영에 세자는 환멸이 인다. 하지만 누가 있어 이런 쓸쓸한 속내를 털어놓을 것인가. 그때 불현듯 이호의 머릿속에 이겸이 떠오른다.

하늘이 검기울 무렵, 이호는 미복 차림으로 궐문을 나가 비익당을 찾는다.

"저하, 이리 누추한 곳까지 어인 일이십니까?"

마당에서 화인들의 그림을 봐주고 있던 이겸이 별안간 나타난 이호를 보고 화들짝 놀란다.

"뵙자고 그리 연통을 넣었건만 숙부께서 오시질 않으니 어쩔 수 없이 내가 왔습니다."

이호가 선한 얼굴로 이겸을 바라보며 웃는다.

"전하를 대신하여 눈코 뜰 새 없이 국사에 바쁘시다 들었습니다. 누가 될까 부러 입궐하지 않았습니다. 용서하십시오."

이겸이 이호를 사랑채로 안내한다.

"아닙니다. 아바마마 때문인 걸 왜 모르겠습니까. 그간 마음이 많이 상하셨을 테지요."

사랑채에 든 이호가 말간 눈으로 이겸을 바라본다. 이겸이 고려지 문제를 놓고 민치형과 갈등하던 중에 아버지와 마찰이 있었음을 알고 있는 것이다.

"전하의 환후가 걱정입니다."

잠시 해석할 수 없는 시선으로 이호를 바라보던 이겸이 말머리를 돌린다.

"아직은 강건하십니다."

이호는 잠시 머뭇거리다가 깊은 한숨을 내쉬며 말을 잇는다.

"나는 허수아비일 뿐입니다. 아직은 아바마마가 모든 것을 결정하십니다. 나는 그저 아바마마의 생각을 대신 전할 뿐이지요."

"차차 저하의 생각을 펼치실 날이 올 것입니다."

이겸이 이호의 잔에 찻물을 부어주며 나직하게 말한다.

"아바마마께서 만수무강하시기만을 기원하고 있습니다."

이호가 찻물을 한 모금 마시고 잔을 내려놓더니 뜻밖의 말로 이겸의 뒤통수를 후려친다.

"때가 되면 환부는 도려내야 할 것입니다."

이겸은 그제야 이호를 똑바로 본다. 조선의 미래를 내다보듯, 진지한 눈빛이다.

"아바마마께서는 훈구공신에게 빚이 있지만, 나는 아닙니다. 아바마마와 다른 길을 갈 것입니다."

이호는 단호하다. 이겸은 아직도 이호의 의중을 알 수 없다. 그저 바라볼 뿐이다.

"진심을 말하고 있습니다, 숙부. 국정 운영에 있어선 다른 노선을 걷겠다는 뜻입니다."

이겸의 꿰뚫는 듯한 시선 앞에 이호의 눈빛은 조금도 흔들리지 않는다. 깨끗하고 맑다. 티끌 없는 순수함이다. 경직되어 있던 이겸의 표정이 스르르 풀린다. 미려한 감동이 그의 가슴속으로 밀려온다.

"넓은 세상을 보고 오셨다 들었습니다. 젊은 군주에게 조언해주실 일들이 있거든 가감 없이 말씀해주십시오."

"교역입니다. 교역이 나라를 부강하게 만듭니다. 천년 전 신라도 오백 년 전 고려도 모두 여러 나라와 교역을 해왔습니다. 계림과 벽란도에 대식국* 상인들을 불러들여 서로의 문물을 주고받았습니다. 이 교역을 통해 여러 나라의 물품뿐 아니라 만국의 정세를 알 수 있었습니다. 우리 조선은 어떻습니까? 오직 명에 의지해세상을 보고 있습니다. 이는 바늘구멍으로 세상을 보는 것과 다름이 없습니다."

"왜국**에서 왜관을 추가로 열어 달라 요청이 있었습니다. 아바마마의 생각은 원체 단호하신지라, 불허하였습니다."

"저하의 생각은 어떠신지요?"

이겸은 이제 이호가 궁금하다. 그가 하는 생각, 세상을 보는 시선, 백성을 향한 마음. 모든 것이 궁금하다. 그의 생각이 조선의내일이 될 것이고, 곧 역사가 될 터이다.

"지금 조선의 해안에 날뛰고 있는 왜구를 스스로 다스리는 조건으로 폐쇄를 풀었으면 합니다."

"현명하십니다, 저하. 그것이 지금 명에서 행하는 방법입니다.

* 大食國, 아라비아.
** 倭國, 일본.

216

왜국은 지금 나라 곳곳에서 전쟁이 일어나 피바람이 불고 있습니다. 그 패잔병들이 왜구가 되어 조선과 명의 해안에서 노략질을 일삼는 것입니다. 적국이 어떻게 돌아가는지도 교역을 통해서 알 수 있습니다."

"그렇군요. 숙부의 말씀이 나에게 큰 가르침이 됩니다."

"송구하옵니다."

이겸이 진심으로 고개를 숙여 읍한다.

"아바마마를…… 너무 미워하지 마세요."

이호의 목소리에 물기가 어려 있다.

"외로운 분이십니다."

이어지는 이호의 말에, 이겸의 눈시울이 붉어진다. 서로를 바라보는 두 사람의 눈빛에 신뢰가 두텁다. 사람으로 외롭고 사람으로 피곤한 시절, 두 사람은 더없이 좋은 벗을 얻었구나 싶어 마음이 뜨거워진다.

여름 끝자락에 접어들면서 이겸과 이호의 우정 또한 깊어진다. 그들은 시간이 날 때마다 세상 돌아가는 이야기를 나눈다. 이호는 이겸의 강직함과 호방함을 사랑하고, 이겸은 이호의 어진 성품과 올곧은 정치를 펼치고자 하는 포부를 사랑한다. 두 사람을 음해하는 세력 또한 생겨난다. 장차 조선의 군왕이 될 세자를 이용해 이겸이 정치 공작을 펼친다는 소문이 도는가 하면, 세자가 이겸을 따르는 신진관료들과 뜻을 같이하여 하루빨리 용상에 앉으려 한다는 상소가 빗발친다.

그러던 어느 날, 세자가 허름한 유민 복장을 하고 저잣거리에서 만나자며 이겸에게 전갈을 보냈다.

"세자 저하!"

이겸이 반색하며 뛰어왔다.

"잠행을 나왔습니다. 저 어떻습니까? 그럴듯합니까?"

이호가 천진난만하게 웃는다.

"그렇긴 합니다만, 한데 오늘 시강원에서 강학이 있는 날이 아닙니까?"

"미리 손을 써놨습니다. 백날 시강원에서 강학을 하고 경전을 외운들 무슨 소용이 있겠습니까? 숙부가 그러셨지요, 백성의 사는 모습을 제대로 알려면 그들 속으로 깊숙이 들어가야 한다고. 그 말이 가슴에 박혀서…… 이렇게 실천하려 합니다."

이호가 두 팔을 활짝 벌려 한 바퀴 빙 돌면서 해맑게 웃는다.

"그러시지요, 한데……."

이겸이 손을 턱에 괴고 뭔가를 골똘히 생각하더니, 장난스럽게 웃는다.

"이왕에 변복을 하려거든 완벽하게 해야지요. 무례를 용서하십시오."

그는 얼른 흙바닥에 손을 비비더니 이호의 옷과 얼굴 여기저기에 얼룩을 만든다.

"하하하. 그럼 여기도요!"

이호가 파안대소하며 뒤에도 묻혀달라고 획 돌아선다.

번다하고 왁자지껄한 활기 넘치는 저잣거리, 키가 훤칠한 두 사내가 나란히 걸어간다. 검댕을 칠하고 낡은 삿갓으로 얼굴을 가렸으나 수려한 맵시를 가릴 수 없다. 생선을 사러 나온 아낙도, 꽃자수가 놓인 꽃신을 사러 나온 기생도, 전을 부치던 할머니도, 약과를 질겅질겅 씹던 꼬마도 위풍당당 걸어가는 두 사내에게 시선을 뺏긴다.

"헌원장 현주께서 계속 혼인하라, 혼인하라, 닦달을 하신다면서요?"

이호의 뜬금없는 질문에 이겸이 피식 웃는다.

"제 혼인이 대고모님의 최대 숙원인 듯합니다!"

"그리 어려운 일도 아닌데 풀어드리면 될 것을!"

"그러게 말입니다. 남들 다 하는 그 일이 저에겐 참으로 어려우니 말입니다!"

이겸이 고개를 들어 먼 산을 바라본다. 아무 생각 없이 하하호호 웃다가도, 지나가는 말 한마디에 이렇게 심장이 욱신거리는 걸 보면 참으로 병이 깊구나, 싶어 이겸은 자조 어린 미소를 짓는다.

"펄떡펄떡 살아 숨 쉬는 곳이로군요, 저잣거리는……."

궐을 나와 생전 처음 겪는 민초들의 삶이다. 이호는 눈에 보이는 모든 것이 신기하고, 귀에 들리는 모든 말들이 신선하다.

"이런 골목은 처음이시지요?"

이호의 말에, 재빨리 뒤쫓아온 이겸이 묻는다.

"선릉에 참배 갈 때 가마를 타고 호위군사에 휩싸인 채 엎드린 백성 사이를 지나던 것과는 정말 많이 다릅니다."

"주마간산으로 보는 경치와 두 발로 걸으며 보는 실경은 다른 법이지요."

맞는 말이다. 고개를 끄덕이던 이호의 눈길이 한곳으로 쏠린다. 생선가게이다. 보아하니 문어 한 마리를 놓고 장사꾼과 손님이 실랑이를 벌이는 모양이다. 한쪽은 한 푼도 못 빼준다, 다른 한 쪽은 안 깎아주면 안 사겠다, 하며 머리끝이라도 잡고 싸울 판이다.

"허허. 기어이 한 푼을 깎아냈습니다."

문어 한 마리를 들고 실팍진 엉덩이를 흔들며 가는 아낙을 바라보던 이호가 감탄하듯 말한다.

"저 한 푼이 허기를 달래줄 떡 반 개가 되기도 하고, 하루치 노동을 위로해줄 술 한잔이 되기도 합니다."

이겸의 말이다.

"한 푼이 그런 돈입니까?"

"그렇습니다. 백성들에게 한 푼은, 그만큼 소중한 것입니다."

"음……."

이호가 생각이 많은 얼굴로 고개를 끄덕이는데, 옆에 있던 골목에서 비렁뱅이 아이들이 우르르 몰려나온다.

"밥이다! 밥마차다!"

아이들이 외치며 가는 소리에 이겸과 이호가 동시에 고개를 갸웃거린다. 호기심이 발동한 그들은 아이들이 달려간 곳으로 걸음을 옮긴다.

그들이 걸음을 멈춘 곳은 저잣거리 끝 길목에 벌어진 좌판이다. 좌판 위에 국밥과 김치, 보리밥을 한 솥 가득 지어 급식을 하는 모양이다. 좌판 뒤에는 '일하지 않은 자 먹지도 말라' 하고 쓰인 방이 붙어 있고, 그 앞으로 헐벗은 사람들이 길게 줄지어 있다. 양민도 아닌 거지를 상대로 일을 시키고 밥을 주는 것인가 싶어 이겸과 이호는 멀찌감치 서서 의혹에 찬 눈으로 지켜본다. 가만 보니, 밥을 먹으려고 줄을 선 사람들의 손에 하나같이 뭔가가 들려 있다. 장터에 버려진 쓰레기를 주워온 사내가 있는가 하면, 산나물을 캐온 아낙도 있다. 세상에! 아무리 변변치 않은 것이라도 노력과 노동의 증거를 보여야만 밥을 주는 것이로구나! 일순간 깨달아지는 이치에 절로 탄성이 나온다. 공밥이 아니므로, 밥을 먹는 사람이나 주는 사람이나 절로 신바람이 난다.

"이런 선행을 베푸는 자가 도대체 누구입니까?"

세자가 눈을 휘둥그렇게 뜨고 묻는다.

"그러게 말입니다."

이겸 역시 입을 다물지 못한다. 순간적으로, 혹시 사임당이 운영하는 양류지소는 아닐까, 하는 생각이 들어 밥을 퍼주는 사람들을 둘러본다. 그때, 한 무리의 무뢰배가 도끼자루를 들고 고래고래 소리를 지르며 밀어닥친다.

"여기야, 여기. 이곳에서 공짜 밥을 퍼주니 우리 장사가 될 턱이 있나!"

"이봐! 여기 대장이 누구요? 다 때려 부수기 전에 나오시오!"

무뢰배는 당장이라도 때려 부술 기세로 패악을 부린다. 관리인인 듯한 남자가 좌판 뒤에서 나와 그들을 막아선다.

"무슨 일이시오?"

우락부락하게 생긴 남자, 유민 대장이다.

"오라, 네놈이 이곳 책임자냐?"

무뢰배 중 하나가 대장의 멱살을 잡는다.

"아니, 아니야. 신씨 뭐시기라는 여편네가 책임자라니까."

도끼를 든 사내가 아는 척을 한다.

"그래? 그 신씨 여편네 나오라고 해!"

대장의 멱살을 잡으려던 사내가 소리친다. '사임당! 역시 양류지소가 운영하는 곳이었구나!' 이겸은 본능적으로 무뢰배를 향해 나아간다. 그 순간, 사임당이 난장 한복판으로 당당히 걸어오며 야무지게 따진다.

"이 무슨 행패입니까!"

이겸의 심장이 쿵 하고 떨어진다. 그 자리에 돌처럼 굳어 그녀를 본다. 삼 년이라는 세월이 무색할 정도로 그녀는 변함이 없다. 전과 달리 금전의 여유가 있을 텐데도 사치한 흔적 또한 전혀 없다. 여전히 청초하고 아름답다.

"저 여자야, 저 여자. 신씨 부인."

"이…… 이곳에서 밥을 공짜로 주는 바람에 우리 주막들이 망하게 생겼어! 어떻게 할 거요?"

무뢰배가 사임당을 향해 악다구니를 쓴다.

"행여 피해를 입었다면 송구합니다만, 이곳은 음식 장사를 하는 곳이 아닙니다. 그렇다고 공밥을 주는 곳도 아니고요. 여기 있는 양민들은 지금 당장 한 그릇 국밥을 살 돈조차 없는 이들입니다. 하지만 이곳의 도움으로 자립하는 사람이 늘어난다면 그들은 이 거친 음식보다 맛있는 음식을 사 먹을 것입니다. 여기서 나눠주는 거친 음식과 여러분의 음식이 비교될 수 있단 말입니까?"

무뢰배는 쉽게 납득하지 않는다. 그들은 오히려 앞에 있는 이가 한주먹도 안 되는 여인이라며 더욱더 무식하고 포악하게 군다. 엎친 데 덮친 격으로 서너 명의 포졸들까지 달려와 장사를 접으라며 아우성이다. 보다 못한 이겸이 얼굴을 가리고 있던 낡은 삿갓을 벗어던지고 앞으로 나선다. 일순간 모든 시선이 이겸을 향한다. 허름한 복색에 검댕이 묻은 얼굴, 그렇지만 결코 가려지지 않는 관옥 같은 모습이다. 양류지소 사람들을 잡아들이던 포졸들도,

밥 얻어먹으려다 싸움 구경을 하게 된 거지들도, 좌판을 엉망으로 만든 이들도, 멀찌감치 서서 걱정하고 있던 세자 이호도 눈을 휘둥그레 뜬다.

이겸은 포졸에게 다가가 귀엣말로 뭐라고 소곤거린다. 포졸은 놀란 토끼 눈을 뜨고 세자 쪽을 화들짝 돌아보더니 더듬더듬 말을 바꾼다.

"어, 어허, 이 사람들, 배고프고 힘든 사람들에게 국밥 한 그릇 베풀 수도 있지! 되게 꽉꽉하게 구네. 거참, 인심 고약하게 말이야. 이 사람들아! 뭘 이딴 일로 신고를 하고 그래! 우리가 그리 한가한 줄 알아? 어여 나가. 어여!"

포졸들은 오히려 무뢰배를 내몰기 시작한다. 행패 부리던 사람들이 모두 사라지고, 급식이 재개된다. 그제야 안심이 된 이겸이 바닥에 떨어진 삿갓을 주워들려고 손을 뻗는다. 희고 고운 손 하나가 쓱 내려와 먼저 삿갓을 줍는다. 이겸은 놀란 얼굴로 고개를 든다. 삿갓에 묻은 흙먼지를 털어내고 수줍게 건네는 손, 사임당이다.

"늘 그렇듯…… 기별도 없이 이리 오십니다."

사임당이 아득한 시선으로 이겸을 본다.

"미안하오."

"풍문으로 들었습니다. 돌아오셨단 소식을."

사임당의 눈빛이 촉촉하다.

"먼 세상을 떠돌아 다녔소……. 그래도 돌아오니 좋구려."

그대가 있어서, 이 조선 땅에 그대가 있어서, 좋다는 말. 이겸은 그 뒷말을 꾹 삼키고 무연한 눈길로 사임당을 본다. 영혼을 팔지 않고는 결코 소유할 수 없는 여인, 차라리 보지 말자 다짐하며 바다 건너 몇 해를 떠돌았던가. 형체 없는 마음은 늙지도 않는 것인가.

그의 소리 없는 탄식을 들은 것인가. 사임당이 다소곳이 고개를 숙인다. 아득한 슬픔으로 일렁이던 그녀의 시선이 차분하게 가라앉아 있다. 이겸도 예를 갖춰 가볍게 묵례한다. 그녀가 보일 듯 말 듯 고개를 끄덕이고, 그가 천천히 등을 돌린다. 엄연히 다른 서로의 세계, 닿아서도 안 되고 닿을 수도 없는 각자의 일상으로 돌아갈 시간이다.

그 시각, 세자가 주강晝講 시간에 몰래 궁을 빠져나갔다는 사실을 알게 된 중종은 머리끝까지 화가 난다. 보나마나 이겸을 만나러 갔을 거라 생각하니 괘씸하기 짝이 없다. 아들에게 이겸을 뺏겼다는 질투인지, 역심을 품었을지 모를 이겸에 대한 경계인지, 따돌림을 당하고 있다는 피해의식인지 알 수 없으나, 중종은 세자가 이겸과 가까이 지내는 것이 마냥 싫다.

"의성군 그자는 대체 무슨 생각으로, 장차 지존이 될 몸을 저잣 거리로 끌고 다닌단 말이냐!"

중종이 눈에 쌍심지를 켜고 호통을 친다. 이때, 관복을 입은 이겸과 세자가 허겁지겁 편전으로 든다. 그들은 난망하기 이를 데 없는 표정으로 용상 앞에 부복하고 앉는다.

"송구하옵니다, 아바마마."

"송구하옵니다, 전하!"

이호와 이겸이 한몸으로 읍하며 아뢴다.

"나라에 왜적이 들끓고 민심이 어지러운 판에, 종친이란 자가 대체 무슨 짓을 하고 돌아다닌단 말이냐, 세자를 데리고!"

중종이 이겸을 향해 노여움을 표한다.

"숙부의 잘못이 아닙니다, 아바마마. 제가 백성들의 사정과 형편을 살피고자 숙부께 청한 일입니다."

"무어라!"

아들이 이겸을 비호하고 나서자 중종의 분노가 한층 커진다. 그때, 상선이 다급히 들어와 읍하며 정순옹주의 행방이 묘연하다는 말을 전한다.

"그게 무슨 말이냐? 행방이 묘연하다니?"

"실은 옹주마마께서 얼마 전 도성을 떠나셨습니다. 산수와 바다를 사생하겠다시며 충청 땅으로."

"무어라? 충청!"

중종의 눈이 커진다. 서해와 면해 있는 충청우도는 왜적이 노략질을 일삼는 곳이다. 근자에는 비인현과 당진포 쪽에 왜적들이 침입해 양곡을 약탈하고 부녀자까지 납치했다는 소식이 전해져 충청병마사에게 해안을 경계하고 방비에 만전을 기하라는 어명을 내린 바 있다. 그러나 왜적들이 워낙에 물길에 능하고 기습이 재빨라 방비가 어려웠다.

"그런데, 당도하실 날이 되어도 나타나시지를 않아, 그곳 현감이 찾아나서니, 수행한 무사와 가마꾼들은 모두 죽거나 달아나버리고, 빈 가마만 발견되었다고 하옵니다."

"이게 다 무슨 소리냐! 그럼 옹주는 어디로 사라졌단 말이냐?"

중종이 노발대발한다.

"당진 현감뿐 아니라, 당진포 만호가 군사들까지 동원해 찾고 있으나 옹주마마의 행방을 알 수 없다고 하옵니다."

"당진포! 방금 당진포라 하였느냐? 그 철없고 물정 모르는 아이가…… 그 험한 곳에!"

"아바마마, 고정하시옵소서. 옹주는 틀림없이 안전하게 피해 있을 것입니다. 잠시 기다리시면 반드시 좋은 기별이 있을 것이옵니다."

세자 이호가 걱정 가득한 시선으로 고한다.

"전군을 동원하는 한이 있더라도 옹주를 찾아라, 당장!"

중종의 옥음이 편전을 쩌렁쩌렁 울린다.

25

당진포 앞바다에 태풍의 조짐이 보인다. 하늘이 검기울고 천둥
번개가 요란하다. 천우신조다. 바위 끝에 서서 거친 신음을 토해
내며 몸부림치는 바다를 내려다보던 휘음당이 나직이 중얼거리며
발길을 돌린다. 그녀가 향한 곳은 정순옹주가 몸져누워 있는 산장
이다.

민치형이 유배형에 처한 뒤, 휘음당은 숨겨온 자금을 털어 남편
을 구면하기 위해 애를 써왔다. 삼정승의 곳간을 채워주는 것은
물론 입깨나 놀린다는 벼슬아치들의 주머니에 금괴 은괴 넣어주
면서 남편을 복권시키는 데 힘 좀 써달라 간청해왔다. 하지만 후
안무치厚顔無恥한 정치인들은 시정잡배만도 못해 뇌물만 삼킬 뿐
손 하나 까딱하지 않았다. 밑 빠진 독에 물을 붓느라 그나마 있던
재산마저 날리자, 휘음당은 화적패를 끌어모아 도둑질을 서슴지

않았다. 산기슭에 숨어 있다가 지나가는 보부상들의 짐을 털거나, 여행길에 나선 양반들의 가마를 습격했다. 그렇게 갈취한 물건들은 서해안을 침략한 왜적들에게 팔아넘겼다. 죄책감은 없었다. 그저 빼앗긴 외명부 직첩을 돌려받고, 친척 집을 전전하며 눈칫밥을 먹고 있는 자식들을 데려올 생각에 이를 악다물었다. 무뢰한 왜적들에게 희롱을 당해, 자존심이 천길 낭떠러지로 떨어질 때는 이겸과 사임당을 향한 복수심에 이를 갈며 버텼다.

며칠 전 휘음당은 당진포 해안가에서 말린 해삼과 인삼을 왜적들에게 팔아넘겼다. 그러던 중 정순옹주가 사생 여행을 온다는 소식을 어부들에게 전해 들었다. 정순옹주라면 중종이 가장 총애하는 딸이 아닌가. 그녀는 재빨리 머리를 굴렸다. 화적패를 이용해 정순옹주를 위험에 빠트리고, 목숨이 경각에 달한 그녀를 구해내, 중종의 환심을 얻는 것. 휘음당은 완벽한 계략을 짜냈고, 곧 실행에 옮겼다.

휘음당이 삐거덕거리는 산장 문을 열고 들어가자, 옹주가 기척에 눈을 뜬다.

"정신이 드십니까?"

휘음당은 몸을 일으키려는 옹주에게 황급히 달려가 부축하며 걱정스레 묻는다.

"여기가 어디? 당신은 누구인가?"

옹주가 두려움 가득한 눈으로 살풍경한 산장을 두리번거린다.

"산길에 쓰러져 계신 걸 모셔왔습니다. 아마도 화적 떼의 습격을 받은 듯합니다."

"화적 떼? 다른 이들은?"

"저희가 도착했을 땐 이미 숨이 끊어져 있었습니다. 가마꾼들은 도망쳤는지 보이질 않았고요. 이만하시기가 천만다행입니다."

"양반댁 부인네인 것 같은데, 어찌 그곳에서 나를 구했소?"

옹주가 샐쭉한 표정으로 휘음당의 위아래를 훑어보며 묻는다.

"가내에 우환이 깊은지라 명산을 다니며 산중 기도를 해왔습니다. 기도처로 가던 중, 그 길로 접어든 것이 얼마나 다행이던지요."

"참으로 고마운 일이구나. 내, 아바마마께 말씀드려······"

"아바····· 마마라 하시면?"

휘음당이 깜짝 놀란 척 몸을 움찔한다.

"내가 이 나라 옹주이니라."

"오····· 옹주마마! 무례를 용서하여주십시오!"

휘음당은 바닥에 납작 엎드려 바들바들 떠는 시늉을 한다.

"괜찮으니 일어나라."

"어찌 감히······."

"괜찮대도. 내가 원래 있는 티 가진 티 숨기고, 수수하게 다니느리라. 못 알아챈 게 당연하다."

"아닙니다! 존안이나 자태가 예사롭지 않아 분명 고귀한 집안의 부녀인 줄 짐작했으나, 설마 옹주마마이실 거라고는."

휘음당은 혓바닥에 기름칠이라도 한 듯 말한다.

"그러게나 말이다. 이놈의 귀티는 감추려 해도 도무지 감춰지지
가 않으니 성가시구나!"

단순하고 속물적인 옹주는 휘음의 말을 조금도 의심하지 않는
다. 그로부터 며칠 후, 휘음당은 옹주와 함께 위풍당당한 모습으
로 입궐한다. 마침 편전에서 대소 신료들과 정사를 논하던 중종은
옹주가 무사히 돌아왔다는 소식에 반색하며 달려간다.

"얼마나 걱정한 줄 아느냐! 대체 어찌 된 일이냐? 몸은 무고한
것이냐?"

중종이 눈시울을 붉히며 옹주의 어깨를 감싸 안는다. 옹주는 그
동안 있었던 일들을 소상히 아뢰며, 휘음당을 생명의 은인으로 소
개한다. 옹주 뒤에 그림자처럼 서 있던 휘음당이 조신한 몸짓으로
중종 앞으로 걸어 나온다.

"너는 위리안치된 민치형의 안사람 아니더냐? 그래, 어떻게 옹
주를 구하였는가?"

중종의 말에 도열해 있던 대소 신료들이 눈살을 찌푸린다. 민치
형의 안사람이 옹주를 구한 은인이라니! 찜찜하고 수상하기 짝이
없다. 신료들 가운데 서 있던 이겸도 눈을 가늘게 뜨고 휘음당을
본다.

"예, 전하. 산중 기도를 가던 길, 우연히 비명을 들었사옵니다.

화적 떼가 옹주마마를 해하려는 찰나, 동행한 아랫것들이 다행히 무예를 익힌 자들이라 화적 떼를 물리칠 수 있었사옵니다."

휘음당의 대답이 청산유수다.

"고맙도다. 진심으로 고맙도다. 과인에게 이토록 기쁨을 선사한 너에게 상을 내리고 싶구나. 소원이 있느냐?"

"……"

기다리고 기다리던 질문이었으나, 휘음당은 의심 가득한 주변을 의식하며 쉽게 말을 잇지 못한다.

"내가 네 소원을 대신 말해보겠느니라."

중종이 알 수 없는 묘한 미소를 지으며 휘음당을 내려다보다가, 신하들에게 엄명을 내린다.

"귀양 간 민치형을 풀어주고, 그 죄를 모두 사하노라."

"성은이 망극하옵니다."

휘음당의 입술이 실룩거린다. 그녀는 터져 나오려는 기쁨의 탄성을 꾹 눌러 참으며 깊이 고개를 숙인다. 교활한 미소가 그녀의 입가에 번뜩 떠오르는 찰나를 이겸은 놓치지 않는다.

"전하! 그것은 아니 될 말씀입니다."

이겸이 부복하고 간한다.

"의성군의 말이 맞습니다. 전하, 민치형 그자는 목숨을 부지하고 있는 것만으로도 큰 은사恩赦를 받은 몸입니다. 명을 거두어주시옵소서."

민치형이 없어 가장 신간身幹이 편했던 이는 바로 영의정이다. 영의정은 수염이 바닥에 닿도록 엎드려 통곡한다.

"옹주의 생사도 알 수 없던 그때 경들은 뭘 하고 있었소? 어명이니, 더는 왈가왈부 마시오!"

중종이 단호하게 자른다. 신하들은 그 서슬에 눌려 입도 딸싹 못 하고 인상만 구긴다. 미친개가 다시 풀려났다. 썩은 나무를 자를 때 그 뿌리까지 도려냈어야 하거늘, 그것을 못 한 것이 후회막심이다.

⋅

여름내 짙푸르던 나뭇잎이 어느새 단풍으로 물들고 있다. 사임당은 언덕바지에 올라 그림을 그리고 있다. 오롯이 혼자만의 시간이다. 귓가에 들리는 풀벌레 소리, 나뭇잎을 흔들며 지나가는 바람 소리, 먹이를 쪼던 새들이 푸르르 날개 부비는 소리를 들으며 시름을 내려놓고 오로지 붓질에 몰두한다. 다른 여인의 치마폭에 싸여 도리를 저버린 남편도 잊고, 마음 깊은 곳에 고여 있는 이겸을 향한 정념도 잊는다. 어린 시절 따라 그리던 안견의 〈금강산도〉를 머릿속에 펼쳐두고, 그녀는 자신이 가보지 못한 산과 들, 바다를 종이 위에 펼친다. 살아생전 여인의 몸으로는 결코 밟아볼 수 없는 세상을 꿈처럼 그린다. 그림 속에서는 값없는 것이 없다. 큰 나무도 작은 풀도 새도 나비도, 하다못해 쥐나 벌레조차 주인공이 된다.

하늘을 가리는 나뭇가지 사이로 해가 너울너울 진다. 사임당은 붓을 내려놓고 허리를 쭉 편다. 이제 아이들의 어머니로, 양류지소의 대표로 돌아갈 시간이다.

사임당은 두루마리 족자를 만들려고 그림을 들고 양류지소로 향한다. 양류지소 작업장 한쪽에 그녀만의 작은 화실을 만든 지 벌써 이 년이다. 어느새 꽤 많은 그림들이 모여 화실 벽이 모자랄 정도다. 화상들이 한 번씩 들러 그림을 사겠다며 성화이지만, 그녀는 단 한 장의 그림도 시중에 내놓지 않았다. 그저 양류지소를 찾는 손님들과 유민들, 아이들에게 그림을 보여줄 뿐이다.

화실 문을 열고 안으로 들어선 사임당은 자신의 눈을 믿을 수 없다. 잘못 들어왔나 싶어 문밖에 나갔다가 다시 들어온다. 아무것도 없다. 벽에 걸려 있던 수십 장의 그림들이 모두 사라진 것이 아닌가. 그녀가 견딘 고독이, 슬픔이, 기쁨이, 아픔이, 세월이 감쪽같이 사라진 것이다.

"바깥 나리가 오셔서 그림들을 전부 가져가셨습니다. 댁으로 옮긴다면서."

따라 들어온 대장이 묻지도 않은 말을 늘어놓는다. 사임당은 창백해진 얼굴로 힘없이 털썩 주저앉는다.

"아씨가 옮기라 한 거 맞지요?"

아무래도 이상하다 느낀 대장이 확인하듯 묻는다.

"내가 그러라 했네."

사임당이 마른침을 꿀걱 삼키며 고개를 끄덕인다.

"예. 그럼 쉬십시오."

대장이 하얗게 질려 있는 그녀의 얼굴을 걱정스레 바라보다가 밖으로 나간다. 혼자 남은 사임당은 비어 있는 화실을 허탈하게 둘러본다. 돈을 달라면 줄 것이고, 곡식을 달라면 곳간을 헐어서라도 내어줄 것이다. 그림을 가져가다니, 기가 막히고 억장이 무너진다.

양류지소에서 나온 사임당은 발길을 돌려 주막에 있을 남편을 만나러 간다. 주막이 있는 좁은 골목길에 들어서자 담장 너머로 남편과 주막집 여자의 웃음소리가 간드러지게 들려온다. 심장을 할퀴고 지나가는 웃음소리이다. 사임당의 복숭앗빛 양 볼이 파르르 떨린다. 주막집 사립문 앞에 이르러 잠시 주춤하던 그녀는 이윽고 문을 열고 마당으로 들어선다. 평상에 앉아 저녁을 먹던 남편과 여자가 화들짝 놀라 숟가락을 떨어뜨린다. 원수는 드디어 올 것이 왔구나 하는 표정으로 사임당을 바라보다가 주막집 여자에게 방에 들어가 있으라 말한다. 원수가 등을 떠밀자 여자는 고까운 눈초리로 사임당을 흘겨보더니, 밥상을 들고 부엌으로 가버린다. 적막이 사임당과 원수 사이로 무겁게 가라앉는다.

"그림…… 어떻게 했어요?"

사임당이 힘겹게 입을 뗀다.

"팔았소."

원수가 사임당의 시선을 외면한 채 대답한다. 어째서인지 그 목소리에 오기가 서려 있다. 적반하장이다. 사임당은 울컥 솟아오르는 분노를 간신히 누르며 남편을 바라본다.

"앞으로…… 어쩌실 겁니까?"

"앞일을 일일이 어떻게 다 알고 사나?"

"헤어질 생각…… 안 해보셨나요?"

"안 해봤소! 못 헤어지오! 아니, 안 헤어질 것이오! 천생연분이오, 우리는!"

원수가 두 눈을 부릅뜬다. 떼를 쓰는 아이 같다.

"어디가 그리도 좋았습니까?"

"다 좋았소! 편해서 더 좋았소!"

원수의 눈에 불꽃이 인다. 사임당은 서글픈 표정으로 남편의 눈을 가만히 바라본다. 낯선 남자 같다. 잔머리 많은 좁은 이마, 듬성듬성 흐릿한 눈썹, 흐릿하고 생기 없어 보이는 눈빛.

"당신 앞에만 서면 한없이 작아지는 나였소. 숨쉬는 것조차 품위 있게 쉬어야 할 듯…… 언제나 갑갑하고 외롭고! 막막했소!"

"그러셨습니까?"

"그렇소! 한데 저 여인 앞에선 다르오. 방귀도 풍풍 맘대로 뀔 수 있고 트림도 나오는 대로 마음껏 하고, 귀찮으면 양치도 세수도 않고 쓰러져 자도 상관없소. 머리에 들어오지도 않는 공부, 지굿지굿한 공부! 그놈의 공부하란 소리도 안 하고! 그냥 다 편하오. 당신은 아내가 아니라 훈장 같은 마누라였소. 내게 필요한 건 훈장님이 아니라 언제든 품어주는 여인이란 말이오!"

원수의 말들이 돌팔매가 되어 사임당의 심장을 후려친다.

"말해보시오! 나를! 남자로 나를 사랑하였소?"

"존중하고 존경하였습니다, 지아비로."

"존경! 그딴 거 필요 없고! 뜨겁게! 한 남자로 사랑한 적이 있었느냔 말이오!"

"……."

사임당의 심장이 쿵 하고 무너진다. 울분을 쏟아내던 원수의 눈에 눈물이 그렁그렁 맺힌다. 슬프고 애달프다. 처음부터 어긋난 인연이다. 아내의 마음속에 다른 이가 있음을 왜 몰랐겠는가. 그래도 사랑했다. 보기에도 아깝고 귀한 아내였다. 살 섞고 살다 보면 아내의 마음에 들어갈 수 있을 줄 알았다. 하지만 그것이 결코 이루어질 수 없는 꿈이었음을 삼 년 전 어느 날, 원수는 깨달았다.

"거 보시오! 재색을 겸비한 신 진사댁 둘째딸! 사임당 당신을 아내로 맞으며, 세상을 다 얻은 듯 행복했소! 그런데 살아보니! 그 세상이, 너무 갑갑합디다. 한 번뿐인 인생, 이제라도 숨 좀 편히 쉬고 내 마음대로 살아볼 참이오!"

한번 터진 입이 다물어지지 않는다. 말을 하면 할수록 화가 난다. 차라리 사임당에게 뺨이라도 맞으면 화가 풀릴 것 같다. 남편이 다른 여자 치마폭에 싸여 있는데도, 질투하지 않는 아내에게 화가 나서 미칠 것 같다. 이런 고약한 상황에서도 흐트러지지 않는 아내를 보고 싶었던 게 아니다. 원수는 자리를 박차고 일어난다. 그 순간, 사임당이 그의 옷자락을 붙잡는다.

"송구합니다……."

사임당의 눈에서 눈물이 후드득 떨어진다. 원수는 망치에 얻어맞은 사람처럼 멍하니 서서 울고 있는 아내를 바라본다.

"많이 힘드셨을 것입니다. 여느 부인처럼 살갑지도 못하고…… 참, 외롭게 해드렸습니다."

"……."

"원하는 대로 하십시오. 다만 기별*은 불가합니다. 부부의 연을 운운하진 않겠습니다. 하나, 아이들에게만은 상처주지 마십시오. 서방님은 여태 선하고 좋은 아비가 아니었습니까? 한창 예민할 나이입니다. 아이들 앞에선 행동을 각별히 삼가주십시오. 출장이 잦은 것으로 해두었으니 한 번씩 와서 아비의 빈자리를 채워주십시오."

사임당이 젖은 눈을 닦으며 말을 잇는다.

"그리고 오늘 서방님이 가져간 제 그림들…… 지난 이십 년간 꾹꾹 눌러왔던, 제 한을 토해낸 분신들입니다. 여기까지입니다.

* 棄別, 조선시대의 이혼으로, 일반적으로 아내를 내쫓음을 이른다.

부탁드립니다."

할 말을 마친 사임당은 그대로 등을 돌려 주막집을 나간다. 원수는 혼이 빠진 사람처럼 마당에 우두커니 서서 아내가 떠난 자리를 멍하니 본다. 불현듯 돌이킬 수 없는 강을 건너버렸다는 사실을 깨닫는다. 그는 그 자리에 무너지듯 주저앉는다. 그때, 부엌에서 대화를 엿듣고 있던 여자가 쏜살같이 달려 나와 그를 부축한다. 그는 어미 품에 안기는 아이처럼 여자의 가슴팍에 얼굴을 묻는다. 여자는 거친 손으로 그의 등을 토닥토닥 두드려준다.

다음 날, 사임당의 그림은 단연 장안의 화제가 된다. 그간 그녀의 그림에 눈독을 들였던 화상들과 예인들, 수집가들이 화방 앞에 문전성시를 이룬다. 초충도, 화도, 산수화까지, 한 사람에게서 나온 그림이라고는 믿을 수 없을 정도로 화풍이 다채롭다. 그림을 보는 사람들마다 주머니를 탈탈 털며 서로 사겠다고 난리다. 그 통에 그림 값이 하늘을 찌른다.

"내가 갖겠소! 나한테 파시오! 돈은 얼마든지 내겠소!"

이겸이다. 그는 사임당의 그림이 장안에 나왔다는 소식을 듣자마자 득달같이 달려와, 보이는 족족 사들인다. 이미 팔린 그림에는 웃돈까지 얹어준다. 양류지소에 문제가 있는 것인지, 사임당의 신변에 변고가 생긴 것인지 알아볼 겨를도 없다. 화가에게 그림이란 가슴 아파 낳은 자식이다. 고뇌의 산물이고, 세월의 흔적이다. 무슨 연유에서건 사임당의 그림을 낯선 이들의 심심파적 눈요기로 삼을 수는 없다.

이겸은 사임당의 그림을 모두 들고 양류지소로 간다. 다행인지 불행인지 사임당은 없다. 대장이 이겸을 알아보고 달려온다. 이겸은 아무 말 없이 그림과 편지가 든 커다란 상자를 건네며 사임당에게 전해달라 이르고 돌아간다.

왜 그림을 가져왔느냐고, 상관 말라 화를 내는 건 아닌지…… 모르겠소. 화를 내는 그대 모습이 세상에서 제일로 무섭다오. 있어야 할 자리에 되돌린 것뿐이니, 부담 느끼지 마시오. 멀리 팔려가 찾을 수 없는 산수화 한 점 외에는 모두 제자리에 돌려놓았소.* 혹여나 미안한 마음이 지워지지 않는다면, 그저 좋은 벗 하나가 걱정된 마음에서 행한 것이라 여겨주오. 봄꽃이 만발한 계절이오. 당신의 화폭에 영원히 지지 않을 함박꽃 한 송이 놓고 가오.

편지를 읽던 사임당의 눈에 눈물이 고인다. 뜨거운 것이 가슴을 치고 올라온다. 이토록 눈물이 나는 이유가 뭘까. 그림을 되찾았는데, 좋아서 방방 뛰어도 모자랄 판에 이렇듯 심장이 찢어지게

---

* 신사임당의 유일한 산수화로 알려진 〈이곡산수병〉은 현재 국립중앙박물관 수장고에 보관되어 있다.

서러운 이유는 뭘까. 그녀는 휘건에 눈물을 적시며 편지를 읽어나
간다.

感恩懷舊 其心則同
物得所歸 妙矣天機
은혜를 생각하고 옛일을 추억하니 그 마음이 한가지라.
그림이 돌아갈 자리를 얻는 것이 오묘하도다, 하늘의 뜻이여.

사임당은 말미에 찍힌 비익조 인장을 떨리는 손끝으로 만져본
다. 마음껏 연모한다 고백할 수 있었던 어린 시절이 화첩에 그려
진 작은 그림들처럼 한 장 한 장 넘어간다. 산으로 들로 바다로 손
잡고 뛰어다니며 그림을 그리고, 나란히 앉아 〈금강산도〉에 첨시
를 적어놓고, 볼을 붉히며 입 맞추던 순간들이 손끝을 타고 저릿
저릿 올라온다. 오롯이 화가 사임당으로만 살아갈 수 있게 해주겠
다 눈물짓던 그의 얼굴이, 언제나 등을 보이고 먼저 돌아서는 그
녀를 아프게 바라보던 그의 눈빛이, 민치형과 휘음당의 손아귀에
서 그녀를 구하느라 피투성이가 되어 쓰러지면서도 괜찮다 말하
던 그의 입술이 떠올라 심장이 죄어들 것처럼 아프다. 장안에 떠
도는 그녀의 그림들을 사들이느라 얼마나 애타게 동분서주했을
것인가.
　사임당은 이겸이 가져다준 그림과 편지를 끌어안고 소리 죽여

흐느낀다. 갚을 길 없는 마음이라 미안해서 울고, 들켜서는 안 되는 눈물이라 서러워서 운다.

＊

바람이 소슬하고 단풍 낙엽이 우수수 떨어지는 가을날 아침, 궁궐 경화방 정순옹주의 처소로 휘음당이 들어간다. 당진포에서 옹주를 구했다는 이유로 중종의 마음을 산 휘음당은 궁궐을 제집인 양 드나든다. 민치형이 집으로 돌아오고, 자식들도 제자리를 찾았으나 그것은 시작일 뿐이다. 그 옛날의 권력, 아니 그보다 몇십 배의 권력을 쥐어야 한다. 해서 이겸과 사임당을 바닥으로 끌어내려야 한다. 날이 갈수록 휘음당의 복수심은 불타오른다. 물정 모르는 정순옹주가 그 발판이 될 것이다.

"이 느낌이 아닌데, 뭐가 이렇게 어려워!"

산인지 바다인지 알 수 없는 그림을 그리느라 진땀을 빼던 정순옹주가 한숨을 푹 내쉬며 꿍얼거린다. 다소곳이 옆에 앉아 있던 휘음당이 무심한 척 그림을 본다.

"그럴 땐 물을 이용해보십시오. 옹주마마."

"어찌 물을 이용한단 말이냐?"

옹주가 샐쭉한 표정으로 휘음당에게 묻는다.

"잠시, 제가 봐드려도 되겠습니까?"

휘음당이 겸손한 척 허락을 구한다.

"해보아라, 한번!"

옹주가 인심 쓰듯 붓을 건넨다. 휘음당은 붓에 물을 묻혀 적당히 물기를 뺀 후, 파란 염료로 뒤범벅된 그림에 붓을 댄다. 몇 번의 붓질로 청옥색 바다가 살아난다. 옹주가 놀랍다는 듯 바라보며 입을 헤벌린다.

"바림이라는 것입니다. 이렇게 물을 적절히 사용하여 번짐 효과를 주면, 자연스러우면서도 보다 다양하게 색의 농담을 표현할 수 있습니다."

"오호라! 이런 방법도 있었구나. 참으로 신기한 기법이다. 고마워, 아주 잘했어!"

"마음에 드셨다니 아주 다행입니다."

"이참에 자네가 아예 내 독선생을 해보는 게 어떻겠나?"

옹주가 제안한다. 휘음당의 눈이 번뜩인다. 옹주의 독선생이 되면 지금보다 더 자유롭게 궁궐에 드나들 수 있다. 그림 수업을 핑계로 도화서는 물론이고 궁궐 안 곳곳까지 다닐 수 있다. 기회의 밭을 얻는 것이다.

"황송하옵니다. 마마. 저 따위가 어찌 옹주마마의 독선생을."

"자넨 양류지소의 그 부인보다 말귀가 잘 통하고, 나의 화풍을 제대로 이해해주는…… 뭐랄까, 영혼의 동반자? 그런 느낌이 아주아주 강력히 드네! 그러니 내 독선생을 해주게! 알겠지?"

"망극하옵니다, 마마."

휘음당은 공손히 절한다. 그녀는 정순옹주가 사임당에게 그림 독선생을 해달라 청했으나, 사임당이 거절했음을 알고 있다. 사임당이 거절한 자리면 어떠한가. 제 도끼에 발등 찍혔다는 사실을 뼈저리게 깨닫게 하면 되는 것을!

휘음당이 회심의 미소를 지으며 경화방을 나온 순간, 어디선가 귀를 울리는 굉음이 들린다. 휘음당은 천지가 울리고 심장을 쪼갤 듯한 그 소리에 화들짝 놀란다.

같은 시각, 길게 도열해 있던 상선과 나인들도 소리에 놀라 뒤로 나자빠진다. 이겸이 그 모습을 보고 하하, 크게 웃으며 화약 연기가 모락모락 피어나는 총신을 거둔다. 만랄가* 여행 중에 친해진 색목인에게 선물받은 노밀총魯密銃이다.

"참으로 대단한 화력입니다. 저 먼 곳에 있는 표적이 박살 나지 않았습니까?"

이겸과 나란히 서 있던 이호가 박수를 치며 환호한다. 뒤편에 앉아 이를 지켜보고 있던 중종의 표정이 썩 좋지 않다. 노밀총이 마음에 안 드는 것인지, 형제지간처럼 딱 달라붙어 있는 두 사람이 못마땅한 것인지, 좀체 그 속내를 읽을 수 없다.

* 滿剌可, 말레이시아 서남쪽 땅인 믈라카.

"이 화포를 잘 개량하여 군사들에게 보급하면 군사력 증강에 큰 도움이 되겠습니다."

근자에 들어 서해안에 왜적이 자주 출몰하는 것이 늘 마음에 걸렸던 이호는 숙제 하나를 해결한 기분이다. 진이나 포의 군사들에게 총포를 보급하면, 왜적들도 더는 백성을 괴롭힐 수 없을 것이다.

"그렇습니다. 이미 서구의 여러 나라들은 이 총포로 군대를 무장하기 시작했다 합니다."

이겸이 자애로운 미소를 지으며 대답한다.

"숙부, 이번엔 내가 한번 쏘아보아도 될까요?"

"그러시지요. 제가 준비하여 드리겠습니다."

이겸은 총에다 화승줄을 걸고 화약을 재워 꽂을대로 총구를 쑤셔 장전한다.

"저게 뭐하는 짓이냐?"

이를 지켜보던 중종이 떨떠름한 얼굴로 내금위장에게 묻는다.

"다음번 방포를 준비하는 것입니다."

"집어치워라! 방포 한번 하는데 저렇게 느려서야, 적이 공격해오면 이미 대여섯 번은 죽었겠다. 쓸데없는 물건을 가지고 호들갑 떠는 꼴이라니. 가자, 더 볼 것도 없다!"

중종은 노한 얼굴로 자리를 박차고 일어난다. 강녕전으로 발길을 돌리던 중종의 등 뒤로 천지를 가르는 총성이 들린다. 중종은 가던 발길을 멈추고 산산조각 난 표적을 노려본다.

노말총을 내려놓은 이호는 중종이 앉았던 빈자리를 바라보며 마음에 근심이 인다. 혹시 옥체에 무리가 가신 것인가.

"아바마마가 전보다 많이 쇠약해지셨습니다. 태산같이 강건하시던 예전 모습이 그립군요."

이호가 무거운 한숨을 내쉬며 말한다.

"너무 심려 마십시오. 전하는 강한 분이십니다."

"숙부께 부탁이 있습니다. 꼭 들어주셔야 합니다."

이겸은 말없이 이호의 다음 말을 기다린다.

"예전 당당하시던 모습의 어진을 그려 아바마마를 위무해드리고 싶습니다. 숙부께서 도화서를 맡아주십시오!"

예상치 못한 제안이다. 이겸이 난감한 얼굴로 이호를 본다.

"압니다. 관직에 매이는 걸 싫어하시는 것을요."

이호가 얕은 한숨을 내쉬며 말을 잇는다.

"전하께서 강건하실 때조차 노회한 대신들을 어쩌지 못했습니다. 저는 지금, 앞이 캄캄합니다. 궐 안에 제 사람이 너무도 없습니다. 이제 그만 들어오시어, 제게 힘을 보태주십시오!"

이겸은 안타까운 얼굴로 이호를 바라볼 뿐 말이 없다.

●

한눈에도 권세가 당당해 보이는 대갓집 대문으로 짐바리를 가득 실은 수레가 연신 들어온다. 영의정의 곳간을 채울 뇌물이다.

집주인만큼이나 거만한 집사가 들어온 뇌물을 치부장에 기재하느라 여념이 없다. 사랑채 마루에는 비단 도포를 입은 시골 양반들이 삼삼오오 모여 앉아 영의정이 퇴청하기만을 기다리고 있다. 그 마루 끝자리에 민치형이 꿰다놓은 보릿자루처럼 앉아 있다.

"저자, 이조참의 민치형이 아닌가?"

"이조참의는 무슨! 대죄를 지어 삭탈관직당한 지가 언젠데. 갑산으로 귀양 갔다더니 목숨은 부지해 돌아온 모양이구먼."

양반들이 민치형을 면전에 두고 온갖 험담을 늘어놓는다.

"여어, 이게 누구신가? 나는 새도 떨어뜨린다던 그 민 참의 대감 아니신가? 전날 내가 찾아갔을 때는 인정전*이 적다고 거들떠보지도 않던 그 대단하던 분이 여긴 어쩐 일이시오?"

한 양반은 아예 민치형 코앞으로 다가가 빈정대기까지 한다. 민치형이 눈알을 부라리며 양반을 노려본다. 양반은 개 귀의 비루**를 털어먹을 인간이라도 보듯 콧방귀도 뀌지 않는다. 이때 마당으로 들어서던 영의정이 민치형을 발견하고 눈살을 찌푸린다. 민치형이 재빠르게 영의정에게 뛰어가 고개를 숙여 인사한다.

"영상 대감! 그간 평안하셨습니까? 오랜만에 인사를……."

"네놈은 눈이 멀었느냐! 어쩌자고 조정 중신의 집에 저런 죄인을 들였느냐? 당장 내쫓고 소금이라도 뿌려라! 당장!"

---

* 人情錢, 뇌물.
** 개나 말, 나귀 따위의 피부가 헐고 털이 빠지는 병.

영의정은 민치형을 본체만체하고 집사를 향해 호통을 친다.

"대감. 잠시만 제 얘기를!"

민치형의 얼굴이 화끈 달아오른다. 영의정은 못 들을 말이라도 들었다는 듯 귓구멍을 후비더니 바닥에 침을 탁 뱉고 사랑채로 들어가버린다.

"대감! 영상 대감!"

민치형은 집사와 종복들에게 양팔을 붙들린 채 개 끌리듯 끌려 나간다.

"훠어이, 훠어이!"

민치형을 길바닥에 내동댕이친 종복들이 그 머리 위로 소금을 쏟아붓고 돌아선다. 매정하게 닫히는 대문을 바라보는 민치형의 눈에 불꽃이 인다. 그는 비틀거리며 일어나 이를 악다물고 부들부들 떤다.

"네놈들이 감히!"

개 꼬리 삼 년 두어도 황모 못 된다던가. 팔자가 뒤집히면 인성이 바뀔 법도 하건만, 민치형은 여전히 민치형이다.

'두고 봐라. 이 민치형이 이대로 나자빠져 죽을 것 같으냐! 다 죽여버리겠다. 이 민치형을 이 꼴로 만든 연놈들을 싹 잡아 죽여버리겠다!'

그는 미친개처럼 씩씩거리다가 돌아선다. 그 순간 길 저편에 서 있던 휘음당과 눈이 딱 마주친다.

퇴궐하여 집으로 돌아가던 길이다. 설마하니 길거리 한복판에서 그것도 대낮에, 남편이 종놈들에게 소금을 맞고 있을 줄 알았겠는가. 휘음당은 어안이 벙벙해서 망부석처럼 서 있다. 그런데 민치형이 난데없이 그녀를 향해 돌진하더니, 사정없이 뺨을 후려친다.

"네년까지 날 무시하는 거야! 감히 내가 누군 줄 아는 거야!"

휘음당의 몸이 휘청거리며 바닥에 푹 하고 꺼진다. 그 모습을 보고서야 민치형은 바닥에 침을 뱉고 시정잡배처럼 매몰차게 돌아선다.

동쪽에서 뺨 맞고 서쪽에서 화풀이한 민치형은 수진방 뒷골목에 이르러 사임당과 그녀의 딸이 다정히 걸어가는 모습을 본다. 창자가 뒤틀리고 심장에 벌떡증이 인다.

"오랜만입니다. 신 부인!"

뱀의 혓바닥처럼 서늘한 목소리에 사임당의 온몸에 소름이 돋는다.

"이 무슨 짓이오! 썩 비키시오!"

사임당은 매창을 등 뒤로 얼른 숨기며 민치형을 향해 소리친다. 민치형이 희롱하는 눈빛으로 매창을 바라보며 한 발 두 발 다가온다.

"딱 요만 한 나이였던가? 운평사 댕기 소녀가?"

"비키시오! 비키란 말이오!"

사임당은 매창을 꼭 끌어안으며 고함을 지른다.

"오랜만에 마주쳐 인사 좀 나누겠다는데 왜 이리 소란이오? 여기가 운평사도 아닌데."

민치형은 악귀처럼 웃으며 사임당의 손목을 와락 잡는다.

"놔! 우리 엄마 놓으라고! 누구 없어요!"

매창이 비명을 지르며 민치형을 향해 서슴없이 발길질을 한다.

"놔라!"

사임당이 손을 빼려 안간힘을 쓰지만 소용없다. 이자는 틀림없이 미쳤다. 이성을 놓은 것이다. 매창이 고래고래 도와달라 소리치지만 누구 하나 선뜻 다가오지 않는다. 오히려 그들을 피해 길을 돌아서 가버린다. 민치형이 사임당을 힘껏 끌어당기며 핏발 선 눈으로 죽일 듯 노려본다. 그 순간 매창이 민치형의 손목을 와락 깨물어버린다.

"아악! 이년이!"

민치형이 다른 손을 번쩍 들어 매창을 치려는 그때, 헐레벌떡 뛰어온 이겸이 그의 옆구리를 걷어찬다. 민치형이 사임당의 손목을 붙잡은 채 바닥에 고꾸라진다.

"악!"

사임당이 민치형의 품 안으로 확 넘어진다. 그 모습에 피가 거꾸로 솟은 이겸이 사임당을 일으키고, 민치형의 얼굴에 주먹질을 한다.

"짐승만도 못한 놈! 어디서 감히!"

"의성군! 오랜만이오! 여전히…… 저 부인네 꽁무니를?"

민치형은 아프지도 않은지 실성한 사람처럼 실실 웃는다.

"그래도 이놈이! 또다시 위리안치되고 싶은 것이냐! 사약이라
도 받고 싶은 것이야! 그리 원한다면 이 자리에서 죽여주마!"

이겸이 민치형의 멱살을 틀어쥔다. 이번에는 민치형도 가만히
있지 않는다. 민치형이 이겸의 배에 주먹을 날린다. 두 남자는 땅
바닥을 구르며 거칠게 몸싸움을 벌인다. 사임당이 매창의 눈과 귀
를 틀어막고 온몸을 벌벌 떨고 있다.

"나으리!"

돌연 휘음당의 비명이 들린다. 휘음당은 불꽃 같은 눈으로 사임
당을 노려본 후, 한데 엉켜 뒹굴고 있는 이겸과 민치형을 뜯어말
린다. 아녀자가 끼어들자 이겸도 더는 어쩌지 못하고 민치형의 멱
살을 풀어준다. 휘음당은 분이 안 풀린 성난 황소처럼 씩씩거리는
민치형을 일으켜 간신히 끌고 간다.

"이러시면 안 됩니다! 조심 또 조심!"

집에 도착한 휘음당은 흙투성이인 민치형의 옷을 갈아입히고
입에 난 상처를 닦아준다.

"죽은 듯 엎드려 살란 말인가!"

민치형이 휘음당의 손을 쳐내며 버럭 화를 낸다.

"예!"

휘음당의 단호한 대답에 민치형이 매서운 눈으로 노려본다.

"제발 그리하여주십시오! 죽을힘을 다해 나으리를 한양으로 끌어올렸습니다! 장리贓吏의 죄를 풀어내느라 지난 이 년, 제가 어떻게 살아온 줄 아십니까! 때를 기다리십시오! 어쩌자고 이렇게!"

그 순간, 휘음당의 얼굴에 불꽃이 인다. 민치형에게 또다시 뺨을 맞은 것이다.

"건방진 년!"

민치형이 벌떡 일어서며 부르르 떤다.

"식솔들 모두 관노비로 끌려가는 꼴을 봐야 속이 시원하시겠습니까! 이럴 거면 차라리 숨소리도 내지 말고 가만히 계십시오! 제발!"

휘음당이 눈물을 주룩주룩 흘리며 버럭버럭 소리친다.

"이이이!"

민치형은 참을 수 없다는 듯 휘음당의 가는 목을 움켜잡는다. 숨이 턱하니 막히고, 목에 파란 핏대가 오른다. 피가 몰린 얼굴이 붉게 달아오르고 눈알이 튀어나올 듯하다. 이대로 죽겠구나 싶을 때, 문이 벌컥 열리고 지균이 울며불며 뛰어든다.

"이러지 마십시오, 아버지!"

지균이 아버지의 옷자락을 붙잡고 매달린다.

"아악!"

민치형은 분노 가득한 고함을 내지르더니 휘음당을 던지듯 풀어주고 밖으로 나간다.

"켁켁······."

보료에 쓰러진 휘음당이 정신없이 기침을 해댄다.

"괜찮으십니까, 어머니?"

지균이 눈물을 줄줄 흘린다. 어머니가 걱정되어 어쩔 줄 모르는 모습이 가련하다.

"괜찮다, 괜찮아."

휘음당이 간신히 숨을 고르고 지균을 끌어안는다.

"어머니!"

지균이 어머니를 감싸며 서럽게 운다.

"너는 흔들리지 말고, 공부만 해라! 공부만!"

휘음당이 아들의 어깨를 토닥이며 머리를 가만히 쓸어준다. 그녀의 눈은 텅 비어 있다.

✦

어느새 해가 너울너울 진다. 사임당이 매창의 손을 잡고 앞서 걷고, 이겸은 그 뒤에서 한두 발 정도 떨어져 걷는다. 퇴궐하고 비익당으로 향하던 길에 여자아이의 고함소리가 들렸다. 사임당인 줄은 생각지도 못했건만 달려간 곳에 그녀가 있었다. 민치형에게 곤욕을 당하는 그녀를 보자 피가 거꾸로 솟아 마음보다 손이 앞서 나갔다.

사임당과 매창이 걸음을 멈추고 뒤돌아선다. 벌써 다 왔는가. 이겸은 고개를 들어 주위를 둘러본다. 사임당의 집 앞이다. 그가 주춤거리며 다가간다.

"괜찮은 것이오?"

그냥 돌아서기 서운한 마음에 말을 던져본다.

"예…… 나으리도 괜찮은 것이지요?"

사임당이 말간 눈으로 그를 바라본다.

"민치형 그자……. 당분간 조심해야겠소."

"예…… 나으리도 몸조심하십시오."

"당분간 사람을 붙일 것이니 너무 염려 마시오."

"괜찮습니다. 지소 사람들과 무리지어 다니겠습니다. 하니 너무 염려 마십시오."

"그럼 난 이만……."

이겸이 아쉬운 얼굴로 돌아선다.

"저……."

사임당의 나직한 목소리가 그의 옷깃을 잡아당긴다.

"오늘…… 고마웠습니다."

사임당이 고개 숙여 인사하고, 매창과 함께 집 안으로 들어간다. 낮은 담, 맘먹으면 얼마든지 헐어버릴 수 있는 낮은 담. 하지만 이겸에게는 세상에서 가장 높은 담이다.

"고마웠다…… 고마웠다라…… 허허."

이겸은 허탈하게 웃으며 돌아선다. 고맙다는 말로 담을 세우고 돌아서는 여인의 뒷모습만큼 슬픈 풍경이 또 있을까. 슬퍼서 웃음이 난다. 울 수 없으니 웃을 수밖에. 극악무도한 민치형이 풀려나고, 그의 안사람인 휘음당이 궁궐을 제집처럼 드나드는 세상이 어처구니가 없어서 웃음이 난다. 세상도, 인생도, 사랑도 이토록 허망한데, 남은 생 무엇을 쫓으며 살 것인가.

26

종묘사직을 새로이 정립하기 위해 주상전하의 어진을 시행할 것이다. 금번 어진화사를 수행할 화원들은 도화서 소속 궁중 화원에 한정하지 않고, 새로운 변화를 불러일으킬 참신한 화학생도를 대거 선발할 것이다. 이는 재능은 있으나 뜻을 펼치지 못한 숨은 인재를 널리 등용하고자 함이다. 도화서 화원이 되고 싶은 이들은 누구든 신청서를 제출하기 바란다.

저잣거리에 붙은 방을 보기 위해 사람들이 몰린다. 도화서 화원이 되고 싶었으나 기회를 잡지 못해 음지에 머물러 있던 화인들에게는 꿈같은 일이다. 그들에게 꿈을 실현할 기회를 만든 것은 이겸이다.

얼마 전 도화서의 총책을 맡아달라는 이호의 제안을 이겸은 심사숙고 끝에 받아들였다. 조정 신료들은 모든 일에는 합당한 절차가 있어야 한다며 이를 적극적으로 만류했지만, 이호는 어진을 주관하는 감독관은 왕족 중 누군가가 맡아 관장하는 것이 원칙이라며 뜻을 굽히지 않았다. 그는 이겸에게 어진화사를 수행할 전권을 주고, 모사청을 설치하고 임무를 수행하라 엄명을 내렸다. 세자의 뜻에 고개를 숙인 이겸은 어진화사를 수행할 화원들을 도화서 밖에서 찾겠다는 의지를 밝혔고, 이호는 적극적으로 이에 찬성했다.

도화서 마당 전각 아래 '도화서-화학생도 선발'이라 쓰인 기가 펄럭인다. 마당 한쪽에 차일이 처지고 그 안쪽에 관원들이 나란히 앉아 심사를 보고 있다.

대화를 나누며 후원을 산책하던 이겸과 이호는 응시생으로 인산인해를 이룬 도화서 마당을 지나친다. 그때, 응시생 하나가 관원에 의해 덜미가 잡힌 채 끌려나온다.

"놓으시오! 놓으란 말이오!"

응시생이 소리를 지르며 바동거린다.

"아, 글쎄 여자는 안 된대도!"

관원이 응시생을 패대기치듯 밀치며 언성을 높인다. '여자'라는 말에 이겸과 이호가 깜짝 놀라 뒤돌아선다. 여인이 도화서에 응시했단 말인가? 남장을 하고?

"분명 예선에선 내 그림 점수가 가장 높았는데! 어찌 여자라는 이유만으로 이렇게 매정하게 끌어낸단 말입니까? 장원을 했어도 여자라서 안 된다니! 말이 안 됩니다!"

또박또박 할 말 다하는 남장 여인을 바라보던 이겸의 머릿속에 사임당의 어린 시절이 떠오른다. 피식, 웃음이 난다.

"억울하면 남자로 다시 태어나든가!"

관원이 말대꾸하기도 지친다는 듯 한마디 한다.

"그건 또 무슨 말 같잖은 논리입니까!"

"계집애가 따박따박! 아! 나랏법이 그런 걸 어쩌라는 거야! 네 어머닌 딸자식 교육을 어찌 시킨 것이냐!"

"뭐라고요?"

남장 여인이 못 참겠다는 듯 소리를 지르며 관원의 가슴을 머리로 들이받는다.

"이년이!"

관원이 여인을 때리려는 듯 손을 치켜든다.

"잠깐!"

보다 못한 이겸이 달려가 관원을 제지한다.

"무슨 일이냐!"

뒤따라온 이호가 머리를 조아리고 있는 관원에게 묻는다.

"글쎄 이 계집이, 도화서 신입 시험을 치르겠다고……."

관원이 남장한 소녀를 노려보며 대답한다. 이겸은 재미있다는 듯 소녀를 유심히 바라보다가 깜짝 놀란다.

"아니 너는, 매창이 아니냐!"

"나으리!"

이겸을 알아본 매창이 울먹거린다.

"양류지소 신씨 부인의 딸 매창이라 합니다."

이겸이 이호에게 매창을 소개한다.

"세자 저하시다. 인사 드려라."

"이매창이라 하옵니다."

매창은 눈물을 쓱쓱 닦아내고 허리를 깊이 숙여 깍듯하게 인사한다.

"무슨 일인지 말해보아라."

이호가 귀여운 여동생을 보는 듯한 표정으로 매창에게 묻는다.

"여자라서 도화서 관원이 될 수 없답니다. 분명 제 그림이 최고점을 받았습니다! 그런데 여자라서 안 된다니요! 이 무슨 부조리란 말입니까. 조선의 화원을 뽑는 자리라면 마땅히 실력으로 평가되어야 하는 것 아닙니까! 정말로 불공평합니다! 참으로 이상한 세상입니다!"

말하다 보니 다시 서러워진 매창이 엉엉 울어버린다.

"맹랑한 아이로군요."

이호가 어처구니없다는 듯 피식 웃으며 이겸을 본다.

"틀린 말은 아니지 않습니까."

이겸은 한 대 얻어맞은 얼굴로 매창을 바라본다. 도화서 화원이 되고 싶은 이들은 누구든 응시하라 했다. 하지만 그렇게 말한 이겸 스스로도 여인을 염두에 두진 않았다. 그런 세상이니까. 궁궐의 법도가 원래 그러하니까 애초부터 여인은 배제했던 것이다. 자가당착에 빠졌음을 깨달은 이겸은 쓰게 웃는다.

도화서에서 쫓겨난 매창은 밤새 울며 걷다가 어머니의 화실에 숨어든다. 눈에 담고 싶을 만큼 아름다운 그림들이 벽에 걸려 있고, 염료 향기, 옷종이와 붓의 냄새, 먹향으로 가득한 화실에 앉아 있으니 마음이 차분해진다.

"매창아."

컴컴한 화실 문이 열리고 어머니의 나직한 목소리가 들린다. 구석에 웅크리고 앉아 있던 매창이 슬픈 눈으로 어머니를 본다.

"불도 안 켜고 그 안에서 무얼 하고 있었던 게냐?"

사임당이 매창 곁으로 다가가 앉는다. 그녀는 딸아이가 오늘 무슨 일을 겪었는지 알고 있다. 매창을 걱정한 이겸이 후를 시켜 전갈을 보내온 것이다.

"제가 사는 세상이 어떤 곳인지, 어머니의 그림들을 보며 생각하던 중이었습니다."

"해서, 답을 찾았느냐?"

"아니요. 잘 모르겠습니다."

매창이 고개를 젓는다. 얼마나 울었는지 눈이 퉁퉁 부어 있다.

"어머니는 여자라서 안 된다, 저를 막으신 적이 한 번도 없으셨지요."

"그래. 뭐든 할 수 있다고, 그리 가르쳤느니라."

"한데 바깥세상은 달랐습니다. 아무리 그림을 잘 그린다 한들 도화서 화원은 될 수 없었습니다. 여자라는 이유 때문에요."

매창의 눈에 다시 눈물이 고인다. 그 모습에 사임당의 가슴이 무너진다. 맑은 눈을 가지라 가르쳤다. 눈이 탁해지면 세상을 맑게 볼 수 없다 일렀다. 옳고 그름을 판단할 줄 알되, 정체되지 않도록, 늘 마음을 새롭게 변화시켜야 한다 말했다. 해서 어떠한 편견도 없이 세상을 바라보라 했다. 그렇게 가르쳐왔다. 하지만 세상이 탁하고, 세상이 편견에 사로잡혀 있음은 알려주지 않았다.

"어미에게 배운 세상과는 다른 세상을 본 게로구나."

사임당의 목소리에 물기가 어린다.

"조선에서 가장 유명한 화원이 되고 싶었습니다. 어머니 뒤를 잇는, 안견 선생에 버금가는 최고의 화원으로 인정받고 싶었습니다. 시험장에 앉아 있던 그 누구보다 제 실력이 나았습니다! 한데 어찌, 여자라는 이유만으로 꿈을 포기해야 합니까? 포부는 어찌 남자들만의 전유물입니까? 너무…… 불공평합니다."

"어미도 너만 할 때 비슷한 생각을 했단다."

매창이 눈물 그렁그렁한 눈으로 어머니를 바라보며 다음 말을 기다린다.

"금강산엘 가보고 싶었다······. 일만이천 봉우리를 직접 보고 느끼고, 가슴에서 우러나오는 그림을 그리고 싶었단다. 조선에서 여인으로 살아가는 일은 자주 답답하고, 부조리하다 느껴질 것이다. 하나 말이다, 언젠가는 지금보다 더 나은 세상이 오지 않겠느냐?"

"계속 깜깜한 밤이고, 영영 좋은 세상이 안 오면 어떡합니까!"

"물론 밤은 길겠지. 하지만 우리 매창이가 누군가와 혼인을 해 딸을 낳고, 그 아이가 또 딸을 낳고, 그 아이의 아이가 또 딸을 낳을 때 즈음이면 해는 뜰 것이다. 그때까지 우리가 그 아이들의 밤을 조금씩 밝혀주면 되질 않겠느냐."

"저는······ 저는 어찌하고요! 천재 화가라는 어머니조차 아버지 때문에 속을 썩고! 그리 원하던 금강산 여행도 못 가고 이리 사시지 않습니까? 어머니는 진정 행복하셨습니까?"

매창이 어머니의 품에 파고들어 엉엉 운다. 사임당이 딸아이의 작은 어깨를 쓰다듬는다. 앞으로 세상을 살아가면서 얼마나 많은 일들을 겪을 것인가. 고통과 절망, 고독과 외로움, 수많은 배반과 좌절을 겪으며 얼마나 아플 것인가. 사임당은 슬프다. 그 모든 것을 오롯이 혼자서 겪어내야 한다는 걸 알기에 아프다. 진정 행복했느냐, 묻는 딸아이의 질문에 차마 답하지 못한 그녀는 마음속으로 눈물을 흘린다.

얇게 구름 낀 하늘이 맑고 푸르다. 속살을 파고드는 찬바람도 유난히 상쾌하게 느껴진다. 사임당은 노랗게 물든 은행잎이 나부끼는 도화서 마당으로 들어선다. 어진화사를 수행할 화원들을 모집하는 심사장에는 남자들로 북적북적하다. 여인은 사임당뿐이다. 그녀를 본 남자들이 수군거린다. 옥색 치마에 연분홍빛 저고리, 단정하게 빗어올린 머리, 하얗고 작은 얼굴에 뚜렷한 이목구비. 절세가인이다. 사임당은 자신에게 집중되는 시선들을 뒤로하고 당당히 접수대 앞에 선다.

접수대 탁자 위로 사임당의 그림들이 펼쳐진다. 정갈하면서도 고아한 미를 드러내는 초충도. 호방한 기세를 내뿜는 산수도, 시원하게 뻗은 대나무 숲을 걸어가는 두 어부의 모습을 그린 어초문답도漁樵問答圖, 하늘로 뻗은 두 뿔로 위용을 드러내는 물소와, 화폭 밖으로 튀어나올 듯한 백로 한 쌍을 그린 노연도鷺蓮圖. 사임당의 그림을 본 순간, 관원들의 눈이 번쩍 뜨인다.

"신…… 사임당입니다. 어진화사에 지원하러 왔습니다!"

사임당이 결연한 태도로 말한다. 관원들은 난감한 얼굴로 그림과 그녀를 번갈아본다. 그림은 뛰어나다 못해 놀랍다. 지원자들이 내놓은 그림 가운데 단연 으뜸이다. 그러나 여인이다. 심사를 보던 도화서 관원들은 에라 모르겠다 하는 심정으로 그녀의 그림을 결선에 올린다.

결선에 오른 그림은 총 다섯 점이다. 화가의 신상은 비공개로 둔 채, 오로지 그림만을 보고 심사가 진행된다. 이겸과 예조판서, 도화서 관원들의 비밀투표가 시작된다. 투표 결과 만장일치로 사임당의 그림이 당선된다.

"선례가 없는 일이오!"

영의정의 목소리가 편전 안을 쩌렁쩌렁 울린다. 만장일치로 뽑힌 그림의 주인이 여인이라는 사실이 밝혀지자 도화서 관원들은 물론이고 조정 신료들까지 노발대발하며 재투표를 실시해야 한다 난리다.

"그렇다면 이번이 선례가 되겠습니다!"

이겸이 단호하게 말한다.

"제조의 파격으로 인한 낯 뜨거운 선례가 되겠지요! 종묘사직을 웃음거리로 만들 일입니다!"

영의정이 이겸을 향해 눈을 부라린다.

"제일 뛰어난 점수를 받은 화원을 실력 이외의 이유로 탈락시킨 일이야말로 우스운 일이겠지요! 금번 어진화사를 초집하며 붙인 방 어디에도 여자는 지원하면 안 된다는 조항은 없었습니다! 도화서 관원으로 여자는 안 된다는 말 또한《경국대전》그 어디에도 없는 것처럼요!"

"말도 안 됩니다! 어진화사는 엄연히 예조에 속하는 일입니다. 외명부의 일에 여인을 쓰는 것은 국법에 어긋나는 일입니다!"

"그렇다면 방외화사로서 쓰겠습니다! 어진도감 제조의 권한으로!"

"방외화사라면?"

가만히 듣고만 있던 세조가 이겸을 보며 묻는다.

"도화서 소속이 아닌 방외화사 자격으로 어진을 맡기겠다는 말입니다! 방외화사는 관원이 아니니 내명부 외명부를 가릴 일이 없습니다! 또한, 논상論賞도 일체 받지 않을 것입니다."

"방외화사라니! 의논할 가치도 없는 해괴망측한 소립니다! 천지 만물이 상서로운 가운데 조심스레 진행해야 할 어진 작업에 어찌 한낱 여인네를 쓰겠다는 것인지. 정녕 그 의중을 모르겠사옵니다!"

이번에는 우의정이 나선다.

"한낱 여인네가 아니라 어진화사 공모에서 장원으로 뽑힌 화원입니다! 어진을 그리는 데 최고의 화원을 등용하겠다는 소립니다!"

이겸이 피를 토하듯 말한다.

"저하! 이를 윤허하시면 차후 여인도 과거를 치르게 해달라, 벼슬도 달라 할 것입니다. 이런 방자한 선례는 애초부터 싹을 잘라야 할 것이옵니다. 통촉하여주시옵소서!"

"통촉하여주시옵소서! 통촉하여주시옵소서!"

영의정의 말이 끝나기 무섭게 여러 대신들이 입을 모은다.

"저하! 음지에 있던 인재를 가장 적합한 자리에 등용하자는 뜻입니다!"

구석에 몰린 이겸이 간절한 눈빛으로 이호를 바라본다.

"아바마마의 어진에 대한 전권은 이미 의성군에게 맡겼습니다! 제 권한으로 허락하겠습니다. 신씨 부인을 어진화사에 선발하시지요!"

세자의 명이 떨어지자마자, 옥신각신 갑론을박하던 대신들이 입을 다물고 이겸을 노려본다. 이것은 빙산의 일각이다. 음지에 있던 인재등용이라니! 중종이 버젓이 살아 있어도 이 모양인데, 세자가 보위에 오른다면 그야말로 큰일이 아닌가. 기존에 있던 권신들을 물갈이하겠다는 속내를 공개적으로 천명한 것이나 다름없다. 세자의 의중을 파악한 영의정과 훈구대신들은 격분한다.

동성상응同聲相應. 같은 뜻을 품은 이들이 만나면 서로 반응하고, 공명하여 큰 울림을 이룬다 했다. 사임당과 이겸, 세자 이호, 그리고 새로운 조선을 갈망하는 세력이 한마음을 품었다. 이에 조선 최초로 성별을 초월한, 오직 실력으로 승리한 여성 어진화사가 선발된 것이다.

하지만 그들과 공명하지 못한 자들이 태반이다. 아녀자에게 주상전하의 하늘 같은 용안을 맡길 수 없다는 이유로 각 지방에서 올라온 유림들이 광화문 앞에서 시위를 벌이고, 도화서 화원들은 여자가 어디 함부로 남의 밥상에 숟가락을 올리느냐고 대놓고 사임당을 따돌린다.

예상했던 일이다. 사임당은 담담하게 모든 수모와 냉대를 받아들인다. 앞에서 뒤에서 삼삼오오 모여 수군거리는 도화서 화원들을 뒤로하고 묵묵히 주어진 일을 수행한다.

새로 지은 단아한 소례복*을 입은 사임당이 진지하고 다부진 표정으로 도화서 전각에 발을 들인다. 먼저 와 있던 동참화사, 수종화사들의 시선이 그녀를 향한다. 사임당은 정갈한 몸짓으로 그들에게 묵례한 후, 탁자 위에 진열된 화구 쪽으로 시선을 던진다. 거대한 내왕판나무틀, 하얀 유지기름종이, 유탄과 담비 털로 만들어진 붓과 먹을 차례차례 살펴보던 사임당의 마음은 어느새 그림을 그리고 싶은 열망으로 가득 차오른다. 이때, 전각 문이 열리고 제조 관복차림의 이겸이 보무당당步武堂堂하게 들어선다. 장내가 일시에 숙연해진다. 두 손을 다소곳이 모으고 서 있는 화사들을 둘러보던 이겸의 시선이 사임당 앞에서 길게 머문다. '앞으로 그대가 가야할 길, 험난할 것이오.' 그의 속마음을 읽은 것일까. 사임당이 고개를 살짝 숙이며 희미하게 미소 짓는다. '압니다. 각오하고 있습니다. 잘 하겠습니다.' 이겸이 안심이 된다는 얼굴로 살짝 웃어 보

* 小禮服, 임금을 뵐 때 입던 약식 예복.

인 후, 곧 시선을 거둔다.

"어진이란 단순히 전하의 용안을 그리는 행위가 아님을 주관화사 이하 화사들은 명심 또 명심해야 할 것이오! 어진을 그릴 시 엎드린 자세로는 용안을 살피기 어려우니 그 모습을 바라볼 때에는 서는 것을 허락받아야 하고, 초본을 그릴 때에는 앉을 수 있도록 허락을 받아야 합니다. 아셨소?"

이겸의 말에 사임당을 비롯한 화사들이 일시에 "예!" 하고 대답한다. 그때 주상전하의 행차를 알리는 내관의 경호 소리가 들린다.

문을 열고 중종이 들어서자, 전각 안에 있던 사람들이 모두 바닥에 엎드려 머리를 조아린다. 중종은 서늘한 눈빛으로 그들을 일별한 후 어좌에 무너지듯 앉는다. 숨 막힐 듯한 정적이 지나간다.

"주관화사 외엔 물럿거라."

중종이 고압적으로 명한다.

"전하! 어진 제작에는 주관화사 외에도 동참화원, 수종화원들이 함께해야 합니다. 오류를 잡아내는 대신들 또한……"

"주관화사가 집중할 수 있도록, 물러가라 했다."

중종은 이겸의 말을 싹둑 자르며 강경하게 말한다. 이겸이 어심을 읽기라도 하려는 듯 고개를 들어 용안을 바라본다. 환절기 고뿔에 걸려 한 보름 앓고 일어난 터라, 왕의 낯빛은 탁하고, 두 눈에는 고름이 가득 차 있는 듯 퀭하다. 순간 이겸의 마음에 슬픔이 몰아친다. 한때 온 마음으로 섬기던 군주가 아닌가. 이겸은 노기

서린 눈빛으로 자신을 노려보는 중종을 잠시 바라보다가 곧 시선
을 내린다.

모두가 물러간 자리, 이제 남은 사람은 주관화사인 사임당과 어
진의 주인공 중종뿐이다.

"가까이 오라."

중종의 옥음이 정적을 깬다. 사임당이 다소곳이 왕 앞으로 걸어
가 선다.

"주관화사는 용안을 그려내는 화원이다. 더욱 가까이 와서 내
눈을 봐야 할 것이다!"

사임당이 고개를 숙이며 한걸음 앞으로 더 나아간다.

"고개를 들라."

사임당이 천천히 고개를 들어 왕을 바라본다.

"신가 사임당이라 했더냐?"

"예, 전하."

"신가 사임당, 삼 년 전 고려지 경합에서 우승을 했던?"

"예, 전하."

"그렇다면, 신명화의 여식이로구나."

"그렇습니다. 전하."

"기억한다 너를. 금강산에 가보게 해달라 상소를 올리겠다던,
참으로 당돌한 여자아이였다! 그 당돌함이 오늘의 이 자리를 만들
었음이겠지."

"망극하옵니다. 전하."

"그래, 그때와 비교하니 어찌 보이느냐, 지금 과인의 용안이?"

중종이 떠보듯 묻는다. 사임당은 난감한 표정으로 고개를 푹 숙인다.

"고개를 들어 나를 보고, 말하라."

"용안에 시름이 실려 있으며 성정 또한 편치 않아 보이십니다."

한참을 망설이던 사임당이 용기를 내어 입술을 연다.

"편치 않다. 편치 않다라…… 해서, 너는 어찌 그릴 생각이냐? 네 눈에 비친 시름 있고 성정 또한 편치 않은 과인을 그릴 것이냐, 아니면, 당당하고 위엄 있던 예전의 모습으로 그릴 것이냐? 말해 보라."

"터럭 한 올이라도 같지 않으면 그 사람이 아니다, 하였습니다. 어진을 그리는 일은 전하의 상을 그대로 그려낼 뿐 아니라, 마음까지 그리는 일입니다. 해서 상像뿐 아니라 영靈까지를 기운생동 氣韻生動하도록 그려보겠사옵니다."

"영까지도 기운생동하도록 그려보겠다?"

중종이 의혹 가득한 눈길로 사임당을 본다.

"예, 전하."

"어진은 과인 그 자체이며 과인은 곧 이 나라 조선을 이름이다! 혹여, 그리는 이의 마음속에 작은 원망이라도 하나 있다면, 그것이 가능하겠느냐?"

"선친께서 살아계셨다면 지금의 저를 분명 자랑스럽다 여기셨을 것입니다! 그리고 잘 그려보라 응원해주셨을 것입니다! 하여, 열과 성을 다해 조선의 얼굴, 전하의 어진을 그리겠사옵니다!"

"시작해보라."

중종이 냉소적인 눈빛으로 사임당을 바라보며 명한다.

"예, 전하. 그럼, 먼저 초본을 뜨겠사옵니다."

사임당은 긴장을 풀기 위해 심호흡을 한 후, 무릎을 꿇고 앉는다. 스스로 옆에 있는 유지를 바닥에 펼치고 유탄을 집어 든다. 그녀는 올곧은 눈빛으로 용안을 세심하게 바라본다. 하얀 유지 위에 검은 선이 그어진다.

"양금택목良禽擇木."

중종이 나무를 댕강 자르듯 말을 뱉는다. 용안을 그리던 사임당이 멈칫 하고 고개를 든다.

"현명한 새는 나무를 가려 둥지를 짓는다 하였다. 너로 인해 전국 각지에 유림들이 벌 떼처럼 일어나 상소가 빗발치고 있다."

"전각 안에만 머무는지라 밖의 일은 알지 못합니다."

"폭풍 속에 들어앉은, 고요함이로구나."

"송구하옵니다."

"두렵지 않으냐?"

중종이 삐딱한 눈으로 본다.

"회오리바람은 아침 내내 불지 못하며, 소나기도 온종일 내리지는 못한다 하였습니다."

사임당은 침착하다. 살다 보니 얻어지는 게 있다. 모든 순간은 지나간다는 것. 당장 죽을 것처럼 힘든 순간도 지나가고, 기쁨에 겨워하던 순간도 지나간다.

"《도덕경》을 읽은 여인이라. 의성군이 반할 만했구나."

중종의 입에 비웃음이 걸린다.

"그저 이 모든 일이 운명이라 생각하옵니다."

사임당이 목탄으로 왕의 목선을 그리며 말한다.

"운명?"

중종의 눈썹이 꿈틀한다.

"운명임을 받아들이고 나니, 두려울 것도 못할 것도 없었습니다. 저는 반드시, 전하의 어진을 그려낼 것입니다."

사임당이 거침없는 동작으로 용포를 그리며 대답한다.

"그 호기는 대체 어디에서 나오는가?"

"호기가 아니라…… 어미의 마음이었습니다."

하문에 답하는 사임당의 목소리가 촉촉하다. 도화서에서 쫓겨나 밤새 눈이 퉁퉁 붓도록 울던 매창을 생각하니 가슴이 저민다.

"무슨 소리냐?"

"도화서 화원이 되기를 앙망하는 딸아이에게, 희망을 보여주고 싶었습니다."

사임당이 담담한 눈빛으로 왕에게 아뢴다.

"그럼 어미의 마음으로 말해보라. 임금의 자리도 백성들을 자식처럼 돌봐야 하는 자리이니. 그 마음은 같지 않겠느냐. 여인의 몸으로 주관화사가 되었고, 화원이기 이전에 양류지소와 마을을 잘 이끌고 있는 행수라 들었다. 무릇 임금은 백성의 소리에 귀를 열어놓고 있어야 하느니. 주관화사 신가 사임당에게 다시 묻겠다."

"예. 전하."

"말해보라."

"꿈을 꿀 수 있는 나라였으면 합니다."

"꿈꿀 수 있는 나라?"

"앞으로의 삶이 점차 나아질 거라는 꿈. 현재는 보잘것없으나 노력하면 좋아질 거라는 꿈……. 밤이 어두우나 두렵지 않은 것은, 기다리면 반드시 동이 트고 해가 뜰 것임을 믿기 때문입니다. 여인이라서, 서얼이라서, 양반이 아니라서, 꿈조차 꿀 수 없는 삶이란, 보자기를 뒤집어쓰고 밤길 걷는 심정으로 평생을 살아가는 일입니다. 전하…… 부디 꿈을 꿀 수 있는 나라를 만들어주소서!"

중종은 매서운 눈길로 부복한 채 간곡히 읍소하는 사임당을 바라본다.

조선은 성리학을 근간으로 세워진 나라다. 엄연히 반상의 구분이 있고 남녀가 유별한 법이다. 한데, 사임당이 그것을 걸고넘어진 것이다. 이미 그녀 스스로 어진화사가 되어 법도를 어겼을 뿐 아니라, 서얼까지 들먹이며 신분 질서를 어지럽히는 망언을 내뱉은 것이다. 무엇보다 참을 수 없는 것은 지금 그가 다스리는 이 조선이라는 나라가 백성들이 꿈을 펼치지 못하는 나라라고 못을 박았다는 사실이다. 이것이 왕을 능멸하는 것이 아니면 무엇이겠는가. 중종은 용상 팔걸이에 주먹 쥔 손을 올리고 부들부들 떨며 사임당을 노려본다.

⬤

악몽이다. 중종은 개미 한 마리 없는 텅 빈 편전 안에 홀로 서 있다. 아무도 없느냐 소리쳐 부르지만, 소름끼칠 만큼 무거운 적막만이 감돈다. 어디선가 들려오는 함성에 고개를 돌리니 어두웠던 창밖이 갑자기 환해진다. 빛 속으로 한발 다가간 중종이 망설이다가 문을 벌컥 연다. 거대한 빛이 얼굴 위로 쏟아진다. 눈을 뜰 수가 없다.

'여기가 어디냐, 내가 왜 여기에 있는 것이냐!'

중종은 빛 가운데 홀로 서서 허우적거린다. 겨우 뜬 실눈으로 보이는 세상, 누군가 거꾸로 잡고 마구 흔들어놓은 듯 괴기스럽게 뒤틀려 있다. 느닷없이 돌멩이 하나가 날아든다. 머리로, 어깨로, 등으로, 돌들이 무자비하게 쏟아진다. 피투성이가 된 중종이 고통스런 비명을 지른다.

"나라가 해준 게 뭐가 있어! 세금에 공물에! 고혈 짜내기만 바빴지! 임금을 갈아치워야 해!"

분노에 휩싸인 사람들이 던지는 폭언에 중종의 정신은 점점 혼미해진다. 그 순간 다시 쏟아지는 한줄기의 빛, 그 빛을 가리며 다가오는 어두운 그림자.

'거기 누군가.'

중종은 눈을 부릅뜨고 손을 내젓는다. 그 순간, 어두운 그림자가 중종의 몸을 덮친다.

"으헉!"

단말마의 비명이 침전을 쩌렁쩌렁 울린다. 악몽에서 깨어난 중종이 식은땀을 뻘뻘 흘린다. 왕의 비명에 놀란 내금위장이 다급히 달려온다.

"전하! 괜찮으십니까?"

"여기가 어디냐. 내가 왜 여기에 있는 것이야!"

아직 악몽에서 헤어나지 못한 중종이 헛소리를 하며 주위를 둘러본다. 어두운 그림자가 사방에 드리워 있다. 침전 가득 감도는 음산한 기운에 중종이 몸서리를 친다.

"왜 이리 어두운 게냐! 이게, 이게 어인 일인가!"

"일식이 일어나고 있습니다."

내금위장의 말에 중종이 자리에서 벌떡 일어나 창문을 벌컥 연다. 달의 그림자가 태양을 반쯤 가리고 있다. 마치 태양이 두 개인 것만 같다. 중종은 창문을 닫아버리고 이불 속으로 뛰어들어 온몸을 바들바들 떤다.

"태양이…… 몇 개여야 하는가?"

중종이 광인의 눈빛으로 내금위장을 바라보며 묻는다.

"전하……."

돌연한 질문에 내금위장이 놀라 바라본다.

"하늘에…… 태양이 몇 개가 있는가?"

"하늘에 태양은 오직 하나…… 주상전하뿐이시옵니다!"

"그렇지……. 하늘의 해는 하나여야만 하지! 한데 감히, 또 다른 태양이 불온한 빛을 내 보이는구나! 지금 세자와 이겸은 어디에 있느냐!"

"편전에 계시옵니다."

"내 당장 편전에 들어야겠다."

중종이 자리를 박차고 일어난다.

"전하, 옥체가 아직 미령하시니, 안정을 취하시는 게 좋을 듯싶습니다."

피바람이 불 것 같은 무서운 기세에, 내금위장이 만류하고 나선다. 중종은 두 손으로 내금위장을 밀쳐내고, 침전 밖으로 나간다.

중종이 편전 안으로 성큼성큼 들어선다. 도열해 앉아 있던 대신들이 일제히 일어나 왕을 맞이한다. 정사를 보고 있던 세자도 반색하며 일어나 아버지에게 자리를 비켜준다.

"경들은 들으라! 과인은 세자에게 잠시 맡기었던, 대리청정을 오늘로 거둘 것이다!"

중종의 갑작스런 명에 세자와 이겸, 대신들이 하나같이 놀란다.

"아바마마!"

이호가 황망한 표정으로 아버지를 바라본다.

"사특한 무리들로 인해 너의 귀가 막히고 눈이 흐려졌다! 세자는 근신하고, 다른 명이 있을 때까지 한 발도 나오지 마라!"

"아바마마!"

"물러가라!"

중종이 거대한 벽을 치듯 세자를 향한 시선을 거둬버린다. 이호는 초점 없는 아버지의 눈빛을 걱정스레 바라보다가 편전을 나간다. 이겸이 힘없이 나가는 이호를 안타깝게 본다.

"그리고, 의성군!"

중종이 매서운 눈빛으로 이겸을 본다.

"예, 전하."

"신 부인과 함께 내 용안을 그려라!"

"전하!"

깜짝 놀란 이겸이 미간을 구기며 왕을 바라본다.

"왜 놀라는가? 궐 안, 궐 밖을 통틀어 내가 인정한 최고의 화원은 바로, 너! 의성군인데, 무엇이 문제란 말이냐?"

"저는 어진화사를 주관하는 제조일 뿐 주관화사는 신 부인 한 사람입니다."

"너 또한 주관화사로 임명하겠노라!"

"전하……. 어진의 주관화사는 본시 한 사람만……"

"과인이 명하노라! 의성군과 신가 사임당을 공동 주관화사로 임명하겠다! 두 사람은 혼담까지 오고 갔던 사이 아니더냐? 그러니 더더욱 손이 잘 맞을 터! 두 사람이 힘을 합쳐, 길이길이 남을 걸작을 그려내도록 하라!"

중종이 야비한 눈빛을 번뜩이며 비아냥거린다. 도리 없이 고개를 숙인 이겸은 불길한 예감에 사로잡힌다. 이것은 왕의 변덕일 뿐인가, 아니면 덫인가. 알 수 없어 두렵다. 혼자라면 백 번이고 감당할 테지만, 사임당이 걸려 있다. 그녀를 위험에 빠트릴 수는 없다.

다음 날 오후, 도화서 전각에 바늘 떨어지는 소리도 들릴 만큼의 숨 막히는 정적이 흐른다. 중종은 차가운 표정으로 어좌에 앉아 있고, 이겸과 사임당은 바닥에 나란히 앉아 왕의 초상화를 그리고 있다. 붓질하는 소리만 사각사각 들려온다.

"일식이 있었다!"

중종이 팽팽하게 당겨져 있던 활을 쏘듯, 말을 툭 던진다.

"신가 사임당, 너는 예지력이라도 있는 것인가?"

이 무슨 해괴한 말인가. 사임당과 이겸은 동시에 붓질을 멈추고 용안을 바라본다.

"전일에 네가 말하지 않았느냐. 조선은 꿈꿀 수 없는 나라라고. 밤이 어두우나 두렵지 않은 것은 기다리면 해가 뜰 것임을 알기 때문이며, 여인네라서 서얼이라서 양반이 아닌 것들은 일평생 밤길을 걷는 것처럼 산다 하였다! 그런 연후에 관상감*에서조차 예측 못한 일식이 있었다!"

사임당과 이겸의 얼굴은 동시에 납빛이 된다. 왕은 이미 정상의 궤도를 넘어섰다. 그렇지 않고서야 어떻게 그 말들을 이리 곡해할 수 있는가.

"전하, 어찌 그런 억측을!"

이겸이 안타까움과 두려움이 뒤범벅된 심정으로 말한다.

"억측이라 했는가, 감히!"

중종이 발악하듯 소리친다.

"송구하옵니다. 신의 불충을 용서해주시옵소서."

"망극하옵니다. 전하."

미친 듯 날뛰는 중종 앞에 이겸과 사임당은 다시 고개를 숙일 수밖에 없다. 중종은 이겸과 사임당을 죽일 듯 노려보다가 피곤하다며 밖으로 나가버린다.

"일이, 묘하게 돌아가는 듯하오. 어쩌면 최악의 상황까지…… 각오해야 할 듯하오."

---

* 觀象監. 조선시대에, 예조에 속하여 천문, 지리, 역수, 기후 관측 등을 맡던 관아.

이겸이 무거운 표정으로 사임당을 본다. 사임당은 그저 슬프고 애처로운 눈빛으로 이겸을 대할 뿐 말이 없다.

"잘 그리든 못 그리든 채색이 끝나면…… 어진에 대한 봉심奉審, 심사이 있을 것이오. 채색 작업과정에서 수정을 거듭하면 시간을 끌 순 있을 것이오."

"그러면 무엇이 달라집니까?"

"……."

"시간이 무에 중요하겠습니까? 이 길의 끝이 어디인진 모르나, 예인으로서 부끄럽지 않도록, 최선을 다할 것입니다."

부서질 듯 가녀린 몸 어디에 이런 강인함이 숨어 있는가. 이겸이 탄복하는 시선으로 바라보자 사임당은 흔들리지 않는 눈빛으로 그 시선을 마주한다.

"정처 없이 떠돌던 삶이었소. 나를 꿈꾸게 하고 성장시킨 건 당신이었소."

사임당의 눈을 깊게 바라보던 이겸이 회한 가득한 목소리로 말한다.

"이리 함께할 수 있음이, 고맙고…… 또 미안할 뿐입니다."

숱하게 삼켜온 말이다. 당신과 함께하고 싶다는 말, 당신과 나란히 걷고 싶다는 말. 사임당은 자기도 모르게 나온 고백에 스스로 놀라 얼굴을 붉힌다. 이겸을 바라볼 수가 없다. 그의 애틋한 시선에 녹아버릴 것 같다. 그녀는 고개를 옆으로 살짝 돌리고 붓에 붉은 염료를 적신다. 때로는 섬세하게 때로는 과감하게 용포에 색을 입힌다.

"다시 만나 함께 그림을 그리게 된다면, 여기보다는 더 멋진 곳일 줄 알았소."

이겸이 금빛 안료에 붓을 담그며 나직하게 말한다.

"두려우십니까?"

이겸이 잠시 말없이 사임당을 바라본다.

"저는, 지금 여기도 괜찮습니다. 화인으로 누릴 수 있는 최고의 자리, 하나도 두렵지 않습니다."

사임당이 희미한 미소를 지으며 이겸을 응시한다. 바람 한 점 없는 물가에 나란히 서 있는 듯, 두 사람 사이로 고요가 안개처럼 스민다.

어느새 어둠이 찾아들었다. 불이 환하게 밝혀져 있는 도화서 전각 댓돌 위에 이겸과 사임당의 신발이 나란히 놓여 있다. 수십 개의 촛불들로 환한 전각 안, 두 남녀가 무아지경으로 왕의 초상화를 그리고 있다. 일렁이는 불빛 아래 선 여인의 얼굴이 곱고, 그 여인을 바라보는 사내의 표정이 밝다. 세월의 더께만큼이나 서로를 향한 마음이 견고하다.

낮과 밤이 몇 차례 바뀐 어느 날, 마침내 어진이 완성된다. 사임당이 참았던 숨을 내쉬며 붓을 천천히 내려놓는다. 이겸은 그녀의 이마에 맺힌 땀방울을 닦아주려 손을 뻗는다. 사임당이 낯을 붉히

더니 면포를 받아들고 제 손으로 땀을 닦는다. 이겸이 빙긋이 웃
으며 사랑스런 눈길로 그녀를 바라본다. 길 끝에 힘들게 도착했
다. 설령 이 길이 막다른 길이라 할지라도, 최선을 다해 함께해온
순간들이 있어 행복하다.

어진을 백성에게 공개하겠다는 것은 중종의 생각이다. 구휼미
를 풀어 끌어모은 훈구파 유림들을 인파에 심어놓고, 임금의 초상
화를 구경하기 위해 몰려든 백성들 앞에서 시위를 벌여 어진의 문
제점을 만천하에 드러내겠다는 심산이다. 의성군과 사임당을 한
꺼번에 찍어내기 위해 민심을 이용하겠다는 중종의 계략에 삼정
승과 훈구대신들은 흡족해 마지않는다.

가을걷이를 끝낸 백성들이 광화문 거리로 구름 떼처럼 몰려든
다. 임금님 행차에 어진 구경, 거기다 구휼미까지 받게 되었으니
콧노래가 절로 나온다. 신바람 난 백성들 사이사이로 훈구파 유림
들이 가면을 뒤집어쓴 듯 무표정한 얼굴로 눈짓을 교환한다. 사임
당의 그림을 구경하기 위해 나온 양류지소 유민들과 향이, 선, 매
창, 현룡, 우가 기대에 찬 눈빛으로 서 있고, 저 멀리 구석진 곳에
각각 삿갓과 쓰개치마로 얼굴을 가린 민치형과 휘음당도 있다.

"물럿거라! 어진 행차시다! 물럿거라!"

우렁찬 벽제辟除 소리 뒤로 어진을 실은 가마가 광화문 앞에 당

도한다. 이른 아침부터 나와 눈 빠지게 어진을 기다리던 백성들이 우르르 몰려나와 엎드려 어진을 맞이한다. 흰 천에 가려진 어진이 광화문 한복판에 마련된 월대에 세워진다. 중종과 세자가 가마에서 내려 임시로 마련된 용상에 앉고, 삼정승 이하 대신들이 양옆으로 길게 도열해 선다. 정작 어진을 그린 이겸과 사임당은 어디에도 없다. 그들은 왕명에 따라 도화서 전각에 구금되어 있는 것이다.

어좌에 앉은 중종이 대신들을 향해 눈짓을 보낸다. 그 눈짓은 곧 백성들 사이사이에 서서 침묵하던 유림들에게 전해진다. 서로 신호를 주고받던 유림들이 일제히 몰려나가 도포를 벗어던진다. 흰 상복 차림의 유림들이 어좌 앞에 꿇어앉아 곡을 하기 시작한다. 곡소리에 섞여 유교 질서를 무너트린 어진화사들을 당장 추포해야 한다는 말도 들린다. 군중이 술렁거린다. 잘은 모르지만 배운 양반들이 떼거지로 바닥에 주저앉아 대성통곡까지 하는 걸 보면 뭔가 분명 문제가 있는 것도 같다. 웅성웅성 일렁일렁 민심이 흔들린다. 중종은 손가락을 까딱까딱 움직이며 그 광경을 지켜본다. 아주 흡족한 표정이다.

그때다. 군중 속에서 누군가 태평소를 들고 일어난다. 쟁쟁한 태평소 소리에 광화문 거리에 나온 모든 사람들이 놀라는 듯하다. 그것을 신호로 운집한 백성들 틈바구니에서 북과 장구, 꽹과리를 든 사람들이 하나둘씩 튀어나온다. 이겸을 응원하기 위해 나온 비익당 예인들이다. 풍악이 울린다. 곡소리에 이어 풍악소리라, 백성들은 어리둥절하다. 그런들 어떠하고, 저런들 어떠하리. 고된 노동에 지쳐 있던 몸이 신명 나는 풍악에 맞춰 저절로 어깨가 들썩인다. 덩실덩실, 백성들이 어깨춤을 추며 한바탕 잔치가 벌어진다.

"이 무슨 소란인가!"

중종의 얼굴이 확 구겨진다.

"백성들이 전하의 성덕을 칭송하느라 흥에 겨운 모양입니다."

이호가 눈치 없이 활짝 웃는다. 중종은 쓴 약이라도 삼킨 듯 구겨진 얼굴로 예식을 진행할 관원에게 식을 시작하라 명을 내린다.

부우웅! 취타수의 나각 소리가 들리자, 광화문 거리가 일시에 조용해진다.

"갑진년 3월부터 달포 간, 길일과 길시를 택해 성심으로 제작한 주상전하의 어진을 만천하에 공개한다!"

말을 마친 관원이 비장한 표정으로 어진을 가리고 있던 흰 천을 벗겨낸다. 임금의 초상 앞에 선 백성들은 그대로 얼어붙고 만다. 그림 속 임금이 뿜어내는 위엄과 당당함에 압도된 것이다. 어진 속 임금과 실제 어좌에 앉아 있는 임금은 분명 한 사람이다. 얼굴도 같고, 입고 있는 곤룡포 무늬까지 같다. 그런데 다르다. 실제 눈앞에 살아 있는 임금이 가지지 못한 어떤 것을 그림 속 임금은 가지고 있다. 백성을 측은히 여기는 측은지심惻隱之心, 잘못을 부끄러워하고 불의를 미워하는 수오지심羞惡之心, 옳고 그름을 분별하

는 시비지심是非之心, 늘 겸손하여 권력을 남용하지 않는 사양지심
辭讓之心이 그것이다. 이렇듯 전혀 다른 내면을 가진 두 임금이 같
은 얼굴을 하고 나란히 앉아 있는 모습에 시위를 벌이던 유림은
물론이고 삼정승과 훈구대신들까지 할 말을 잃고 만다.

모든 사람들이 예술의 경지에 도달한 왕의 초상화에 압도된 가
운데, 단 두 사람만이 다른 심사를 품는다. 중종과 민치형이다. 중
종은 조롱당한 듯한 기분에 휩싸여 주먹을 틀어쥐고, 민치형은 질
투심에 사로잡혀 눈에 불꽃이 인다.

그때, 하늘의 구름이 빠르게 흩어져 길을 만든다. 태양이 빛을
발하고 무지개가 구름길 위에 선다. 어진 쪽을 끝점으로 순식간에
발현되는 쌍무지개를 보는 순간, 백성들이 일제히 무릎을 꿇는다.

"천세 천세 천천세!"

"성은이 망극하옵니다!"

하늘이 내려준 상서로운 징조와 휘황한 어진에 감격한 백성들
의 함성으로 광화문이 떠나갈 듯하다.

27

휘음당은 경대를 들여다본다. 초췌한 낯빛이다. 눈가에는 시퍼런 멍이 들었고, 입술은 터져 피고름이 맺혀 있다. 유배지에서 돌아온 이후 민치형은 정신이 맑을 때가 거의 없다. 술에 취해 있지 않으면 약에 취해 있다. 술만 취하면 그녀를 때리고 집안 살림을 부순다. 물론 그 뒷감당은 모두 휘음당의 몫이다. 술값이며 약값, 집안 살림에 들어가는 돈, 게다가 남편의 출사 길을 다시 열어주기 위해 들어가는 뇌물 비용까지, 모두 휘음당 혼자 감당하고 있다. 그녀는 한양까지 들어온 왜적들에게 몸 빼고는 다 판다. 궁궐을 드나들며 눈치껏 훔쳐온 물건들을 왜적에게 판다. 정순옹주의 독선생이 되었을 땐, 과거에 누렸던 모든 것을 금세 되찾을 수 있을 것 같았다. 하지만 틀려먹었다. 허공에 맨주먹만 날리며 하늘에서 별이 떨어지길 기다리는 남편에게선 희망이 보이지 않는다.

이제 믿을 곳이라고는 자식들뿐이다. 지균과 지성이 과거에 급제해야만 잃었던 것들을 되찾을 수 있다.

휘음당은 거울을 보며 화장을 시작한다. 이제 곧 아들들이 학당에서 돌아올 시간이다. 이렇게 초라한 몰골을 아이들에게 보일 순없다. 황토 분으로 눈가 멍을 가리고, 홍화꽃으로 만든 연지로 입술을 붉게 칠해 상처를 가린다. 화장을 마치고 머리에 장신구를 꽂으려는데, 손등에 난 상처가 보인다. 새끼손가락만 한 흉터, 이제 세월이 흘러 자세히 보지 않으면 보이지 않지만 이 흉터를 보면서 사임당과 이겸에 대한 복수심에 애면글면한 세월만 이십 년이다. 또한 그것은 그녀를 아득바득 살게 한 삶의 원동력이었다. 가질 수 없다면 죽여서라도 갖고자 했다. 그것이 사랑이든, 재능이든. 한데, 사임당과 이겸이 그린 어진을 본 순간, 마음에 구멍이 생겼다. 범접할 수 없는 예술의 결정체, 아무리 애써도 닿을 수 없는 경지에 오른 그림 앞에서 그녀는 맥이 풀리고 말았다. '천세, 천세, 천천세'라고 부르짖는 군중들의 함성에 밀려, 쓰러질 듯 휘청휘청 집으로 돌아오면서 그녀는 부득부득 이를 가는 대신, 울었다. 스스로도 이해할 수 없는 눈물이었다. 구멍 난 마음에서 흐르는 눈물은 쉬이 그칠 줄 몰랐다.

머리 손질까지 마친 휘음당은 경대를 닫고 서탁 앞에 앉는다. 서랍장에서 서책을 꺼내 서탁 위에 올려놓는다. 도화서에서 훔쳐 온《병선도본》이다. 조정에서 개량한 군함의 설계 도본, 이것만 가져오면 평생 쓰고도 남을 금자를 주겠다는 왜적들의 말을 들은 민치형은 그녀를 몇 날 며칠 닦달했다. 단순한 도둑질이 아니었다. 매국이고 역모였다. 결코 할 수 없다 반항하는 그녀의 목에 남편은 칼까지 들이댔다. 이래도 죽고 저래도 죽을 판에, 휘음당은 도화서에 잠입해 도본을 훔쳐냈다. 하지만 막상 이것을 남편 손에 쥐여줄 수는 없었다. 까딱 잘못하면 자식들 목숨까지 위험해지기에 망설이는 것이다.

"이걸 넘겨야 하나, 말아야 하나……."

휘음당은 한숨을 깊게 내쉬며 중얼거린다. 그때, 밖에서 인기척이 들린다. 그녀는 얼른 정신을 차리고 도본을 서랍장에 집어넣는다.

"마님, 중부학당에서 사람을 보내왔습니다."

문을 열고 들어온 종복이 들어와 말한다.

"무슨 일로?"

"지균 도련님이 요즘 학당에 나가질 않고 계시답니다."

"그게 무슨 말인가? 학당에 나가질 않는다니! 그럼 지금까지 어디서 무얼 하고 있었던 게야. 자넨 알고 있었는가?"

휘음당의 이마에 핏대가 선다.

"그것이…… 양류지소에……."

종복은 죽을죄를 지었다는 듯 머리를 조아린다.

"뭐라? 양류지소?"

휘음당은 자리에서 일어나 치맛자락을 휘날리며 집을 나선다.

양류지소 마당 한가운데 큰 잔치판이 벌어졌다. 북 치고, 장구 치고, 노래하며 신나게 춤을 추는 유민들의 얼굴에 웃음꽃이 만발하다. 어진화사 일을 성공리에 마치고 온 사임당을 축하하는 자리가 분명하다. 양류지소 문을 열고 들어선 휘음당은 억장이 무너지는 심정으로 구석구석 둘러본다. 제발 이곳에만은 없기를! 종복에게 들은 말이 모두 거짓이기를!

아들은 그곳에 있다. 사임당의 아이들과 뒤섞여 해맑게 웃는 지균을 보자 휘음당은 피가 거꾸로 솟는다. 그녀는 어금니를 꽉 깨물고 지균에게 달려간다. 현룡과 사이 좋게 약과를 나눠 먹던 지균은 어머니를 보자마자 그대로 얼어붙는다. 휘음당은 아들의 손목을 휘어잡고 다짜고짜 끌고 나간다. 어머니의 무서운 기세에 눌린 지균은 신발 한 짝이 벗겨진 줄도 모르고 질질 끌려간다. 김이 모락모락 올라오는 시루떡 쟁반을 나르던 사임당이 그 모습을 보고 멈칫한다.

"제정신이냐! 학당까지 빼먹고 예 와서 무얼 하는 것이야!"

양류지소 문밖으로 나오자마자 휘음당은 지균을 닦달한다.

"축하를 해줬습니다!"

"네가 왜!"

"친구 집 경사를 축하해주는 게, 뭐가 나쁩니까!"

지균이 어머니의 손을 힘껏 뿌리치며 씩씩거린다. 집안이 쫄딱 망해 친척 집을 전전하던 지난 삼 년, 지균은 중부학당에서 따돌림을 당했다. 잘나갈 때는 친구인 척 찰싹 달라붙던 녀석들이 하루아침에 안면을 바꾸고 그를 괴롭혔다. 공부고 뭐고, 딱 죽고만 싶을 때 현룡이 그의 손을 잡아주었다.

"친구?"

휘음당은 어이가 없다. 삼 년 전까지만 해도 지균과 현룡은 중부학당에서 서로 치고받고 싸우던 사이가 아닌가. 그 일을 계기로 현룡을 중부학당에서 내쫓기까지 했다. 그런데 친구라니! 도대체 그간 아들에게 무슨 일이 있었던 것인가!

"어머닌 제가 무얼 좋아하는지 아십니까?"

"무슨 헛소릴하는 것이냐?"

"말씀해보십시오!"

"당연히 과거급제!"

"아무것도 모르십니다! 아무것도!"

지균이 버럭버럭 대든다.

"내가 누구 때문에 여태 참고 살았는데!"

"그리 사시라 간청한 적 없습니다! 오순도순 밥 한 끼 같이 안 먹는 우리가 가족인 건…… 맞습니까? 제 꿈은! 식구들끼리 다정히 밥 한 끼 먹는 겁니다!"

"그래도 이 녀석이!"

휘음당의 손이 번쩍 올라간다.

"이보시게!"

그 순간 사임당이 지균의 신발 한 짝을 들고 다가온다.

"이걸 흘리고 갔네."

휘음당은 놀라고 당혹스러워, 치켜든 손을 내리지도 못하고 그저 사임당을 노려본다. 마음에 구멍이 생겼다 한들, 미운 건 미운 것이다. 그러나, 사임당은 스스럼없이 지균 앞에 쭈그리고 앉아, 손수 지균 발에 묻은 흙을 털어주고 신발을 신겨준다. 그 모습에 휘음당의 손이 힘없이 툭 떨어진다. 헐레벌떡 뛰어온 현룡이 휘음당의 눈치를 살피다가 지균의 손을 잡고 달려간다. 휘음당은 뒤도 돌아보지 않는 아들이 괘씸하고, 사임당 앞에서 자존심이 상해 죽을 것 같다.

"지균이랑 현룡이…… 우리 애들 어울려 노는 걸 보니, 참으로 보기가 좋았네."

사임당이 손에 묻은 흙을 털어내며 나직이 말한다.

"무슨 말이 하고 싶은 거요?"

휘음당이 씩씩거린다.

"어른들이 아이들만도 못한 듯해. 돌이켜보니, 내게도 잘못이 많았네. 나 역시 자네를 미워하느라, 무엇이 자넬 아프게 한 것인지, 한 번도 알려 하지 않았네. 지난날, 내 자네에게 상처를 주었다면 부디 내려놓아주시게. 나도 그리할 것이니."

"가진 자의 여유요?"

휘음당이 비아냥거린다.

"그리 보였다면 그 역시 미안하네. 다시 한 번 사과하겠네. 용서하시게. 물이 흘러가다 웅덩일 만났거든, 그 웅덩일 채우고 또 흘러가야 하지 않겠는가? 우리 둘 사이의 깊은 골도, 이만 채우고 함께 흘러가는 게 어떻겠는가? 다른 건 다 내려놓고, 우리 아이들만 생각하세. 자네나 나나, 같은 어미의 입장이 아닌가."

사임당이 진심으로 하는 말이라는 걸 안다. 원래가 그런 여자니까. 죽으라고 벼랑으로 밀어버린 사람을 끝끝내 살려준 여자니까. 그래서 미워했던 여자니까. 휘음당은 더 듣지 않고 휙 돌아선다. 사임당에게 등을 보이고 돌아선 그녀의 눈에서 눈물이 후드득 떨어진다. 고래고래 소리를 지르며 패악을 부리고 싶을 만큼 화가 나는데도 마음과 다르게 자꾸 눈물이 난다. 마음에 생겼던 구멍이 점점 커진다. 눈물이 넘쳐흐른다. 우는 모습을 들킬까봐 손을 올려 눈물을 닦을 수도 없다.

그렇게 한참 동안 울다가 집으로 돌아온 휘음당은 술에 취해 집안 살림을 때려 부수는 민치형을 본다. 식구끼리 다정히 밥 한 끼 먹는 게 소원이라는 아들의 말이 가슴에 사무친다.

어스름한 해질녘만 되면 민치형은 속이 부글부글 끓어오른다. 맨 정신으로 버티지 못할 만큼 분노에 휩싸인다. 제 성질을 못 이겨 나는 울화병이다. 약을 하고 술을 마시는 이유다. 그나마도 하지 않으면 벽에 머리를 처박고 죽을 것 같다. 추수가 끝난 들판은 허허벌판이 되었고, 낙엽을 떨어뜨린 나무들이 맨살을 드러내고 있다. 이제 겨울이 오는가. 언제가 봄이었고, 여름이었나. 민치형에게 지난 삼 년은 매 순간이 엄동설한이었다. 지금도 마찬가지다.

들큼한 술 냄새, 기녀 냄새가 물씬 풍기는 운종가 거리를 난봉꾼처럼 휘적휘적 걷고 있는 민치형 앞에 검은 그림자가 나타난다. 검은 삿갓으로 얼굴을 가린 중종과 내금위장이다.

"뱀 굴에서 뱀을 꺼낼 땐, 남의 손을 빌리라 했다. 내 너의 손을 빌려야겠다."

인적이 드문 골목길에 이르러, 중종이 꺼낸 말이다.

"다시 불러주신 은혜, 백골난망하옵니다! 전하를 향한 저의 충심, 한 조각 붉은 마음을 보일 수 있다면, 이 자리에서 제 심장을!"

부복하고 앉은 민치형이 절절하게 외치며 심장이라도 꺼내 보일 듯 가슴을 풀어헤친다.

"너의 심장 말고, 다른 심장이 필요하다."

중종의 음성은 섬뜩할 만큼 차갑다.

"하명만 하여주시옵소서! 이 목숨 다 바쳐 분부 받잡겠습니다."

"사임당! 그리고 의성군!"

짙은 어둠 속에서도 중종의 냉혹한 눈빛만큼은 형형히 빛난다.

"분부 받잡겠습니다!"

민치형은 알 수 없는 쾌감에 온몸을 부르르 떤다.

그 밤, 집으로 곧장 돌아온 민치형은 전장에 나가는 장수가 갑옷을 입듯 비장하게 의관을 갖추고 두루마기의 옷고름을 단단히 여민다. 벽장문을 거칠게 열어 환도를 꺼내 칼날을 살핀다. 마치 피 냄새를 맡은 살인귀처럼 눈알을 번뜩인다.

"아니 됩니다. 나으리!"

황급히 들어와 남편 앞을 막아선 휘음당의 얼굴이 새파랗다.

"비켜라!"

"전하가 어떤 분인지 모르십니까? 이 사냥이 끝나면 사냥개는 솥에 삶겨 죽게 될 것입니다!"

"이 민치형은 달라! 일이 끝나면 누가 전하의 충신인지 아시게 될 것이다!"

"사병도 없이, 무슨 수로 의성군을 친단 말입니까!"

"사병이 없다고? 왜적들이 있지 않느냐."

"왜적은 안 됩니다! 잘못되면 역모의 죄까지 더해져 멸문지화를 당할 것입니다!"

"닥치지 못할까! 이것이 내가 재기할 마지막 기회다!"

민치형은 휘음당의 머리채를 잡고 옆으로 밀쳐버린다.

"나으리!"

휘음당이 민치형의 바짓가랑이를 잡고 늘어진다. 민치형은 몸을 틀어 휘음당의 옆구리를 걷어찬 후, 독기 서린 눈으로 그녀를 노려본다. 그러더니 품에서 서책 한 권을 꺼낸다. 《병선도본》이다. 남편 손에 들린 《병선도본》을 보자마자 휘음당은 등줄기에 오싹 소름이 돋는다.

"네년이 날 속이려 한 죄는 차후 다녀와서 물을 것이다!"

"나으리, 아니 됩니다!"

"이거나 비익당에 던져넣어라! 이겸을 잡을 미끼이니라!"

민치형은 품에서 서찰 하나를 꺼내 휘음당 앞에 던지며 방문을 벌컥 열고 나간다. 남편이 가는 길은 죽음의 길이다. 살을 찢고 나온 자식들의 앞길을 망치는 길이다. 육감이다. 왕이 놓은 덫에 걸린 남편은 사지가 갈가리 찢겨 죽을 것이다. 살려야 한다. 자식들이라도 살려야 한다. 서찰을 줍는 휘음당의 손이 파르르 떨린다.

피 냄새에 취한 민치형은 미친개처럼 헐떡이며 왜적들의 소굴로 찾아간다. 도본을 넘기는 대가로 함께 사냥에 나갈 것을 요구한다. 발정 난 암컷과 수컷이니 손쉽게 잡을 수 있을 거라며 눈을 희번덕거린다. 사람 목숨을 개미 목숨보다 못하게 여기는 왜적들은 민치형의 요구를 흔쾌히 받아들인다. 자, 드디어 사람 사냥이다.

까아아아악!

수진방 뒷골목에서 한 여자의 비명이 들려온다. 연이어 타다다닥 뛰어가는 발소리, 누군가 질질 끌려가는 소리가 이어진다. 하지만 그 누구도 나와 보지 않는다. 그렇게 사임당은 민치형과 왜적들에게 납치된다.

등불 밝힌 비익당 마당이 훤히 들여다보이는 언덕, 흑모란 자수 새겨진 휘장으로 얼굴을 가린 휘음당이 서 있다. 바람에 마른 나뭇잎이 요란한 소리를 내며 구른다. 숲속에 들어앉은 누군가 구슬피 흐느끼는 소리 같기도 하다. 무엇을 잃었기에 저토록 서러운가. 누구를 놓쳤기에 저토록 슬퍼하는가. 휘음당은 곁에 선 나뭇가지를 잡아당겼다가 확 놓아버린다. 나뭇가지는 짧게 울며 제자리로 돌아온다. 하지만 한번 날아간 화살은 두 번 다시 되돌아오지 못할 것이다. 휘음당은 마음을 틀어 모으려 눈을 천천히 감았다 뜬다. 짙고 긴 속눈썹에 밤이슬 같은 눈물이 맺힌다. 그녀의 손이 활시위를 당긴다. 탁! 화살이 날아간다.

바람을 가르며 날아온 화살이 비익당 마당 정자 기둥에 꽂힌다. 달그림자를 바라보며 연못가를 산책하던 이겸은 소스라치며 기둥에 꽂힌 화살을 본다. 화살에는 작은 종이가 꿰어져 있다.

민치형이 사임당을 납치하였습니다. 이는 의성군 당신을 유인하기 위한 것이며, 종국에는 둘 다 죽일 것입니다. 이 일에 왜적 무리들이 연관되어 있습니다. 도화서에서 빼돌린 《병선도본》 또한 곧 왜적들에게 넘어갈 것입니다. 서두르십시오. 초안산에 있는 산채 중 한 곳입니다.

서찰을 읽는 이겸의 손이 부르르 떨린다. 그는 조카 후에게 서찰을 세자 저하에게 전하라 이르고, 사랑채로 달려가 벽에 걸린 검을 꺼내든다. 이번에야말로 반드시 끝장을 볼 것이다! 이겸은 이를 부득부득 갈며 말 등에 올라탄다.

이겸을 태운 말이 초안산을 향해 미친 듯이 달린다. 거센 바람에 말갈기가 날린다. 산세가 험하진 않지만, 수풀이 우거지고 길이 여러 갈래로 복잡하게 얽혀 있어, 잘못 들어가면 빠져나오기가 어려운 산이다.

초안산 초입에 들어선 이겸은 말고삐를 느슨하게 푼다. 달빛조차 스며들지 않은 산은 암흑천지다. 음산한 바람 소리, 산짐승의 울음소리, 멀지 않은 곳에서 들리는 계곡물 소리, 말발굽에 낙엽 밟히는 소리만이 궤궤하게 들려온다. 어둠 속 어딘가에 민치형과 왜적들이 숨어 있을 것이다. 이겸은 말에서 탁 하고 내려선다. 그는 촉각을 곤두세우고 숲길을 헤치며 달려간다. 차츰 눈이 어둠에 익숙해진다. 희미하지만 숲의 윤곽이 보인다. 사임당이 갇혀 있는 산채를 찾아야 한다는 집념으로 두 눈을 부릅뜨고 달린다. 그때, 나뭇가지에 걸려 바람에 나부끼고 있는 쓰개치마가 보인다. 이겸은 재빨리 달려가 쓰개치마를 걷어 들고 냄새를 맡아본다. 묵향과 염료 냄새가 난다. 사임당의 것이 분명하다.

"사임당! 사임당!"

이겸은 쓰개치마를 움켜잡고 주변을 두리번거리며 목청껏 외친다. 그 순간이다. 어딘가에 숨어 있던 왜적들이 달려와 그를 에워싼다. 이겸은 칼집에서 칼을 뽑아들고 경계 태세를 취한다.

"어서 오게, 의성군!"

왜적 무리에 서 있던 민치형이 모습을 드러내며 교활하게 웃는다.

"사임당! 사임당은 어딨느냐!"

민치형을 노려보는 이겸의 눈에서 불똥이 튄다.

"미끼가 좋으니 망둥이가 단박에 무는군!"

민치형이 간악한 표정으로 비아냥거린다.

"사임당은 어딨냔 말이다!"

이겸의 절규하는 목소리에 놀란 밤새들이 푸드득 날아간다.

"먼저 죽여주려다…… 좋은 생각이 떠올랐지 뭔가. 연놈을 단칼에 베어, 광화문 앞에 나란히 효수해주마! 주관화사 연놈들이 사통한 사이였다고!"

"미쳐도 단단히 미쳤구나! 사임당의 머리카락 한 올이라도 건들었다간, 지옥 끝까지 쫓아가 네놈을 갈가리 찢어놓을 것이다!"

이겸이 시퍼렇게 날선 칼을 하늘 높이 치켜든다.

"쳐라!"

민치형의 신호가 떨어지자마자 무기를 손에 든 왜적들이 이겸을 향해 일제히 달려든다. 챙챙챙, 검들이 부딪칠 때마다 푸른 불꽃이 인다. 날카로운 쇳소리와 함께 피가 치솟는다. 태산처럼 강하게 번개처럼 재빠르게 휘몰아치는 이겸의 검이 스친 자리마다 왜적들은 허리를 꺾으며 고꾸라진다. 왜적들을 상대하느라 빈틈이 생긴 이겸의 등을 향해 민치형은 살기를 내뿜으며 칼을 휘두른다. 그 칼에 이겸의 옷깃이 찢겨나가고 검붉은 피가 터져 나온다. 순간 뒤로 물러난 이겸은 숨을 깊게 몰아쉰 후, 사자후를 내뿜으며 민치형을 향해 일격을 가한다. 민치형은 잽싸게 몸을 피하는 척하면서, 동시에 이겸의 빈 공간을 향해 칼을 들이댄다. 두 개의 날선 검이 허공에서 얽힌다.

　"멈춰라!"

　단단히 무장한 거대한 무리의 관군들이 지축을 뒤흔들며 달려와 민치형과 왜적들을 둘러싼다. 세자가 보낸 관군들이다.

　"어찌 관군이?"

　청천벽력 같은 소리에 민치형의 눈빛이 세차게 흔들린다. 계산에 없던 상황에 놀란 왜적들은 잠시 멈칫하더니, 곧 관군들을 향해 칼을 휘두르며 돌진한다. 치열한 접전이다. 여기저기에서 피가 튀고, 비명이 난무하다. 파죽지세로 달려드는 관군들의 칼에 왜적들이 무참하게 쓰러진다. 진퇴양난에 빠진 왜적들이 달아나기 시작하고, 관군들이 그 뒤를 쫓는다.

민치형이 이겸을 죽일 듯 노려보며 마지막인 듯 온 힘을 모아 달려든다. 그러나 이겸이 조금 더 빠르다. 높이 치켜든 이겸의 검이 사선으로 내리꽂힌다. 민치형의 옷깃이 사선으로 찢긴다. 그 사이로 검붉은 선혈이 뚝뚝 흘러내린다.

"하…… 죽는 것인가, 내가?"

칼에 의지해 간신히 몸을 지탱하던 민치형의 무릎이 확 꺾인다. 이겸이 밭은 숨을 내쉬며 민치형을 바라본다.

"재미있군……. 임금은 죽이라 명하고, 세자는 살리고자 군사를 내주고."

"방금! 뭐라했는가?"

민치형의 말에 이겸의 눈빛이 사정없이 흔들린다.

"임금이…… 너희 두 사람의 목숨을 원했다!"

"널 보낸 것이 전하란 말이냐?"

하지만 이겸은 민치형의 대답을 듣지 못한다. 어디선가 날아온 화살 하나가 민치형의 심장에 정통으로 꽂힌 것이다. 민치형은 눈알을 허옇게 뒤집고, 쿨럭쿨럭 피를 토하고, 경련하듯 몸을 부르르 떨면서 땅에 얼굴을 처박는다. 그 위로 투두둑 빗방울이 떨어지는가 싶더니 갑작스레 천둥번개가 몰아친다. 평생을 탐욕 속에 살았던 인간의 비참한 말로 앞에서 이겸은 진저리를 친다.

관군들의 수장인 좌익위가 이겸에게 다가와 왜적들 손에서 되찾은 《병선도본》을 건넨다. 이겸은 도본을 품에 넣으며, 지금 당장 사임당을 찾아야 한다고 말한다. 좌익위는 고개를 끄덕이며 관군들에게 뿔뿔이 흩어져 신씨 부인을 찾으라는 명을 내린다.

시간이 갈수록 빗줄기가 거세진다. 억수같이 쏟아지는 장대비에 손에 든 횃불이 속절없이 꺼진다. 도대체 사임당은 어디에 있는가. 살아 있기는 한 것인가. 이겸은 칠흑 같은 어둠 속을 내달리며 사임당의 이름을 애타게 부르짖는다.

빗물이 질척거리는 땅을 밟고, 산을 반으로 쪼갤 듯한 천둥소리를 들으며, 이겸은 숨이 턱에 차도록 달리고 또 달린다. 산등성이를 수차례 오르내린 끝에 드디어 소나무 군락 틈에서 산채를 발견한다. 칼을 치켜들고 주변을 살피며 산채 입구에 도착한 이겸은 심장이 덜컥 내려앉는다. 산채 입구 앞에서 화살촉에 맞아 죽은 왜적들의 시신을 본 것이다. 혹시 벌써 관군이 다녀간 것인가.

이겸은 부술 듯 거세게 산채 문을 열고 들어선다. 왜인 한 명이 벽에 기대앉아 피를 흘리고 있을 뿐 사임당은 보이지 않는다. 기둥에 묶인 오랏줄이 남아 있는 것으로 보아 사임당이 감금되었던 곳임이 분명하다. 왜인의 목에는 화살촉이 박혀 있다.

"사임당은 어디 있는 것이냐?"

이겸은 간신히 숨을 붙들고 있는 왜인에게 다그쳐 묻는다.

"사임당! 이곳에 갇혀 있던 여인 말이다!"

"휘음당이…… 구출해 갔소…… 살려주시오."

왜인이 피를 토하며 간신히 대답한다. 이겸은 납득할 수 없다는 듯 미간을 찡그린다. 불현듯 비익당 마당에 서찰과 함께 날아든 화살이 떠오른다. 왜인의 목에 박힌 화살을 확인한다. 분명 같은 화살이다. 진정 그 여자가 사임당을 구했는가.

이겸은 살려달라 애걸하는 왜인의 목에 박힌 화살촉을 거침없이 뽑는다. 고통에 몸부림치던 왜인이 서서히 눈을 감는다. 이겸은 짚으로 그의 시신을 덮어주고 밖으로 나온다. 거세게 내리던 비가 어느새 그쳐 있다.

◦

피 묻은 칼을 찬 이겸이 창백한 낯빛으로 궁궐을 둘러본다. 욕망과 배신, 음모와 술수가 난무하는 곳, 관리들의 탐욕과 농간, 야합이 질척거리는 곳, 억울하게 죽은 원혼들이 어슬렁거리는 곳. 어쩌다 이곳에 발을 들여놓았을까. 환멸과 회한이 파도처럼 밀려온다.

이겸은 어둡고 음산한 강녕전 복도를 저벅저벅 걷는다. 길 끝, 왕의 침실 앞에 서 있던 내금위장이 이겸을 가로막는다.

"칼을 내려놓으십시오."

말을 듣지 않는 이겸의 얼굴 위로 내금위장이 칼을 겨눈다.

"칼을 내려놓으시오."

이겸은 손에 쥔 칼을 더욱 억세게 쥔다.

"의성군은 안으로 들라."

침전 안에서 왕의 옥음이 들려온다. 기다리고 있었는가. 이겸은 악감정에 북받쳐 푸르르 떨면서 방문 앞으로 다가간다. 내금위장의 칼이 번쩍, 하는 순간 이겸 손에 있던 칼이 바닥으로 떨어진다. 강하게 마주치는 두 눈빛. 내금위장이 먼저 눈길을 돌리고 작게 묵례한 후 한걸음 물러선다.

촛불 한 자루만이 어슴푸레한 빛을 밝히는 침전, 중종은 금침 위에 좌정해 있다.

"죽이러 온 것이냐, 죽으러 온 것이냐."

문을 벌컥 열고 들어와 망자처럼 서 있는 이겸을 바라보는 중종의 눈빛은 섬뜩하다.

"예까지 왔을 땐, 살고자 온 것은 아니겠지요!"

이겸이 주저 없이 다가와 왕 앞에 앉는다.

"사임당과 저에게…… 어찌 그러신 겁니까!"

원한과 울분 가득한 목소리에 촛불이 일렁인다.

"정녕 그것을 모르겠느냐?"

"전하께선…… 저를 하나밖에 없는 아우이자 소중한 벗이라 하였습니다!"

"그래…… 우리한테 그런 시절이 있었구나."

"궐 안 어디에도 맘 열고 의논할 이가 없다 했습니다! 겸이 네가 그립고 또 그립다 했습니다! 당신 곁엔 오직 저 하나뿐이라 하셨습니다! 한데 왜, 왜 그랬냔 말입니다!"

"역린을 건드렸음이다."

"용상을 노린 것도, 군사를 일으켜 반란을 꾀한 것도 아니었습니다."

"경고했었다. 정치를 하려 들지 말라고! 네놈의 섣부른 이상이 오늘의 화를 자초한 것이다!"

"어찌 귀를 막고 계시는 겁니까! 전하 귀에는 천지를 진동하는 신진사대부의 충언과 백성의 신음이 들리지 않습니까!"

"노회한 반정공신들에 둘러싸여 굴욕과 공포 속에 버티고 또 버티며 용상을 지켜냈다! 사십 년을 한결같이! 왜인 줄 아느냐? 폐주 연산! 임금도 신하 손에 끌어내려져 죽임을 당할 수 있음을, 이 두 눈으로 똑똑히 보았기 때문이다!"

"언제까지 폐주의 그늘에 숨어 계실 겁니까!"

"네 이놈! 무엄하구나! 네놈이 감히, 나를 능멸하는가?"

중종이 기어이 폭발하고야 만다. 그는 노기로 온몸을 부르르 떨다가 보료 밑에서 어도를 꺼내 이겸의 얼굴 위로 휘두른다. 이겸의 손이 칼날을 받아낸다. 칼날을 막은 손에서 핏물이 뚝뚝 떨어진다.

"모든 것은 너희가 자초한 일이다. 나는 이 나라 조선의 사직과 군왕의 존엄을 지키려 했을 뿐."

"닥치시오! 죄 없는 이들의 목숨마저 앗아갈 만큼 그것이 그리 중요하단 말이오!"

이겸이 팔을 휘둘러 중종의 손에 있는 칼을 빼앗아 들고 그의 목을 겨눈다. 이제 끝이다. 반전이란 없다. 왕의 목에 칼을 겨눈 이겸의 눈이 시뻘겋다. 얼굴은 참담하게 일그러지고, 홍염 가득한 눈에는 눈물이 차오른다. 중종이 악의에 찬 눈빛으로 이겸을 노려본다.

"아니 됩니다. 숙부!"

문이 벌컥 열리고 세자 이호가 뛰어들어와 눈물로 호소한다. 아바마마를 살려달라 외치며 이겸의 칼을 몸으로 막아선다. 칼을 쥔 이겸의 손이 위태롭게 흔들린다.

"숙부! 저의 아버지이십니다! 아바마마를…… 아바마마를 살려주십시오! 제발 여기서 멈추십시오……."

이호가 애절한 눈빛으로 이겸을 바라보며 꺼이꺼이 운다. 조선의 미래가 운다. 이겸의 손에 들려 있던 칼이 힘없이 툭 떨어진다. 그는 돌아선다. 다시는 뒤돌아보지 않을 것처럼 무겁게 돌아서서 어둠이 짙게 드리워진 복도로 저벅저벅 걸어 나간다.

"내 너에게 내린 모든 것을 빼앗을 것이다. 네가 지키고자 하는 것 또한 빼앗을 것이다! 똑똑히 지켜보아라. 그다음엔 내 너를, 고통 속에서 천천히 죽어가게 할 것이다!"

그림자 길게 드리우며 꿈결처럼 사라지는 이겸의 등 뒤로 광기 어린 왕의 목소리가 들려온다.

초안산 일이 있은 지 사나흘이 지났다. 가을 막바지에 접어든 날씨는 제법 을씨년스럽다. 산과 들은 맨살을 드러내고, 쩍쩍 갈라진 논과 밭에는 버짐 같은 서리가 앉았다. 사임당은 잿빛 하늘에 해뜩하게 뜬 구름을 멀거니 바라보며 걷다가 문득 뒤를 돌아본다. 휘음당의 아들 지균과 지성이 침울한 표정으로 뒤를 따르고 있다.

'당신이 죽도록 미웠어. 죽이고 싶을 만큼 미웠지만, 하늘 아래 믿을 이 또한 당신뿐이라는 걸 알아. 부디 내 아이들, 불쌍한 내 새끼들, 잘 부탁합니다.'

휘음당이 사임당에게 남긴 마지막 말이었다.

'내 지아비는 어차피 죽임을 당할 것이오. 왜적과 내통한 역모죄로 벌을 받겠지. 그리되면…… 우리 아이들은 관노비로 끌려가게 됩니다.'

오랏줄에 묶인 사임당을 풀어주며 휘음당은 울었던가. 가라고, 뒤도 돌아보지 말고 가라고, 가서 불쌍한 내 새끼들을 살려달라고 사임당의 등을 떠밀던 휘음당의 손은 뜨거웠다. 사임당은 깊은 곳에서 올라오는 눈물을 꾹 참고 지균과 지성 앞으로 다가간다. 하루아침에 천애 고아가 된 아이들의 얼굴에 눈물 자국이 가득하다.

'너희는 이제부터 내 자식들이다. 선과 매창, 현룡과 우를 품듯이 너희를 품을 것이다.'

사임당은 말없이 손을 뻗어 아이들의 눈물을 닦아준다. 그 따뜻한 손길 때문인지 지균과 지성은 또다시 왈칵 눈물을 쏟는다. 사임당은 양팔을 벌려 아이들을 품에 꼭 안고 오래도록 토닥여 준다. 저 멀리 언덕에 서서 이쪽을 바라보는 휘음당이 보인다.

'이보게 휘음당. 다음 생에 만나거든, 마음을 나눌 친한 벗이 되어보세.'

사임당은 휘음당 쪽을 바라보며 소리 없는 마음을 전한다. 소슬바람이 마음을 전한 것일까. 휘음당이 알아들었다는 듯 고개를 끄덕인다. 사임당은 지균과 지성의 어깨를 돌려세워 휘음당을 향해 큰절을 시킨다. 두 아들의 인사를 받은 휘음당은 떨어지지 않는 발길을 돌려 비척비척 걸어간다. 살아 있다면 언젠가 다시 만나게 되리. 아주 오랜 세월이 흐른 뒤, 슬픔도 절망도 더는 한으로 남지 않는 어느 때에, 살아 있다면 다시 만나게 되리.

다행히 선과 매창, 현룡과 우는 지균과 지성을 반갑게 맞는다. 앞뒤 설명 없이 앞으로 함께 살 것이니 형제처럼 지내라는 어머니의 말에 불평 한마디 없다. 사임당은 흐뭇한 미소로 아이들을 바라보다가 일어나 방문을 열고 나온다. 고구마라도 쪄서 아이들 노는 방에 가져다주려고 부엌으로 간다. 그때, 향이가 사립문을 열고 헐레벌떡 뛰어온다.

"아씨, 큰일났습니다요."

향이는 거칠게 숨을 몰아쉬며 금군들이 양류지소로 쳐들어와 현판을 때려 부수고, 지소에 있는 모든 자료들을 가지고 갔다고 말한다. 이 질곡의 끝은 어디인가. 사임당은 향이에게 아이들을 맡기고, 서둘러 양류지소로 달려간다.

양류지소는 그야말로 폐허가 되어 있다. 태풍이라도 몰아친 듯 쑥대밭이 된 작업장을 둘러보는 사임당의 낯빛은 창백하다 못해 파리하게 질려 있다. 건들면 쓰러질 것 같은 모습으로 서 있는 사임당에게 대장이 쭈뼛거리며 다가온다.

"아씨, 금일부터 양류지소를 폐쇄한답니다. 어찌합니까?"

"다들 모이라 이르게. 그리고 준비해둔 것을 가져오시게."

"아씨……."

대장이 안타까운 표정으로 사임당을 본다. 사임당이 중심을 잡으려는 듯 무거운 한숨을 내쉰다. 잠시 후, 사임당의 작업실 안으로 유민들이 가득 들어온다. 하나같이 얼굴에 근심이 서려 있다.

"자네들한테 줄 것이 있네."

사임당이 대장에게 눈짓을 하자, 대장이 들고 있던 함을 열어 그녀 앞으로 가져다준다. 함 속에는 서류가 가득 들어 있다. 사임당은 서류를 한 장씩 꺼내 유민들에게 나눠준다.

"이것이 뭡니까?"

종이 한 장씩을 손에 든 유민들이 어리둥절한 얼굴로 묻는다.

"각자의 고향에, 자네들 이름으로 전답을 사놓았네."

"땅문서? 고향에요?"

"이익이 나면 골고루 나누겠다는 게 애초의 약속이었네. 자네들 덕에 이만큼 살림이 늘었으니 이제 그 약속을 지키는 것일세. 다들 고생 많았네. 어딜 가든 잘들 살아야 하네."

사임당은 영영 못 볼 사람처럼 작별인사를 건넨다. 그런 그녀를 바라보는 유민들의 눈에 눈물이 그렁그렁 맺힌다.

"아씨! 저희랑 함께 떠나십시오. 당분간 몸을 피하시는 게!"

"가족을 두고 어딜 가겠는가. 걱정 말고 어서 떠나게들……."

"부디…… 강건하십시오!"

대장과 유민들이 사임당을 향해 눈물을 흘리며 큰절을 올린다. 목구멍에 풀칠하기도 어렵던 시절, 나라님도 못하는 것들을 해준 사람이 사임당이다. 낫 놓고 기역 자도 모르는 그들에게 글을 가르쳐준 사람도 사임당이고, 노동의 가치를 알게 해준 이도 사임당이다.

'아씨 말씀대로 열심히 살겠습니다. 언제든 불러주시면 달려올 수 있게 열심히 살겠습니다.'

유민들이 눈물을 훌쩍이며 일어나 작업장을 나간다. 사임당은 애써 슬픈을 기색을 감추며, 한 명 한 명을 배웅한다. 마침내, 모두가 떠났다. 피었다가 지는 것이 꽃의 생리이고, 만났다가 헤어지는 것이 인간사가 아니던가.

괜찮다. 다 지나갈 것이다. 홀로 남은 사임당은 부서지고 박살나 여기저기 나뒹구는 세간들을 바라보며 참았던 눈물을 쏟는다.

간신히 마음을 추스르고 일어난 사임당은 반쯤 부서진 양류지소 문을 닫고 저자로 나온다. 어느새 날이 저물어 있다. 스산한 바람이 사임당의 옷깃을 헤집는다. 사임당은 추위에 몸을 부스스 떨며 걸어간다. 그때 한 무리의 사내들이 술 냄새를 풍기며 휘청휘청 지나간다. 민치형과 왜적들에게 납치당했던 일이 떠올라, 머리 끝까지 소름이 돋는다. 사임당은 재빨리 몸을 피해 담 쪽으로 돌아선다.

"의성군을 잡아오면 은자 일만 냥이라며?"

"대체 무슨 죄를 지었기에?"

"역모 죄라네. 임금을 시해하려 했단 소리가 있어."

술주정 같은 사내들의 대화에 사임당은 그 자리에 얼어붙고 만다. 의성군이 역모 죄인이라니! 날벼락을 맞은 듯 아무 생각도 나지 않는다. 머리가 하얗게 굳어간다. 만나야 한다. 얼굴을 직접 보고 들어야 한다. 그녀는 추위도, 공포도 잊은 채 내달린다.

비익당에는 아무도 없다. 굳게 닫힌 대문 앞에는 폐쇄 명령이 붙어 있다. 문은 열리지 않고, 작은 문틈 사이로 보이는 마당에는 낙엽만이 뒹굴고 있다.

"누구 없소. 거기 누구 없소. 진짜 아무도 없는 것이오. 나만 남은 것이오."

사임당은 대문 앞에 주저앉아 끅끅거리며 운다. 옷고름으로 입을 틀어막고 소리 없이 운다. 참담하다. 모든 것이 자신 때문이다.

그림을 그리지 않았다면, 어진화사가 되지 않았다면, 아무 일도 일어나지 않았을 것이다. 뭐가 잘났다고, 그리 욕심을 부렸던가. 꿈꿀 수 있는 나라가 되게 해달라고 했던가. 이 오만한 입술로 그리 말했던가. 그래서 결론이 뭔가. 양류지소는 망하고, 이겸은 도망자 신세가 되지 않았는가. 사임당은 끅끅, 옷고름 사이로 신음을 내뱉으며, 주먹으로 제 가슴을 친다. 다 내려놓겠다. 덧없고 부질없는 욕망의 씨앗들, 산산이 부셔버리겠다. 하나도 남김없이 태워버리겠다. 그러니 하늘이여, 내 님을 살려주소서.

며칠을 쉬지 않고 걸었는지 모른다. 발을 헛디뎌 넘어져도, 악착같이 나뭇가지를 잡고 버티며 오르고 또 올랐다. 땀에 젖고 눈물에 젖으며, 밤인지 낮인지도 잊은 채 걸어온 끝에 금강산 정상에 이르렀다. 사임당은 한발 한발 내디뎌 금강산 비로봉 끝에 선다. 광활하고 신비로운 일만이천 봉우리가 그녀의 발밑으로 끝없이 펼쳐진다. 거칠고 험준하며 강한 기세로 굵은 줄기 끝없이 펼쳐내는 장관을 목도한 사임당의 눈에 눈물이 차오른다. '금강산에 가보고 싶습니다. 여자라고 해서 금강산에 가보지 못한다는 건 불공평합니다.'

안견의 〈금강산도〉를 보며 맹랑하게 떠들던 어린 시절이 떠오른다. 그래, 시작이 있으면 끝이 있다. 여기가 그 끝이구나. 눈물을 닦아낸 사임당은 결연한 표정으로 금강산 일대를 내려다본다. 비로봉 머리끝을 매만지고 지나가던 바람을 온몸으로 맞는다. '괜찮소, 다 괜찮소.' 뺨을 스치고, 옷깃을 스치며 지나가는 바람 속에 이겸의 목소리가 있다. 환청인가. 사임당은 천천히 뒤돌아선다. 그곳에 이겸이 있다. 환영처럼.

"의성군……."

닦아냈던 눈물 자국 위로 또다시 눈물이 흘러내린다. 이겸이 아득한 눈빛으로 그녀를 바라보며 가까이 다가온다. 환영인가 생시인가. 사임당은 이겸을 향해 떨리는 손을 뻗는다. 이겸이 슬프게 웃으며 그녀의 손을 잡고 자신의 뺨에 가져다 댄다. 이겸의 뜨거운 눈물이 그녀의 차가운 손 위로 흘러내린다.

"괜찮으십니까."

"괜찮소."

"진정 괜찮으신 겁니까."

"이제 다 괜찮소."

마주 선 두 사람 사이로 말없는 바람이 지나가고, 주홍빛 노을이 내려앉는다.

두 사람은 어두운 산길을 내려와 잡목 숲이 우거진 암자로 들어간다. 암자를 지키던 스님이 다가와 합장하며 그들에게 묵을 방을 안내한다. 암자 맨 끝 방이다. 스님이 방문을 열어준다. 어두운 방 안에 이불 두 채와 베개 두 개가 나란히 놓여 있다. 부부로 오해한 것일까. 사임당의 낯이 붉어지고, 이겸은 민망함에 헛기침을 한다. 이제 와 아니라고 말할 수도 없다. 사임당은 결심이 선 듯 먼저 방 안으로 들어가 등에 멘 바랑을 내려놓는다. 그 뒤로 한참이 지나서 이겸이 들어온다. 문이 닫힌다.

"초, 촛불을 켜겠소."

엉거주춤한 자세로 문 앞에 쪼그리고 앉아 있던 이겸이 더듬더듬 말한다.

"저는, 요깃거리를 좀 챙겨오겠습니다."

사임당이 부스스 일어나 방문을 열고 나간다. 그제야 이겸은 푹, 긴 한숨을 내쉰다. 살면서 이렇듯 긴장한 적이 있었던가. 목숨을 노리고 달려드는 칼 앞에서도 멀쩡하던 심장이 병든 환자처럼 펄떡펄떡 뛴다. 그는 촛불을 밝히고 앉아 심호흡을 하며 평정심을 찾으려 애쓴다.

역모 죄인으로 수배령이 떨어진 이겸은 중부학당 교수관인 백인걸의 도움으로 은신처에 몸을 숨기고 있었다. 중종에 대한 배신감에 치를 떨면서도 사임당을 향한 걱정으로 도성을 떠날 수가 없었다. 그러던 차에 양류지소까지 폐쇄됐다는 소식을 듣고 눈앞이 깜깜해진 이겸은 사임당의 집으로 달려갔다. 혹시 그녀를 난처하게 만들까 싶어 집 안으로 들어가지 못하고 담벼락 밑에서 서성이고 있을 때, 우물가에서 빨래를 하고 돌아오는 향이를 만났다. 향이는 이겸을 보자마자 빨래바구니를 내팽개치고 달려와 울며불며 그간의 사연을 늘어놓았다. 그리고 마침내, 사임당이 그림이란 그림은 모조리 들고 금강산으로 떠났다는 말을 전했다. 이겸은 그 즉시 백인걸에게 말을 빌려 타고 금강산으로 달려왔다. 아무 생각도 없었다. 죽음에 앞서 단 한 번 그녀를 보고 싶었다. 눈에 가시가 박히도록 한없이 보고 싶었다.

문이 열리고 사임당이 밥상을 들고 들어온다. 갓 지은 포실한 보리밥에 산나물과 동치미가 전부인 소박한 밥상이다. 사람은 둘인데, 밥은 하나이다. 이겸이 숟가락을 들다 말고 사임당을 본다.

"먼저 드십시오. 전 나중에……."

사임당이 손으로 옷고름을 잡으며 주춤주춤 일어난다.

"같이, 드십시다. 여염집 부부처럼 그렇게."

이겸이 사임당의 손을 덥석 잡으며 말한다. 잠시 망설이던 사임당이 이내 자리에 앉는다. 이겸이 빙긋이 웃으며 나물들을 한 곳에 모으고, 자신의 밥을 반쯤 덜어 사임당 앞에 놓는다. 반찬 국물이 묻은 것이 마음에 걸렸는지, 자신의 밥과 그녀의 밥을 바꿔놓는다. 가식도 허례허식도 없는 그 모습에 사임당이 풋, 하고 웃음을 터트린다. 사임당이 웃자, 이겸도 웃는다. 한바탕 웃고 나자 편안해진다. 문득 칼끝을 세우고 덤벼들던 어제까지의 삶이 꿈처럼 아득하다. 사랑하는 이와 함께 밥을 먹는 것, 하나의 촛불 아래 앉아 소소한 시간을 함께하는 것. 이 순간을 위해 그 험한 길을 버티고 달려온 것일까. 두 사람은 말을 아낀다. 지금이 아닌 시간들의 이야기는 부러 비켜가며 드문드문 대화를 잇는다. 마치 말 한마디에 지금 이 순간이 흩어질까 두려워하듯이.

식사를 마친 두 사람은 마루청에 나란히 앉아 달구경을 한다. 속절없이 지나가는 시간이 야속하다. 나뭇가지에 걸려 있는 달은 붓으로 그려놓은 듯 동그랗다.

"달빛이 참 곱구려."

이겸이 나직한 음성으로 말한다.

"달은 참 고단하겠지요. 혼자서 저 어둠에 맞서 세상을 비추고 있으니 말입니다."

사임당의 목소리에 슬픔이 안개처럼 스며 있다.

"달은 언제나 해의 곁을 지키고 있는 것을 아오? 나도 항상 그대 곁에 머물 것이오."

이겸이 농을 건네듯 가벼운 어투로 말한다. 웃으라고 한 말이다. 그녀에게 드리워진 슬픔을 걷어내기 위해 한 말이다. 그런데, 그녀가 운다. 달빛 같은 눈물이 그녀의 볼을 타고 흘러내린다.

"사임당……."

"이만 주무시지요. 피곤합니다."

사임당이 언제 울었냐는 듯 재빨리 눈물을 수습하고, 방으로 들어가버린다.

"한심하기 짝이 없군……."

이겸은 뒷머리를 긁적이며 한숨을 푹 내쉰다.

창호지 문을 뚫고 들어온 달빛이 벽에 기대어 앉아 있는 이겸의
얼굴 위로 출렁인다. 온몸이 불에 달군 듯 홧홧하게 달아오른다.
숨이 가파르게 오르내린다. 일찌감치 이부자리를 펴고 누운 사임
당은 몸 한번 뒤척이지 않는다. 잠들었는가. 새근거리는 숨소리도
들리지 않는다. 혹시 죽어버린 건가. 이겸은 사임당 머리맡으로
조심히 다가가 그녀의 얼굴 위로 손을 뻗는다. 순간, 그녀의 몸이
움찔 경직되는 것이 느껴진다. 이겸은 그녀의 이마에 닿을 듯 말
듯 놓여 있던 손을 거두며 재빨리 뒤로 물러앉는다. 무릎을 세우
고 벽에 기대 앉은 채 얼굴을 쓱쓱 비비며 마른세수를 한다. 입안
에 고여 있던 침을 꿀꺽 삼키는데, 그 소리가 천둥소리처럼 크게
느껴진다. 민망하고 부끄러운 정욕이다. 이겸은 돌연 자리에서 일
어나 문을 열고 밖으로 나간다. 마루에 걸터앉아 멀거니 달을 바
라보노라니, 달떠 있던 몸이 조금씩 식어간다.

바람에 온 산이 쇄아아 소리를 내며 몸을 뒤척인다. 그 소리에
화들짝 놀란 이겸이 눈을 뜬다. 그의 몸을 덮고 있던 도포가 마루
밑으로 떨어진다. 사임당이 나와 덮어준 모양이다. 그런 기척도
느끼지 못하고 잠이 들었다니. 이겸은 부스스 일어나 마루 밑에
떨어진 도포를 집어 들다가 무심코 댓돌 위로 시선을 던진다. 사
임당의 신발이 없다. 순간 머릿속이 하얘진 그는 방문을 벌컥 열
어본다. 이부자리가 말끔하게 개켜져 있고, 구석에 놓여 있던 사

임당의 바랑도 없다. 떠났다! 그녀가 떠나버렸다! 그는 그대로 뒤돌아 어둠을 향해 뛰어간다.

"사임당! 사임당! 어디 있는 것이오. 사임당!"

아직 날이 밝지 않아 깜깜한 산길, 이겸은 초조하고 애타는 마음으로 사임당을 부르짖으며 달려간다. 그때, 비로봉 인근에서 하얀 연기가 올라오는 게 보인다. 그는 마구 달린다. 나뭇가지에 얼굴이 긁히는 것도 아랑곳하지 않고 달리고 또 달려 비로봉에 이른다.

그곳에 그녀가 있다. 활활 타오르는 장작불에 그림을 던져넣는다. 한 장 한 장 불길에 던져지는 그림들이 하얀 재로 빠르게 변해간다.

"안 되오!"

이겸은 정물처럼 서 있는 그녀를 지나쳐 장작불 속으로 뛰어들어 그림들을 꺼낸다. 마치 죽어가는 그녀를 살리려는 듯 불길에 사그라지는 그림들을 맨손으로 집어낸다.

"이게…… 이게 대체 무슨 짓이오! 왜 이러는 것이오?"

반쯤 타다 만 안견의 〈금강산도〉를 들고 이겸이 소리친다. 주검처럼 창백한 사임당의 얼굴 위로 눈물이 흘러내린다.

"저는 돌아가야만 합니다. 이것이 제가 선택한 삶입니다. 공의 손을 잡고 도망치고 싶단 생각…… 했었습니다. 그리 되면 제 아이들은 평생을 추문에 시달리며 살겠지요. 다시는 볼 수 없는 아이들을 그리며, 자식을 버린 어미로 살아갈 자신이 없습니다. 저는 어미의 삶을 선택했고, 이 선택을 후회하지 않을 겁니다. 그러니, 이제 저를 잊으세요. 화가 사임당은 죽었습니다."

사임당은 한 발 두 발 뒷걸음으로 물러나 공손히 묵례하고 뒤돌아선다. 그렇게 사임당은 떠나간다. 망연자실 서 있는 이겸을 외면한 채 어둠 속으로 사라진다. 어둠 속 하나의 점으로 사라지는 그녀의 뒷모습을 바라보던 이겸이 운다. 하늘을 향해 고개를 쳐들고 울부짖는다.

28

지윤은 사임당의 일기를 내려놓고 창을 열었다. 창밖으로 겨울이, 하얗게 내리고 있었다. 하아, 의식적으로 입을 크게 벌려 숨을 길게 뱉어낸다. 하얀 입김이 눈발에 섞여 사라졌다. 눈을 길게 감았다가 떴다. 소화시킬 시간이 필요했다. 방금 전 읽은 일기 내용이 너무 장중해서 머릿속에 새겨진 듯 떠나지 않았다.

일기 속, 사임당은 인생의 정점에 올라 있었다. 사랑도, 예술도, 고통도, 절망도 모두 산꼭대기에 있었다. 그런 면에서 금강산 비로봉은 상당히 상징적이었다. 이글거리며 타는 장작불 속으로 그림을 집어던지며 사임당은 무슨 생각을 했을까. 일반인에게 예술은 일상의 바깥 결에 존재하는 영역이지만, 예술가에게 예술은 삶 그 자체나 다름없다. 화가가 자신의 그림을 태워버린다는 것은, 자신의 삶을 화형시키는 것과도 같다. 사임당은 그림과 함께 불길

속으로 뛰어들고 싶었을 것이다. 생을 등지고 연기처럼 흩어지고 싶었을 것이다. 억누를 수 없는 예술가의 피, 불멸의 열정이 너무 무겁고 고단해서 사라지고 싶었을 것이다.

하지만 사임당은 엄마였다. 선, 매창, 현룡, 우의 엄마였고, 지균과 지성의 양모였다. 이겸의 손을 잡고 도망치지 못한 이유도 엄마이기 때문이고, 미련 없이 삶을 버리지 못한 이유도 엄마이기 때문이리라. 그 마음이 백번 헤아려지고, 마음이 아파와서 지윤은 눈물이 났다.

지윤은 베란다 창을 닫고, 은수가 자고 있는 방문을 열었다. 새근거리며 잠든 은수 옆으로 다가가 누웠다. 아들의 따뜻한 체온이 느껴졌다. 귓가에 닿는 숨소리가 기분 좋았다. 그녀는 아들의 말랑말랑한 볼을 만지며 이마에 입을 맞췄다. 사임당을 살린 것이 자식들이듯, 지윤을 살게 하는 것도 자식이었다. 은수가 아니었다면, 이렇듯 빨리 기운을 차리지 못했을 터였다.

'사랑한다. 사랑한다.'

지윤은 작게 속삭이다가 스르르 잠이 들었다.

꿈속이다. 지윤의 시선이 누군가의 방 안으로 들어간다. 높은 천장, 벽에 걸린 서양화들, 투명한 휘장이 치렁치렁하게 달린 침대, 둥근 테이블 위에 가지런히 놓인 화구들, 붉은색 커튼이 가려진 창으로 어슴푸레 새어 들어오는 달빛, 어디선가 들려오는 하프시코드의 연주 소리. 지윤은 시선 속 공간이 낯설지 않았다.

'여기가 어디더라? 이곳에 와본 적이 있던가?'

생각하는 순간, 한 남자가 달빛 속에 환영처럼 나타난다. 상투를 틀어올린 머리에 철릭을 입은 남자는 처음부터 그 자리에 있었던 사람처럼 신들린 듯 그림을 그리고 있다. 조선 사람이다. 지윤의 시선은 남자가 그리고 있는 그림으로 천천히 다가간다. 마치 카메라 렌즈가 줌인되듯, 그녀의 시선이 그림으로 모아진다. 미인도다!

그 순간, 지윤은 꿈에서 퍼뜩 깨어났다. 꿈속에서 본 장면이 사진처럼 너무나 선명하게 남아 있었다. 유럽으로 보이는 공간에서 미인도를 그리고 있던 조선인 남자, 그가 사임당의 불멸의 연인 이겸임을 알아챈 순간 어떤 전류 같은 것이 지윤의 몸을 타고 흘렀다.

"엄마! 괜찮아요?"

은수의 목소리가 지윤을 현실로 잡아당겼다. 지윤이 정신을 차리려는 듯 눈을 감고 머리를 살짝 흔들고는 아들을 바라보았다. 그녀보다 먼저 깨어난 은수는 엎드려서 화집을 보고 있었다.

"응, 괜찮아. 우리 은수 무슨 그림책 봐?"

"이 그림요. 《플랜더스의 개》에서 네로가 엄청 보고 싶어 한 그림이잖아요. 이 그림 앞에서 파트라슈랑 네로가 죽는데, 너무너무 슬펐어요."

은수가 보고 있던 책은 루벤스의 화집이었다.

"응…… 〈십자가에서 내려진 그리스도〉라는 작품이야."

"그림이 되게 생생해요."

"그렇지? 루벤스 그림의 특징이지. 색채의 명암도 뚜렷하고, 빛을 활용하는 능력도 탁월하고, 작은 물체 하나하나가 다 생동감이 있단다."

"어? 엄마! 여기 이 사람 한복 입고 있어요. 우리나라 사람인가 봐요."

엄마의 설명을 들으며 그림을 넘겨보던 은수가 흥분한 어조로 말했다.

"응?"

은수가 보고 있던 그림은 〈성 프란치스코 하비에르의 기적〉이라는 작품이었다. 검은 사제복을 입은 하비에르*가 각계각층의 사람들 앞에서 설교를 하고 있는 와중에 하늘에서 천사들이 내려와 우상을 파괴하고, 병든 자를 낫게 하고, 죽은 자를 살리는 광경을 담아낸 그림이었다. 은수의 작은 손가락이 그림 속 인물 중 하나를 가리키고 있었다. 상투머리에 관모를 쓰고 철릭을 입은 조선인 남자였다. 지윤은 한복 입은 남자를 유심히 보았다. 순간, 하비에르를 보고 있던 그림 속 남자가 고개를 돌려 그녀를, 그림 바깥에 있는 그녀를 뚫어질 듯 바라보았다. 강렬한 환시에 현기증을 느낀

---

* 프란치스코 하비에르. 가톨릭을 전파한 선교사이며 가톨릭의 성인이다. 루벤스의 그림은 인도 고아와 일본에서 선교활동을 하고 중국 선교를 준비한 하비에르의 활동을 기념한 것이다.

지윤이 숨을 헉, 하고 토해냈다.

"왜 그래, 엄마?"

은수가 눈을 휘둥그레 뜨고 엄마를 바라보았다.

"아무것도 아냐…… 미안."

지윤은 손으로 머리를 쓸어 넘기고 그림을 다시 보았다. 그림은 원래대로 돌아와 있었다. 그때 휴대전화가 울렸다. 혜정이었다. 혜정은 한국미술위원회 협회장한테 연락이 왔다며 오후에 같이 만나자고 했다. 지윤은 알겠다고 대답하고 전화를 끊었다.

물안경처럼 커다란 뿔테 안경을 쓴 협회장은 안경 속으로 점처럼 작은 눈동자를 굴리며 '소설이네요. 이건' 하고 단언했다.

"소설이라뇨!"

혜정이 종이봉투에서 자료를 꺼내 보이며 누가 봐도 16세기 고문서라고 반박했다. 협회장은 16세기 종이에도 소설은 쓸 수 있다며, 재미없는 농담을 했다.

"감정단 꾸려서 제대로 감정해주세요."

지윤이 제법 차분한 어조로 말했다.

"출처도 불분명한 책 한 권 가지고 전문가들 소집한다는 게 말이 됩니까? 게다가 신사임당의 숨은 비망록이라뇨! 어이가 없어서! 돌아들 가세요."

협회장은 코끝까지 내려온 뿔테 안경을 추어올리며 강경하게 말했다.

"혹시, 민정학 교수님이랑 연락하셨나요?"

지윤이 의혹 가득한 시선으로 협회장을 보았다. 순간 협회장은 당황한 듯 안경 속으로 눈동자를 굴리며 일면식도 없는 사람이라고 잡아뗐다.

"정말 실망입니다! 협회장님이 바뀌셨다 해서 뭔가 다를 줄 알았습니다."

그때까지 가만히 앉아 있던 상현이 협회장을 벌레 보듯 하며 언성을 높였다.

"됐어, 상현아. 사람이 거짓말을 하지, 유물은 거짓말을 안 하니까. 언젠간 진실이 밝혀지겠지! 이 책이 진본이라면!"

지윤은 테이블 위에 있던 자료들을 봉투에 모두 집어넣고 자리에서 일어났다. 협회장은 뒤가 켕기는 사람처럼 헛기침을 하더니 신문을 펼쳐 들었다. 상현과 혜정은 혐오스런 눈길로 협회장을 일별하고 지윤을 따라 한국미술위원회 사무실을 나왔다.

협회 사무실을 나온 세 사람은 혜정의 차에 올라탔다. 조수석에는 지윤이, 뒷자리에는 상현이 앉았다. 상현이 뒷좌석에 놓여 있던 화구통을 보며 운전석에 앉은 혜정에게 물었다.

"미인도 꺼내왔어요?"

"거풍擧風 시켜줘야 해. 금고 속에만 말아 넣어두면 그림 다 상해. 지윤이가 가져가라."

혜정이 지윤을 슬쩍 보며 대답했다. 지윤은 말없이 고개를 끄덕이고 창밖으로 시선을 던졌다. 저녁 7시, 퇴근 시간이라 그런지 거리마다 사람들이 빼곡했다. 저들도 부조리한 권력의 횡포에 치를 떨 때가 있었겠지. 저들 중 누군가는 모리배와 내통해서 진실을 외면하기도 했을 거야. 세상이란 원래 선과 악이 공존하는 법이니까. 씁쓸한 현실에 얇은 한숨을 내쉬는 지윤의 어깨를 상현이 툭툭 두드렸다.

"의성군은 어떻게 됐을까요?"

상현의 질문에 지윤은 꿈에 봤던 이겸과 루벤스의 그림을 떠올렸다.

"혹시 이탈리아로 가게 된 건 아닐까? 애초에《수진방 일기》와 미인도가 발견된 곳도 그곳이니까."

지윤이 자신 없는 목소리로 중얼거렸다.

"이탈리아에? 말이 돼, 그게?"

혜정이 끼익, 급브레이크를 밟으며 소스라쳤다. 당연한 반응이었다. 지윤은 막막했다. 꿈, 환시, 환영, 그리고 막연한 추측들. 그녀가 보는 것들은 과학적으로 설명할 수 없는 영역이었다. 머릿속이 진흙탕처럼 뒤죽박죽이었다. 정리할 시간이 필요했다.

"그래요. 당시 이탈리아와 교역이 있었던 것도 아니고…… 조선 땅을 밟은 최초의 서양인 세스페데스도 1593년에야 왔단 말이죠."

상현도 말이 안 된다는 듯 고개를 저었다. 세 사람 사이로 침묵이 안개처럼 피어올랐다. 어느덧 차는 옥인동 골목으로 들어섰다.

"피곤할 텐데 들어가서 쉬어. 월요일 오전에 만나서 앞으로 어떻게 할지 상의해보자."

연립주택 앞에 차를 세운 혜정이 지윤과 상현에게 말했다.

"오전? 출근 안 해요? 선배?"

상현이 가방을 주섬주섬 챙기며 물었다.

"내가 말 안했나? 나 백수 됐잖아."

혜정이 심드렁하게 대답했다.

"뭐?"

지윤과 상현이 동시에 소리치며 물었다. 혜정은 마치 남 얘기를 하듯 박물관장의 사전승인 없이 보존처리와 조사 분석을 했다는 이유로 권고사직을 당했다고 했다.

"혹시…… 민정학이?"

지윤이 사색이 된 얼굴로 물었다.

"왜 아니겠어. 입김이 있었겠지."

"혜정아……."

지윤은 미안해서 죽을 것 같은 얼굴로 혜정을 바라보았다.

"됐어. 내가 너 이럴까봐. 얘기 안하려고 했지. 정의를 위해 싸우다 보면 이런 일이 생기는 거지. 안 그러냐? 한상현?"

혜정이 입술을 크게 벌려 씨익, 웃으며 상현에게 동의를 구했다. 상현은 손으로 혜정의 어깨를 가볍게 툭툭 두드리며 나중에 술이나 한잔하자고 말하고는 차에서 내렸다. 지윤은 무거운 표정으로 혜정을 바라보았다. 이럴 땐 무슨 말을 해야 할까. 혜정은 말하지 않아도 다 안다는 듯 따뜻한 미소로 지윤을 마주 보았다.

"괜찮아. 마음 쓸 일 아니야. 은수 기다리니까, 어서 들어가."

혜정이 화구통을 챙겨주며 지윤의 등을 떠밀었다. 지윤은 차에서 내려 혜정의 차가 골목길을 완전히 빠져나갈 때까지 아주 오래도록 지켜보았다. 그 일 말고는 해야 할 일이 남아 있지 않은 사람처럼. 이 지리멸렬한 싸움에서 이길 방법은 없을까. 정말 이대로 끝장나는 것일까. 그녀의 머리 위로 깜빡깜빡거리던 가로등이 탁, 소리를 내며 꺼져버렸다.

●

늦은 밤, 남 조교는 가로등도 없는 어둑한 골목길을 비치적비치적 걷고 있었다. 빽빽하게 들어선 원룸 건물들과 다세대 주택들이 옹기종기 모여 있는 좁은 골목에서는 하늘도 딱 그만큼만 올려다보였다. 거기에는 달도 별도 없었다. 남 조교는 골목 맨 끝에서 오른쪽으로 커브를 틀어 두 번째로 보이는 다세대 주택 반지하 문을 열고 들어갔다. 곰팡내가 코끝으로 훅 밀려들었다. 벽을 더듬어 형광등을 켜자 어지럽게 널려 있던 살림과 책들이 기지개를 켜듯 그를 맞이했다. 남 조교는 들고 있던 가방을 아무렇게나 던져놓고 매트 위로 벌러덩 누워 낮은 천장을 노려보았다. 습기에 누렇게 변색된 천장이 오만 원권 지폐처럼 보였다.

방을 오만 원짜리 지폐로 도배하면 얼마가 될까? 일 억은 될까? 일 억이면 무엇을 할 수 있을까. 우선 보증금 오백만 원에 월세 이십만 원 하는 이 지긋지긋한 지하 셋방을 벗어날 수 있겠지. 아니 그보다 통풍에 시달리면서 아파트 경비일을 하는 아버지를 편히 쉬게 해드릴 수 있겠지. 취업 준비하랴 아르바이트 해서 학자금 대출 갚으랴 고생하는 동생도 도와줄 수 있을 거야. 무엇보다 민 교수의 수발을 들지 않고도 살 수 있을 거야. 죄책감과 수치스러움에 낯 뜨거울 일도 없겠지. 헛되고 치졸한 망상에 남 조교는 씁쓸하게 웃었다.

그는 오늘 현금 일억 원이 들어 있는 비타민 음료 박스를 한국미술위원회 협회장에게 가져다주었다. 지윤 선배와 혜정 선배, 상현을 엿 먹이려는 민 교수의 수작이었다. 협회장에게 돈을 전달한 후, 남 조교는 화장실 변기통을 붙잡고 속엣것을 모두 토해냈다. 노란 위액이 나올 때까지 모두 게웠다. 속이 울렁거리고 온몸이 가려웠다. 세상이 빙글빙글 돌고 두드러기가 올랐다. 벌써 몇 달째 이런 증상을 겪고 있었다. 이런저런 검사를 해보던 병원 의사는 신체적 문제는 아니라며, 신경정신과에 가보라고 권유했다. 정신적인 스트레스가 원인인 것 같다고. 구토와 두드러기를 유발하는 것이 무엇인지, 남 조교는 알고 있었다. 바로 불의한 일이었다. 의롭지 못한 일을 저지르거나 목격했을 때, 그는 구토를 했고 온몸에 두드러기가 났다. 지윤의 뒤를 캐거나, 집에 잠입해 도둑질을 했을 때도 그랬고, 〈금강산도〉를 탈취했을 때도 그랬다. 선 갤러리 관장실에서 민 교수가 〈금강산도〉를 태워버린 날은 밤새 구역질을 하느라 잠 한숨 이루지 못했다.

그때 일들을 생각하자, 다시 욕지기가 치밀었다. 남 조교는 자리에서 벌떡 일어나 플라스틱 쓰레기통에 고개를 처박고 구토하기 시작했다. 입에서 나오는 거라고는 침과 노란 위액이 전부였다. 속이 비었는데도 여전히 메스꺼웠다. 쓰레기통을 옆으로 치우고 벽에 기대 앉아 숨을 크게 내쉬었다. 입안에서 역한 비린내가 났다.

'미행에, 스토커 짓에, 국보급 문화재 갈취에! 그런 거 하려고 대학원 온 거 아니잖아요. 형들도 민 교수 갑질에 휘둘린 똑같은 피해자야.'

상현의 말이 떠오르자 몸이 스멀스멀 가려워졌다. 눈에 보이지 않는 벌레들이 기어 다니는 것 같았다. 남 조교는 손톱으로 몸을 긁었다. 피부가 붉게 달아오르고, 붉은 개미 같은 반점들이 피부를 덮었다. 멈춰야 한다. 이러려고, 이렇게 살려고 공부한 것이 아니다. 피부가 벗겨질 때까지 몸을 긁어대던 남 조교는 돌연 방바닥에 던져놓은 가방에서 휴대전화를 꺼냈다. 휴대전화에 저장된 녹음 파일을 재생시키자 민 교수의 목소리가 들렸다.

'설마, 이 민정학이가 진작 〈금강산도〉를 없애버렸을 거라 생각했나? 〈금강산도〉 진본, 내가 보여주지!'

남 조교는 이메일 앱을 열고, 지윤의 이메일 주소를 입력했다. 짧은 한숨을 내쉰 후, 음성파일을 업로드하고 전송버튼을 눌렀다.

●

그 시각, 지윤은 책상 앞에 앉아 미인도와 《수진방 일기》의 조각들을 맞춰보고 있었다. 사임당과 이겸은 금강산에서 헤어진 후 어떻게 되었을까. 화가의 삶을 버리고 어머니로서 살기로 작심한 사임당은 수진방으로 돌아갔을 것이다. 그렇다면 이겸은? 지윤은 《중종실록》을 뒤적여보았다. 도화서 총책임까지 맡았던 이겸에 대한 기록은 단 한 줄도 남아 있지 않았다. 마치 누군가 일부러 기록을 삭제한 것 같았다. 미인도와 사임당의 일기는 어떻게 이탈리아로 넘어갔을까? 일기에 끼워져 있던 존 던의 시는 무슨 의미일까? 루벤스 그림 속 한복 입은 남자는 누구일까?

"우리의 영혼은 하나이니, 내가 떠난들 이별이 아니요. 두들겨 얇게 편 금박처럼 그저 멀리 떨어지는 것일 뿐."

지윤은 나지막한 목소리로 존던의 시를 읊었다. 과학적이고 역사적인 사실이 아닌, 무의식과 예지의 세계에서만 보이는 어떤 진실이 있는 것은 아닐까. 육체로 설명할 수 없는, 영혼의 세계, 논리로 증명할 수 없는 환상과 환몽, 상상의 영역은 분명히 존재할 것이다. 하지만 그런 사적 영역을 근거로 세상을 설득할 수는 없다. 〈금강산도〉를 되찾을 수도, 민 교수를 총장 자리에서 끌어내릴 수도 없었다.

지윤은 답답한 마음에 한숨을 푹 내쉬고 미인도를 들여다보았다. 스탠드 형광등 불빛 아래 사임당은 슬픈 눈빛으로 지윤을 응시하고 있었다. 어딘가 절박해 보이기도 했다. 전에는 느낄 수 없었던 표정이었다. 그림이 달라진 것인지, 그림을 보는 시선이 달라진 것인지 알 수 없었다. 고개를 갸웃거리며 그림을 자세히 들여다보는데, 이메일 도착 알림음이 울렸다.

아무런 내용 없이 민 교수의 음성파일만 첨부된 이메일이었다. 지윤은 몇 번이고 듣고 또 들었다. 처음엔 황당했고, 다음엔 실오라기 같은 희망이 풍선처럼 부풀어 올랐다. 새벽 6시, 하늘이 열리고 아스라한 빛이 내려와 어둠을 천천히 지워나갔다. 지윤은 이메일 창을 새로 열어 갤러리 선 관장의 주소를 적었다.

●

선 관장이 메일을 확인한 시간은 오후 3시였다. 〈금강산도〉 진본이 존재한다는 사실이 언론에 알려지면 걷잡을 수 없는 결과가 생길 거라며, 지금이라도 갤러리에 전시된 〈금강산도〉가 위작임을 밝히고 악의 꼬리를 끊고 나오라는 내용이었다. 서지윤이라

331

는 여자는 빈말을 하는 법이 없었지. 진본 〈금강산도〉가 존재한다는 명백한 증거가 있을 터였다. 선 관장은 골똘히 생각에 잠겨 따져보았다. 민 교수는 계산속이 분명한 인간이었다. 훗날을 대비해 진본 〈금강산도〉를 태우는 척 따로 숨겨뒀다면? 선 관장은 손바닥으로 자신의 이마를 탁 치며 자리에서 벌떡 일어나 남편에게 전화를 걸었다.

"민 교수 그 인간, 너무 믿지 말랬지? 민 교수 진본 〈금강산도〉 안 태웠대. 우리 앞에서 쇼한 거라고!"

선 관장은 전화기에 대고 다짜고짜 퍼부었다.

"뭔 개소리야?"

전화기 너머에서 회장이 버럭 화를 냈다.

"민 교수, 당신이랑 나랑 엿 먹이려고 작정한 모양이니까. 내 말 듣고, 그 인간이랑 거리 둬요! 여차 하면 바로 꼬리 자를 수 있게!"

선 관장은 자기 할 말만 하고 전화를 탁 끊어버렸다.

회장은 어처구니가 없다는 표정으로 휴대전화를 뚫어질 듯 노려보았다. 팔은 안으로 굽는 법. 아무리 미워도 아내의 말을 무시할 수는 없었다. 회장은 민 교수에게 전화를 걸었다.

"민정학, 너 〈금강산도〉 진본 안 태웠어? 왜 그딴 소리가 나와!"

"회장님 그 무슨."

"닥치고! 너 〈금강산도〉 위작 판명 나면 감정의뢰서 써준 네가 뒤집어쓰는 거야. 알기나 일아? 토사구팽! 사냥 끝난 사냥개 신세 되는 거라고!"

회장은 민 교수의 대답도 듣지 않고, 전화를 탁 끊어버렸다.

"어떻게 알아낸 거야. 이 인간이? 〈금강산도〉 진본이 있다는 걸!"

민 교수는 휴대전화를 노려보며 혼잣말로 중얼거렸다. 〈금강산도〉 진본이 있다는 사실을 아는 사람은 민 교수 자신과 조교들뿐이었다. 아내에게조차 발설하지 않은 비밀이었다. 혹시 진본을 위작해준 복원가가 떠벌린 건가, 하는 의심이 들었다. 민 교수는 휴대전화를 들고 황급히 총장실을 나가 연구실로 직행했다. 〈금강산도〉 진본의 안전을 확인해야겠다고 생각했기 때문이었다.

연구실 안쪽에 위치한 밀실 문을 열고 들어섰다. 한쪽 벽에 걸린 커다란 액자를 떼어내자 비밀금고가 나왔다. 민 교수는 비밀번호를 눌렀다. 전자음과 함께 금고 문이 열렸다. 금고 안을 확인한 민 교수의 얼굴이 납빛이 되었다.

"〈금강산도〉…… 내 〈금강산도〉!"

경악한 민 교수의 목소리가 부르르 떨렸다. 정신을 차릴 수가 없었다. 그는 떨리는 손으로 휴대전화를 들고 문 조교에게 전화를 걸어 당장 연구실로 오라고 소리쳤다. 잠시 후, 문 조교가 숨을 헉헉거리며 달려왔다.

"부르셨습니까? 총장님!"

"여기…… 여기 있던 〈금강산도〉 어디 갔어?"

민 교수가 문 조교를 향해 벼락같이 고함을 질렀다.

"〈금강산도〉가…… 없어졌네요?"

텅 빈 금고 안을 본 문 조교가 사색이 되어 대답했다.

"남 조교 어딨어?"

"모, 모르겠는데……."

"남 조교 찾아내서 어떻게 된 건지 물어봐. 그리고 연구실에 설치된 CCTV 돌려서, 여기 들락거린 사람들 명단 파악해. 빨리!"

"네!"

문 조교가 후다닥 뛰어나갔다.

"이딴 짓을 꾸밀 사람은…… 서지윤, 서지윤밖에 없어. 건방진 년!"

머리끝까지 화가 난 민 교수는 금고 문을 거칠게 닫아버리고, 지윤에게 전화를 걸었다.

"무슨 일이세요?"

신호음이 울리자마자 지윤의 목소리가 들려왔다. 마치 기다리고 있었다는 듯.

"서지윤, 너!"

민 교수는 지윤의 목덜미라도 움켜쥐듯 휴대전화를 꽉 쥐었다.

"왜 소릴 지르고 이러세요! 귀 안 먹어서 잘 들리니까. 조용히 말씀하세요."

"너, 내 〈금강산도〉 어쨌어!"

"〈금강산도〉라뇨? 교수님이 감정의뢰서까지 쓰신 가짜 〈금강산도〉라면 선 갤러리에서 전시하고 있잖아요? 국보 추진씩이나 하면서 말이에요."

지윤의 비아냥거리는 목소리를 들으며, 민 교수는 그녀의 짓이 분명하다는 확신이 들었다.

"너, 무슨 개수작인지 몰라도 빨리 제자리에 돌려놔. 진본 〈금강산도〉!"

"어머, 진본 〈금강산도〉 안 탔던 거예요? 그러니까 진본 〈금강산도〉를 교수님이 가지고 있었단 소리네요? 저한테 탈취해서 관장실에서 태워버린 건 가짜였나 보죠? 역시 교수님은 가짜 만들어내는 데 탁월한 재주가 있으세요."

"잔말 말고, 〈금강산도〉 진본 내놓으라고!"

"나, 당신 제자 아니니까. 명령질 그만하시죠."

지윤은 사정없이 전화를 끊어버렸다. 끊어진 전화 너머로 민 교수의 고함이 들리는 것 같았다. 그녀는 휴대전화 녹음 파일을 재생했다. 방금 전 통화한 내용이 고스란히 녹음되어 있었다. 이메일에 첨부된 음성파일과 휴대전화의 녹음파일이면 법적 효력은 없더라도, 여론은 조성할 수 있었다. 그녀는 혹시나 하는 생각에 음성파일과 녹음파일 복사본을 만들어서 노트북과 휴대전화에 따로 저장했다. 그때, 전화벨이 울렸다. 은수였다. 친구 집에서 저녁까지 먹고 온다고 했다. 지윤은 고개를 들어 벽시계를 확인했다. 6시가 조금 지나 있었다.

"응. 그럼 엄마가 8시까지 데리러 갈게. 깜깜하니까 혼자 오지 말고 기다리고 있어. 알겠지?"

지윤의 말에 은수는 알겠다고 대답하고 전화를 끊었다. 집안이 풍비박산 난 후, 아들은 학교생활에 통 적응을 못했었다. 그러던 어느 날 방과 후 수업시간에 마음 맞는 친구를 만나게 되었다. 하윤이라는 이름의 아이로, 그림을 잘 그린다고 했다. 취미도 맞고, 성격도 비슷하다고 했다. 하윤에 대해 말할 때마다 은수의 표정이 환해졌다. 다행이었다. 사람으로 인해 고통받고, 사람으로 인해 위로받는 것이 인생이었다. 단 한 명이라도 마음이 맞는 좋은 친구가 있다는 것은 큰 위안이 된다.

은수를 데리러 가기 전에 라면이라도 끓여 먹자 싶어 자리에서 일어나는데, 초인종이 울렸다. 현관문으로 뛰어가며 누구냐고 물었지만 대답이 없었다. 혹시나 싶어 잠금고리 장치를 고정한 후 문을 열었다. 사람은 없고 택배 상자 하나가 문 앞에 놓여 있었다. 그녀는 문을 닫아 잠금장치를 풀고는 다시 문을 열었다. 택배 상자에는 발신인이 적혀 있지 않았다. 상자를 들고 주변을 둘러보았으나 아무도 없었다. 괜스레 심장이 두근거렸다.

지윤은 상자를 거실 한가운데 내려놓고 잠시 바라보았다. 판도라의 상자를 마주한 것 같았다. 상자는 비닐 테이프로 굳게 밀봉

되어 있었다. 상자 속에 들어 있는 것은 희망일까 불행일까. 어느 쪽이든 열어야 한다. 열 수밖에 없으리라. 심호흡을 깊게 한 후 테이프를 뜯고 상자를 열었다.

"허……."

지윤은 그대로 거실 바닥에 주저앉아버렸다. 믿을 수 없었다. 상자 속에 들어 있는 것은 진본 〈금강산도〉였다. 그녀는 떨리는 손으로 〈금강산도〉를 펼쳐 들었다. 이겸과 사임당의 첨시, 비익조 인장, 금강산에서 태워진 흔적이 고스란히 남아 있는 진본. 그녀는 〈금강산도〉를 내려놓고 현관문 밖으로 뛰어나갔다. 그녀의 손 위에 희망을 올려준 이가 누구인지 확인하고 싶었다. 하지만 그곳엔 아무도 없었다.

집으로 돌아온 지윤은 마음을 차분히 가라앉히려 애쓰며 〈금강산도〉를 보고 또 보았다. 갑작스럽게 찾아든 희망에 흥분이 가라앉지 않았다. 저혈당 증상처럼 온몸에 힘이 빠지고 손끝이 파르르 떨렸다. 무엇부터 해야 할지 감을 잡을 수 없었다.

'진정하자. 진정하자.'

주문을 걸 듯 속으로 중얼거리며 〈금강산도〉를 책상 앞으로 가져갔다. 책상 위에는 미인도와 《수진방 일기》가 놓여 있었다. 그녀는 〈금강산도〉를 미인도 옆에 내려놓았다. 그때였다. 미인도가 거짓말처럼 흐려지고 있었다. 보이지 않는 손이 그림을 서서히 지워나가는 것 같았다. 믿을 수가 없었다. 지윤은 차가워진 손으로 눈을 세차게 비비고 다시 그림을 확인했다. 형광등을 껐다가 켜보기도 하고, 미인도를 들고 흔들어보기도 했다. 그림 속 사임당은 천천히 제 모습을 지우고 있었다.

'살려주십시오.'

어디선가 여자의 울음 섞인 목소리가 들려왔다. 지윤은 고개를 쳐들고 방 안을 두리번거렸다.

'의성군을 부디 살려주십시오. 제가 대신 그 벌을 받겠습니다.'

처절한 목소리가 그녀의 귀를 사로잡았다. 지윤은 두 손으로 자신의 귀를 틀어막고 바들바들 떨며 미인도를 내려다보았다. 혼백이 빠져나간 육신처럼, 메마르고 낡은 종이가 책상 위에 올려져 있었다. 그때 어디선가 호흡 같은 바람이 훅 불어왔다. 사임당의 일기가 바람에 날려 몇 장이 넘어갔다. 존 던의 고별사가 적힌 종이가 모습을 드러냈다.

"이겸이 죽어가는 거야…… 내가 그를 살려야 해. 그를 살려서 이탈리아로 보내야 해. 그래. 이겸은 살아서 이탈리아로 갔어. 아마 하비에르를 만났을 거야. 그래야…… 내가 미인도와 《수진방 일기》를 다시 만날 수 있어. 그런데…… 어떻게? 무슨 방법으로?"

지윤은 정신착란을 일으키는 사람처럼 앞뒤가 맞지 않는 말들을 중얼거리며 방 안을 서성였다. 그때였다. 멀쩡하던 형광등이 갑자기 깜빡거렸다. 누군가 빛의 멱살을 잡고 흔들어대는 것 같았다. 클럽 조명처럼 정신없이 깜빡거리던 형광등이 탁, 소리를 내며 꺼져버렸다. 한순간, 어둠에 잡아먹힌 지윤은 손을 더듬어 휴대전화를 찾았다. 버튼을 누르자 액정화면에서 실오라기 같은 빛이 새어나왔다. 7시 40분이었다. 시간을 확인한 그녀는 퍼뜩 정신이 들었다. 아들과의 약속이 떠올랐다.

지윤은 부랴부랴 겉옷을 걸치고 밖으로 뛰어나갔다. 정신없이 연립주택 앞 골목길을 달려갔다. 뭔가 이상하다고 느낀 것은 버스 정류장 앞에 도착했을 때였다. 사람이 한 명도 없었다. 일요일 저녁이라고는 믿을 수 없을 정도로 적막했다. 정류장 근처에 있는 상점들도 모두 문을 닫았고 간판 불도 하나같이 꺼져 있었다. 심장이 두근거렸다. 초조해졌다. 지윤은 옷깃을 세웠다. 차가워진 손을 주머니에 넣고 몸을 웅크렸다. 발밑에서 스멀스멀 안개가 피어올랐다. 푸른 안개였다. 안개는 순식간에 도로변을 잠식했다. 기시감이 들었다.

'언제였지? 분명 이런 경험을 한 적이 있었어. 푸른 안개.'

지윤은 손가락을 빗처럼 펼쳐 강박적으로 머리를 쓸어 넘겼다. 머릿속 기억들을 모조리 끄집어내 간추리고 싶었다. 머리카락 한 가닥이 손가락에 걸려 나왔다. 그 순간 안개가 자욱했던 인천대교가 떠올랐다. 교통사고가 났고, 의식불명의 상태에서 지윤은 사임당의 몸을 빌려 그녀의 삶을 체험했다. 불현듯 푸른 안개 저편에 있는 시간은 사임당의 시간일지도 모른다는 생각이 들었다. 그때, 강한 헤드라이트 불빛이 그녀의 눈을 강타했다. 빛의 폭격을 받은 눈은 제 구실을 하지 못했다. 손으로 눈을 가리고 돌아서는데 고막이 터질 듯한 굉음이 들려왔다. 그녀의 몸이 공중으로 붕 떠올랐다. 고통은 없었다. 의식이 사라지는 가운데, 어디선가 '엄마' 하고 부르는 은수의 목소리가 들리는 것도 같았다.

第六部

빛의 일기

푸르스름한 새벽녘, 이겸은 폐허가 된 비익당 연못가 정자에 앉아 비익조 인장을 새기고 있다. 어린 시절 사임당에게 받은 비익조 인장을 꼼꼼히 확인하면서 전각 칼로 모양을 새긴다. 고통은 없다. 처연한 슬픔만 있을 뿐. 그는 사임당의 선택을 이해한다. 모성이 그녀의 삶을 지탱하는 명분이라면, 평생 그녀를 그리워하며 살아야 하는 것이 그의 명분이다. 이번 생에서는 끝내 그녀를 지울 수 없을 것이다. 육신이 불태워져 영혼만 남는다 할지라도.

마침내 완성한 비익조 인장을 바닥에 내려놓는다. 두 개의 비익조 인장이 나란하다. 암수가 한몸이 되어야 비로소 훨훨 날 수 있는 새, 비익조가 드디어 한몸이 되었다.

이겸은 두 개의 비익조 인장을 줄에 매달아 목에 걸고 부스스 일어난다. 죽음에 대한 공포를 지우자 마음이 바람 없는 호수처럼 적요해진다. 그는 반쯤 불태워진 안견의 〈금강산도〉를 도포 안쪽에 소중히 넣고 비척비척 마당을 걸어 나간다. 대문을 열고 거리로 나선다. 이겸의 얼굴을 아는 행인들이 힐끔힐끔 그를 본다. 그는 걷는다. 〈금강산도〉에 적힌 사임당과의 추억과 비익조 인장에 새겨진 사임당을 향한 사랑만 간직한 채 걷는다. 한 걸음씩 앞으로 옮길 때마다 삶을 향한 애착을 하나씩 버린다.

입을 쩍 벌린 궐문은 저승문처럼 음산하다. 이겸은 저승길을 걸어가듯 궐문 안으로 들어선다. 문을 지키던 관군이 창으로 그를 막아선다.

"웬 놈이냐!"

"대역죄인 이겸이 돌아왔다 전하라!"

이겸은 삿갓을 벗어던지며 벽력처럼 소리친다. 그 기세에 눌린 관군들이 뒤로 주춤 물러선다. 이겸은 결연한 표정으로 고개를 빳빳이 든다.

의금부로 압송된 이겸은 옥사에 갇힌다. 한낮임에도 옥사는 어둑하고 축축하다. 손바닥만 한 들창에서 실오라기 같은 빛이 간신히 들어와 정좌해 있는 이겸의 얼굴을 비춘다. 빛 아래로 드러나는 그의 표정은 초연하다. 저벅저벅 발소리가 가까워진다.

"어찌 다시 돌아온 것인가……."

음산한 중종의 목소리. 이겸은 고개를 들어 물끄러미 왕을 바라본다. 왕의 눈빛은 텅 비어 황량하다. 죽으러 온 사람은 나인데,

왜 당신이 그런 황폐한 얼굴을 하는가. 이겸은 시선을 내리깔고 나지막한 목소리로 사약을 받고자 왔다고 답한다.

"사약을…… 받겠다?"

"예."

"고얀 놈! 사약은 네놈이 받는 것이 아니라 과인이 내리는 것이다! 네놈을 죽이고 살리는 일은 과인이 결정한단 말이다!"

"뜻대로 하소서 전하……."

"뜻대로 해라?"

중종은 눈을 부릅뜬다. 죄인의 몸으로 옥사에 갇힌 주제에 어찌 이리 당당한가. 이겸을 향한 왕의 시선에 독이 오른다. 그때 옥사 밖에서 여인의 절규가 들려온다.

"의성군을 풀어주십시오! 저를 가두십시오! 의성군은 죄가 없습니다!"

사임당이다. 담담하던 이겸의 눈빛이 흔들린다. 성난 옥음에도 끄떡하지 않던 이겸이 여인의 흐느낌에 무너지고 있는 것이다.

"참으로 애절하지 않으냐. 저 여인의 외침이……."

중종이 비릿한 미소를 지으며 이겸을 노려본다. 이겸의 눈시울에 눈물이 가득 차오른다.

"대역죄인 이겸에게 어서 사약을 내려주소서! 젊은이들을 현혹시켜 혹세무민한 죄! 서투른 이상으로 정치를 하려 한 죄! 조선의 예악을 책임지라던 비익당에서 붕당을 꾀한 죄! 그 모든 죄를 인정하겠나이다! 하오니 부디, 사임당과 그 가족만은…… 지켜주십시오!"

이겸은 피를 토하는 심정으로 왕 앞에 무릎을 꿇어 엎드린다. 인생은 어차피 한번 피는 꽃, 잠깐 피었다 도로 떨어지는 것이니, 억울할 것도 겁날 것도 없소. 무성한 꽃잎에 기뻐 날뛸 일도 없고, 꽃잎 떨어진다 한들 통곡할 필요도 없소. 그러니 그대여, 나를 위해 울지 마시오. 죽음보다 더한 것도 그대 향한 내 마음 훼손시킬 수 없으니, 나로 인해 고통받지 마시오. 이제 더는 그대 눈물 닦아줄 수 없으니, 그만 눈물을 거두어주오. 이겸은 전하지 못할 말들을 삼키며 뜨거운 눈물을 뚝뚝 흘린다.

"겸아…… 나는 저 여인을 건드릴 생각이 없다. 대신, 평생을 고통 속에 살게 할 것이다! 자신을 대신하여 네놈이 죽음을 선택했다는 그 죄책감 속에서 영원히!"

왕의 서늘한 말에 이겸이 고개를 든다. 이를 악물고 원망 어린 눈빛으로 용안을 바라본다.

"네놈도 곧 소원대로 죽여주마! 하나, 결코 편안하게 보내주진 않을 것이야!"

중종은 싸늘한 한마디를 남기고 등을 돌려 옥사 밖으로 나간다. 옥사 밖에 엎드려 통곡하던 사임당이 헐레벌떡 뛰어와 왕 앞에 납작 엎드린다.

"전하! 의성군을 부디 살려주십시오. 제가 그 벌을 대신 받겠습니다."

사임당은 상처받은 새처럼 떨면서 읍소한다.

"참으로 눈물겨운 광경이로군. 너는 겸이를 위해, 겸이는 너를 위해 서로를 죽여달라 간청하니 말이다!"

중종은 가소롭다는 듯 사임당을 바라보다가 엄한 목소리로 명령한다.

"대역무도한 죄인 이겸, 의성군의 직위를 박탈하고…… 5월 보름 오시*를 기해서, 탐라로 유배를 명하노라. 그 전에는 그 어떠한 면회도 금한다!"

중종은 오물을 바라보듯 사임당을 일별한 후, 뒷짐을 지고 의금부 마당을 가로질러 사라진다.

"전하…… 통촉하여주시옵소서……."

사임당은 목이 갈라지도록 울부짖는다. 한이 맺혀도 참고 살다 보면 괜찮은 날이 오리라 믿었다. 가슴에 피멍이 들고 살갗이 쩍쩍 갈라지는듯한 고통의 나날이 지나면, 육신이 늙고 영혼에도 주름이 생기겠지 싶었다. 아픔도 슬픔도 그리움도 주름 속에 묻힐 거라 여겼다. 그래서 버릴 수 있었다. 뒤도 돌아보지 않고 당신을 떠날 수 있었다. 그것만이 당신을 살리고, 나를 살리는 길이라 생각했다. 그런데 어찌하여 당신은 다시 그곳에 갇혔는가. 왜 나를

* 吾時, 11~13시.

347

버리지 못하고, 나로 인해 죽음을 선택하는가. 내 무엇을 더 버려야 당신을 살릴 수 있는가. 간절히 기원하면 그 뜻이 하늘에 닿아 이루어진다고 했거늘, 나의 간절함이 부족한 것인가. 하늘이시여, 내 님을 살려주소서.

사임당은 자신의 가슴을 쥐어뜯으며 울고 또 운다. 사임당의 기도에 감읍한 듯 하늘이 안색을 바꾼다. 먹구름이 하늘을 뒤덮고 천둥이 친다. 후드득후드득 빗방울이 떨어진다.

사임당의 처절한 울음은 거센 빗소리에 가려진다. 바닥에 엎드려 온몸을 흔들며 오열하는 여인의 등허리에 빗줄기가 뭇매처럼 떨어진다. 옥사를 지키던 관원들은 갑작스럽게 몰아치는 거센 비바람에 놀라 처마 밑으로 들어가 몸을 사린다. 창천이 열린 듯 쏟아지는 빗줄기를 고스란히 맞고 있던 사임당의 가냘픈 몸이 쓰러지고 만다. 의식이 점점 흐려져 빗물에 녹아내린다.

사방이 온통 바람꽃처럼 새하얗다. 높이도 넓이도, 처음도 끝도 없는 공간이다. 여기는 어디인가. 저승인가 혼몽인가. 사임당은 어리둥절한 표정으로 사방을 두리번거린다. 눈이 부시다. 허방을 짚고 있는 듯 발밑이 허전하다. 덜컥 겁이 난다. 그때 저만치에서 누군가 걸어온다. 여인이다. 한 걸음 한 걸음 가까이 다가오는 여인의 모습에 사임당은 뒤로 주춤 물러선다. 낯익은 얼굴이다.

아는 사람이다. 어디서 보았는가. 사임당은 여인의 얼굴을 물끄러미 응시한다. 불현듯 떠오른다. 거울 속이다. 여인의 얼굴을 거울 속에서 보았다. 사임당의 눈이 휘둥그레진다. 머리 모양도 다르고 의복도 아주 이상하지만, 분명 눈앞에 서 있는 여인은 사임당 자신이다.

"사……임당?"

여인이 꽃잎 같은 입술을 연다.

"저를 아십니까?"

"조금…… 아니, 어쩌면 많이요…….."

"꿈을 꾸고 있는 건가요?"

"그럴 수도…… 아닐 수도…….."

여인의 애매모호한 답변에 사임당은 얕은 한숨을 쉬고 다음 질문을 잇는다.

"누구십니까, 당신은?"

"아주 먼…… 미래에서 왔습니다. 당신이 쓴 일기를 통해서요."

"일기?"

"지애지비극천 한심이단장 불사주야삭간고혈至哀至悲極天 恨深而斷腸 不舍晝夜鑠肝枯血. 지극한 슬픔은 하늘에 이르고 깊은 한은 애를 끊어 밤낮으로 간혈肝血이 녹아내리니…….."

"그것을 어찌?"

사임당이 크게 놀라 묻는다. 여인의 표정이 어쩐지 슬퍼진다.

"의성군을 살릴 수 있어요! 아니, 꼭 살려야만 합니다!"

사임당을 바라보는 여인의 눈빛에 연민이 가득하다.

"어찌하면 좋을지…… 그 방도를 모르겠습니다!"

"의성군은 비단길을 따라 아주 먼 이국, 이탈리아라는 곳에 가서 동방의 화가로 살게 됩니다! 당신이 그를 무사히 탈출시킬 수만 있다면 말입니다!"

"이……탈리아?"

"어느 것에도 속박받지 않고 예인들이 꿈을 펼칠 수 있는 머나먼 이국입니다. 이탈리아!"

"이탈리아……."

"그러려면 임인년1542년 5월까지 천축국 고아*라는 곳에 도착해야 하고요! 그곳에서 방제각方濟各, 그러니까 하비에르르라는 색목인 선교사를 만나야 합니다. 그래야만 의성군이 천수를 누릴 수 있어요!"

"방제각? 천축국 고아……."

알 수 없는 말들만 늘어놓던 여인은 자신의 손목에 있던 팔찌를 풀어 사임당의 손목에 끼워준다. 비단실로 수놓은 패랭이꽃 팔찌다. 여인은 사임당의 손바닥에 생전 처음보는 필기구로 언문을 휘갈겨 써준다.

---

* 천축국(天竺國)은 인도의 옛 이름이며, 고아(Goa)는 인도 서부 연안에 위치한 지역이다.

"이게 다 무엇입니까?"

여인은 대답 없이 사임당의 두 눈을 똑바로 바라본다.

"의성군을 살려달라는 당신의 간절한 기도가 우리를 만나게 한 겁니다!"

말을 마친 여인이 살며시 미소 짓는다. 그 미소가 너무도 애달프고 슬퍼 사임당의 눈시울이 붉어진다. '어머니! 어머니!' 멀리 어딘가에서 아이들의 목소리가 메아리처럼 울린다. 자신을 찾는 아이들의 목소리에 사임당이 주위를 두리번거린다. 여인이 사임당의 손을 덥석 잡는다.

"시간이 없습니다! 임인년 5월, 천축국 고아! 그리고 방제각! 꼭 기억하십시오!"

여인이 간절한 어조로 거듭 강조한다. 사임당은 자기도 모르게 고개를 끄덕인다.

"어머니!"

가까워진 아이들의 목소리에 사임당이 고개를 들어 돌아본다.

서서히 의식이 돌아온다. 속눈썹이 파르르 떨린다. 천천히 눈을 뜬다. 빛이 스며든다. 다시 눈을 감는다. 몸의 감각이 되살아난다. 아이들의 흐느끼는 소리가 들려온다.

"정신이 드십니까, 어머니!"

매창의 목소리다.

"어머니!"

현룡과 우의 울기 어린 목소리가 사임당의 의식을 강하게 붙든
다. 사임당은 감았던 눈을 간신히 뜨고 주변을 둘러본다. 집이다.
이불 속에서 팔을 빼고 꽉 쥔 주먹을 펼치자 꿈속 여인이 써준 글
씨가 손바닥에 선명하다. 손목에 패랭이꽃 팔찌도 채워져 있다.
아직도 꿈을 꾸는 것인가. 현실과 비현실의 경계가 모호해 혼란스
럽다.

"어머니, 괜찮으십니까?"

현룡이 울먹거리며 묻는다.

"좀 일으켜다오."

현룡과 매창이 어머니를 부축해 일으켜 앉힌다.

"내가 어찌 이곳에 있느냐?"

"의금부 옥사 앞에 쓰러지신 어머니를 관군들이 부축해 예까지
모시고 왔습니다. 어머니, 진짜 괜찮으신 겁니까? 어찌하여 그곳
에서 쓰러지신 겁니까?"

매창의 말을 들으며, 사임당은 손바닥의 글씨와 패랭이꽃 팔찌
를 내려다본다. 기억이 선연하게 되살아난다.

"임인년 5월, 천축국 고아! 그리고 방제각⋯⋯."

사임당은 여인이 거듭 강조했던 말을 떠올리며 나직하게 되뇌
어본다.

"네?"

현룡이 눈을 동그랗게 뜨고 묻는다.

"아무것도 아니다. 잠깐 나가 있어라."

아이들은 어리둥절한 표정으로 고개를 갸웃거리며 방문을 열고 나간다. 혼자 남은 사임당은 문고리를 숟가락으로 단단히 걸어 잠근다. 벽장 문을 열고 서책 한 권을 꺼낸다. 책을 펼치자 아버지가 모사해둔 중종의 시가 적힌 고려지가 나온다. 사임당은 시가 적힌 종이를 곱게 접어 품 안에 넣고 자리에서 일어나 쓰개치마를 집어든다. 세자 저하를 만나기 위해, 그녀는 분연히 집을 나선다.

금강산에서 내려온 후, 사임당에게는 많은 일이 있었다. 가산은 몰수되었고, 가족들은 집 안에 감금되었다. 의금부 관원들이 무장한 채 밤낮으로 집을 지켰다. 아이들은 학당에도 못가고, 나무를 캐러 가지도 못하고, 우물에도 가지 못했다. 그렇게 꼬박 두 달을 살았다. 남몰래 담장 너머로 음식보따리를 던져주는 폐비 신씨의 도움이 없었다면, 그녀와 가족들은 모두 굶어 죽었을 것이다. 이대로 딱 죽겠구나 싶을 때, 감금 조치가 풀렸다. 빼앗겼던 가산도 돌려받았다. 아이들은 기뻐 날뛰었지만, 사임당은 마냥 좋아할 수 없었다. 불안한 예감에 사로잡혔다. 아니다 다를까, 이겸이 의금부에 갇혀 있다는 소식이 들렸다. 말하기 좋아하는 사람들은 이겸이 사약을 받게 될 거라고 했다. 그야말로 하늘이 무너지는 소식이었다. 그녀를 살리기 위해 이겸이 죽음을 선택한 것이다. 사임당은 만사를 제치고 의금부로 달려갔다. 창자가 뒤집어지도록 울부짖었으나, 이겸의 얼굴조차 보지 못했다. 대신, 섬뜩하리만치 차가운 중종의 얼굴을 보았다. 살기 가득한 눈빛을 보고서야, 사임당은 확실히 깨달았다. 중종이 이겸을 죽이려 한다는 것을.

"무엇입니까. 이 시는!"

이호는 혼란스럽다는 듯 이맛살을 찌푸리며 사임당을 본다. 그의 손에는 사임당에게 받은 중종의 시가 들려 있다.

"전하께서 저의 선친께 내리셨던 시입니다."

사임당이 머리를 조아리며 아뢴다.

"아바마마께서!"

"기묘년에 쫓겨난, 축신들에게 내리셨던 시입니다. 하나, 그 시는 세상에 나와서는 아니 되는 내용이었습니다. 그로 인해 저의 선친을 포함, 이 시를 받았던 신하들 모두가 죽임을 당했습니다."

"아바마마께서 정말 그리하셨단 말입니까?"

"저의 선친을 비롯, 수많은 목숨들이 이 시로 인해 죽어갔습니다. 전하와 의성군, 제가 얽힌 인연들도 이 시로부터 시작됐고요. 마지막 남아 있던 모사본을, 저하께 바칩니다! 태워버리소서! 그리고!"

사임당은 간절한 눈빛으로 세자를 바라보며 말을 잇는다.

"의성군을 살려주십시오."

"……"

"저하······."

"나는······ 힘이 없습니다."

이호가 비통한 목소리로 말하며 시선을 피한다.

"저하께서 도와주신다면, 제게 방책이 있습니다! 조선 사람 그 누구도 모를 머나먼 이국으로 의성군을 보내겠습니다!"

"조선 사람 그 누구도 모를 머나먼 이국?"

"예. 부디 도와주십시오."

이호는 선뜻 대답하지 못한다. 그 역시 누구보다 이겸을 살리고 싶다. 이겸만 살릴 수 있다면, 무슨 짓이든 할 것이다. 그러나 아버지를 배반할 수는 없다. 세자 자리에 연연해서가 아니라, 자식된 도리로 아버지의 뜻을 저버릴 수 없는 것이다.

"한때는 저하와 뜻을 함께한 동지이지 않으셨습니까! 의성군이 저대로 죽도록 두고만 보실 것입니까, 저하!"

세자의 의중을 파악한 사임당이 눈물을 흘리며 간곡하게 호소한다. 이호의 눈빛이 흔들린다.

강산이 푸르고 하늘은 청명하다. 꽃이 흐드러지고, 나뭇잎이 무성하다. 농부들은 논밭으로 나가 손발이 닳도록 일하고, 보부상들은 봇짐을 짊어지고 산으로 들로 쏘다닌다. 백정은 소와 돼지를 잡고, 기생들은 거울 앞에 앉아 화장을 한다. 턱수염을 쓰다듬던 양반들은 서책 앞에서 꾸벅꾸벅 졸고, 광대들은 외줄 위에 올라 춤사위를 벌인다. 거지들은 너나없이 모여 다니며 구걸하고, 오줌싸개 아이들은 키를 쓰고 소금을 얻으러 다닌다. 하늘이 무너지고 땅이 꺼지는 슬픔에 죽을 것 같던 순간도 있었으나, 사람들은 죽지 않고 여전히 어제와 같은 모습으로 오늘을 살아간다. 망각하기 때문이다. 잊을 수 있기에, 사람은 살아진다. 백치가 되지 않고서는 살아갈 수 없기에 잊으려 노력한다.

하지만 이겸은 무엇 하나 잊고 싶지 않다. 누구로 인해, 누구를 위해 고통스런 눈물을 흘렸는지, 죽는 순간까지 기억하고 싶다. 기억한다는 것은 살아 있다는 증거다. 오라에 묶인 채 유배지로 압송되는 와중에도 그는 자신의 삶이 불행하지 않다고 여긴다. 자신의 모든 것을 내던질 만큼 사랑하는 이가 세상에 존재한다는 것, 그녀와 함께했던 모든 순간을 기억하고 있다는 것, 그것이 그를 숨 쉬게 한다. 사임당…… 이겸은 오래된 습관처럼 사임당의 이름을 불러본다. 까끌까끌했던 입안에 침이 고인다. 메마른 입술이 촉촉해진다. 그녀를 생각하는 것만으로, 그녀의 이름을 부르는 것만으로 삶이, 살아진다.

"물렀거라! 물렀거라! 죄인 호송 중이다!"

길 양옆으로 늘어선 구경꾼들이 술렁거린다. 누군가는 동정의 눈물을 흘리고, 누군가는 조롱의 돌멩이를 던진다. 돌에 맞아 이마가 깨지면서도 이겸은 의연하다. 눈빛 하나 흔들리지 않는다.

그 무엇도, 그 어떤 말도, 그의 마음을 훼손시킬 수 없다는 듯.

이겸을 태운 수레가 도성을 지나 교동에 이른다. 나직한 산길을 오르고 벼랑길을 지난다.

"잠시 쉬어가겠다."

내금위의 명에 수레가 멈춰 선다. 금군들을 호령하던 내금위장이 말에서 내려 이겸이 갇혀 있는 함거로 천천히 다가온다.

"갈 길이 머니 여기서 쉬었다 가시는 게 어떻겠소?"

내금위장의 말에 이겸이 소리 없이 웃는다.

"탐라로 가는 유배 길은 지나쳐 온 것이 아닌가. 도중에, 죽이라 명하신 게요?"

이겸의 예리함에 허를 찔린 듯 내금위장이 시선을 피하며 헛기침을 한다.

"의성군은 탐라로 유배되던 중 탈주를 시도하다 죽었다! 이것이 전하의 계획이로군."

이겸은 해탈한 표정으로 고개를 끄덕이며 중얼거린다.

"잠시 내려주십시오."

내금위장이 무표정한 얼굴로 함거를 연다. 이겸은 당당하게 함거에서 내린다. 회한은 없다. 그저 그의 죽음에 아파할 사임당이 가슴 아플 뿐이다. 이겸이 함거에서 내리자, 내금위장은 별안간 전력을 다해 함거를 벼랑 쪽으로 민다. 곁에 있던 금군들이 놀란다. 이겸 역시 의아한 눈빛으로 내금위장을 바라본다.

"와서 거들라!"

내금위장이 어리둥절해 있는 금군들을 향해 소리친다. 금군들은 서로 눈치를 살피며 함거 쪽으로 다가가 힘을 합쳐 민다. 우르르 쾅! 함거가 벼랑 아래에 떨어져 산산조각 난다.

"죄인 이겸을 호송하던 함거는 바퀴가 빠져 벼랑길로 굴러떨어진 것이다! 따라서 죄인 이겸 또한 같이 즉사하였다! 알겠느냐!"

내금위장이 금군들을 향해 단호하게 명령한다.

"내금위장?"

갑작스런 상황에 놀란 이겸이 내금위장을 부른다. 내금위장은 이겸을 잠시 바라보다가 다시 금군들을 향해 시선을 돌린다.

"알겠느냐!"

내금위장의 강한 기세에 금군들이 기어드는 목소리로 작게 대답한다.

"조선 금군의 목청들이 어찌 이 따위란 말이냐! 다시!"

내금위장이 벽력같이 소리친다.

"네!"

그제야 금군들이 커다란 목소리로 대답한다. 그때 요란한 말발굽 소리가 들려온다. 이겸은 고개를 돌려 다가오는 한 무리의 사내들을 바라본다. 세자 곁을 지키는 좌익위와 그의 부하들이 말에서 내려 다가온다.

"너희는 오늘 아무것도 보지 못했으며, 그 어떤 기억도 떠올려

선 아니 될 것이다! 나의 명을 어기는 자는 이 검이 용서치 않을 것이다!"

내금위장은 좌익위와 시선을 주고받은 후, 금군들을 향해 엄하게 말한다.

"예!"

금군들이 힘차게 대답한다.

"의성군 대감을 모시고 가게!"

내금위장이 좌익위를 향해 말한다.

"내금위장!"

내금위장을 바라보는 이겸의 눈이 촉촉하게 젖어 있다.

"전하를…… 용서하십시오."

내금위장은 이겸을 향해 예를 갖춰 묵례한 후 말에 오른다.

"가자!"

금군들이 내금위장을 따라 왔던 길로 되돌아간다.

"어서 움직이셔야 합니다. 이는 세자 저하의 뜻입니다."

좌익위의 재촉에, 이겸은 말에 오른다.

서해 먼바다 위로 노을이 검붉다. 바다에 작은 쪽배 한 척이 떠 있다. 노를 잡은 사공이 저 멀리 노을을 향해 시선을 던진다. 바닷바람이 불어와 사공의 볼을 스치고 지나간다. 바다에 뜬 쪽배도,

노를 잡은 사공도 하나의 풍경으로 녹아든다. 머지않아 이겸도 저 풍경 속으로 사라지겠지, 하고 사임당은 생각한다.

사임당은 바랑 하나 손에 든 채 부둣가에 서 있다. 이제나저제 나 이겸이 오기만을 기다리는 중이다. 혹시 오는 길에 잘못된 것 은 아닌가. 불안하고 초조하고 애가 탄다. 그때, 저 멀리 말을 타 고 달려오는 이겸의 모습이 보인다. 불안하던 마음이 사라지자, 슬픔이 솟구친다. 점점 가까워지는 이겸의 모습에 눈물이 왈칵 쏟 아진다. 울면 안 된다. 웃으면서 보내야 한다. 사임당은 옷고름으 로 눈물을 훔치고 환하게 웃는다. 이겸이 말에서 뛰어내려 달려온 다. 격정적으로 달려온 이겸이 사임당을 힘껏 끌어안는다. 허리가 꺾이고 온몸이 으스러진다. 사임당의 손에 쥐여 있던 바랑이 바닥 으로 떨어진다. 그녀의 손이 그의 등허리를 안는다. 그의 거친 숨 결이 그녀의 목덜미에 닿는다. 쿵쾅거리는 심장 소리는 누구의 것 일까. 사임당은 이겸의 가슴에 귀를 대고 그의 심장 소리를 듣는 다. 살아 있음이 느껴진다. 울컥, 눈물에 목이 멘다. 그의 커다란 손이 그녀의 뒷머리를 쓰다듬는다. 울지 마시오, 울지 마시오. 달 래고 토닥인다. 그녀가 고개를 들어 눈물이 그렁그렁 맺힌 눈으로 그를 바라본다. 그의 눈에도 눈물이 맺혀 있다. 그의 손이 그녀의 볼을 타고 흘러내리는 눈물을 닦아준다.

"사임당……."

이겸의 다정한 목소리에, 사임당이 퍼뜩 몸을 떼어낸다. 손으로 눈물을 훔치며 다급하게 말한다.

"큰 바다로 나가면 다른 배가 준비되어 있습니다. 임인년 5월까지 천축국 고아라는 곳에 당도해서 방제각이라는 색목인을 만나세요. 먼 이국으로 보내줄 겁니다."

"날더러 이대로 떠나라는 것이오? 그럴 수 없소. 죽는 한이 있어도 그대 곁에 머무를 것이오."

"사셔야 합니다. 절 위해, 그리해주십시오. 그 어떤 순간에도 삶을 선택해주십시오."

"사임당······."

"우리가 떨어져 있다 한들 그것은 이별이 아닙니다! 육신이 어디에 있든, 우리의 영혼은 함께할 것입니다! 두들겨 얇게 편 금박처럼요! 마음의 길이 끊기는 일은 결코 없단 말입니다!"

사임당은 소매 속에서 패랭이꽃 씨앗이 담긴 자수 주머니를 꺼내 이겸의 손에 꼭 쥐여준다.

"패랭이꽃 씨앗입니다. 공이 계실 이국 들판에 뿌려주세요! 패랭이꽃이 피어 들판을 뒤덮거든, 저도 그곳에 함께 있는 것입니다!"

이겸의 눈에 눈물이 그렁그렁 맺힌다. 이겸은 자신의 목에 걸려 있는 비익조 인장 목걸이를 풀더니, 그중 하나를 사임당의 목에 걸어준다.

"비익조 인장이오. 진작 만들어준다는 게······ 스무 해가 넘게 걸려버렸소!"

사임당이 눈물을 꾹 참고 환하게 웃는다. 사공이 어서 배에 타라고 재촉한다.

"가세요. 가서, 저 대신 넓은 세상에서 훨훨 날갯짓하세요."

사임당이 바닥에 떨어진 바랑을 주워 이겸의 품에 안기고 등을 떠민다.

"사임당⋯⋯."

"당신 곁엔 항상 제가 있을 겁니다. 기억하세요. 우리는 둘이 아닌 하나라는 것을. 어디에 계신들, 당신이 느끼는 것을 저 또한 느낄 것이고, 당신이 보는 것을 저 또한 볼 것입니다. 육신의 이별이, 결코 이별은 아님을, 꼭 기억하세요."

사임당의 말에 이겸의 눈에서 눈물이 주르륵 흘러내린다.

"그러니 이제 가세요. 어서!"

사임당이 강한 손길로 그의 등을 떠민다. 이겸은 도리 없이 돌아선다. 무거운 몸짓으로 저벅저벅 배를 향해 걸어간다. 돌아보고 돌아보다, 마침내 배 위에 오른다. 사공이 힘차게 노를 젓는다. 이겸을 태운 조각배가 점점 멀어진다. 수평선 너머, 까마득하게 먼 곳으로, 검붉게 타오르는 노을 속으로 사라진다. 하나의 풍경처럼, 그렇게 이겸이 사라진다.

사임당은 바닥에 풀썩 주저앉아 어깨를 들썩이며 흐느낀다. 하늘과 바다의 경계가 까맣게 사라질 때까지, 하늘 위에 별들이 반짝일 때까지.

1551년 봄날 오후, 마흔을 훌쩍 넘긴 사임당이 스스럼없이 웃는다. 파란 하늘이 눈이 시리도록 아름다워 웃고, 드넓게 펼쳐진 들판에 활짝 핀 패랭이꽃이 싱그러워 웃는다. 뺨에 달라붙는 햇살이 따사로워 웃고, 저만치 떨어져 신나게 뛰어노는 아이들의 웃음소리가 해맑아 웃는다.

"이렇게 다 같이 소풍을 온 것도 참으로 오랜만입니다."

매창이 꽃잎 가득한 바구니를 들고 다가와 사임당 옆에 앉는다.

"그렇지. 좋구나."

사임당이 매창의 옆머리를 쓸어주며 고개를 끄덕인다.

"어머니, 고맙습니다."

"무엇이 말이냐?"

"어머니가 알려주시지 않았습니까? 언젠가는 지금보다 더 나아질 거라고요. 어머니가 밤을 조금씩 밝혀주시겠다고요. 그래서 고맙습니다."

"조금은 밝아졌더냐?"

"그럼요. 보세요! 몽땅 잿더미였는데…… 이곳에도 다시 이렇게 꽃이 피었습니다!"

매창의 말에 사임당이 무연한 눈길로 맹지를 둘러본다. 유민들과 북적이며 종이를 만들었던 시간들이 선연하게 펼쳐진다.

"어머니는 행복해지셨습니까?"

매창이 초롱초롱한 눈빛으로 어머니를 바라본다.

"많이 행복했지. 그때도, 지금도……. 우리 매창이와 선, 현룡, 우…… 그리고 어미가 사랑한 이들을 지켜낼 수 있었으니, 그것만으로도 행복하다. 어미를 필요로 하였던 그들 덕분에 열심히, 그리고 부끄럽지 않게 살 수 있어서…… 좋았단다."

"저도 어머니처럼…… 제가 사랑하는 사람들을 지켜내며 살아갈 것입니다!"

"그래. 우리 매창이는 잘할 수 있을 게야. 이리도 잘 자라주어서 고맙구나…… 매창아."

딸을 바라보는 사임당의 눈빛이 처연하다. 그녀는 손목에 끼워진 패랭이꽃 팔찌를 빼서 딸의 손목에 끼워준다.

"이것이 무엇입니까, 어머니?"

"열심히 살다가 언젠가는 고단해질지도 모른단다. 너무 고단해서 더는 한발도 못 가겠다 싶을 때…… 이 어미한테 생긴 선물이야."

"어머니!"

선과 현룡, 우, 지균과 지성이 우르르 몰려와 사임당 곁에 둘러앉는다.

"어머니가 좋아하시는 꽃입니다. 패랭이꽃이요."

우의 손바닥에 패랭이꽃이 가득하다.

"고맙구나."

사임당이 우의 손바닥을 감싸쥐며 꽃향기를 맡는다. 향긋하다.

"처음으로 이렇게 소풍 나왔던 일, 기억하십니까? 형님?"

진사시에 장원한 뒤로 현룡의 말투는 좀 더 의젓해졌다.

"그땐 제가 어머니 속을 많이 썩혔지요."

선이 옛 생각에 쑥스럽다는 듯 배시시 웃는다. 사임당이 큰아들의 손을 끌어 무릎에 얹고 한참을 쓰다듬는다. 대장장이 밑에서 기술을 배우느라 손 마디마디 굳은살이 박혀 있다.

"그땐 이 어미도 너무 막막하여 선이의 마음을 헤아려주지 못했구나…… 미안했다."

"괜찮습니다, 어머니."

선은 손을 슬쩍 빼서 자신의 머리를 북북 긁으며 또 한번 웃는다.

"저희도, 드릴 것이 있습니다."

지균과 지성이 등 뒤에 숨겼던 보자기를 꺼내 사임당 앞에 내려놓는다. 보자기를 펼치니 고운 꽃신이 나온다.

"이게 무엇이냐?"

"저희 형제가 용돈을 모아 준비했습니다. 갈 곳 없는 저희 형제를 거둬주셔서 감사합니다."

"어미가 자식을 거두는 것은 당연한 일이거늘. 너희는 가슴 아파 낳은 내 자식들이다."

사임당이 지균과 지성을 품에 꼭 끌어안고 등을 쓰다듬는다. 저만치에서 향이가 커다란 바구니를 들고 엉거주춤한 자세로 걸어온다. 선과 현룡이 달려가 바구니를 받아든다. 바구니 안에는 보리밥 주먹밥과 반찬이 먹음직스럽게 담겨 있다. 사임당과 아이들은 풀밭에 둥글게 앉아 풀벌레 우는 소리를 들으며 음식을 나눠 먹는다. 입이 쉴 틈이 없다. 말하느라 바쁘고, 먹느라 바쁘고, 웃느라 바쁘다. 그들의 웃음소리에 화답하듯 나뭇가지에 앉은 새들도 지저귄다.

"얘들아, 어미가 너희에게 부탁할 게 있단다."

식사를 마친 사임당이 면포로 입술을 닦아내고, 말문을 연다.

"아버지를…… 부디 미워하지 말아다오."

"하오나, 아버진!"

매창이 먹던 보리밥을 내려놓고 인상을 찌푸린다. 매창은 주막집 권씨와 딴살림을 차린 아버지가 밉고 원망스럽다. 양류지소가 문을 닫고, 군관들에 의해 감금되고, 굶어 죽게 생겼어도 얼굴 한 번 비치지 않은 아버지, 같은 성을 물려받은 배다른 동생. 생각만 해도 화가 나는 것이다.

"안다……. 너희가 말하려는 게 무엇인지, 또한 아버지에게 서운했던 게 무엇인지. 하나 아버지가 없었다면, 너희 또한 이 세상에, 존재할 수조차 없지 않았겠느냐. 아버지란 그렇게…… 원천이되는 존재란다. 비록 사람인지라 완벽하지 못하여 가족들에게 상처를 주었다. 하나 우리도 알게 모르게 아버지를 외롭게 하고 상처를 줬는지 어찌 알겠니? 가족이란 그런 것이다. 좋은 것만 줄 수 있다면 그보다 더 좋을 순 없겠지만, 때론 실수하고, 실망만 안겨준다 해도 무조건 미워하지 말고, 그 전에 그 사람에 대해 이해하는 것이다. 아버지, 어머니, 형, 동생…… 그런 짐은 올려놓지 말고 오롯이 한 사람으로 말이다. 그게 가족인 것이다."

"시간은 걸리겠지만 이해하도록 노력해보겠습니다."

어머니의 긴 이야기 끝에, 현룡이 단정하게 대답한다. 다른 아이들도 고개를 끄덕이며 그러겠다고 대답한다.

"내 말을 들어주는 것만으로도, 이 어미는 기쁘다."

사임당이 따스한 미소를 지으며 아이들을 바라본다.

"어머니, 오래전 여기서, 저희에게 무엇을 채우며 살아가고 싶으냐고 물으신 적이 있습니다."

현룡이 사임당을 물끄러미 바라보며 입을 연다.

"그래…… 그랬었지. 답을 찾았느냐?"

"예, 어머니의 꿈을 채워갈 것입니다."

"어미의 꿈이라?"

"살아 있다면 누구든, 오늘보다 나은 내일을 맞이하는 꿈을요……. 이미 한번 보여주셨으니, 저도 꼭 이뤄낼 수 있지 않을까요?"

"그래, 살아 있다면…… 누구든!"

아들의 말에, 사임당이 고개를 들어 먼 하늘을 바라본다. 그래, 살아 있다면, 누구든.

까마득한 세상, 그 어딘가에 살아 있을 그의 얼굴이 떠오른다. 눈이 시리게 파란 하늘 위로 새 한 마리가 힘차게 비상한다. 우가 꺾어온 패랭이 꽃잎들이 바람에 흩날려 멀리멀리 날아간다.

30

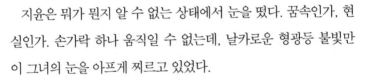

지윤은 뭐가 뭔지 알 수 없는 상태에서 눈을 떴다. 꿈속인가, 현실인가. 손가락 하나 움직일 수 없는데, 날카로운 형광등 불빛만이 그녀의 눈을 아프게 찌르고 있었다.

"지윤아. 정신이 들어? 나 알아보겠어?"

아득한 곳에서 남편의 목소리가 들려왔다. 힘겹게 눈동자를 굴려 초점을 맞추자, 시야가 또렷해지면서 남편의 얼굴이 보였다. 일시에 고통을 수반한 감각들이 되살아났다. 저편에 물러나 있던 기억 또한 머릿속으로 어지럽게 파고들었다. 현관문 앞에 놓여 있던 〈금강산도〉, 흐려진 미인도, 은수를 데리러 가는 길목, 푸른 안개, 덮칠 듯 다가오던 강한 자동차 불빛, 허공으로 날아오른 몸, 이도 공간에서 만난 사임당. 모든 것이 떠올랐다.

"서지윤 씨, 여기 어딘지 알겠어요?"

하얀 가운을 입은 의사가 지윤의 동공을 체크하고, 바이탈을 확인하며 물었다.

"네……."

지윤은 건성으로 대답하고, 고개를 돌려 의사 뒤에 서 있는 남편의 얼굴을 보았다. 남편은 걱정스런 눈으로 그녀를 바라보고 있었다.

"살아…… 있었어?"

"네, 서지윤 씨는 살아 있습니다. 호흡도, 바이탈도 모두 정상입니다. 물론, 통증은 있을 테지만, 통증을 느낀다는 것이야말로 살아 있다는 증거입니다."

의사는 그녀가 살아난 것은 연신 기적 같은 일이라고 몇 번을 반복해 말한 후, 간호사와 함께 자리를 떴다. 민석이 가까이 다가와 그녀의 손을 잡았다.

"지윤아……."

"살아 있었어. 당신!"

지윤은 믿을 수 없다는 표정으로 남편을 바라보았다.

"응. 미안…… 미안해."

민석이 두 손으로 그녀의 손을 꼭 잡고 눈물을 흘렸다.

"은수 아빠……."

지윤은 손을 들어 남편의 거친 뺨을 쓰다듬었다. 온기가 느껴졌다. 정말 살아 있었구나. 의사는 그녀가 살아난 것이 기적이라고 말했지만, 지윤에게는 남편의 존재가 기적처럼 느껴졌다. 안도감과 함께 울컥 눈물이 솟았다.

"울지마. 일찍 못 와서, 혼자 감당하게 해서 미안해. 이제 내가 할게. 지윤아……."

민석은 아이처럼 흐느껴 울었다. 지윤은 힘겹게 손을 들어 남편의 머리를 쓰다듬었다.

그날 밤, 민석은 그간 있었던 일들을 털어놓았다. 선진그룹 비리가 들어 있는 이중장부를 발견한 일, 회장이 보낸 비서들에게 납치된 일, 그들이 그에게 마취제를 투여하고 자동차 추락사고로 위장해 죽이려 한 일, 절벽 아래에서 구사일생으로 살아난 일까지…….

"그럼 그동안 어떻게 지낸 거야? 왜 여태 안 나타난 건데?"

"모두들 내가 죽은 걸로 생각한 것 같아서, 잠잠해질 때까지 죽은 듯 기다렸어. 안 그랬음, 놈들이 당신이랑 가족들까지 전부 들쑤셨을 거야."

"그럼 지금은? 지금은 괜찮은 거야?"

지윤의 말에, 민석은 잠시 말없이 있다가, 주머니에서 USB 메모리스틱을 꺼내 보여주었다.

"혹시 몰라서, 이중장부를 사진 파일로 저장해둔 거야. 이것만 있음, 선진그룹과 선 갤러리 유착관계 밝혀낼 수 있어. 또 R텍 부도로 피해본 사람들도 구할 수 있고. 그래서 때를 기다린 거야. 당신 앞에 나타날 순 없었지만, 늘 당신과 우리 은수 주변에 있었어.
그러다 당신이 사고 난 걸 목격했고."

"그럼, 날 치고 달아난 차 봤어?"

"응. 휴대전화로 급히 찍었어. 많이 흔들렸지만 식별은 가능할
거야."

"이제 어떻게 할 건데?"

"이 카드를 사용할 때가 된 거지."

민석은 USB를 들어 보이며 말했다.

"나…… 집에 가야겠어."

지윤이 몸을 일으켰다.

"무슨 소리야. 당신은 병원에 가만히 있어. 어머니도 집에 와 계
셔. 은수도 걱정할 거 없어."

"당신 카드를 쓰기 전에, 내가 가진 카드를 먼저 써야겠어."

"그게 무슨 말이야?"

"진본 〈금강산도〉, 나한테 있어. 그들이 가짜 〈금강산도〉로 불법
대출받은 것도 밝혀내야지. 이번에야말로 바로잡아야지. 같이하
자, 우리 부부잖아."

두 사람은 아주 오랜만에, 서로를 오래도록 바라보았다. 그들의
결혼생활은 그다지 순조로운 편은 아니었다. 두 사람 사이에는 가
로놓인 장애물이 많았다. 서로 신뢰하지 못했고, 권태를 참지 못
했으며, 무슨 문제가 생기면 함께 해결하기보다 서로에게 벽을 쌓

고 혼자서 감당하려 했다. 성격 탓도 있었지만, 예행연습 없이 사는 인생이라 순간순간 서투른 선택을 해왔던 것이다. 죽을 고비를 넘기고, 산전수전을 겪고 나서야 두 사람은 진심으로 마주 보게 되었다.

●

다음 날, 지윤은 민석의 부축을 받으며 집에 도착했다. 집은 말끔하게 청소되어 있고, 식탁 위에는 갖가지 음식들이 한상 가득하다.

"어머니……."

지윤은 정희를 보자마자 울먹거렸다.

"힘 빠진다. 울지 마라. 내가 너 미워해서 나간 건 아니었어. 나까지 있으면, 너 힘들까봐."

정희는 말을 맺지 못하고 눈물을 후드득 떨어뜨렸다.

"죄송해요. 어머니……."

민석이 정희를 품에 안았다.

"됐어. 녀석아. 살아서 돌아왔으니 된 거야. 이 어미는 진즉에 알고 있었다. 네가 어디 어미만 두고 먼저 갈 애냐. 그만 울자. 살다 보면 이런 일 저런 일 다 생기는 거지. 어서 앉아라. 먹자. 아들이고 며느리고, 반쪽이 돼서는."

정희는 아들 품에서 빠져나와 손등으로 눈물 콧물을 훔치고 혀를 끌끌 찼다.

세 사람은 식탁에 마주앉았다. 얼마 만에 가져보는 시간인가. 각자가 혼자서 견뎌온 시간들이 가슴속에 켜켜이 쌓여 있어, 밥이 넘어가지 않았다. 그러나 억지로 꾸역꾸역 눈물 젖은 밥을 삼켰다. 그때 민석의 휴대전화가 울렸다. 전화를 받는 그의 표정이 심각해 보였다.

"무슨 전화야?"

지윤이 숟가락을 내려놓으며 물었다.

"경찰서. 당신 치고 달아난 뺑소니 차량 찾았대."

"누군데?"

"그 몹쓸 놈이 누구냐? 어?"

지윤과 정희가 동시에 물었다.

"민정학 교수."

"뭐?"

지윤의 얼굴이 일그러졌다.

"민정학 교수라면, 그때 집에 쳐들어와 행패 부리던 그 지도교수인지 뭔지 하는 놈 아니냐? 어?"

정희가 지윤을 보며 물었다. 지윤은 주먹 쥔 손을 부들부들 떨면서 고개를 끄덕였다. 민 교수와의 마지막 통화가 떠올랐다. 진본 〈금강산도〉를 내놓으라고 악에 받쳐 고함을 지르던 민 교수의 목소리가 떠오르자 소름이 끼쳤다. 〈금강산도〉를 찾으러 그녀의 집으로 왔다가, 길목에 서 있는 그녀를 일부러 들이받은 게 틀림없었다. 정말이지 그악스러운 인간이었다.

"저, 먼저 일어날게요."

지윤은 자리에서 일어나 방으로 들어갔다. 책상 위에는 〈금강산도〉와 미인도, 《수진방 일기》가 그대로 놓여 있었다. 다행히 아무도 손을 대지 않은 것 같았다. 지윤은 의자에 앉아 미인도를 들여다보았다. 미인도는 원래대로 돌아와 있었다. 분명 사임당이 이겸을 살렸을 것이다! 그녀는 더는 혼란스러워하지 않기로 했다. 설명할 수도 없고, 설명한다 해도 아무도 믿어주지 않을 얘기였다. 세상에 일어난 모든 일들을 이해할 수는 없었다. 다만, 이해되지 않는다고 해서 없는 일이 되지는 않았다. 그러한 일들을, 사람들은 흔히 '기적'이라고 부르지 않던가.

지윤은 〈금강산도〉와 미인도, 《수진방 일기》, 민 교수의 음성파일들과 위작 증거들을 모두 추려서 라드에게 도움을 요청하는 메일을 보냈다. 놀랍게도, 몇 분 후 바로 답장이 왔다. 내일 안견의 가짜 〈금강산도〉가 국보 추진될 것이니, 기념 행사장에서 진위를 밝히자는 내용이었다. 지윤은 라드에게 받은 메일을 상현과 혜정에게 전달했다.

"이제, 내 차례예요. 나에게 힘을 주세요."

지윤은 미인도 속 사임당을 향해 나지막한 목소리로 중얼거렸다. 그림 속 사임당이 그녀를 향해 살며시 미소 짓는 것 같았다.

안견의 〈금강산도〉가 드디어 국보 1915호로 지정되었다는 반가운 소식입니다. 한때 〈금강산도〉는 진위작 논란에 휘말리기도 했지만, 전문가들의 감정 끝에 안견의 진작이라는 평가를 받아 오늘 당당히 국보로 지정되었습니다. 현재 시각 오전 10시, 잠시 후부터 한국대학교에서 〈금강산도〉 국보 선정 기념 행사가 개최될 예정입니다. 다음 뉴스입니다……

"라디오 좀 꺼. 정신 사나워."

자동차 뒷좌석에 앉은 선 관장이 짜증을 부렸다. 백미러를 통해 선 관장의 표정을 살핀 운전기사가 얼른 라디오를 껐다.

"얼굴 좀 펴자! 가뜩이나 사람들, 당신더러 얼음 마녀라고 하는데, 좀 웃어!"

회장이 아내의 옆구리를 툭 치며 느물거렸다.

"웃음이 나와? 민정학 그 인간, 꼬리 자르기로 했잖아!"

선 관장이 떨떠름한 표정으로 투덜거렸다.

"이미 국보가 된 마당에, 가짜든 진짜든 무슨 상관이야. 이제 와 어쩌라고. 묻어가자 묻어가!"

회장이 살살 달래듯 말했다.

한국대학교 기념 행사장 앞에 차가 도착했다. 선 관장과 회장이 차에서 내리자, 행사장에 진을 치고 있던 기자들이 몰려왔다. 여기저기서 카메라 플래시가 터지고, 질문들이 날아왔다. 선 관장과 회장은 여느 쇼윈도 부부처럼 팔짱을 끼고 화사하게 웃으며 행사장 안으로 들어갔다.

행사장 안으로 들어서자마자 벽에 걸린 현수막이 보였다. '민정학 총장,《조선의 몽유도원, 금강산을 그리다》출판 기념회'라고 쓰여 있다. 무대 상단에는 〈금강산도〉 사진이 스크린에 떠 있었다. 홀에 모인 사람들은 칵테일을 마시며 화기애애한 분위기를 연출했다. 신문사 논설위원, 국회의원, 미술협회장, 교수진과 기자들 사이를 돌아다니며 열심히 눈도장을 찍던 민 교수가 행사장 안으로 들어서는 회장과 선 관장에게 달려왔다.

"축하드립니다. 관장님!"

민 교수가 선 관장을 향해 눈을 찡긋해 보였다. 이건 또 무슨 수작이야! 선 관장은 비위가 상해 눈을 치떴다.

"드디어, 〈금강산도〉가 국보가 되는 쾌거를 이루셨으니 말입니다. 갤러리 선의 위상 또한 수직상승하는 기쁜 날 아닙니까?"

죽어도 혼자 죽지 않겠다는 협박이나 다름없었다. 선 관장은 소름이 쫙 끼쳤다.

"돕고…… 사는 세상이니까요."

선 관장은 어금니를 꽉 깨물었다.

"아하하! 민 총장! 그동안 고생했어. 축하하네!"

아내의 어깨에 팔을 두르며, 회장은 장내에 있던 사람들에게 모두 들릴 듯 크게 말했다.

"별말씀을요. 회장님과 우리 관장님이 없었다면, 어디 가당키나 한 일입니까?"

민 교수가 의미심장한 눈빛으로 회장과 선 관장을 보았다.

"……너! 공소시효 피해서 진본 그림 몇십 년 숨겼다 팔아먹든, 또다시 갤러리를 옥죄든, 나는 눈 하나 꿈쩍 안 하는 거 알지?"

회장이 돌연 민 교수의 귓가에 위협적인 말들을 뇌까렸다.

"진본이라뇨? 무슨 말씀을 하시는지?"

민 교수가 뒤로 주춤 물러나며 시치미를 뗐다.

"잘하자. 응?"

회장이 민 교수의 어깨를 손바닥으로 툭툭 치고는 아내를 데리고 VIP석으로 걸어갔다.

"장내에 계신 귀빈 여러분! 지금부터, 〈금강산도〉 국보 선정 기념식을 시작하겠습니다. 착석해주시기 바랍니다."

진행자의 말에, 사람들이 하나둘 테이블에 둘러앉았다.

"〈금강산도〉 국보 선정 기념 행사에 참석해주신 내외 귀빈 여러분! 지금부터 행사를 시작하겠습니다. 먼저, 민정학 총장님의 축사가 있겠습니다."

진행자의 말이 끝나자, 민 교수가 무대에 올라 객석을 향해 허리 굽혀 인사했다.

"안녕하십니까. 한국대학교 총장, 민정학입니다."

객석에서 우레 같은 박수가 터져 나왔다.

"오늘 이 자리는 대한민국 문화, 예술계에 큰 획을 긋는 매우 뜻 깊고 의미 있는 자리입니다……. 우선, 안견의 〈금강산도〉 발견과 국보 지정까지의 과정을 좀 더 투명하게 공개하고 설명하고자 화면으로 준비해보았습니다. 보시죠."

민 교수는 스크린을 향해 돌아섰다. 객석에 앉아 있던 사람들의 시선이 일제히 스크린을 향했다. 지직거리는 소리가 들림과 동시에 스크린이 먹통이 되었다. 사람들이 웅성거리기 시작했다. 당황한 민 교수가 진행팀을 향해 빨리 고쳐보라고 손짓, 발짓을 보냈다. 그 순간, 지직거림이 멈추고 스크린에 까만 화면이 뜨면서 RADE라는 글자가 떠올랐다. 화면을 본 사람들이 더 크게 웅성거렸다.

"설마, 이 민정학이 진작 〈금강산도〉를 없애버렸을 거라 생각했나? 〈금강산도〉 진본을 내가 보여주지!"

민 교수의 목소리가 스피커를 통해 흘러나왔다.

"뭐야! 문 조교 어딨어! 당장 꺼!"

민 교수가 방방 뛰며 소리쳤다. 파일은 계속 돌아갔다. 스크린 화면에 모자이크로 얼굴을 가린 한 남자가 나왔다. '양심선언'이라는 작은 팻말을 들고 있는 남자는 음성변조된 목소리로 말했다.

"민정학 교수는 학자적 양심 따위는 내팽개친 사람입니다. 아랫사람들에게 논문 대필은 물론, 다른 사람의 뒷조사와 스토커 짓까지 시켰습니다. 뿐만 아니라, 무력으로 문화재를 탈취하고, 위조

품을 만들어 국보 추진까지 시도했습니다. 학계를 속이고, 더 크게는 대한민국 국민을 속였습니다. 또한 미술협회 관계자들에게 뇌물을 공여해, 진실을 밝히려는 움직임을 일시에 차단시켰습니다."

"저 새끼 누구야. 남 조교 맞지! 야 문 조교! 당장 안 꺼!"

민 교수는 사색이 된 얼굴로 온몸을 부들부들 떨며 소리쳤다. 객석에 앉아 있던 협회장이 슬그머니 일어나 얼굴을 가린 채 행사장 밖으로 도망치듯 나가버렸다. 민 교수에게 뇌물을 받은 몇몇 사람들도 부리나케 도망쳤다. 회장은 열불이 나서 못살겠다는 듯 거친 숨을 내쉬며 민 교수를 노려보았다. 재생은 계속되었다. 이번에는 동영상이었다. 어두컴컴한 선 갤러리에 검은 복면을 쓴 누군가가 들어섰다. 벽에 걸린 〈금강산도〉가 보였다. 복면 사내는 〈금강산도〉 앞으로 다가가 종이를 살짝 뜯어냈다.

"당신은 갤러리 관리를 어떻게 하는 거야! 도대체!"

회장이 선 관장을 향해 쓴소리를 뱉었다. 선 관장은 이를 악물고 스크린을 노려보았다. 스크린 속 사내는 뜯어온 종잇조각을 슬라이드 위에 올려놓고 현미경의 배율을 맞췄다. 화면 가득 종이 조직이 확대되어 보였다. 종이의 결이 한 방향이었다.

"저건. 쌍발뜨기잖아. 쌍발뜨기면, 일제강점기 이후에 만들어진 종이란 건데! 저거 가짜네!"

객석에 앉아 있던 미술 관계자가 흥분해서 크게 떠들었다.

"세상에, 그럼 저게 가짜 〈금강산도〉란 소리야?"

사람들은 이제 대놓고 수군거리기 시작했다.

"아니야! 저 〈금강산도〉는 진짜야! 저 라드 새끼! 어디서 모함을! 다 거짓말이야!"

민 교수가 자신의 머리를 쥐어뜯으며 발광했다. 카메라를 들고 있던 기자들이 민 교수를 향해 플래시를 터트렸다. 플래시 불빛에 정신을 차린 민 교수가 마이크를 들었다.

"여러분! 뭔가 착오가 있는 것 같습니다. 이 따위 말도 안 되는 동영상에 동요하지 마시기 바랍니다. 이는 분명, 누군가 저를 모함하기 위해 벌인 일입니다!"

이때, 행사장 문이 쾅 소리를 내며 열렸다. 지윤과 민석, 혜정과 상현이 행사장 안으로 위풍당당하게 들어왔다. 기자들과 사람들의 시선이 일제히 그들에게 집중되었다.

"모함이 아니라, 진실입니다!"

지윤은 행사장 정중앙에 서서 크게 소리쳤다. 혜정과 상현은 무대 맞은편의 방송실에서 빌려온 노트북을 스크린에 연결시켰다.

"오늘 국보로 지정된 〈금강산도〉는 가짜입니다!"

지윤의 우렁찬 목소리가 장내를 가득 울렸다.

"서지윤! 너!"

지윤을 죽일 듯 노려보며 달려드는 민 교수를 민석이 강하게 붙들었다.

"여러분! 지금 이 자리에 서 있는 민정학 교수가 어떤 인간인지! 저 추악하고 더러운 가면을 벗기겠습니다! 스크린을 보시죠!"

스크린에 지윤을 치고 달아난 승용차가 보였다. 승용차 번호판이 확대되어 선명하게 찍혔다. 경찰서에서 번호판을 조회하는 장면, 한국대학교 주차장에 차를 세우고 내리는 민 교수, 주차장에 세워진 차량 번호와 경찰서에서 조회한 차량 번호가 일치하는 장면이 스크린에 고스란히 떠올랐다.

"민정학은 가짜 〈금강산도〉의 진실을 알고 있는, 저의 목숨까지 위협했습니다. 왜냐하면 제가 진본 〈금강산도〉를 가지고 있기 때문입니다!"

스크린에 진본 〈금강산도〉가 나타났다.

"저것이 바로 진본 〈금강산도〉입니다! 여기! 진본 〈금강산도〉에 대한 모든 증거가 들어 있습니다! 뿐만 아니라 민정학 교수가 위작 〈금강산도〉를 만들어 국보 추진을 하였으며, 이 사실을 덮기 위해 진작 〈금강산도〉를 강제로 탈취, 불에 태운 척 위장까지 했다는 그 모든 증거를! 제가 가지고 있습니다!"

첨시가 있는 〈금강산도〉와 그에 대한 언급이 있는 《수진방 일기》 일부분이 차례로 스크린에 떠올랐다. 기자들은 단 한순간도 놓칠 수 없다는 듯 연신 사진을 찍었다. 지윤은 두 눈을 똑바로 뜨고 흐트러짐 없이 당당하게 말을 이어나갔다.

"더불어, 안견의 진본 〈금강산도〉를 입증해줄 책도 발견됐습니다. 신사임당의 비망록《수진방 일기》입니다!"

"근거 없는 소립니다! 서지윤 선생은 학교의 명예를 실추시켜 해임된 뒤 지도교수인 제게 앙심을 품고 이러는 겁니다!"

때맞춰 들이닥친 형사들에게 연행되어 나가는 민 교수의 외침은 기자들의 질문 세례에 묻혀버렸다.

"진작 〈금강산도〉라고 주장하시는 저 그림은, 어디서 발견됐습니까?"

"근거로 제시한 비망록의 주인이 신사임당이라는 증거는 무엇입니까?"

"그렇다면 진작 〈금강산도〉는 지금 어디에 있습니까?"

기자들은 지윤을 향해 쉴 새 없이 질문을 퍼부었다. 지윤은 기자들의 질문 하나하나에 성심성의껏 답변했다.

회장은 붉으락푸르락해진 얼굴로 뒷목을 잡으며 자리를 박차고 일어나 행사장을 나가버렸다. 선 관장은 경찰차에 태워지는 민 교수를 죽일 듯 쏘아보다가 남편을 따라갔다. 민 교수는 미친 사람처럼 자신의 머리를 쥐어뜯으며 고함을 질렀지만, 아무도 그의 말을 들어주지 않았다.

●

국보로 등재된 안견의 〈금강산도〉가 위작으로 밝혀지면서 큰 논란이 일어나고 있습니다. 이러한 일을 꾸민 사람은 놀랍게도 명문대의 저명한 교수였습니다. 최근 총장으로 취임한 민정학 교수는 자신의 학술적 지위를 남용해 가짜 감정의뢰서를 작성하였고, 진작 〈금강산도〉가 발견되었음에도 이를 덮기 위해 강제 탈취, 뺑소니 등의 불법 행위마저 서슴지 않은 것으로 밝혀졌습니다.

한편, 국세청은 갤러리 선의 모기업 선진에 압수수색영장을 발부하고, 이번 안건의 〈금강산도〉 위작을 통해 500억 대출을 받은 혐의로 특별 세무조사에 들어갔습니다.

허영조 회장이 구속된 가운데 선진그룹은, 갤러리를 이용한 자금세탁 및 주가 조작 혐의로 강도 높은 조사를 받을 예정입니다. 또한 검찰 측은 이번 스캔들을 교본 삼아, 미술품 범죄에 가담한 재벌, 정치인에 대해 대대적으로 수사할 것이라고 밝혔습니다.

지윤은 TV를 끄고 일어나 크게 기지개를 켰다. 활짝 열린 베란다에서 정희와 은수의 웃음소리가 들려왔다.

"무슨 일인데, 그렇게 웃어요?"

지윤이 베란다로 다가가 물었다.

"이거 봐요. 엄마. 패랭이꽃이 활짝 피었어요."

은수가 패랭이꽃 화분을 들고 환하게 웃었다.

"다 죽어가던 꽃이 활짝 피었으니, 이제 우리 집에도 좋은 일만 생길 것 같구나."

화분에 물을 주던 정희가 지윤을 바라보며 빙긋이 웃었다. 지윤은 패랭이꽃 화분에 얼굴을 가까이 대고 꽃향기를 맡았다. 그때, 휴대전화가 울렸다. 모르는 번호였다. 지윤은 화분을 내려놓고 전화를 받았다. 지윤도 가끔 듣곤 하는 팟캐스트 방송을 꾸리는 프로듀서라고 했다. 그는 그녀에게 '한국 미술의 숨은 이야기'라는 주제로 대담을 하고 싶다는 제의를 해왔다. 지윤은 알겠다고 대답하고 전화를 끊었다. 통화 내용을 들은 은수가 환호성을 질렀다.

"엄마, 그럼 TV에 나오는 거예요? 막 유명해지는 거예요?"

"우리 은수는 엄마가 유명해지면 좋겠어?"

"난 엄마가 행복해지면 좋겠어요."

은수가 천진하게 웃으며 지윤 품으로 파고들었다. 지윤은 아들의 머리를 쓰다듬으며 작게 속삭였다.

"엄마는, 우리 은수 웃는 얼굴만 봐도 행복해!"

진심이었다. 그녀는 매 순간이 감사했다. 지나온 시간들이 빛 한줄기 찾아볼 수 없는 캄캄한 밤이었다면, 지금은 매 순간이 대낮 같았다. 어둠 속에 갇혀 허우적거리던 그녀를 빛의 길로 인도해준 것은 사임당의 일기였고, 커다란 슬픔에 눌려 무력하게 누워 있던 그녀를 일으켜 세워준 이는 하나밖에 없는 아들 은수였다. 이제 그녀는 무슨 일이든 감당할 수 있을 것 같았다. 살다 보면, 어느 순간 또다시 무너질 때가 올 것이다. 삶이라는 덫에 걸려 옴짝달싹 못할 때도 있을 것이다. 그러나 그 순간이 와도 그녀는 넘어질지언정 무너지지 않을 것이다. 두 번 다시 삶에 휘둘리지 않겠다고, 마음의 주먹을 강하게 움켜쥐었다.

　　　　　　　　　●

　다음 날, 지윤은 긴 머리를 단정하게 묶고, 흰색 정장을 입은 채 팟캐스트 스튜디오를 찾았다. 작았으나 갖출 건 다 갖춘 공간이었다. 지윤은 삼십 대 초반의 여성 진행자와 카메라 앞에 앉았다.

　"오늘은 서지윤 선생님과 함께 '한국 미술의 숨은 이야기'를 나눠보도록 하겠습니다. 안녕하세요. 선생님. 먼저 간단한 소개 좀 부탁드릴게요."

　"아, 안녕하세요. 《사임당 빛의 일기》를 쓴 서지윤입니다."

　"선생님이 쓰신 책들을 쭉 읽어보았는데요, 유독 여성화가들에게 관심이 많으신 것 같습니다. 이유를 여쭤봐도 될까요?"

　"얼마 전 인류 예술의 기원으로 여겨지는 수만 년 전 동굴 속 페인팅이 대부분 여자에 의해 이루어졌다는 새로운 연구결과가 나와 주목을 끌었죠⋯⋯."

　"아! 알타미라 동굴요. 그런 벽화에는 말이나 소 같은 게 그려져 있던데⋯⋯ 그걸⋯⋯ 여자들이 그렸다고요?"

　"네! 미국의 한 고고학자가 동굴에 남아 있는 손자국의 크기를 측정한 결과, 당시 동굴 예술가들은 대부분 남성이 아닌, 여성이었다는 연구결과를 내놓았습니다. '수만 년 전에 왜 여성들이 예술적 역할을 주로 맡았을까?' 하는 호기심에 여류화가에 대한 연구를 시작하게 되었죠."

"동굴 벽화의 아티스트들이 대부분 여자였다는 건 참으로 의외의 사실이네요."

"그렇죠? 예술에 있어서 여성들이 얼마나 오래전부터 역할을 해왔는지 다시 한 번 살펴볼 수 있다면 참 좋겠죠. 자, 여러분은 '조선시대 여류화가' 하면 누가 떠오르세요?"

"신사임당?"

"네. 신사임당 하면 뭐가 제일 먼저 떠오르세요?"

"사임당? 현모양처! 조선시대의 위대한 사상가인 율곡 이이를 키운 엄마? 뭐 지금으로 치면 대치동 맘은 저리 가라겠죠?"

"또요?"

"또, 사임당 하면…… 초충도가 유명하잖아요!"

"네! 다들 잘 아시고 계실 겁니다. 그런데 사임당이 초충도뿐 아니라, 산수화의 대가였던 건 아시나요?"

"네? 사임당이 산수화를 그렸다고요?"

"네네…… 조선시대 문인화, 산수화는 대부분 남자들의 전유물이었죠. 그러나 사임당은 관습과 고정 관념을 깨고 과감히 산수화를 그렸습니다. 사임당은…… 일곱 살 때부터 조선 전기 산수화의 대가인 안견의 그림을 본떠서 그림을 그리기 시작했고, 또 당시에도 산수화를 잘 그리는 화가로 명성이 자자했어요. 동시대에 유명한 시인이었던 소세양은 신사임당의 산수화에 〈동양 신씨의 그림

족자)라는 제목의 시를 지어 찬미했을 정도입니다. 또한, 율곡의 스승인 어숙권이 신사임당을 안견 다음가는 산수화가라 칭송했던 기록이 《패관잡기》에 남아 있습니다."

"아하…… 그렇군요."

"이처럼 사만 년 전에 살던 여성들에게 어떤 예술적 재능이 있었는지, 또 조선시대를 살다 간 여인들은 어떤 예술을 꽃피웠는지…… 관심을 갖고, 숨은 예술가들을 찾아내는 연구가 이어진다면 우리의 미래는 더욱 풍요롭지 않을까요?"

지윤은 카메라를 향해 활짝 핀 패랭이꽃처럼 웃었다.

방송을 마치고 밖으로 나온 지윤은 한국대학교 앞에 있는 카페로 갔다. 카페 문을 열고 들어서자, 창가 자리에 앉아 있던 상현이 손을 흔들며 반겼다.

"선배!"

"잘 지내셨어요? 한 교수님?"

지윤은 짓궂게 놀리며 의자에 앉았다.

"왜 이러세요. 서 작가님! 책에 사인이나 해줘요."

상현은 지윤이 집필한 책을 가방에서 꺼내 테이블에 올려놓았다. 지윤은 피식 웃으며 책장을 넘겨 사인을 하고 돌려주었다.

"'빛의 길로 가라!' 멋진데?"

책장을 넘겨 그녀가 남긴 메모를 소리 내어 읽던 상현이 엄지를 척 세워 보였다.

388

"요새, 학기 시작해서 많이 바쁘지? 강단에 선 소감이 어때?"

"재밌어요. 근데 애들이 내 강의보다, 내 미모에 빠지는 경향이 있어서 문제야. 한국대 교수들 중에 제일 잘생겼다나 뭐라나?"

상현의 너스레에 지윤이 웃음을 터트렸다.

"뭐가 그렇게 좋아? 아이고! 힘들다!"

늦게 도착한 혜정이 지윤 옆에 풀썩 앉으며 숨을 토해냈다. 국립중앙박물관 보존과학실에서 퇴근하자마자 달려온 모양이었다.

"어때? 다시 복귀한 느낌이?"

지윤이 혜정에게 물컵을 건네며 물었다.

"느낌이고 뭐고 들 시간이 없다. 그동안 못한 업무, 내 책상 위에 잔뜩 올려놓은 거 있지? 그냥 개인작업실이나 계속할걸 그랬나?"

혜정이 물을 한 모금 마시고 내려놓았다.

"근데요. 선배. 왜…… 미인도의 정체는 밝히지 않은 거예요?"

상현의 뜬금없는 질문에 지윤은 잠시 아무 말 없이 창밖으로 시선을 던졌다.

"선배?"

"《수진방 일기》는 〈금강산도〉 진본을 판별하기 위해 일부 내용을 공개했지만, 미인도는 뭐랄까…… 사임당과 이겸, 두 사람만의 비밀스런 사랑의 역사잖아. 그들 둘만의 것. 그걸 지켜줘야 할 것 같아서. 살면서 이루어지지 못하고 말 못했을 두 사람의 비밀스런 사랑 말이야."

지윤은 아련한 눈빛으로 사임당과 이겸의 가슴 아픈 사랑을 떠올렸다. 밤하늘에 찬연히 빛나는 별 같은 사랑을, 불길 속에서도 사그라지지 않는 불멸의 사랑을.

終章

바람 위로 손을 뻗으면, 손에 닿았던 바람은, 순간 흘러가버리오.

그렇게 우리의 시간도 흘러갔소.

지금 내가 있는 이곳에선 화가들이 벽에 회반죽을 바르고

채 마르기 전에 염료를 개어 그림을 그린다오.

주로 이곳 사람들이 믿는 신과 그를 보필하는 천사들,

그리고 자연풍경을 그리는데, 그 색과 구도가 아주 밝고 명쾌

하오.

이곳 사람들 또한 그렇다오. 그림도 사람들도…… 쾌활하고 활

기가 넘치지.

아마 이곳의 따뜻한 기후 때문인 듯하오.

당신에게 보여주고 싶은 것들이 너무나 많소.

우리의 영혼은 하나이니, 내가 지금 보고 느끼는 것들을, 당신도

느낄 것이라 여기며, 간절하게 보고 또 보며, 당신을 생각한다오.

당신과 함께 본다 생각하면, 눈에 보이는 모든 것들이 아름답게 여겨지오.

강에 자란 휘어진 풀들, 서리 내린 들판, 작고 흰 돌멩이, 무덤가에 죽어 있는 풀벌레까지도.

요즘은 어떤 그림을 그리고 있소? 산책은 다니시오?

하늘과 바람에게 그대 안부를 묻곤 하오.

고요히 바람에 귀 기울이면 당신 음성이 들리는 듯하오.

이곳에 와서 확실히 알게 되었소.

조선도, 명국도, 이역만리 떨어진 이곳도, 내게 어울리는 곳은 아닌 듯하오.

지금 여기 내 곁에, 내 심장 한가운데에 오롯이 숨 쉬는 당신…… 당신이 바로, 내가 발을 딛고 선 대지이자 꿈이오.

하늘을, 나무와 꽃을, 새와 별들을……

마음속 생각 그대로 표현하고 싶다던 당신의 꿈을 기억하오.

누가 그랬다는군. 가장 아름다운 그림은 아직 그려지지 않은 그림이라고.

빈 캔버스, 빈 종이처럼 우리 앞에 펼쳐질 나머지 삶도 여백이라 생각하오.

언제쯤 당신과 함께 그 여백을 채울 수 있을까?

어쩌면 당신과 나의 그림은 아직 그려지지 않았기에 가장 아름다운 그림인지도 모르겠소.

그리운 나의 여인, 사임당.

죽는 그 순간까지 나는 삶을 선택하겠소.

삶을 삶으로 완성하겠소. 그것이 그대를 향한 나의 사랑이니, 받아주오.

토스카나의 시에스타 디 루나에서,

이겸.

작가의 말

사임당을 떠나보내며

아마도 2014년 봄이었을 것입니다.

한 일간지에 '사극화하기 어려운 위인'에 대한 기획기사가 실렸습니다. 거기에 극화하기 어려운 위인 1위로 뽑힌 인물이 바로 신사임당이었지요. 이 기사가 묘하게도 저를 자극했습니다. 사임당이라는 여인이 제 머릿속을 온통 헤집고 돌아다니기 시작한 것이지요.

'할 수 있을 것 같은데……. 일곱 아이를 키워냈으며 화가로서 수백 년을 지나 지금까지도 명성을 떨치는 예술가인 그녀가 과연 고요한 현모양처이기만 했을까?'

그 의문에서 출발해 오죽헌 취재를 시작으로 사임당에 관한 전방위적인 자료조사를 시작했습니다. 드라마를 구상하고 집중적으로 취재 및 자료조사를 하는 전 과정을 무척 즐기는 편인데, 특히

'사임당'이라는 인물을 취재하는 동안 큰 희열을 느꼈습니다. 막연하게 5만 원권 지폐 속의 인물, 현모양처, 혹은 조선의 최고 천재로 알려진 율곡 선생의 어머니 정도로만 생각했던 그녀는 마치 고구마 줄기처럼, 파면 팔수록 알면 알수록 몰랐던 매력들이 줄줄이 올라오는 아주 특별한 여인이었습니다.

조선의 초중기는 우리가 흔히 아는 경직된 조선의 모습은 아니었습니다. 사임당의 아버지 신명화가 집안에 '여서당'을 만들어 슬하의 다섯 자매는 물론 문중의 여식들까지 함께 공부를 시켰다는 기록도 신선했지만, 사임당을 비롯한 출가한 딸 다섯에게 공평하게 재산을 분재한 것이 당시에는 일반적인 일이었다는 사실과, 출가한 딸도 아들과 마찬가지로 동등한 상속권을 가지며 혼인할 때 가져온 재산을 남편의 재산과 섞지 않고 따로 관리한 것 역시 일반적인 풍습이었다는 것을 알고 "여기 굉장한 이야기의 광산이 있구나!" 하는 작가 특유의 '촉'이 발동되며 몹시 흥분했던 기억이 납니다. 이른바 현모양처의 대명사로 초충도만 그린 음전한 규방화가 정도로 알려진 사임당이, 당대에는 산수화와 포도도葡萄圖에 능한 천재 화가 신씨로 불렸다는 〈패관잡기〉의 기록을 찾았을 때는 쾌재를 올렸습니다.

드라마에서는 부득이 넷으로 줄였으나(아무리 천하의 이영애 씨라 하더라도 아이 일곱이 딸린 역할은 부담스러우리라 생각했습니다) 사임당은 슬하에 일곱 자녀를 두었습니다. 남편 이원수는 공부에 별로 뜻이 없었던 듯 합니다. 쉰 살이 넘도록 과거에 합격하지 못하고 낙방만 거듭한 남편을 대신해 사임당은 집안의 경제를 이끌며 일곱 아이를 양육했고, 특히 율곡은 장원급제를 아홉 번 했다고 하여 '구도 장원공'이라 불리는 조선 최고의 천재로 키워냈습니다. 이렇게 엄마로 아내로만 살아내기도 힘겨웠을 마흔여덟 해 동안 사임당은 엄청난 양의 그림과 자수, 서예 작품을 남겼습니다. 현모양처라는 신화 속에 포장된 사임당의 내면, 특히 예술가로서 그녀의 속내는 정작 어떠했을까 하는 작가적 호기심이 강하게 발동한 것도 바로 이 지점이었습니다.

사임당 사후 아들 율곡이 어머니의 행적을 기록한 《선비행장 先妣行狀》에 이런 구절이 나옵니다. '어머니 방에서 종종 새벽까지 잠 못 이루고 뒤척이며 소리 죽여 흐느끼는 소리가 새어나오곤 했다. 이는 강릉에 계신 외할머님을 그리워한 탓이다.' 율곡 이이는 이렇게 기록했지만, 이는 어디까지나 아들의 생각일 뿐인 건 아니었을까요. 결혼생활이 힘들었거나, 예술가로 훨훨 자유롭게 살고 싶은데 현실은 그렇지 못하다는 괴로움에 밤새 소리 죽여 운 것은 아닐까요. 물론, 진실은 오직 사임당 본인만이 알 것입니다.

사임당의 캐릭터는 이렇게 완성되어갔습니다. 한편, 남자 주인공인 '이겸'의 캐릭터를 만드는 데 영감을 선사한 그림이 있습니다. 오스트리아 빈의 미술사 박물관에 걸려 있는 루벤스의 작품 〈성 프란치스코 하비에르의 기적〉이라는 대작입니다. 성년이 된

딸들과 오래도록 약속만 해놓고 실행하지 못했던 배낭여행을 떠나게 되었는데, 그 행선지가 바로 빈이었습니다. 그곳 서양사 미술관에서 우연히 만난 〈성 프란치스코 하비에르의 기적〉 한가운데에서 성 프란치스코를 우러러보는 인물이 바로 '한복 입은 남자'였습니다. 한복 입은 남자를 보는 순간 그가 사임당의 필생의 연인인 '이겸'임을 한눈에 알아보고 유레카를 외쳤다고나 할까요.

실제로 프란치스코 하비에르는 스페인 귀족 출신으로 사임당과 비슷한 시기에 인도, 동남아, 일본 등지를 휩쓸며 천주교를 전파하여 동방 선교의 성인으로 추앙받는 인물입니다. 명나라 경계까지 왔다는 기록도 남아 있습니다. 소설 속 사임당의 첫사랑이자 영원한 연인인 '이겸' 이야기의 끝을 어떻게 마무리할 것인지에 대한 해답도 바로 이 그림 속에서 찾았습니다. 명나라를 거쳐 실크로드를 통해 이탈리아까지 넘어가 이 생에서 다시는 만날 수 없으나 정신적으로는 한시도 이별한 적이 없는, 가슴 시리도록 아픈 사임당과 이겸의 스토리라인은 이렇게 안착되었습니다. 간혹 16세기에 어떻게 조선인이 이탈리아까지 갔겠느냐고 묻는 분들도 있는데, 실제로 이 시기의 조선 도자기 수백 점이 이탈리아에서 발견되어 이탈리아 정부에서 반환 의사를 밝힌 적도 있다고 하니 전혀 가능성 없는 이야기는 아니겠지요. 어쨌거나 드라마 〈사임당, 빛의 일기〉는 논픽션이 아니라 픽션이며, 역사 속 인물의 일부분만 가져와 거기에 살을 붙이고 상상력을 더한, 드라마일 뿐입니다.

치마에 그려진 묵포도를 비롯해 널리 알려진 사임당의 몇 가지의 일화를 제외한 무수히 남겨진 빈칸을, 수시로 사임당이 되고 때로는 '조선판 개츠비' 이겸이 되고 또 어떤 때는 휘음당과 중종이 되어 채워낸 3년은 작가로서 잊을 수 없는 시간이 될 것입니다. 수많은 사건과 감정들을 씨줄 날줄로 엮어낸, 그야말로 치열한 시간이었으니까요.

시놉시스를 완성한 것이 2014년 7월, 배우 이영애 씨로부터 '받아본 작품 중 가장 설레고 기대가 된다'며 '연락달라'는 내용의 문자를 받은 게 같은 해 9월, 그리고 가열차게 8부까지의 대본을 뽑아내고 이탈리아 볼로냐와 피렌체로 촬영장소 헌팅을 다녀온 게 그 이듬해인 2015년 9월이었습니다. 우여곡절이란 이런 것이구나 하고 온몸으로 체감하며 30부까지의 원고를 탈고하고 촬영이 종료된 것이 2016년 6월. 같은 해 가을로 예정됐던 방영이 당시 급박하던 국내·외 정세로 인해 또 한 해를 넘겨 첫 회가 방영된 것이 2017년 1월. 그리고 종방이 5월 3일이니 저는 꼬박 3년을 '사임당'에게만 매달려 있었던 셈입니다.

사전제작으로 촬영을 미리 마친 덕분에, 집필이 끝난 지 1년이 넘는 시점에 전 국민의 삶을 바꾸어놓은 광화문 광장의 촛불시위라는 아주 특별한 경험까지 거친 후에야 간신히 시청자로 제 드라마를 시청할 수 있었습니다. 행복했다고만은 말할 수 없는, 지난한 과정이었습니다. 패스트 패션의 시대라는 말이 있지요. 상전

벽해란 말조차 무색할 만큼 자고 일어날 때마다 완전히 뒤바뀌어 있는 세상에서 3년 전에 기획하고 제작한 드라마를 방영하는 일은 어쩐지 유행이 지난 옷을 입고 잔뜩 주눅이 든 채 청담동 한복판을 걸어가는 느낌 같았다고나 할까요. 한국 드라마의 강점은 실시간 시청자 반응을 드라마에 적극 활용하는 것입니다. 하지만 현장의 이같은 피드백을 전혀 접하지 못한 상태에서, 이런저런 수정본까지 100부 이상의 대본을 쓰고 또 쓰려니 '밤길을 보자기 쓰고 걸어가는 심정'이 이런 것일까 싶어졌습니다. 대본엔 멀쩡히 있던 중요한 연결고리 혹은 감정선이 작가도 모르는 사이 촬영장에서 잘려나간 것도 나중에야 알게 되었지요. 경악했지만 어쩔 수 없었습니다. 이미 촬영이 종료된 후 편집본을 보게 되었으니까요. 편집자가 수차례 바뀌며 30부작이던 드라마를 28부로 편집하는 과정에서 놓치고 만 감정, 뒤틀린 연결……. 그러나 이 모든 아쉬움을 소설을 집필하며 잊을 수 있었습니다. 삭제된 감정선과 중요한 연결고리까지 소설 속에서 되살려낼 수 있었으니까요. 그런 점에서 소설 《사임당, 빛의 일기》는 제게 숨구멍과도 같은 아주 소중한 작품입니다.

드라마 작가로 살아가는 일은 일생동안 롤러코스터를 타는 격정적인 삶인 것 같습니다.

엄청난 양의 원고를 불가능해 보이는 스케줄 내에 소화해내고, 전 국민의 반응을 마음 졸이며 기다리다 때로는 으쓱하고 때로는 절망하고 또 가끔은 분노하는 격동의 롤러코스터에 기꺼이 동승해준 제 고마운 보조작가들 안수진, 문미경, 조영진, 박혜영과 기획 프로듀서 김영배와 이지윤, 그리고 극중 그림 거의 대부분을 그려주시고 미술 자문을 해주신 오순경 화백님께 감사드립니다. 덕분에 쓰러지지 않고 완주할 수 있었습니다.

대본 속 지문의 행간과 감정선까지 섬세하게 이해해 각색해준 손현경 작가와 비채 이승희 편집장, 마지막으로 예민한 작가 아내가 집필에만 전념할 수 있도록 특급 외조를 해준 사랑하는 남편 장윤익에게도 특별한 감사를 전합니다.

영원히 끝나지 않을 것 같던 3년의 겨울이 지나고, 드디어 제작발표회를 마치고 홀딱 지쳐 돌아오던 날의 기억이 떠오릅니다. 집 근처 남산의 잔설을 보았습니다. '국경의 긴 터널을 빠져나오니 눈의 고장이었다. 밤의 밑바닥이 하얘졌다⋯⋯' 가와바타 야스나리의 소설 《설국》의 첫문장이 뇌리를 스치더군요. 사임당이라는 긴 터널을 뒤로 하고 빛이 이끄는 곳을 향해 뚜벅뚜벅 또 걸어가겠습니다. 드라마를 시청해주시고 상권부터 하권까지 읽어주신 독자 여러분께 깊은 감사의 인사를 올립니다.

2017년 4월, 박은령